Kleine Kelly – was nun?
Eine wahre Geschichte für Kinder und Erwachsene
Dr.-Ing. Klaus Eulenberger

Originalausgabe
November 2010

NOEL-VERLAG
Hans-Stephan Link
Achstraße 28
D-82386 Oberhausen/Oberbayern

www.noel-verlag.net
info@noel-verlag.de

Die Deutsche Bibliothek verzeichnet diese Publikation in der Deutschen Nationalbibliografie, Frankfurt; ebenso in der Bayerischen Staatsbibliothek in München.

Autor: Dr.-Ing. Klaus Eulenberger
Buchumschlaggestaltung: Gabriele Benz

1. Auflage
Printed in Germany
ISBN 978-3-940209-83-2

Kleine Kelly – was nun?

Eine wahre Geschichte
für Kinder und Erwachsene

Dr.-Ing. Klaus Eulenberger

NOEL-Verlag

Gewidmet

unserer Hündin Kelly

Kleine Kelly – was nun?
Eine wahre Geschichte für Kinder und Erwachsene

Vorwort

Der Mensch lebt so, wie es sich in seinem Leben ergibt. Das gilt natürlich auch für mich.
Glücklich verheiratet, liebe Kinder (na ja, mit gewissen Einschränkungen), private Freuden und auch Sorgen, aufregender und stressiger Beruf als selbstständiger Bauunternehmer, wo man ständig von Existenzängsten geplagt wird – am finanziellen Abgrund lebt, kaum Zeit für Konzerte, Theater, Reisen und schönen Urlaub – kaum Zeit für ein schönes Tennisspiel mit den Sportkumpels mit den üblichen Witzen danach – ja, ja, da fehlt so manches an Erbauung, freudigen Empfindungen, Hurrastimmung und Glück.
Es fehlt aber nicht nur etwas an Erbauung – die Tätigkeit als Bauunternehmer in einem kapitalistischen Staat legt sich bei mir auf die Seele.
Der Glaube an andere Menschen wird vielfach erschüttert – es geht nur noch um Kohle, Karriere, Erfolg.
Dabei bleibt einfach die Würde und der menschliche Anstand auf der Strecke – Auftraggeber zahlen häufig nur schleppend oder gar nicht – fingierte Ausreden wie Zeitverzug, Baufehler und anderes mehr.
Dies alles belastete mich enorm, die Arbeit, welche ich grundsätzlich sehr liebe, wurde für mich zur Bürde.
Viele, die mich mit meinem Frohsinn, Optimismus und auch Blauäugigkeit gut kannten, sprachen mich an „Klaus, du bist gar nicht mehr der Alte – du wirkst sorgenvoll, bedrückt, depressiv."
Die so sprachen, hatten absolut recht – meine Stimmung war weit unten und ich konnte mich gar nicht mehr freuen.
Da – lässt sich der liebe Gott (ich bin überzeugt, dass er es war) etwas Wunderbares einfallen – etwas, an das ich nie gedacht habe – ein aufgewecktes, freundliches und treues Hündchen tritt in mein Leben.
Das änderte vieles – ich bekam wieder Frohsinn in mein Herz, Glücksstimmung und ständige Sehnsucht nach dem Vierbeiner.
Das Hündchen war eine Hündin, welche mich erwählt hatte – sie wollte immer bei mir sein, wie faszinierend.
Es entwickelte sich eine Liebesbeziehung zwischen dieser Hündin und mir. Ach – war das herrlich.

Ich dachte an die Süße beim Aufstehen, am Tage und in der Nacht, wenn sie mal nicht bei mir sein konnte – wie das eben so bei einer Liebesbeziehung ist.
Leider waren meine Frau und Tochter ab und zu recht eifersüchtig – ich tröstete mich aber, Eifersucht gehört zu einer Liebesbeziehung einfach dazu.
Dieses liebreizende Tier krempelte viel am bisherigen Lebensstil um.
Ich stand früher auf als sonst, gab frisches Wasser und Hundefutter, ging viel spazieren – was heißt hier spazieren – es ging steile Hänge hoch und runter, wir gingen zusammen schwimmen, joggten miteinander, spielten Ball, hatten auch mal Ärger mit irgendwelchen Gegnern wie Joggern, Radfahrern oder missgünstigen Spaziergängern, schmusten miteinander und freuten uns, dass wir uns hatten.
Dies ist eine wahre Geschichte über diese Liebesbeziehung --- über Freuden, Erfolge, Ärger und Niederlagen, sogar Tragödien, wie das halt so im Leben ist. Diese Geschichte ist interessant für Kinder, denen die Eltern noch vorlesen müssen. Genauso interessant ist es aber für alle anderen. Es ist eine Lektüre für Menschen mit Herz, die nicht nur sich selbst im Mittelpunkt aller Geschehnisse sehen, die für andere, Menschen und Tiere, da sind, mit ihnen leben und fühlen.
Mir geht immer das Herz auf, wenn ich mit meiner kleinen Süßen zusammen sein kann.
Es wärmte mir aber auch die Seele, als ich diese Zeilen über das kleine Wesen, was mir so an das Herz gewachsen ist, schrieb.

Weihnachtsvorfreude

Die Zeit vor Weihnachten empfinde ich immer als etwas Besonderes, Spannendes. Es liegt irgendetwas in der Luft – Besinnlichkeit steht Heiligabend ins Haus.
Ein klein wenig davon spürt man bereits zu den Adventsfeiertagen, wo alle etwas leiser sprechen, wo Kerzen angezündet werden und Stollen verschnabuliert wird.
Leider gibt es auch viel Hektik: „Ich bin hier im Kaufhof, habe eine superfeine Jeans in der Hand – ob die dem zwölfjährigen Jonas auch passt und gefällt – komm doch mal her und hilf mir!", plärrt es aus dem Handy. Mit der Hektik kann ich aber umgehen, da sie ja letztlich in Besinnlichkeit mündet.

Allerdings können mir schon manche Leute auf den Keks gehen, die denken, mit vielen materiellen Einkäufen das Fest so richtig feierlich zu machen, aber es ist doch das Fest der Liebe, der Nähe zum anderen und nicht das Fest des Elektrorollers, der Jeans, des automatischen Roboters, des Gameboy oder des Nintendo.
Ich freute mich schon sehr darauf, dass Tochter Regine am Freitag, also morgen, zu Besuch kommt. Sie wohnt und arbeitet in dem fast 500 km entfernten Allgäu.
Meine, mir übertragenen, Pflichten an diesem Donnerstag, 18.12.2008, waren leicht zu überschauen – ich sollte einkaufen und ansonsten konnte ich mich voll auf unsere Kelly und auf mich konzentrieren.
Kelly ist ein Hund, genau gesagt eine Hündin – ein Labrador – Windhund-Mischling. Ihr gilt meine ganz große Liebe und Zuneigung. Auch meine Frau liebt den kleinen schwarzen Vierbeiner über alles.

Abendlicher Ausgang

Am Abend dieses Dezembertages, es ist schon seit 14.00 Uhr dunkel, denke ich mir: „Ach, die gute Kelly muss doch noch einmal raus vor dem Schlafengehen, sie muss sicher noch einmal „Pipi“ machen.`
Also legte ich ihr den Körpergurt an, sowie ein Leuchtband um den Hals, hängte mir eine große Taschenlampe um und los ging es.
Wir liefen auf dem Fußweg der Frühlingsstraße Richtung Dorfende. Kelly zog und zerrte an der Leine, es war nicht zum Aushalten – das ständige Gerucke und Gezerre.
Ich rief ärgerlich: „Kelly, geh mal langsamer, ein alter Mann ist doch kein Schnellzug!“
Sie rannte weiter und riss an der Leine – belastend.
Zu dieser Zeit war bei uns auf dieser Ausfallstraße eine Baustelle.
Die gesamte Frühlingsstraße war gesperrt, da Kanalarbeiten für Schmutz- und Regenwasser ausgeführt wurden. Infolgedessen war der Autoverkehr ganz minimal – nur Anlieger durften rein– und rausfahren.
Hinzu kommt, dass der größte Teil dieser Straße nur einseitig bebaut ist (Franzosen würden sagen – es gibt kein vis à vis) – damit ist es nicht gerade ein Ballungsraum für Menschen und Autos.
Als Kelly und ich kurz vor dem letzten Haus angelangt waren, dachte ich: „Ach, liebes Kellylein, ein bisschen Freiheit (davon halte ich sehr

viel) werde ich dir jetzt gönnen und ich habe den Vorteil, dass das ewige Gezerre an der Leine aufhört."
Ich rief erneut: „Kelly, komm her zu mir!"
Es dauert immer ein Weilchen, aber dann – doch – sie kommt (ist ja auch eine Frau, Frauen folgen selten rasch aufs Wort, sage ich als Mann und meine Artgenossen sagen das Gleiche).
Ich öffnete den Bajonettverschluss – Kelly flitzte freudig davon.
Ich sah noch ein Weilchen ihr Halsband rot blinken – sie rannte auf eine Wiese auf der anderen Seite des letzten Hauses auf der Straße.
Ich lief ruhig weiter. Da sah ich außerhalb des Ortes, oben bei den Windrädern, ein Auto kommen – durch das moderne Xenonlicht war es sehr deutlich auszumachen. Sofort dachte ich aufgeregt an Kelly.
Ich schaltete meine große, kräftige Taschenlampe an, die mir um den Hals baumelte und suchte, in der Wiese, Kelly auszumachen.
„Ja, na eben, dort hinten ist ja die liebe Kleine" – sie war vielleicht 60 m von der Straße entfernt.
„Ach, denke ich mir, jetzt keinen Stress machen, das kann ins Auge gehen. Ruhe bewahren!"
Zunächst wollte ich aus Vorsichtsgründen Kelly rufen, habe es mir dann aber anders überlegt.
Das Auto kam näher – ich war relativ ruhig: „Kelly ist doch 60 m entfernt in der Wiese und schnuffelt oder gräbt nach Mäusen", sagte ich mir, um mich, doch etwas, zu beruhigen.
Das Auto kam immer näher. Es war auf meiner Höhe. Plötzlich sah ich im Lichtkegel, so ca. 5 m von der Vorderkante des Autos entfernt, eine Katze – schwuiuit – vor dem Auto die Kurve kriegen und dann erschrak ich gewaltig. Es krachte und etwas knallte gegen das Auto.
Mir war, als wenn mir die Beine den Dienst versagen – mir war auf der Stelle schlecht – fahrig schaltete ich mit zitternder Hand meine Taschenlampe an und sah Kellylein auf der Straße liegen, neben dem Auto – sie hatte Blut an ihrem schwarzen Fell.
Ich murmele: „Kellylein, Liebes" – mir kamen Tränen in die Augen und ich sah ganz schlecht.
Kelly wollte sich mit den Vorderpfötchen hoch stellen – es gelang ihr nicht – sie sackte wieder zusammen.
Ich zitterte am ganzen Körper – bückte mich hastig und hob sie hoch. „Kelly, Kellylein, Liebes, Kleines – was war denn das? Süße Kelly" – ich schluchzte und drückte meinen Kopf an ihren Kopf.

Das Auto hielt an. Plötzlich fuhr es wieder los, vielleicht 15 m, hielt an und kam zurück.
„Fahren Sie mich bitte sofort zur Frühlingsstraße 15 B“, schrie ich.
Keine Antwort.
Ich öffnete mit dem kleinen Finger die Tür hinten rechts – es war schwierig, Kelly wiegt immerhin 20 kg.
Trotz der, fast kopflosen, Aufregung in mir, schoss mir durch den Kopf. „Was ist denn das für ein Blödmann – könnte uns doch einmal helfen“.
Wir sitzen, Kelly auf meinem Schoß. Er fuhr los.
Plötzlich sagt eine tonlose Stimme: „Wenn sie Blut auf meinen Sitz machen – das Auto ist nagelneu – dann müssen sie das alles bezahlen.“
„Rindvieh, blödes, mir geht es um Kelly und nicht um dein scheiß Auto - du Idiot“, denke ich mir aufgeregt.
Angekommen (nach ca. 200 m) musste ich wieder mühselig die Tür von innen öffnen – der Fahrer half mir nicht. Wenn man „angeschlagen“ ist, geht alles schwerer – ich war sehr durcheinander, zappelig und nervös, fast schon ein klein wenig ohnmächtig.
Der Fahrer knurrte böse, weil ich die Autotür auf ließ. „So ein Blödmann, so ein Blödmann – mir reicht`s.“
Ich ging zu unserem Gartentor – eingeklinkt! Natürlich!
Nun lief ich (mit Kelly auf den Armen) zur Klingel und drückte verzweifelt. Nichts tat sich – ich hatte auch keine Zeit, um zu warten.
Dann schmiss ich verzweifelt meinen Rücken gegen das Tor – es ging auf. Meine Verzweiflungsrufe: „Helga, Helga, hilf!, unsere Kelly ist verletzt, komm sofort, Helga komm – Hilfe !“, zeigen Wirkung – Helga kommt.
Sie öffnete das Garagentor und ich ging in die Kellerbar – dort haben wir ein Sofa zu stehen.
„Unser Kellylein ist verletzt!“, röchelte ich und legte die liebe Kleine auf das Sofa. Dann stürzte ich eine Etage höher, suchte die Zeitung und schlug Notdienst – Tierärzte auf. Ich zitterte am ganzen Körper, die Hände flogen.
„Wo ist die Brille, dieses blöde Ding?“, schluchzte ich.
Auf wackeliger Zeitungsvorlage las ich: Notdienst Tiere, Dr. Pauli – Kleintiefenbach.
„Verdammt, wo liegt denn dieses Nest?“

Ich rief an. Eine freundliche, und vor allem sanfte, Stimme der Schwester beruhigte mich ein wenig.
Sie antwortete: „Nach Kleintiefenbach müssen sie wie zum Stauweiher Unterwald fahren, aber hinterer Eingang und dies auf der B 160, aber nicht zum Stauweiher, sondern links herum und dann nach der Kirche 300 m links ab, da sind wir. Eine große Kuh steht – na ja aus Pappe oder aus Plaste – an unserem Eingang".
„Danke, ich bin in 20 Minuten bei Ihnen", stöhnte ich, rannte runter zum Sofa.
Auch Helga war aufgelöst. Sie wusste gar nicht, was sie denken sollte.
„Was war denn, Klaus?", fragte sie, wie immer viel zu leise.
Ich erzählte ihr kurz von dem Unfall, zog mich an, nahm Kelly hoch und legte sie auf den Beifahrersitz. Dies funktionierte gut, da Helga mir half. Ab ging es! Mein Herz klopfte immer noch rasend.
Nun hatte ich endlich Zeit, Kelly in Ruhe anzuschauen. Sie blickte, wie immer, lieb (für mich mehr als erstaunlich!).
Ich fand den Weg, die Kirche, dann die Pappmaché – Kuh, wir fahren auf den Hof eines Dreiseitenbauerngutes.
Dann trug ich Kelly hinein.
Die Schwester mit der sanften Stimme empfing mich, hielt die Tür auf und bat, Kelly auf einen Tisch zu legen.
Frau Dr. Pauli kam im weißen Mantel, drückte an den Vorderpfötchen.
„Ich muss röntgen!"
Sie wollte Kelly tragen, aber ich hatte Angst, dass etwas passiert, nahm sie selbst hoch und folgte der Tierärztin in einen Nachbarraum. Hier legte ich die Süße auf eine glatte, weiße Röntgenplatte. Was war denn aber das? Auf der weißen Platte lagen fürchterlich viele schwarze Haare von Kelly und Blut. Mich schüttelte es und ich fragte zittrig: „Woher kommen denn die vielen Haare?"
„Wenn die Tiere Stress haben, verlieren sie viele Haare", antwortete sie lakonisch.
Sie wollte nicht ruhig liegen, sicher hatte sie Schmerzen, die Arme.
Erneut kamen Vorwürfe in mir hoch und ich hatte ein ganz schlechtes Gefühl. Schließlich war ich schuld. Mir wurde heiß und kalt – mich fröstelte.
Frau Dr. Pauli kam nach 10 Minuten, vom Film entwickeln, wieder zurück.

„Ich habe keine schlechten Nachrichten. Gebrochen ist nichts. Ich gebe jetzt eine Beruhigungs- und eine Schmerzspritze. Hier haben Sie Tabletten gegen Schmerzen – immer früh eine geben."
Ich atmete tief durch – „das Schlimmste ist erst einmal überstanden."
Trotzdem war mir noch fürchterlich schwindlig.
Frau Pauli setzte sich an ihren Schreibtisch – vor sich hatte sie eine große Tafel mit aufgestecktem Papier. Darauf schrieb sie irgendetwas, dachte nach, schrieb weiter, machte einen Strich darunter, nahm den Taschenrechner und sagte: „ Das macht 144.00 €."
Ich war viel zu durcheinander, um über den Preis nachzudenken und gab ihr willenlos meine EC-Karte.
Dann erhielt ich von ihr ein Kärtchen für Vorstellung in zwei Tagen.
Meine Weihnachtsvorfreude war wie weggeschwemmt – „man sollte sich vorsichtshalber überhaupt nicht mehr freuen", dachte ich verbittert und drückte die kleine Verunfallte zärtlich an mich.
„Kelly ist verletzt, die süße Kleine", ich fühlte mich schlecht, hatte Schuldgefühle, mir wurde erneut schwindlig, aber wesentlich stärker als vorhin – beinahe wäre ich gestürzt.
„Hätte ich doch Kellylein an der Leine gelassen oder wäre ich zu ihr in die Wiese gegangen, als das Auto kam – musste denn dieser Hornochse mit seinem Scheißauto gerade da ankommen – in diesem Moment – dieser Idiot – sicher war er nur aus Dumdudeldei unterwegs – ich hasse alle Autos!"
Ich las jetzt in der Zeitung: „Mann lässt seine Wut an 160 Autos aus" – ein militanter Autogegner hatte in Hamburg 160 geparkte Wagen beschädigt, da er fürchterliche Rachsucht auf Autos hatte.
Am Ende werde ich auch noch so einer – verstehen kann ich den Mann, wenn ich auch seine Handlungen nicht billige.
„Arme kleine Kelly, nun bist du verletzt, hoffentlich hast du keine Schmerzen. Du warst ja so tapfer – da können wir Menschen uns ein Beispiel daran nehmen! Dabei fing alles mit dir, du liebe Kleine, so wunderschön an."
Abends, Kelly lag auf dem Sofa. Ich sah ihre vielen Verletzungen, war sehr bedrückt und betete: „Lieber Gott im Himmel, hilf der kleinen, süßen Kelly, dass sie wieder gesund wird und alles heilt, und dass sie keine Schmerzen hat und wieder glücklich sein kann, so wie es zuvor war. Gib mir bitte die Kraft, Vater, dies alles zu verkraften, damit ich der Kleinen helfen kann auf dem Weg zu ihrer Genesung und verzeihe

mir, dass ich so leichtfertig war und Kelly freigelassen hatte – verzeih mir Vater, verzeih!"
Während des Gebets schaute ich in die lieben Augen von Kelly – dies gab mir viel Zuversicht. Plötzlich aber hob die Kleine den Kopf.
„Mein neues Herrchen – habe nur Zuversicht, ich habe sie. Es wird schon alles gut werden. Wichtig ist doch, dass wir uns haben und miteinander glücklich sein können."
Ich war gerührt und zerdrückte eine Träne.
Am nächsten Tag, dem 19. Dezember, traf ich mich mit Regine in Zwickau. Wie hatte ich mich darauf gefreut.
Als sie mich sah, sagte sie etwas sorgenvoll: „Vati, du siehst ja so ernst und vor allem so dünn aus, was ist denn los?" Ich berichtete ihrer von dem schlimmen Unfall. Die gesamte Weihnachtsvorfreude war dahin.

Umzug

Unsere Baufirma in Zwickau hatte das Büro in der Innenstadt – das Lager für Baumaterialien, Werkzeuge und Geräte (Gerüste, Reinigungsgeräte Kärcher und Wirbelstrahl und anderes mehr) lag am Stadtrand auf dem Kirchberg. Das war ungünstig.
So war ich glücklich, als ich das Angebot für ein Büro, gleich neben dem Lager, erhielt. Es war zwar nur eine Baracke, aber eine ordentliche. Mir fiel die Bemerkung ein, die man gemeinhin für Baracken übrig hat: „Ja, ja – heißer Kopf und kalte Füße."
Gemeint war damit, dass, wenn die Sonne heiß auf das Barackendach scheint und damit Hitze anliegt, sich alle mit hochroten Köpfen plagen, während bei Kälte die Füße eisig kalt werden.
Dies war hier nicht so – dies bestätigten die Mitarbeiter der anderen Firmen, die bereits darin tätig waren.
Das Dach war ordentlich wärmegedämmt und auch der Fußboden. Da es eine gemauerte Baracke war, war damit alles bestens.
Sie hatte nur einen Nachteil und zwar den, dass die Fenster sich erst ab Mitte Halskrause nach oben hinstreckten. Dabei hatte der Besitzer den Fußboden schon 50 cm höher gelegt.
Damit war es so, dass man in den Himmel schaute, wenn man in die Mitte des Fensters sah – auch nicht schlecht.
Also – wir zogen um.
Ich erinnerte mich an den üblichen Spruch: „Dreimal umgezogen ist wie einmal abgebrannt."

Ich hoffte innerlich, dass wir ja nicht abbrennen würden. Fahrzeuge waren genug da, die Handwerker und auch ich – also zogen wir am Wochenende von der Innenstadt um und ein „in den Kirchberg".
Die Fenster in der Baracke hatten einen großen Vorteil – wir konnten bequem von außen oben durch die Fenster nach innen unten beliefern.
Sorgen machte mir nur unsere, vielleicht 2 m hohe Dattelpalme. Sie hatte schon einmal einen Kälteschock erlitten und war dadurch etwas verknatzt.
Ich sprach ihr immer gut zu und redete sehr sanft mit ihr. Dadurch erholte sie sich in der Vergangenheit ein wenig und zwei Äste, die ich schon abgeschrieben hatte, wuchsen wieder ordentlich – sie hingen nicht mehr traurig nach unten – ich freute mich.
Es war abends 18:00 Uhr – und das am Sonnabend – wir wollten schon um 17:00 Uhr fertig sein. Die allgemeine Stimmung sank – es wurde gehetzt.
Mein Vorarbeiter, Steinmetz Sorgerecht, packte mit Hast den Riesentopf der Palme an – er schaffte es nicht, die gesamte Pflanze anzuheben.
Aufgeregt rief ich: „Halt, das Wasser müssen wir abgießen, außerdem ein paar Steine aus dem riesigen Übertopf (einen halben Meter Durchmesser) nehmen, nur so haben wir eine Chance."
„Ja, ja", brummte Sorgerecht unwillig – er wollte nach Hause, da um 20:30 Uhr der Besuch der Operette „Die Fledermaus" in seiner Heimatstadt Plauen geplant war.
„Wenn wir die Palme umgesetzt haben, können wir Schluss machen", flötete ich einlenkend.
Er hetzte aber weiter und beschädigte die Palme an ihren senkrechten Wedeln beim „durch die Tür gehen", da er nicht genug in die Hocke ging beim Durchlaufen.
„Auweija", rief ich und er unwillig darauf: „Das ist aber auch eine Scheiße!"
„Na, na Ruhe bewahren", sagte ich und sorgte mich um die Palme („Arme, kleine Palme", dachte ich, dabei war sie doch schon so groß).
Beim Herunterheben durch das Fenster auf dem Kirchberg ging Sorgerechts Hast weiter.
Er konnte den Untersatz nicht mehr halten und wir zwei Abnehmer im Büro hatten ihn noch nicht.

Wir konnten den Untersatz gerade noch so auffangen – er drehte sich, kam in Schräge – viele der tonfarbigen Steine fielen heraus – einer demolierte den Porzellanrand, der nun an einer Stelle ausgebrochen war.
Die Wurzeln wurden durch die Steine verletzt – ich hatte den Kanal voll und schlechte Laune. Ich ordnete besorgt Wurzeln, Steine, füllte Wasser nach.
Um es kurz zu machen, nach zwei Monaten hingen alle Palmenwedel nach unten, die Spitzen berührten den Fußboden.
Es war sehr, sehr schade – Sorgerecht hatte eben nicht gut gearbeitet – er hatte bei mir einen dicken Minuspunkt im Konto.

Zuneigung

Am kommenden Montag zogen wir in unser neues Büro ein. Über die Stirnseite der Baracke kamen wir über eine kleine Treppe in das Innere des Gebäudes – vor uns lag ein langer, schmaler Gang, wo rechts und links Büros anderer Firmen lagen. Unser Büro lag gleich vorn rechts.
Am Ende des langen Ganges sprang urplötzlich ein schwarzer Hund über einen sehr hohen Tresen, hetzte den langen Gang vor zu mir und verbellte mich über Gebühr, mir taten mächtig die Ohren weh.
Ich bückte mich zu dem aufgeregten Vierbeiner und versuchte ihn zu streicheln. Er wurde ruhiger – ließ es zu.
Parallel schloss ich unsere Bürotür auf.
Ich staunte, er bellte nicht mehr, schob energisch mit seinem Körper an meinen Waden, drängte sich an mir vorbei durch die geöffnete Tür und erkundete unser Büro, indem er überall schnuffelte und schaute.
Ich ging zu meinem Schreibtisch ganz hinten am Fenster.
Er kam zu mir, schaute mich an – lieb und Vertrauen erweckend blickten die rehbraunen Äuglein.
Ich war begeistert – der schwarze Hund war mir sofort sympathisch – ich streichelte ihn – auf dem Kopf, dem Rücken, etwas tiefer – hui – es ist eine Hündin – ich bin an die kleinen süßen Zitzchen geraten.
„Wie heißt du denn, Kleine?“, fragte ich – keine Antwort.
Stattdessen setzte sie sich, und als ich anfing, den Schreibtisch zu ordnen, legte sie sich.
Meine Frau kam: „Na, so was, wen hast du denn hier? Das ist ja spannend!“, äußerte sie.

Da stand die Hündin auf, ging unter meinen Schreibtisch und legte sich auf den Teppich, aber so, dass sie mit ihrem Körper auf meinen Füßen lag.
Wenn ich zu ihr herunterschaute (und das tat ich häufig) sahen ihre Äuglein mich an, ohne dass sie den Kopf hob – nur die Augen verdrehte sie in meine Richtung.
Mich beschlich ein wohliges Glücksgefühl – „ich bin noch begehrt, zumindest bei einer Hündin."
Ich arbeitete, ordnete, rief einen Architekten an – da kam sie hervor, umfasste, als wenn wir schon immer miteinander vertraut wären, mit beiden Vorderpfötchen meinen rechten Arm – links hielt ich den Telefonhörer – und rüttelte und schüttelte, wie wild.
Ich wunderte mich und konnte es kaum deuten – später gewann ich die Überzeugung, dass sie das Telefonieren partout nicht leiden kann.
Ich dachte nach: „Was wird denn die kleine Hündin denken, denkt sie überhaupt? Wieso ist sie denn zu mir gekommen?"
Laut sprach ich zu ihr: „Gefällt es dir bei mir? Wirst du mich jetzt häufig besuchen kommen?" Ich würde mich darüber riesig freuen. Überlege es dir einmal!"
Während ich zu ihr sprach, schaute sie mich sehr interessiert an. Dabei wiegte sie plötzlich den Kopf nach links, dann zurück in die Senkrechte und dann wieder nach rechts. „Das ist ja niedlich!", dachte ich.
„Na, ja – es gefällt mir doch gut hier. Der Mann hier riecht wesentlich besser als mein jetziges Herrchen – außerdem hat er so eine angenehme, freundliche Stimme. Die ist so richtig warm – das ist prima und ich freue mich. Mal sehen, ob er immer so entgegenkommend ist – hoffentlich! Vor allem bewegt mich – bekomme ich hier etwas mehr zum Schnabbern? Ich habe immer einen solchen Hunger und wenn ich beim Abendbrottisch sitze bei meinem Herrchen – da gibt es solche wunderbaren Gerüche – aber ich bekomme ja nichts".
Immer heißt es: „Geh ins Körbchen!"
Darüber bin ich sehr traurig – wo ich doch einen solch großen Appetit habe, einen so großen Appetit.
So geht es auch nicht weiter – aus der Dose bekomme ich nur einmal am Tag, das ist viel zu wenig für mich großen Hund.
Ich ärgere mich darüber sehr.

„Mal sehen, vielleicht wird das hier was. Er hat mich scheinbar wirklich gern, streichelt mich so lieb und schaut mich so warmherzig an. Das ist wirklich Klasse!", dachte die Hündin.
Auf alle Fälle blieb sie in unserem Büro – sie wollte offensichtlich nicht weg und blieb bei mir. Wenn es ihr langweilig wurde, schlief sie.
Gegen Mittag ließ ich sie in den Gang hinaus. Recht unlustig ging sie. Ich schaute hinterher.
Nach vielleicht 3 m drehte sie sich zu mir um und schaute fragend.
Darauf sagte ich mit meiner sanftesten Stimme: „Du musst weitergehen – zu deinem Herrchen!" Sie blieb sitzen und schaute mich an.
Ich wiederholte meine Aufforderung. Langsam erhob sie sich und trottete gelangweilt nach hinten zu der Tür rechts.

Am nächsten Tag, früh so gegen 7:00 Uhr, wartete sie bereits im Gang. Sie musste scheinbar nicht über den Tresen springen, da die Bürotür der Fensterbaufirma offen stand.
So ging dies jeden Tag – sie wollte bei mir sein – ich war glücklich.
Ich schaute sie mir gewissenhaft an – sie hatte ein hübsches Hündchengesicht mit einem langgezogenen Schnäuzchen (der Fachmann würde sagen – ein großer Fang), natürlich schwarze Nase, die häufig leicht in Bewegung war.
An ihrer, natürlich schwarzen Brust befanden sich zwei weiße Lätzchen. Sie waren circa 2 cm breit – das obere war etwas länger, dann kam eine kleine schwarze Unterbrechung, dann war unten noch ein kleines süßes Lätzchen. Aber auch ihre Hinterpfötchen waren von vorn bis zur Mitte weiß. Ihre schwarzen Schlappohren hingen meist herab, nur wenn man sie ansprach oder sie witterte irgendetwas, standen diese süßen, weichen Dreiecksohren in die Höhe und sie schaute äußerst interessiert – dies sah sehr hübsch aus – ich mochte die Kleine immer stärker.
Ihr Fell war schwarz. Es machte Freude, dieses kleine Lebewesen zu streicheln, da sich das Fell so seidig anfühlte. Dieses ist sehr glatt, glänzt wunderbar und sehr dünn (offensichtlich kein Unterfell).
Wenn Sie hechelte, sah dies aus, als wenn sie lächeln würde.
Dabei sah man aber ihre Riesenzähne, vor allem die Reißzähne vorn sahen sehr bedrohlich aus – „also ein freundliches Lächeln mit der Androhung von Gewalt, falls dies nötig würde", so dachte ich.

„Bin ich nicht ein hübsches Kerlchen?“

„Falls Gefahr droht, zeige ich meine großen Hauer“

Wir waren schon so vertraut miteinander, dass sie sich wohlig auf den Rücken legte und gekrault werden wollte. Dies gefiel ihr dann ausnehmend gut. Dabei zählte ich, dass sie zehn kleine Zitzen hatte, die paarweise angeordnet waren.
Am größten waren die zwischen den Hinterbeinen, sie wurden Richtung Kopf immer kleiner. Allerdings war um die zwei hinteren Zitzchen ein kleiner Sack vorhanden. Diesen sah man auch, wenn sie sich gesetzt hatte. Aus dem Anlass dieser Entdeckung sagte ich zu ihr: „Du, höre mal zu (ihre Ohren gingen hoch, die Augen blickten gespannt, die Nase schnüffelte leicht), mein liebes Hündchen, du bist sehr adrett, hübsch und charmant – allerdings hast du einen kleinen Schönheitsfehler bei deinen beiden hinteren Zitzen."
Sie nahm es kommentarlos zur Kenntnis – ihre Zuneigung zu mir litt nicht unter dieser Anschuldigung.
„Na ja, so schlimm ist es auch wieder nicht", schob ich noch nach.

Anbahnung

Nun wurde es Zeit, dass ich mich mal mit dem Herrchen in Verbindung setzte – meine Frau hatte der Hündin schon zweimal eine Bockwurst spendiert – dies konnten wir ja nicht einfach so selbstherrlich tun. Außerdem musste ich ganz einfach einmal Bescheid geben, dass die Hündin häufig bei uns weilte.
So ging ich zu der Firma und suchte den Geschäftsführer auf, der ja auch unser Vermieter war. Er fragte, wie es uns in den Büroräumen gefalle und ich konnte ihm sagen, dass seine Hündin häufig bei uns zu Gast sei.
„Das macht gar nichts", sagte er – wir haben sowieso selten Zeit für den Hund – die Firma, viele Aufträge, ein kleines Baby und einen fünfjährigen Jungen" – erläuterte er.
„Wie heißt denn die Hündin?", erkundigte ich mich interessiert.
Er sagte einen Namen – ich verstand Nelly und er erklärte: „Na, wie die Kellyfamily, aber eben nur Kelly.
Da wusste ich es nun – die liebe Kleine war die „Kelly".
An die Kellyfamily wollte ich dabei nicht erinnert werden – die sangen zwar recht schön, waren aber für mich immer etwas arg schmuddelig und ungepflegt. Na ja, das galt ja nicht für die Kelly.
Herr Polpot, so heißt der Geschäftsführer, hatte nichts dagegen, dass Kelly ab und zu in unserem Büro weilte und wir sie ein wenig fütterten.

Er sagte: „Ich gebe ihr aus der Dose Feuchtfutter einmal und zwar abends. Dann verzog er das Gesicht und zeigte mit einer Verzerrung, dass er höchstens (am Anfang zeigte er auf 9 bis 10 cm Doseninhalt, ging dann runter auf vielleicht 6 cm), Inhalt geben würde. Kelly tat mir auf der Stelle leid.
„Das ist ja wirklich verdammt wenig", bemerkte ich.
„Na, ja – zu viel ist ja auch nicht gut", konterte er.
Vielleicht eine Woche später kam Herr Polpot zu uns ins Büro, um mitzuteilen, dass Kelly in der Nacht gebrochen habe.
Ich erschrak - wir hatten ihr stark gesalzenes und geräuchertes Kassler spendiert.
„So eine Entgleisung", ich ärgerte mich.
Das hätte ich mir auch denken können – kein Tier in der Wildnis salzt und pökelt das Gerissene vor dem Fressen. Es war echtes Lehrgeld.
Bei der Schmalhans-Küchenmeister-Verpflegung von Kelly durch ihr (das Gesicht vor Sparsamkeit und Geiz lang gezogen) Herrchen, musste sie halt für sich selbst sorgen.
Dies tat sie zum Frühstück und zu Mittag bei den Tischlern, die an einem sehr großen, runden Tisch speisten. Früh entfiel später, da sie ja bei uns weilte, aber mittags aß sie alles, was ihr gegeben wurde.
Dies ist mit Sicherheit grundfalsch, haderte ich mit den Zuständen.
Allerdings wurde sie gut von den Handwerkern behandelt. Sie war überhaupt so eine Art Familienhund der Fensterfirma und eben sehr beliebt. Ganz anders sah es mit Jonas, dem Fünfjährigen aus.
Als er (ich hatte es gar nicht so schnell bemerkt) wieder einmal Kelly mit voller Wucht mit dem Fuß getreten hatte, trat der Handwerker, Herr Mahler, auf den Plan. Er sagte laut und empört zu Jonas (sein Vater stand daneben): „Jonas, wenn du noch einmal die arme Kelly schindest und gar mit dem Fuß trittst, haue ich dir eine in die Fresse, dass du ewig daran denken wirst!"
Ich erschrak. Polpot sagte keinen Ton. Das war's.
Dabei war Herr Mahler einer von der sanften, lieben Sorte Mensch, und obendrein noch sehr vornehm in allem. Deshalb hatte mich diese Reaktion von ihm auch so sehr erstaunt.
Sicher wusste er mehr als ich – wahrscheinlich war das Drangsalieren von Kelly häufig vorgekommen und sicher schon sehr lange – unter Garantie ein extremer Erziehungsfehler von Polpot.

Ich merkte, die Handwerker achteten sehr auf die kleine Kelly, das war echt wohltuend und beruhigend.
Nach diesem Vorkommnis hatte Herr Mahler bei mir einen ganz großen Stein im Brett – ich freute mich, wie engagiert dieser feine Mensch dem hilflosen Wesen Kelly unter die Arme griff.
An einem Morgen kam Kelly nicht.
Ich hatte Sehnsucht und war unruhig. Also marschierte ich so gegen 8:00 Uhr in das Büro von Herrn Polpot und fragte ihn: „Wo bleibt denn heute die kleine Kelly – ich warte schon sehr!"
Er überlegte „Ach, die Kelly ist ja noch in ihrem Zimmer eingeschlossen – ich hole sie gleich."
Kelly kam freudig angeflitzt – ich war erleichtert.
Am nächsten Tag passierte das Gleiche – dieses Mal marschierte ich aber schon kurz nach Arbeitsbeginn vor. Da sah ich etwas Lustiges.
Kellys Herrchen hatte eine Babyhose, innen gefüttert, in der Hand und versuchte, sie Kelly anzuziehen. Sie war etwas eng und vor allem, da Babys keinen Schwanz haben, war auch keine Öffnung für denselben vorgesehen.
Herr Polpot holte aber eine Schere, markierte die Stelle und schnitt Ratz–Patz ein Loch in die Hose. Dabei stellte er sich sehr geschickt an, wobei mir vor allem gefiel, wie er die Hose dann der Kelly anzog.
Ihm gefiel das Ganze – er schmunzelte ständig und sagte: „So, Kelly, nun müssen wir nur noch dein hinteres Ende, das nennt man, glaube ich, Schwanz – einführen."
Dabei wisperte er ständig „Schwanz einführen, Schwanz einführen – das macht Spaß, Kelly, das macht Spaß, was?"
Es war das erste Mal, dass ich Kellys Herrschen, bei richtig guter Laune erlebte – schön.
An einem Sonnabend sah ich, wie sich Familie Polpot zum Spazieren vorbereitete. Die Mannschaft umfasste Mutter und Vater, Kinderwagen mit Baby, Jonas und an der Leine die kleine Kelly, die dahin und dorthin zerrte und eigentlich rennen wollte, aber nicht durfte – für alle eine Überforderung, für Kelly eine Unterforderung.
Schade – sie wollte doch so gern ihre Schnelligkeit zeigen, schnüffeln und Stöcke zerkauen – all das ging nicht – etwas traurig.
Sie schaute interessiert nach mir, dann ging der Spaziergang los. Sie drehte häufig den Kopf in meine Richtung, wurde aber zurückgezogen.

Häufig kam Jonas zu mir ins Büro, da er oft Langeweile hatte und ihn meine flapsige und spaßige Umgangsart offensichtlich anzog. Zudem war ja Kelly bei mir. Sein Vater war gleichmäßig ernst, so richtig herzlich lachen sah ich ihn eigentlich nie.

Jonas redete auch auf mich ein, wenn ich telefonierte und ich musste immer den Finger auf den Mund halten – das dauerte, bis er es begriff und reagierte. Er suchte eben einen Partner zum Reden und Spielen und fragte unablässig irgendetwas: „Wozu sind denn die Buntstifte da? Es sieht doch so durcheinander bei Ihnen aus! Weshalb liegt denn immer die Mappe auf dem Teppich?" – wie eben so Kinder sind.

Ich war, trotz immer großen Arbeitsdruckes, geduldig und bereit, etwas zu erklären und zu zeigen.

Wenn meine Handwerker im Büro waren und wir etwas Wichtiges zu besprechen hatten, plapperte er einfach hinein. Meine Leute verdrehten die Augen und wunderten sich, da ich sonst immer so konsequent war.

Erst als Jonas wieder einmal Kelly unter meinem Schreibtisch mit dem Fuß trat, war meine Geduld zu Ende.

Kelly tat mir leid und ich warf ihn kurzerhand aus dem Zimmer.

Er kam aber immer wieder. Es gefiel ihm also offensichtlich gut bei uns. Er war ein richtig niedlicher Junge – hübsches Gesicht, sehr aufgeweckt und intelligent – aber eben überhaupt nicht erzogen.

„Herr Polpot, hier liegt für Sie eine große Aufgabe – nur moderne Spielsachen genügen ihrem Sohn nicht – gemeinsames Erleben ist da schon etwas dienlicher und kann begeistern", überlegte ich.

Ich arbeitete meist sehr lange im Büro – manchmal wurde es nach 21:00 Uhr, bis ich nach Hause fuhr.

Es war ein Wochentag, so gegen 20:00 Uhr. Ich konnte mich vor Lärm im Flur überhaupt nicht auf mein zu erarbeitendes Angebot zur Sanierung einer Sandsteintreppe konzentrieren.

Also ging ich auf den Gang.

Ach – war das schön, was ich da sah.

Herr Polpot hatte einen gelben Gummiball, den er warf, und Kelly flitzte danach. Sie holte ihn flott, legte ihn dann dem Werfer vor die Füße und bellte wie verrückt.

Das hieß: „Werfe noch einmal – ich mag es – es macht mir so eine Laune – ich hole ihn dir sofort wieder!"

Als der Ball einmal in meine Nähe kam, holte ihn Kelly und legte ihn zu meinen Füßen. Ich warf zurück.

Häufig fing sie den Ball im Fluge. Ich war natürlich äußerst begeistert. Es war aber eine zu große Hatz für sie und ich sagte zu Polpot: „Wenn Sie einverstanden sind, nehme ich Kelly noch für eine halbe Stunde zu mir – da kann sie sich beruhigen!"
„Einverstanden, schönen Abend noch."
Kelly war ganz aufgedreht und leckte mich, dann legte sie sich auf den Rücken – Bauchkraulen war angesagt.
Bei uns war Kelly ja nur von früh bis mittags.
Ab und zu (obwohl es mir um diese Zeit dienstlich schlecht passte) ging ich mit ihr spazieren. Dabei musste ich feststellen, dass sie gegen– über Hündinnen sehr aggressiv auftrat.
Wir mussten generell an einem Einfamilienhaus vorbei, wo eine Mittelschnauzerhündin wachte. Beide brachten sich fast um vor Wut und Angriffslust. Das war neu für mich.

Kelly könnte doch auch bei uns leben?!

Als ich einmal in unserem Bürogebäudegang das Herrchen von Kelly traf, sagte ich spontan zu ihm: „Apropos Kelly – Peter (wir waren inzwischen zum vertraulichen Du übergegangen), wenn ich einmal die Firma schließe, dann nehme ich die kleine Kelly aber mit?!"
Er hörte sich das aufmerksam an und entgegnete: „Darüber können wir jederzeit und sofort reden."
Schon am nächsten Tag saß er früh bei uns am Tisch – wir tranken gerade Kaffee. Ich war plötzlich ein klein wenig aufgeregt und hatte Herzklopfen, da ich ahnte, weshalb er da war.
Für meine Frau und mich war es sehr erstaunlich, als er nach dem Umrühren seines Kaffees sofort auf das Thema kam: „Ja", sagte er, „wir können gern darüber sprechen, dass ihr Kelly übernehmt. Ihr könnt sie doch einmal mit nach Hause nehmen und testen, wie es ihr und euch gefällt."
„Na, selbstverständlich, wir würden das sehr begrüßen, wollen euch aber auch nicht bedrängen und vielleicht ist es euch gar nicht so recht."
„Die Sache ist die", entgegnete er, „wir haben wenig Zeit für Kelly, der Jonas und unser Baby, die Firma im Aufbau und damit viel Stress – meine Frau soll sich auch noch einarbeiten und was aber das Bedeutendste ist – meine Frau hat eine Allergie gegen Katzen– und Hundehaare."

„Das leuchtet mir ein“, griff meine Frau ins Gespräch ein: „Wir können ja mal einen Abend in der Woche und dann noch ein Wochenende Kelly zu uns nehmen.“
„Einverstanden“, sagte er.
Ich war heilfroh, das Herzklopfen ließ etwas nach – auf alle Fälle gefiel es mir, dass die Bedingungen so waren.
Natürlich freute ich mich nicht über die Allergie bei Frau Polpot, aber dass wir damit die Chance hatten, die kleine Süße zu übernehmen, entzückte mich – ich hatte ein wohliges Gefühl in mir – ich strahlte.
Meine Frau dämpfte (wie üblich, wenn ich glücklich war) meine Stimmung. „Na, erst einmal sehen, wie alles läuft – vielleicht gefällt es Kelly gar nicht bei uns.“
„So ein Blödsinn, so ein Unsinn“, dachte ich, „freilich gefällt es ihr.“
Also blieb Kelly an diesem Tag insgesamt bei uns und um 18:00 Uhr (früher als sonst) fuhren wir drei aufs Land zu unserem Haus.
Peter Polpot hatte mir eine große, schwarze Decke mitgegeben – die legte ich auf den Beifahrersitz für Kelly.
Während der Fahrt bekam ich schon wieder leichtes Herzklopfen.
„Wird denn alles gut gehen, oder will die Kleine wieder zurück? Weshalb denn, sonst will sie doch auch ständig bei mir sein!“, sinnierte ich.
Ich hielt vor unserem Haus auf der Straße an, stieg aus, öffnete das Tor, blinkte links und wir fuhren den leichten Anstieg zum Haus hoch.
Kelly schaute unwahrscheinlich interessiert, was hier wohl abgeht, sie stand auf ihrem Sitz, sprang lebhaft hin und her, das Schnäuzchen auf und die Ohren interessiert auf Hoch gestellt.
Für sie ist alles neu. „Wo geht es denn hier hin? – Interessant! – Hier ist Wiese, da kann ich flitzen und Pipi machen – hoffentlich gibt’s was Ordentliches zu futtern – am besten ein saftiges Steak, ach da drüben ist auch ein Hund hinter dem Zaun – schön hier, es gefällt mir“ – sie strahlt (bilde ich mir ein).
Da sagte meine Beste plötzlich und für mich schockierend: „Ja, aber hoffentlich geht das mit unserer Katze gut.“
Wir hatten einen Kater mit dem schönen Namen „Charmant“.
Dieser sah einer Wildkatze sehr, sehr ähnlich, da seine Mutter, Purzel genannt, eine echte Wildkatze war. Purzel war nicht bloß um den Schwanz sehr buschig – sie sah am ganzen Körper wie eine gesprengte Matratze aus. Vor allem der Kopf war durch diese Haarfülle mächtig und gewaltig.

Sohn Jens sagte immer: „Purzel ist so ein richtiger „Hau drauf!“. Wenn der ankommt, macht es immer Hchüüüch. Der buschige Schwanz von Purzel endete in einer breiten, stumpfen Rundung. Am Ende des Schwanzes befanden sich drei schwarze Kringel.
Als Purzel „in anderen Umständen war“, wollte er sich, wie es Katzen offensichtlich so tun, eine stille Ecke im Schuppen oder Garten suchen. Ich merkte dies aber rechtzeitig und richtete Purzel im Bad eine Ecke mit vielen Decken, welche in einem Körbchen lagen, ein.
Dann beförderte ich den dicken Purzel (wir taten immer so, als wenn Purzel ein Mann wäre – dies war irgendwie durch seinen Namen entstanden) auf diese Stelle, damit er (sie) in Ruhe seine (ihre) Jungen zur Welt bringen konnte.
Als es soweit war, stand ich ihr natürlich mit meiner Betreuung zur Verfügung. Sie tat mir fürchterlich leid, denn die Wehen waren sicherlich sehr schmerzhaft und wenn ein Junges ankam, machte sie immer mit einem hohen, hellen und angstvollen Stimmchen „Hiiichch“. Es war jedes Mal ein richtiger Klagelaut.
Mit jeder Geburt war Mutterkuchen verbunden, welcher auch mit geboren wurde und den die Katze fraß.
Da es mir leid tat, dass Purzelchen den Mutterkuchen essen musste, nahm ich ihr ein Stück weg.
Später ärgerte ich mich sehr darüber, als ich belehrt wurde, dass der Mutterkuchen für den Katzenkörper sehr wichtig sei, da er für die Milchgewinnung und den Erhalt von Mineralstoffen usw. dient.
Purzelchen hatte vier hübsche Katzen geboren.
Ich untersuchte alle liebevoll und stellte überaus fachmännisch fest – zwei Katzendamen und zwei Katzenmänner.
Ein paar Tage später – ich wollte gerade im Bad nach dem Rechten schauen, ertappte ich Purzel dabei, wie er gerade ein junges Kätzchen in die Kellerbar schleppte. In dieser hatten wir ein schönes weiches Sofa zu stehen und dort hatte er schon zwei kleine Kätzchen hingeschafft. Für uns stand die Frage – weshalb tat er das?
Wir beratschlagten und vermuteten, dass Purzel der Platz im Bad nicht warm genug sei. Also legten wir zusätzlich warme Decken in das Körbchen des Bades und ich schaffte Purzel und die Kätzchen wieder zurück. Äußerst hübsch anzusehen war, wenn wir in das Bad kamen und sich die kleinen Köpfchen in unsere Richtung drehten.

Hier entstand auch die Namensvergebung. Da der eine so charmant schaute, wurde er eben von mir „Charmant“ getauft. Der zweite Kater erhielt von meiner Frau den Namen „Fridolin“ – die Kätzchen erhielten die Anreden „Susi“ und „Nena“ von mir verpasst.
Im Vorfeld der Schwangerschaft von Purzel gab es noch ein Riesenproblem. Die Schwiegermutter, die immer gern ihren Schwiegersohn, also mich, befehligte, legte fest: „Also Klaus – die Kätzchen ertränkst du gleich hinterher, damit Ruhe wird und wir nicht so viel Arbeit haben.“ Mich schauderte.
„Also, liebe Schwiegermutter, wenn ich die Kätzchen wirklich töten muss, dann tue ich das human, damit sie nichts merken, die armen, kleinen Wesen. Ich würde sie, wie ich es schon einmal tun musste, auf die Steinplatten werfen. Aber auch dies gefällt mir überhaupt nicht und hat mich damals, als ich es schon einmal widerwillig tun musste, viel Überwindung und drei Beruhigungsschnäpse im Vorfeld gekostet!
Ich habe daran kein Interesse! Ich tue das einfach nicht!“
Ich war ärgerlich auf Schwiegermutter, die so wenig Tierliebe in sich trug. Einmal hatte sie ein Kätzchen, das sehr krank war, zu unserem Nachbarn gegeben, welcher ein Bauer ist.
Hinterher hatte ich erfahren, dass er dieses Kätzchen in einen Sack steckte und mit einem Knüppel so lange zuschlug, bis es tot war. Fürchterlich – ich war entsetzt, hasserfüllt und ärgerlich auf mich selbst, dass ich das damals nicht im Vorfeld genau geklärt hatte.
So etwas kommt nicht wieder vor – nicht mit mir!
Da ergab sich gottlob aber etwas Wunschgemäßes.
Mein Nachbar auf der einen Seite sagte: „Klaus, mach dir doch nicht so viel Gedanken – kommt Zeit, kommt Rat! – Lass doch alles wachsen.“
Ich ließ alles wachsen und hatte wirklich Glück.
Sohn Till vom Nachbarn hatte Geburtstagsfeier und es kamen vielleicht 30 junge Leute zu dieser Feier. Dabei erfuhren sie, dass wir junge Kätzchen hätten und sie kamen zuhauf mit der Bemerkung: „Los – wir gehen zu den Katzeneltern – die haben hübsche Kätzchen – das wird interessant!“
Da waren alle vier Kätzchen ganz schnell vertan.
Eine junge hübsche Dame meldete Anwartschaft auf Susi und Fridolin an. Die Nächste wollte unbedingt Nena haben und die andere Charmant. Wir sagten zu.

Nach einer gewissen Zeit wurden die kleinen Kätzchen, und ich muss gestehen, gegen meinen inneren Willen abgeholt.
Es tat mir irgendwie leid, als sie abgeholt worden, es ging ja aber nicht anders und außerdem – was sollten wir mit fünf Katzen, bei Purzel angefangen.
Nur Charmant wurde nicht abgeholt und die Frau, die in einer Plattenwohnung im dritten Stock wohnte, teilte mit, dass sie Charmant nach ihrem Urlaub abholen würde.
Nach dem Urlaub rief sie an. „Mein Mann ist krank geworden, es klappt noch nicht." Danach fuhr sie wieder an die Ostsee zu ihrer Schwester.
Nun hatte ich es satt und sagte zu meiner Frau „Weißt du, Charmant behalten wir einfach – das ist mir alles zu unsicher!".
„Fein", sagte sie – „so haben wir eben zwei Kätzchen", und so gestaltete sich die Sache.
Purzel, als gute Mama, zeigte dem Charmant, wie man über den Zaun springt, wie man Mäuse fängt – Charmant war offensichtlich sehr gelehrig.
Aber da geschah plötzlich das Unfassbare – Purzelchen kam nicht mehr nach Hause. Er blieb tagelang weg. Dann kam er, war aber sehr scheu und ängstlich, uns wieder einmal besuchen. Wir waren darüber recht glücklich.
Was machen wir denn nur? Was sollen wir tun? Dies ging uns im Kopf herum, beschäftigte uns sehr. Purzel kam immer seltener zu uns. In die Küche und zum Fressen kam er schon überhaupt nicht mehr. Nur auf der Wiese schaute er nach dem Rechten und verzog sich bald wieder.
Dann war er plötzlich ganz weg und wir erfuhren, dass er in einem Nachbargrundstück in einem verschrotteten Auto sein Dasein fristete.
Dann hörten wir, dass der Nachbar ihn übernommen habe. Wir waren beruhigt – hier hatte es Kelly wie im siebenten Himmel, Gott sei Dank.
Sie hatte ein kleines Etablissement mit Schlafsofa, saubere Essecke und immer problemlos Zugang nach außen über eine Katzenklappe – wunderbar, fand ich.
Im Nachhinein klärte sich auch auf, weshalb denn die Mutterkatze Purzel unser Haus verlassen hatte.
Die Tierärztin, welche Purzel sterilisiert hatte, zeigte uns zwei Fruchtblasen, das heißt, sie hatte schon wieder der Liebe gefrönt. Da wollen die Katzenmuttis sich dann ganz auf den Nachwuchs konzentrieren,

verbeißen den früheren Nachwuchs – in unserem Fall Charmant. Diesen Frechdachs interessierte das alles gar nicht und er blieb einfach bei uns im Haus.
So zog Purzel die Konsequenzen – er zog aus und zwar in sein Schrottauto um, das heißt, die Mutter gab gegenüber ihrem Sohn auf.
Nun aber weiter mit dem Testbesuch von Kelly in unserem Haus. Ich wiederhole noch einmal – Meine Beste sagte plötzlich und für mich schockierend: „Ja, aber hoffentlich geht das mit Charmant gut. Also, Klaus, wenn Kelly die Katze vertreibt – dann, dann (mir schien es, als ob sie drohend schaute) können wir Kelly nicht übernehmen."
Meine Kinnlade klappte vor Überraschung und Enttäuschung nach unten – das Herz wummerte wie verrückt.
Meine Frau war dagegen ruhig und gelassen (das werde ich ihr so schnell nicht verzeihen). „Wo nehmen wir denn Kelly rein?"
„Na, von hinten über die Terrasse in die Küche, da muss sie nicht die Treppe hoch – du gehst vor und öffnest von innen die Küchentür", entgegnete ich tonlos (ich war fertig!) Ich ging mit Kelly um das Haus herum von hinten auf die Terrasse, sie schnüffelte überall und ich musste warten, bis sie alle Gerüche verarbeitet hatte.
„Komm, Kelly, herzlich willkommen, meine Kleine", sagte ich, etwas zittrig in der Stimme, zu Kelly, als die Terrassentür aufging.
Kelly und ich gingen hinein, Kelly zuerst – da plötzlich stand der Kater inmitten der Küche und schaute. Ich hielt die Luft an.
Kelly lief weiter – circa 30 cm vor der Katze hielt sie inne, überlegte kurz und ging vielleicht 10 – 20 cm an ihr vorbei in den Vorsaal und später in die Stube.
Mein Herz klopfte während dieser kritischen Phase zum Zerspringen – nun ließ der innerliche Druck nach, ich konnte wieder atmen. Sofort rannte ich zu meiner Frau. „Das ist nun aber damit geschafft, nicht, dass neue Probleme kommen!"
„Ja, ja", sagte sie beruhigend (sie hatte gespürt, wie es in mir arbeitete). „Das ist damit überstanden!"
Kelly sah das Ganze auch sehr gelassen – sie sah das Problem als erledigt an – man sah es an ihrem leicht freudigen Gesichtsausdruck, wo auch ein wenig Stolz mitspielte, dass sie so beherrscht geblieben war.
„Dabei war alles gar nicht so ohne", dachte sie. „Ich laufe freudig in das neue Haus, was auch mein Zuhause werden soll. Es geht die Tür auf, ich laufe 3 m und plötzlich, urplötzlich steht da vor mir eine bösartige

Tigerkatze – (die kann ich überhaupt nicht leiden!) – so ein Miststück – ich hätte am liebsten meine Zähne reingeschlagen und sie zerfleischt. Ich kochte vor Wut und Erregung – so ein Vieh!
Aber da schoss es mir durch den Kopf – „cool bleiben!" (ich hatte dies oft von den Kindern gehört und begriffen), sonst geht alles schief und es wird nichts mit Harmonie im neuen Haus. Also drückte ich meine Aufregung weg und lief so, als sei es das normalste der Welt, an diesem Untier vorbei."
Mein neues Herrchen gab mir einen Kuss auf die Stirn – das tut er neuerdings öfter, schön – ich himmelte ihn an – also alles paletti.
Summa summarum war es damit ein glücklicher Tag.
Wir aßen Abendbrot
Kelly bekam zwei Wiener Würstchen und saß an unserem Esstisch mit flehenden Blicken, unser Kätzchen Charmant übrigens auch, sie schaute aber anders, wohl interessiert und freundlich, aber mehr ins Leere.
Beide bekamen noch viele Rädel Wurst und alle waren zufrieden.
Danach zeigte ich Kelly unser Haus. Wir gingen in die Schlafstube, das Kinderzimmer, Arbeitszimmer, Stube, Bad, Kellerbar, selbst den Heizungsraum zeigte ich ihr und den Trockenraum, die Hausgarage natürlich auch.
Sie fand das alles sehr interessant, schaute mich dankbar an und dachte: „Ist ja ganz hübsch hier – das würde mir schon gefallen, überall sind Ecken zum schnüffeln – es riecht interessant und abwechslungsreich.
Allerdings rieche ich auch überall diese blöde Katze – das regt mich schon wieder maßlos auf, aber, aber Kelly, bleib ruhig! Mit diesem Miststück musst du nun mal eben leben.
Ich habe auch Katzenfutter gesehen – das sah ganz gut aus – vielleicht kann ich mir da ab und zu (wenn es keiner merkt) mal was holen. Das würde mir gut in den Streifen passen."
Nach diesem Rundgang gingen wir wieder nach oben und ich richtete Kellys Körbchen mit einer schönen flauschigen Decke und einem extra Kissen für ihr Köpfchen liebevoll her.
Sie machte kurz Probeliegen – offensichtlich gefiel ihr das Ganze.
Danach ging sie mit uns in die Stube und legte sich auf den Teppich. Dann gingen wir alle schlafen.
Ach, war das eine schöne Empfindung, die liebe Kelly bei uns zu haben. Ich schlief, und meine Frau ebenfalls, selig ein.

Nachts, wenn ich auf die Toilette gehen musste, ging ich an Kellys Körbchen vorbei. Sie schlief ganz fest und ich war glücklich – sie hatte absolutes Vertrauen zu uns, ein schönes Gefühl.
Am nächsten Tag fuhren wir drei wieder nach Zwickau und waren um 7:00 Uhr im Büro.
Bereits 7:30 Uhr klopfte es – Herr Polpot kam: „Ist alles in Ordnung, wie war es denn?"
„Ja, es lief alles wunderbar – vor allem war das Wichtigste, Herr Polpot, dass Kelly mit unserer Katze klar kam."
„Schön, schön", sprach er weiter, „da hole ich gleich die Sachen von Kelly."
Meiner Frau und mir blieb vor Staunen der Mund offen stehen – nach 10 Minuten kam er wieder und brachte ein großes Körbchen mit zwei weißen Lammfellen, zwei Bälle, eine Quietschente, drei Halsbänder, eine Automatikleine, Nassfutter, Leckerli, Hundeshampoo.
Zwei Tage später brachte Polpot noch eine schwarze Hundedecke, eine 2-m-Lederleine, einen Fressnapf aus Edelstahl, sowie ein Buch „die Hündin".
Gleichzeitig übergab er mir einen Tierübereignungsvertrag des Tierheimes Nauen, datiert vom 21.10.2003 mit einer Quittung in Höhe von 135,00 € sowie einen Impfpass. Wir nahmen alles entgegen und waren erstaunt, aber auch erfreut – unsere süße Kleine gehörte nun zu uns – wie schön!

Kellylein bei uns

Alle waren glücklich – meine Frau, Kelly und ich.
Natürlich mussten wir uns erst in das neue Miteinander dreinfinden.
So hatten wir zum Beispiel noch keinen Überblick, wie sich dies so mit „Pipi" und dem „Gackooooo" (eine Erfindung von mir – meine Frau behauptet immer, ich sei noch das kleinste Kleinkind mit meinen Späßchen und Klapsereien – „na ja", dachte ich, „Frauen reden offensichtlich immer so schlechte Sachen über ihre Männer, wo diese doch so lieb sind"), bei Kelly gestalten würde.
Sie schlief schön in ihrem Körbchen mit den zwei Lammfellen, trotzdem ließ meine Frau sie (aus Angst, es könnte etwas passieren) nachts zweimal raus in unseren Garten.

Dabei war Kelly sehr ängstlich und hatte eigentlich keinen Bock darauf, hinauszugehen. Es war ja auch immerhin noch Winter, sehr nass, etwas Schnee und dazu noch kalt.
Meine Frau drängte aber und schob an Kellys Hinterviertel, was ihr überhaupt nicht passte.
Ich nahm Kellylein in Schutz. „Stell dir mal vor, du schläfst schön in deinem Bettchen, kuschelig warm und plötzlich reißt dir einer die Decke weg und jagt dich in die Kälte bei 3 °C oder sogar Frost."
„So ein Unsinn, wir Menschen gehen doch auch in die Kälte hinaus", erwiderte sie.
„Ja, aber nicht so wie Kelly – da müsstest du nackt rausgehen, um die gleichen Verhältnisse zu haben. Du ziehst dir aber Unterwäsche, Strümpfe, Hosen, Mantel, „würgst" dir noch einen Schal um den Hals, setzt sogar einen Hut auf und ziehst Handschuhe an. Das ist doch nicht vergleichbar."
„Ja, aber die Hunde haben ein Fell", maulte sie.
Ich setzte die Auseinandersetzung nicht fort, da es Kelly nicht half.
Nach unserem Diskurs dachte Kelly für sich: „Ihr braucht euch nicht zu streiten, ich mache schnell mein bisschen „Pipi" und schwupps bin ich wieder im Körbchen in der Wärme – regt euch doch nicht so auf!"
So einfach ging es aber doch nicht.
Als sie wieder einmal von der Terrasse in die Küche kam, wurde sie von Frauchen angeblasen: „Halt, Kelly – Pfötchen putzen."
Ich hatte einen kleinen Plastikeimer mit Deckel da stehen. Dieser hatte in seinem Bauch Wasser und ein Tuch. Mit diesem wurde gereinigt: rechtes Vorderpfötchen, linkes Vorderpfötchen, rechtes Hinterpfötchen, linkes Hinterpfötchen und der Bauch.
Kelly wunderte sich: „So ein Käse, dass können sie sich einsparen, dieses Gewische und Geschabe an meinem unteren Körperende, was soll denn das? Bei Polpot musste ich nicht solche Balanceakte machen – vorn links, vorn rechts usw. usw. – ist ja wie im Zirkus!"
Schon nach kurzer Zeit merkten wir, dass Kelly, wie man so schön sagt, sauber ist. Falls Sie unbedingt in den Garten wollte beziehungsweise musste, zeigte sie das durch nervöses Herumspringen und Hinlaufen zur Küchentür an. Wir fragten uns, wer ihr das so wunderschön beigebracht hat. Auf alle Fälle hatten wir nun etwas Wunderhübsches erreicht – die liebe, süße, kleine Kelly war nun immer bei uns – einfach herrlich!

Ich sah Kelly glücklich an und schwor ihr: „Liebe Kleine, ich will dich unbedingt glücklich machen – du sollst es so richtig gut bei uns so haben, so, dass du dich wohl fühlst und jeden Tag aufs Neue freust." Dabei schaute ich sie sehr warmherzig an und sie schaute sehr interessiert zurück: „Weißt du, neues Herrchen, das wird alles so gut weitergehen, wie es zwischen uns begonnen hat – da bin ich ganz optimistisch."
Trotz ihrer lieben Antwort, fragte ich mich:
„Wird mir dies auch umfassend gelingen?"

Autofahren

Das Autofahren war recht unproblematisch.
Die schöne, schwarze Decke hatte ich auf den Beifahrersitz gelegt.
Dann öffnete ich diese Tür, rief Kelly und gab ihr das Kommando: „Spring".
Schwups sprang die Kleine auf den Sitz, drehte sich zu mir um und schaute mich an. Ihr fragender und etwas devoter Blick schien zu sagen: „Bist du zufrieden? Hab ich alles richtig gemacht?"
Ich lobte sie und sagte: „Kellylein, wir fahren jetzt los."
Interessant ist, dass dieser Ablauf bis heute geblieben ist und weiter so sein wird, bis auf das geänderte Kommando, was neuerdings „Hopse Mopse" lautet.
Dann fuhren wir los. Als wir das erste Mal von unserem riesengroßen Parkplatz über einen Zubringerweg zur B 174 fuhren, schaute Kelly stark angespannt durch die Windschutzscheibe. Sie saß kerzengerade und aufrecht wie Graf Koks.
Als wir dann auf der Bundesstraße waren und ich Gas gab, ging Kelly auf Tauchstation – sie ließ sich in den Fußraum des Beifahrersitzes hinab und nahm dort Platz. Dies passierte generell ab einer Geschwindigkeit von 30 bis 40 Kilometer pro Stunde – darüber war es ihr offensichtlich zu schnell. Der Fußraum ist auf alle Fälle der sicherste Ort für Kelly – bezogen auf die Verkehrsgefährdung. Die Polizisten erwarten, dass auch die Tiere so gesichert sind, dass sie bei einem eventuellen Aufprall nicht wie ein Geschoss durch das Fahrzeug fliegen. Der Ablauf mit dem „in Tauchstation gehen" war mir schon durch das Erzählen von Herrn Polpot von Anfang an bekannt. Dadurch wunderte ich mich kaum.
Da Kelly aber mit mir sehr häufig im Auto unterwegs war (früh auf Arbeit, abends zurück, tagsüber zu einem Park, zu einem Fluss oder zu

einem Architekten und anderes mehr), verschwand rasch diese Ängstlichkeit. Sie saß, wie schon erwähnt, immer wie ein Stasioffizier, exakt gerade sitzend, mit interessiertem Kontrollblick, da.
Um sie zu sichern, klickte ich ein Band, welches mit Bajonettverschluss an ihrem Gurt befestigt war, in die Peitsche für den Sicherheitsgurt.
Die schwarze Decke von Peter Polpot war insofern äußerst hilfreich, als sie an der Oberfläche sehr rau war und dadurch sämtlicher Schmutz von Kellys Pfötchen auf die Decke abgerieben wurde.
So konnte ich jedes Mal, wenn Kelly aus dem Auto gesprungen war, durch Ausschütteln der Decke den Schmutz aus dem Auto entfernen.
Nur mit diesem Argument war es mir möglich, dass meine Frau (sie wissen doch – deutsche, „übersaubere“ Hausfrauen können in dieser Hinsicht schon ein Problemfall werden) nicht protestierte, als ich Kelly den Beifahrersitz zuwies.
Es war natürlich trotzdem so, dass durch Kellys ständige Anwesenheit im Auto relativ viel zusätzlicher Schmutz und Staub hinein kam.
Damit muss man halt leben, wenn man ein Tier hat und es liebt, was hier in wunderbarer Weise gegeben ist.

Fröhliches Ballwerfen im Bürogang
Ab und zu spielte ich mit Kelly in dem langen Gang.
Sie freute sich riesig, holte blitzschnell den Ball, rannte zu mir, ließ ihn fallen und bellte extrem – in Erwartung weiterer Würfe.
Es machte uns wahnsinnig viel Spaß.
Wenn sie auf den Ballwurf wartete, sprang sie immer mit den Vorderpfötchen hoch und wenn ich den Ball aufheben wollte, so hatte sie ihn häufig gerade mit ihrer Springerei zur Seite geschleudert – das kleine Dummerle.
Aber an einem Tag – es war wohl etwas zeitiger als sonst – kam Polpot plötzlich aus seinem Büro und maßregelte mich Alten (er war ja gegen mich ein junger Hüpfer mit seinen schätzungsweise 25 Jahren) wie ein aufgebrachter Oberschullehrer: „Wir arbeiten hier noch – so geht das nicht! Es stört extrem!“
„Ja, das sehe ich ein – wir hatten bisher immer später gespielt, wenn keiner mehr da war – Entschuldigung“, sagte ich einsichtig.
„Nein, das geht nicht, auch wenn Feierabend ist – solche Sachen kann ich nicht dulden!“

Ich war erstaunt, dann kam mächtiger Zorn in mir hoch – ich drückte ihn weg und rief „Komm, Kelly – hier haben wir nichts mehr zu suchen!"
„Genauso", entgegnete er.
Ich wusste nicht, was die Antwort bedeuten sollte, es ärgerte mich aber gewaltig. Für mich hatte sich Polpot aufgespielt und mächtig überzogen. Es war außerdem sehr unfair – auch gegenüber der kleinen Kelly.
Ich setzte mich in meinem Supersessel (meine Frau hatte in einem Schreibbüro einen wahnsinnig modernen Bürostuhl gekauft, der zwar unheimlich angenehm, aber viel zu teuer war), sank angenehm nach hinten (ich wollte mich entspannen), setzte mich gleich wieder senkrecht, gab Kelly einen Kuss auf die Stirn und sagte: „Siehst du, liebes Kellylein, so sind die Menschen – denken nur an sich, diese Egomanen! Immerhin hatte Polpot auch während der Arbeitszeit im Gang Apportieren praktiziert".
Kelly schaute mich lieb und verständnisvoll an und gab von sich: „Mache dir nur keinen Kopf liebes Herrchen – ich habe dich doch lieb – wir können auch woanders spielen, auf einer Wiese oder du wirfst einen Ball ins Wasser. Ich kann nämlich auch gut schwimmen. Ärgere dich nicht über meinen Früheren – jetzt habe ich doch dich und dich wollte ich unbedingt haben – ich habe dich sehr lieb!"
Das freute mich riesig, was Kelly da sagte – ich war glücklich und drückte meinen Kopf an den ihren – sie leckte um die Kurve, erwischte meine Wange. Also: Ballspielen in der Baracke war plötzlich nicht mehr in – schade! Nun kam es auch vor, dass ich etwas überlastet war und kaum Zeit für Kelly hatte.
Da ich noch nicht wusste, wie sich Kelly allein in unserem Büro verhält, ging ich mit ihr zu Polpot vor und fragte, ob ich Kelly für zwei Stunden dort im Büro lassen könne.
„Selbstverständlich, kein Problem", wurde mir geantwortet.
Aus den zwei Stunden wurden aber leider vier und ich hatte gegen– über Kelly ein schlechtes Gewissen.
Als ich sie abholte, schaute sie sehr traurig. Keiner hatte sich um sie gekümmert – nicht mal ihr früheres Herrchen. „Ein paar Mal hätte er ja Ballwerfen können – dieser Superegoist", dachte ich rachsüchtig und war sehr unzufrieden mit Peter.
„Na ja, in Zukunft werde ich mich wieder persönlich um Kelly kümmern und sie am besten im Auto mitnehmen."

Warnbiss

Mit Frau Polpot hatte ich einen guten Kontakt. Wir schwatzten ab und zu miteinander. Sie pflegte die Beete am Hauseingang, pflanzte neue Sträucher und ich bekam schon auch den Hinweis, dass Kelly wieder darüber gelaufen sei und einmal ein Loch in die Erde gebohrt hätte – das war ja aber ganz normal (zumindest für mich).

Jonas war wieder einmal bei uns im Büro. Ich hatte ihm Buntstifte gegeben und er malte. Gerade versuchte er, seinen Roller zu Papier zu bringen. Es gelang ihm nicht und ich sagte: „Jonas, geh doch mal in den Flur und schaue ihn dir genau an. Dann malst du – dies wird dann leichter gehen, da du ihn ja gerade gesehen hast. Zur Not helfe ich dir."

Plötzlich ging die Tür auf und Frau Polpot rief „Jonas, du musst kommen – Opa ist da!"

Er verschwand rasch, da Opa offensichtlich sehr beliebt war – er brachte immer etwas mit. Dafür war seine Mutti bei mir im Büro und wir redeten über dies und das. Sie fragte, wie es denn so mit Kelly „laufen" würde und ich berichtete, hatte ihr nur Positives zu erzählen.

Dabei erwähnte ich (um den Erziehungsprozess zu beschleunigen), dass Jonas Kelly einmal unter dem Schreibtisch arg getreten hatte und ich äußerst erstaunt und empört war.

„Ja, ja, der Jonas ist meist ein lieber Kerl, aber zur Kelly war er meist böse und quälte sie. Einmal hat Kelly ihn in den Kopf gebissen."

Ich erschrak: „Ei Gott!"

„Nein, nein", sagte sie, „die Kelly trifft keine Schuld – es war auch nur eine Warnung ohne ernsthafte Verletzungen – sie wusste sich nicht mehr zu helfen. Das war ja auch der Grund, weshalb wir so rasch auf Ihren Vorschlag eingegangen sind."

Nun war es heraus – ich staunte und freute mich über die Offenheit, Ehrlichkeit und über ihren guten Stil, Kelly berechtigt in Schutz zu nehmen. Ich wünschte ihr für Jonas` Erziehung gutes Gelingen und betonte, dass er recht aufgeweckt und intelligent sei.

„Ja, ja, das ist er – ich wünsche Ihnen noch einen schönen Abend."

Wir waren übereifrig

In diesem Bürohaus war auch eine Dachdeckerfirma und wir hatten uns mit dem Geschäftsführer und seiner Frau ein wenig angefreundet.

Eines Abends – es war so gegen 17:45 Uhr – trafen wir sie auf dem Gang.

„Was, Sie gehen schon – früher war doch für sie höchstens nach 20:00 Uhr Schluss, oder gar 21.00 oder 22:00 Uhr? Was ist denn los?"
„Ja, Frau Pferdewange, die Kelly bekommt doch um 18:00 Uhr ihr Abendbrot und da müssen wir nach Hause", antwortete meine Frau.
Frau Pferdewange lachte schallend (sie hatten übrigens auch einen Hund – einen übergroßen Schäferhund, auch eine Hündin – sie wog 52 kg) und rief: „Ernst, komm doch mal her, die Eulenbergers gehen nach Hause, weil die Kelly um 18:00 Uhr ihr Essen bekommt.
„Ist das nicht zum Lachen?"
Er lachte ebenfalls über Gebühr.
Wir waren eben neu auf diesem Gebiet, wollten alles richtig machen, waren übereifrig und verliebt in die kleine Kelly.

Kelly beißt von einer Schnitte ab

„Mein neues Herrchen rief plötzlich im Büro: Kelly, wir müssen ein Leistungsverzeichnis über Stuckarbeiten aus dem Auto holen – ich muss heute noch ein Angebot dazu erarbeiten – komm, es eilt!"
Also – ich schnell zu ihm hin, freute mich, dass etwas losgeht. Wir gingen zur Tür hinaus.
In der Nähe der Briefkästen saß ein Monteur (ich kenne ja alle und alle kennen mich – es ist ein inniges Verhältnis, habe auch immer mal einen Happen bekommen – das war Klasse), hatte seinen Rucksack (von der Montage) neben sich liegen und saß auf dem Asphalt.
Dabei kaute er eine Schnitte.
Sofort war ich in gelaufen und hatte geschnuppert – es roch wunderbar nach Salamiwurst und feinem Brot – einfach köstlich. Mir tropfte der Zahn, nein, nicht nur einer – alle.
Der Monteur sagte: „Kelly, wie geht es dir, habe dich lange nicht gesehen."
„Na gut", sagte ich, „habe hier ein neues Herrchen – das ist wunderbar." Er streichelte mich und ich schaute ihm sehnsüchtig, flehentlich in die Augen und – auf die Weißbrotschnitte. Ich weiß, dass dies die Menschen weich macht – ich muss nur beständig schauen (nicht weggucken) und ganz lieb den Kopf hin– und her wiegen.
„Da", sagte er zu mir: „Beiß – Kelly, beiß ab!"
Das war ich nicht gewöhnt.
Mir wurde das Essen immer mundgerecht serviert, zum Beispiel vor allem durch meinen Neuen – der machte das fein, schnitt Fleisch klein

und machte aus großen Brocken kleine. Aber abbeißen – nein, das kannte ich nicht.
„Beiß, Kelly, beiß doch endlich!"
Er hielt mir die Schnitte wiederum hin. Es war eine dünne Weißbrotschnitte, doppelt mit Salamiwurst, eine von den Babbeligen, die man in England Sandwiches nennt.
„Na ja", dachte ich, „da beißt du eben einfach mal hinein."
Ich biss – aber das Abbeißen kannte ich nicht.
Also machte ich meine Kiefer wieder auseinander – im Brot und der Salami waren meine Minischneidezähnchen als Vertiefung und meine Reißhauer als Löcher zu sehen – der Biss war aber noch an der Schnitte.
Der Monteur drängte: „Mein Gott, Kelly, beiß ab, ich will dir doch etwas geben und etwas Gutes tun und hielt wieder hin."
Also biss ich erneut und zog weg – der Biss war in meinem Schnäuzchen – herrliches Weißbrot, ganz weich, mit dünner Salami – ein Genuss! Ich schluckte.
Der Monteur sagte: „Fein Kelly – hat das geschmeckt?"
Er biss auch wieder hinein und aß die Schnitte auf.
Nun passierte etwas, was ich nie verstehen werde, mein Herrchen und die anderen, die zugeschaut hatten, lachten schallend, schlugen sich vor Vergnügen auf die Schultern und ihre Oberschenkel.
Sie konnten sich gar nicht wieder beruhigen.
So sonderbar hatte ich mein neues Herrchen noch nicht gesehen – er benahm sich ebenfalls richtig affig und daneben – ich wunderte mich und wiegte erstaunt den Kopf hin und her. Ich hatte doch nur etwas gegessen.

Kelly versteht alles
Wie das halt so ist – es gibt häufig viel zu bereden.
Dies geschah bei uns im Bürogang oder aber auch auf dem Hof.
Kelly hatte die angenehme Eigenschaft zu warten, wenn wir uns unterhielten. Dabei hatte ich häufig beobachtet, dass sie uns Kommunizierende immer genau im Blick hatte und interessiert zuhörte und zuschaute.
Mehrfach sagte Herr Pferdewange: „Wenn wir so miteinander sprechen – die Kelly schaut sehr aufmerksam zu – sie versteht jedes Wort!"

Daraufhin beobachtete ich Kelly genau, wie sie auf unser Gespräch reagierte. Sie sah immer den Sprechenden an, schaute so wissend, teilweise schon vergeistigt, als wenn sie über unsere Inhalte nachdenke und sich eine Meinung bilden würde. Ich war sehr, sehr beeindruckt.

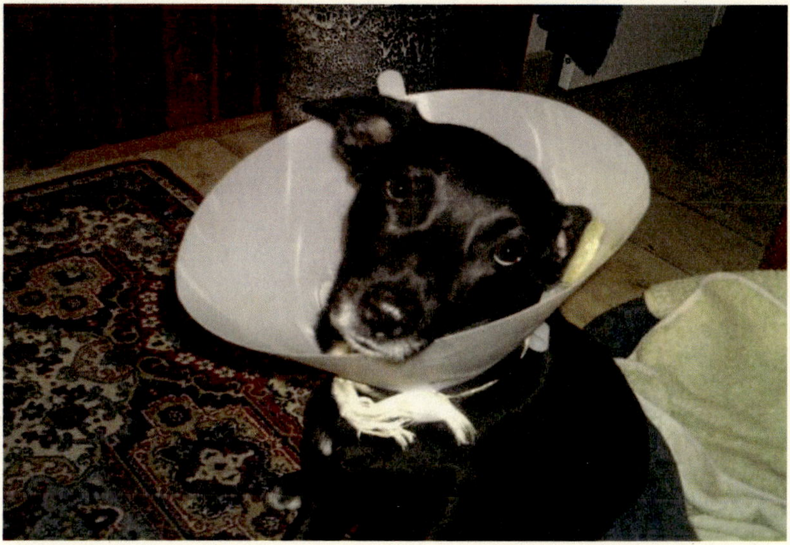

„Ihr denkt doch nicht etwa, dass ich euch nicht verstehe?“

Das Wort „vergeistigt“ erinnert mich an folgende Situation und sicherlich habe ich in Erinnerung dessen diesen Ausdruck auch hier gebraucht.

Wir saßen in einer lockeren Runde an der Universität zusammen. Es gab Dinge zu besprechen, die mit der Vorbereitung einer Tagung in Zusammenhang standen. Wir kannten uns alle und waren sogar teilweise befreundet – eben eine lockere Runde. Fast alle hatten eine hohe Graduation aufzuweisen – es waren viele Doktoren und Professoren anwesend.

Einer aus unserer Runde wurde beauftragt, mit einem Professorenkollegium fachliche Fragen zu besprechen.

In diesem Kollegium (das war allgemein bekannt) ging es sehr steif zu – es waren alles altgediente, humorlose und honorige Leute – etwas anders als in unserer lockeren Runde.
Der von unserer Runde Beauftragte stöhnte ob dieser Mission und gab von sich: „Das stinkt mich ja mächtig an – mit diesem Kollegium habe ich es ja nur mit ganz vergeistigten Typen zu tun – furchtbar!“

Kellys Vergangenheit – wie lebte sie?
Das frühere Herrchen von Kelly übergab mir auch einen Tierübereignungsvertrag, geschlossen zwischen dem Tierheim Nauen am Galgenberg und Frau Kathleen Lenk, wohnhaft in Werdau, datiert vom 21.10.2003, sowie einen Impfpass. Danach war Kelly am 26. Juli 2001 geboren worden. Als Geschlecht wurde o angegeben – meines Wissens bedeutet dies weibliches Geschlecht. Als Farbe wurde angegeben: schwarz mit weißem Latz (in der Realität hatte Kelly aber noch weise Pfötchen, hinten links und rechts – das hatte man vergessen).
Ich rief sofort im Tierheim in Nauen an, um mich über Kelly zu erkundigen. Eine nette Frauenstimme sprach zu mir: „Ich habe mir die Karteikarte von Kelly besorgt und diese jetzt in der Hand. Kelly hatte eine schwere Kindheit. Sie lebte nur auf der Straße – war bei einem schwarz gekleideten Punker. Sie hatte Nachwuchs, aber alle Welpen starben. Dies meldeten Bürger an das Tierheim und so geschah es, dass Kelly dem Punker weggenommen wurde und zu uns ins Tierheim kam. Hier war sie aber höchstens zwei Monate. Dann kam eine junge Frau Lenk, Kathleen, die sich für Kelly interessierte. Sie konnte sich allerdings lange nicht entscheiden, nahm dann aber Kelly doch mit.“
Ich dachte für mich: „Ach, du arme kleine Kelly – da hattest du es schwer in deiner Jugend. Sicher hat es dich wahnsinnig mitgenommen, dass deine Kinder starben – das tut mir unendlich leid. Wahrscheinlich hat der Punker nicht ausreichend für dich gesorgt und du hattest infolge des zu geringen Futters keine Milch, beziehungsweise zu wenig – auch das ist traurig, arme Kleine. Nun, wir werden uns bemühen, dass du es bei uns dafür umso besser hast – das verspreche ich dir!“
In der Nähe unserer Firma war das mexikanische Restaurant des Espitas. Der Juniorchef hatte eine Freundin – dies war Kathleen Lenk von Werdau. Kathleen sprach im Tierheim wegen eines Hundes vor – Kelly gefiel ihr sofort, aber sie überlegte sehr lange, offensichtlich weil in diesem Restaurant auch immer wenig Zeit zur Verfügung stand.

Ich fragte mich: „Wieso überlegte die Kathleen denn so lange bei der lieben Kleinen, da muss man doch nicht überlegen, na so was!“
Aber dann entschied sie sich doch und Kelly war im „Mexikaner.“
Als Kelly bereits zwei Jahre bei uns war, besuchten wir einmal dieses Restaurant und aßen ein wunderbares Bohnengericht (Kidneybohnen – einfach Klasse).
Kelly wurde von der Kellnerin sofort erkannt und freudig begrüßt.
Auf meine Frage, wie es denn Kelly dort so ergangen sei, antwortete sie: „Nicht schlecht, na ja, Zeit hatte ja kaum einer für sie – leider. Häufig bekamen wir Kellner Order, sie auszuführen. Da drüben – sie zeigte in eine Ecke des Restaurants – hat sie häufig und oftmals, leider viel zu lange, liegen und warten müssen!“
Mir tat die Kleine im Nachhinein leid – keiner hatte recht Zeit für sie, etwas traurig.
Ich bemühte mich sehr, Kathleen Lenk, zu erreichen. Schließlich war sie es ja, die Kelly wieder „zurückgeholt“ hatte – letztendlich zu mir, zu uns. Ich war ihr dankbar und vermutete, dass sie sich über einen Kontakt und ein paar Bilder von Kelly mit Informationen, wie es Kelly so ergangen ist, freuen würde. Es gelang mir aber leider nicht, sie zu erreichen.
Nachdem die Freundschaft mit dem Juniorchef zu Ende gegangen war, zog sie nach England – keiner hatte ihre Adresse, eigentlich erstaunlich.
Der Chef war aber mit Polpot befreundet und fragte ihn: „Sag mal, Peter, kannst du nicht die Hündin übernehmen, ich habe ja kaum Zeit – Du weißt doch, dass es mit meiner Kathleen, die damals die kleine Kelly aus dem Tierheim geholt hatte, leider aus ist“.
Polpot stimmte zu und so hatte sich der Kreis geschlossen.

Kelly geht nicht einfach spazieren – sie erkundet!

Kelly und ich gingen tagsüber, wenn es zeitlich einigermaßen zu realisieren war, viel spazieren. Früh, circa 6:00 Uhr, fuhren wir zuhause los. Dann ging es zum Croatenberg (dies war ein herrlich großer Hang mit Buchenwald) oder in den Stadtpark. Hier musste ich aber immer sehr auf die Uhr sehen, da häufig ab 7:00 Uhr schon der erste Termin war beziehungsweise musste ich auch im Büro sein – für eventuelle Anrufe. Außerdem war aber auch meine Frau da, die ihr eigenes Auto hatte. So war ich etwas entlastet und konnte mit Kellylein Morgenluft schnuppern.

Ich erlaubte uns aber höchstens 30 Minuten, manchmal flitzten wir auch schon nach 20 Minuten zum Auto.
Da hatte ich dann ein schlechtes Gewissen gegenüber Kelly und wollte es mittags dann gleich ausgleichen. Entweder gingen wir an der Mulde spazieren oder – und dies war mit das Interessanteste – wir liefen den Knappengrund hinunter. An der Mulde liefen wir häufig über den Röhrensteg. Dieser ist einer der wenig erhalten gebliebenen, überdachten Holzbrücken Deutschlands.
Eifrig erklärte ich Kelly: „Du – hör mal zu – seit 1535 wurde über diese Brücke mittels durchbohrter Baumstämme ...“
Sie schaute mich interessiert an, rannte aber ab „Baumstämme“ mit der Bemerkung: „Du Herrchen, erzähl nicht so viel, sonst ist deine kostbare Zeit zu Ende und wir sind nicht genügend über die Brücke marschiert“, davon.
So einfach kam sie mir nun aber auch nicht davon. Auf der anderen Muldenseite angekommen, stellte ich sie zur Rede: „Kelly, hört zu – sonst erzähle ich dir nichts mehr. Also – mittels durchbohrter Baumstämme wurde sauberes Trinkwasser aus dem Reinsdorfer und Pöhlaer Grunde in die Stadt geleitet.“
Sie hörte aufmerksam zu, aber es wurde Zeit, dass ich zum Ende kam, denn sie jagte schon wieder davon und schnüffelte an einem Maulwurfhügel – dann stellte sie sich mit ihren langen Beinen darüber und pinkelte genau auf den Haufen (das beobachtete ich übrigens häufig!)

Knappengrund
Dieser Grund war mit der schönste Wanderweg.
Oben auf dem Brückenberg, höchstens 300 m von unserem Büro entfernt, „tauchten“ wir in diese Schlucht mit Mischwald ein.
Bevor wir aber dorthin kamen, mussten wir an drei neu gebauten Einfamilienhäusern vorbei. Das mittlere wurde von einem Mittelschnauzer bewacht, aber dies mit einer Aggressivität, die enorm war.
Hier bekam ich auch sehr schnell mit, dass Kelly gegenüber Hündinnen ebenfalls erstaunlich giftig auftrat.
Wir traten aus unserem Bürogebäude, ich schnallte Kelly an die 10 m–Leine an (da auf dem Hof teilweise sehr viel Autoverkehr war) und am Ende des Parkplatzes löste ich den Bajonettverschluss.
Das war aber grundfalsch – Kelly steuerte sofort auf den Zaun des Mittelschnauzers zu und dann jagten die beiden schwarzen Kerle (der

Schnauzer war auch durchweg schwarz „gekleidet") wie die Verrückten hin und her (circa 20 m nach rechts, dann zurück), beschimpften sich, verbellten sich – sie hätten sich am liebsten aufgefressen, falls Gelegenheit gewesen wäre. Der Lärm war extrem stark und da wir fast jeden Tag dort lang gingen, dauerte es nicht lange und ich wurde von dem Hausbesitzer auf übelste beschimpft.
Ich verstand nicht, weshalb er es nicht fertig brachte, sich in einer ordentlichen Form mit mir zu verständigen.
Nach vielen Beleidigungen wurde es mir doch zu bunt (ich bilde mir ein, recht gutmütig – meist zu gutmütig – zu sein, aber wenn ich Zorn bekomme, dann explodiere ich) und ich beantwortete seine Anschuldigungen damit, dass ich verblödet und ein Ochse sei, mit ähnlichen Schimpfworten.
Dabei wurden die Tiere immer größer. Nachdem ich ihn einen Trottel, ein Rindvieh, Hornochse und in der Hilfsschule groß Gewordenen genannt hatte, gelang es mir endlich, Kelly wegzuziehen und in Richtung Schlucht zu gehen. Mein Adrenalinspiegel war hoch, der Pulsschlag war 160 und Kelly knurrte auch noch ständig. Das war keine Erholung und Erbauung.
Ich sprach ruhig zu Kelly: „Du, Kleine pass mal auf, das war von dir nicht in Ordnung. Wenn ich dich rufe, hast du mit Bellen aufzuhören und zu mir zu kommen. Dein Benehmen hat mich sehr geärgert. Wenn wir so weitermachen, kommen wir noch ins Irrenhaus oder es kommt zu einer Keilerei zwischen dir und dem Schnauzer und mir und dem Besitzer – das fehlte noch. Ich habe genug Arbeit und Ärger, vor allem in der Baufirma, wo Leute nicht richtig zahlen und uns betrügen wollen. Überlege es dir, ich will meine Ruhe! Mit diesem blöden Neureichen will ich nichts mehr zu tun haben!"
Kelly hörte sich meine – einverstanden, sehr lang geratene Rede – gewissenhaft an und dann lief sie zu einem Baum. Ich hinterher. „Also Kelly, ich will deine Stellungnahme!"
„Na, was soll ich sagen, der Schnauzer und seine Herrchen können mir mal den Buckel runterrutschen! Ich will jetzt schnüffeln!"
Dann knurrte sie leicht – sie wollte ihre Ruhe haben.
Jetzt „tauchten" wir aber wirklich in die Schlucht ein. Rechts und links hohe Hänge, viel Gras, altes Laub, auch Erde und Geröll. Kelly jagte den Hang hoch – schaute von oben mit einer Superlaune auf mich

herab und kam wieder runter gesaust. Danach schnaufte sie nicht allzu sehr – für mich sehr erstaunlich.
Das wiederholte sich ständig – ein Energiebündel, die Kleine.
Am schönsten war es im Knappengrund, wenn sich die Sonne durch die Äste und Blätter ihren Weg suchte, es bildeten sich Lichtstreifen mit irgendwelchen Partikelchen darin, wahrscheinlich Wasserdampf (es war meist sehr feucht im Grund – bis auf den Hochsommer). Die Partikelchen funkelten – es entstanden zarte Lichtblitze. Dies war sehr hübsch anzuschauen.
Wir liefen in der Schlucht neben einem kleinen Bächlein, der Weg führte aber auch über die Schlucht hinweg auf einer Holzbrücke mit Geländer (eine Art Knüppelbrücke) – dann ging es wieder nach unten.
An einer Stelle war ein Findling zu sehen, welcher, in der Eiszeit von Skandinavien kommend, bis hierher bewegt wurde.

Das heißt, für unsere Fort- und Weiterbildung wurde hier gesorgt.
Ganz unten angekommen, waren wir auf einer Böschung der Mulde und konnten auf der anderen Seite das Schloss Osterstein, den Pulverturm und den Dom Sankt Marien sehen.
Meist gingen wir neben der Schlucht auf dem Rückweg eine lange Steintreppe wieder hoch. Oben angekommen, konnten wir von einem Pavillon aus über die gesamte Stadt sehen – wunderschön.
Von dem Pavillon aus konnten wir oberhalb der Schlucht auf einem schmalen Weg, der sich sehr kurvig schlängelte, zurücklaufen oder aber durch den Schrebergartenverein ... und dann über die Felder zurücklaufen.
Wenn die Sonne strahlte, wählten wir die zweite Variante.
Ich sagte häufig: „Kelly, bleib schön in der Sonne, damit du etwas braun wirst."
Sie antwortete: „Ich heiße doch nicht Klaus Herrchen, welcher bei jeder sich bietenden Gelegenheit sein Gesicht in die Sonne reckt – eitler Fatzke."
Bei schlechtem Wetter liefen wir den schmalen Weg. Dort trafen wir häufig einen alten Mann mit einem kleinen Hund, der vor Furchen nur so strotzte – einem Mops.
Das war lustig – der bestand nur aus Fett und Falten, zumindest kam es mir so vor. Bei den ersten Treffen dachte ich: „So ein verrunzeltes Stück Hund – das wäre nichts für mich!"

Später schaute ich mir aber den Hund genauer an und fand, dass er doch recht hübsch aussah. Zudem kam es mir gar nicht zu, darüber zu befinden – wo die Liebe eben hinfällt, da soll sie auch bleiben.
Ins Gespräch kam ich mit dem alten Mann leider nie, da er wahrscheinlich dachte, dass die kleine Kelly seinen Mops auffressen würde – er nahm ihn immer schnell hoch und hielt seine Arme schützend vor das kleine Fettknäuel.
Der Knappengrund verdankt seinen Namen der Tatsache, dass ab circa 1850 die Bergleute (Knappen genannt) von Zwickau aus, durch diese Schlucht, zum Kirchberg und dort zum Dreierschacht (Steinkohlenschacht) liefen – abends wieder zurück.

Erste Bewährung im Hundekampf

Eines Tages kamen wir auf dem Feld zurück (die erwähnte zweite Variante), die Sonne schien, wir hatten eine supergute Laune.
Als wir vielleicht noch 100 m von der „Eintauchstelle“ in den Knappengrund entfernt waren, sahen wir Mittelschnauzer mit dem Übelstbeschimpfer aus dem Grund „auftauchen.“ Kelly blieb stehen, reckte den Kopf nach vorn, senkte ihn und stand wie eine Statue da.
Da ich den Braten schon roch, rief ich mit aufgeregter Fistelstimme „Kelly bleib hier!“
Plötzlich rannte sie in einem Affenzahn los – ich schrie nochmals „Kelly – halt!“ Sie hörte nicht auf mich. Lauthals rief ich mehrfach – ein Wunder geschah, sie blieb stehen. Ich flitzte eilig hin und wollte die Kleine anklicken – da – ich dachte, ich drehe durch – Kelly rannte erneut zum Schnauzer.
Die Tragweite wurde mir immer bewusster – ich lief schnell, schneller, rannte, raste, so schnell ich konnte.
Da ging der Zirkus schon los. Kelly stürzte sich auf den schwarzen Gegner. Dieser war an der Leine und ich konnte, trotz der körperlichen Erschütterung durch mein Rennen, erkennen, dass der Schnauzer auch auf Kelly losging – Auweija, Auweija!
Irgendwann zog der Mann mit der Leine den Schnauzer weg, ich hatte den Eindruck, dass dieser Hilfsschüler (so nannte ich ihn insgeheim, wenn ich an diesen Trottel dachte) bewusst spät, sehr spät, seinen Hund zurückzog.

Ich hin, fasste Kelly am Halsband, untersuchte aufgeregt und schnaufend, ob sie verletzt war – ich suchte nur am Hals, aber der war nur voller Schleim vom Schnauzer – „Gott sei Dank“, dachte ich.
Der Schnauzerbesitzer schnauzte (jetzt war mir klar, warum dieser Schnauzer einen Schnauzer hatte) – natürlich in gewohnter Manier (etwas anderes hatte ich von ihm auch nicht erwartet): „Du Döskopp, pass doch auf – nimm ihn an die Leine und sorge endlich für Ruhe – Hornochse, blöder!“
Ich war viel zu aufgeregt und vor allem auch abgekämpft – ich atmete immer noch schwer nach der Rennerei, als dass ich darauf eingegangen wäre, drückte Kelly an mich, die mächtig an der Leine zog und wutschnaubend bellte: „Der Schnauzer ist ein Holzkopf, warum der sich nur so aufspielt – dieser blöde Hund. Ich könnte den in Stücke zerreißen – dieses Mistvieh, blödes!“
Zuhause erzählte ich von diesem Ereignis.
Tochter Regine untersuchte Kelly gründlich und siehe da – sie war am Pfötchen, vorn rechts, gebissen worden.

Eifersucht

Die Klempnerfirma hatte ihr Büro auf unserem Gang hinten links.
Dort war, auch tagsüber, bei dem Geschäftsführer und seiner Frau die Schäferhündin im Zimmer. Sie hieß Burina – ein riesiges Tier, 52 Kilo schwer. Sie sah aus wie ein sehr groß geratener Wolf – grau, schwarz, etwas weiß meliert.
Ich fand, dass Burina ein äußerst gutmütiges Tier war. Sie wurde allerdings nicht so gut betreut wie die kleine Kelly.
Frau Pferdewange ging mit ihr ab und an (und auch nur dann, wenn höchste Not im Verzuge war) hinter eine große Lager- und Maschinenhalle – dort konnte sie rasch mal in Eile ihr Geschäft erledigen.
Es sah auch danach aus – überall lagen Exkrementtretminen – ich fand das nicht so toll. Außerdem konnte es ja schließlich passieren, dass irgendjemand diese Unkorrektheiten Kelly und mir anlastete. Aus diesem Grund war ich manchmal schon ziemlich stocksauer.
Wenn Burina „ihre Tage“ hatte, so bekam sie nicht eine Windel oder ein Umstandshöschen verpasst, sondern sie durfte weiter so durch die Gegend marschieren.
Frauchen erwähnte beiläufig: „Ach, das ist doch nicht so schlimm – sie leckt doch das alles wieder weg!“

Damit waren wir nun schließlich belehrt.
Burina wollte immer zu uns ins Büro, wenn sie einmal auf dem Gang war. Unsere Eingangstür war aus Glas, damit transparent und wir konnten häufig diesen großen Kerl draußen sehnsüchtig warten sehen.
War einmal bei uns die Tür auf, so war Burina sofort bei uns im Büro und interessierte sich für alles.
Kelly passte das überhaupt nicht. Sie lief hinter ihr her, fing aber keinen Streit an – für mich erstaunlich. Wahrscheinlich hatte sie doch vor der Größe Respekt, Gott sei Dank!
So ging das Ganze mehrerer Wochen.
Als Burina wieder einmal anrückte – unsere Tür zum Gang stand offen, da wir im Flur etwas zu besprechen hatten – wurde Kelly aggressiv: „Also, hier bin ich zuhause und nicht du, Burina, auch wenn du mit deiner Körpermasse mich immer zur Seite wegschiebst. Mir passt das nicht – ich gehe doch auch nicht einfach in dein Büro und schiebe dich zur Seite.“
Als wieder einmal die Tür aufstand und sie immer näher kam, stellte Kelly sich quer, das heißt längs in die Tür – Burina wollte am Kopf vorbei und sie wegdrücken. Da ging Kelly noch weiter vor und versperrte vollkommen mit ihrem kleinen, schwarzen Körper die Tür (sie knurrte bedrohlich – die Lippe schürzte sie aber noch nicht): „Nein, Burina, nie wieder, ich lasse dich nicht rein und wenn du anfängst zu schieben, werde ich zerrig und kriege Wut!“
Burina schob, Kelly stemmte dagegen, und ließ sich nicht wegschubsen. Ich fand das Ganze niedlich, war glücklich und fast ein klein wenig stolz auf das tapfere Hundemädchen.

Sonderrechte
Ich behandelte Kelly immer wie einen Menschen – sie sollte bei mir die gleichen Rechte und Möglichkeiten wie alle haben.
So konnte ich es überhaupt nicht leiden, wenn Hundeverbotsschilder uns den Weg versperrten. Bei einer Fleischerei und einem Lebensmittelgeschäft sah ich dies ja noch ein.
Mir war aber unklar, weshalb ich zum Beispiel Kelly nicht mit zu Behörden nehmen durfte. Hatten die Beamten etwa Angst, dass ich sie aus dem Schlaf wecken würde?
Als ich einmal zur Kfz–Stelle in der Stadtverwaltung Zwickau musste, da ich ein neues Kennzeichen brauchte, fuhr ich mit Kelly einfach die

drei Stockwerke hoch, wartete, bis ich dran war und ging dann mit ihr in das entsprechende Zimmer. Die beiden Frauen interessierten sich sehr für Kelly, streichelten sie und stellten viele Fragen zu der kleinen Süßen. Ich dachte: Geht doch!
Vor allem die Deutschen mit ihren ewigen Vorschriften – das kann einem wirklich auf den Geist gehen!
Bei Ärztebesuchen dagegen lief alles vorzüglich.
So musste ich ab und an ins Ärztehaus zu Dr. Peters.
Dazu mussten Kelly und ich aber erst über eine Außentreppe in das Gebäude gehen. Von da ab liefen wir in den ersten Stock, und was das Schlimmste war, wir mussten einen vielleicht 60 m langen schmalen Gang durchlaufen, da erst ganz am Ende die gesuchte Arztpraxis ihren Sitz hatte.
Das war für uns aufregend, denn wir hatten immer Angst (Kelly vielleicht weniger, aber vor allem ich), dass irgendeine Tür aufgeht und eine Schwester oder ein Arzt sich zu Tode erschreckt – es gab viele Türen in dem Gang.
In gewisser Weise war es wie ein Spießrutenlaufen, nur anders, da hier keine Zuschauer am Rand standen, aber eben aus den Türen hätten kommen können.
Ich trieb Kelly in diesem Gang immer zur Eile an – sie wollte immer schnüffeln, durfte es natürlich nicht.
Meist ging hier auch alles gut.
Nur einmal kam eine Schwester aus so einer Tür, und wie es die Frauen zu machen – sie schlug die Hände vors Gesicht und rief schrill: „Huuuch, haben sie mich aber erschrocken!“ Dass diese Schwester „erschrocken“ sagte, anstatt „erschreckt“, verzieh ich ihr, denn sie war nach diesem „Huuuch“ recht freundlich und streichelte Kelly.
Danach ging es links durch eine Tür in die Arztpraxis.
Wie es halt so ist, wenn jemand hereinkommt, und man sich langweilt, die Leute schauen auf den oder die Eintretenden, das heißt – wir wurden aufmerksam beäugt.
Die wenigsten schauten gleich wieder weg, denn es ist sicherlich etwas ungewöhnlich, dass ein Mann mit Hund in den Warteraum kommt.
Manche flüsterten miteinander, andere schauten sehr wohlwollend und fast begeistert. Es gab aber auch Gesichter, die sehr viel Ablehnung, um nicht zu sagen Bösartigkeit, zeigten.

Ich ließ mich davon nicht beeindrucken und platzierte Kelly erst einmal vor einem leeren Stuhl, indem ich das Kommando gab: „Kelly, sitz!" Meist tat sie es auch, wenn ich auch einräumen muss, dass sie mitunter ihren kleinen Hintern erst einmal hin und her bewegte, mit der Frage: „Muss das wirklich sein?" Ich gebe zu, dass ich dabei immer ein ganz klein wenig aufgeregt war, denn alle schauten zu.
War das überstanden, ging ich zu dem Tresen, erledigte die Formalitäten und setzte mich zu Kelly. Sie legte sich hin –meist ihren Kopf auf die zwei Pfötchen, und schaute nach den Leuten, indem sie nur ihre Augen bewegte. Das fand ich immer niedlich und kam allgemein gut an.
Ich hatte erst einmal gewonnen.
Richtig spannend wurde es dann, wenn ich aufgerufen wurde.
Ich stand auf und sagte zu Kelly: „Ich gehe jetzt zum Arzt hinein. Es dauert nicht lange, da bin ich wieder bei dir, Kleine. Pass schön auf meine Tasche hier auf dem Sitz auf und „Bleib", bis ich wieder da bin. Alle schauten interessiert zu - es war wie eine kleine Vorstellung.
Es ging zunächst in einen Vorraum, wo Dr. Peters an einem Tisch saß und in der Akte von mir blätterte.
Er fragte mich, ob ich denn Sport treibe, beziehungsweise mich körperlich betätigen würde – dies wäre bei meinem Krankheitsbild sehr wichtig.
Ich erzählte ihm, dass ich in der Freizeit Tennis spielen und außerdem zwei- bis dreimal am Tag mit meinem Hund relativ große Touren machen würde.
Da blickte er begeistert auf. „Was haben Sie denn für einen Hund?" Ich berichtete ihm.
Das war Anlass für ihn, zu erzählen, dass er einen Colly hatte, den er jetzt aber leider hatte einschläfern müssen.
Darauf ich: „Das tut mir sehr leid. Leider haben die Hunde eine so geringe Lebenserwartung – es ist mitunter recht traurig.
Nun blickten seine lebhaften Augen aber besonders interessiert: „Jetzt reden wir aber nicht mehr von der Vergangenheit, sondern nur von der Zukunft. Wo ist denn Ihr Hund jetzt – wartet der arme Kerl eventuell im Auto?"
„Die Kelly sitzt draußen in ihrem Warteraum und wartet geduldig, bis die Behandlung beim Dr. Peters zu Ende ist", antwortete ich etwas umständlich.

Er sprang vor Überraschung vom Stuhl hoch und rief laut: „Jetzt will ich Ihren Hund sehen – rein damit!“
Flugs holte ich Kelly aus dem Warteraum und spürte, dass sich die Patienten unheimlich wunderten, dass ich mit dem Hund unmittelbar hineinging – in die Arztpraxis. Sicher unterhielten sie sich danach noch lange über den Vorfall, in etwa so: „Unter Garantie hat es der Hund auch mit der Prostata – natürlich muss er da genauso zum Dr. Peters wie wir. Das ist schon verständlich.“
„Nun, komm mal her, du kleiner Kerl – wie heißt du denn? Ach so, Kelly heißt du, wie die Familie auf der Bühne, die immer etwas vergammelt waren. Na ja, das ist Vergangenheit und hat mit dir nicht unbedingt etwas zu tun. Gib Pfötchen!“
Dr. Peters streichelte Kelly, ließ sich Pfötchen geben, gab das Kommando Platz. Kelly legte sich aber nicht hin – mit diesem Befehl hatte ich immer meine Probleme.
„Das wäre mal eine Sache, die man in der Hundeschule der Kleinen lehren müsste“, dachte ich.
Der Arzt hatte gar keine Lust mehr, seiner eigentlichen Aufgabe nachzugehen. Er erzählte von seinem Colly und dass dieser fürchterlich von seiner Frau verwöhnt wurde. Dann berichtete er, dass er bald in Rente gehen würde und sich überlege, ob er sich einen Hund anschaffe.
„Ich habe aber Angst, dass die Verwöhnungsaktion durch meine Frau weitergehen würde“ erwähnte er kritisch.
Ich dachte an die Patienten, die im Wartezimmer geduldig warteten und auch an mich, der auch einmal behandelt werden wollte und sollte.
„Wir können ja das nächste Mal noch etwas mehr darüber schwatzen“, warf ich ein, um die Sache etwas zu beschleunigen.
Dies gelang. „Ja, so machen wir das, aber das nächste Mal kommen Sie mit ihrem Hund sofort zu mir ins Zimmer, einverstanden?“
„Selbstverständlich – so machen wir das“, bestätigte ich.
„Nun kommen Sie mal mit ins Behandlungszimmer!“, forderte er mich auf. Getreulich folgte ich ihm.
„Legen Sie sich hier auf die Liege – ich muss eine Ultraschalluntersuchung machen.“
Dann schrie er plötzlich: „Was ist denn nun wieder los? Wo ist denn der Hund? Das kann doch nicht wahr sein! Also her mit dem schwarzen Kerl!“

Ich lag bereits mit frei gemachtem Bauch auf der Liege und rief: „Kelly – komm sofort her, der Doktor wünscht dich hier beim Ultraschall!“ Kelly kam angeflitzt und wurde unter dem Schreibtisch vom Doktor platziert. Ach, war das interessant und prima gelungen. Kelly durfte also immer zum Arzt in die Sprechstunde mit hineingehen.

Eine Begebenheit ist mir noch gut in Erinnerung.
Die eine von den zwei Schwestern – die größere, schlanke und äußerst Hübsche (sie hatte so schöne braune Augen, fast wie Kelly) erzählte mir, dass zuhause zwei Hunde auf sie warten würden – ein Labrador und ein Golden Retriever. Diese seien sehr gut erzogen.
„Nun wollen wir doch mal sehen, wie sie ihren Hund im Griff haben“, überlegte sie.
„Auf Wiedersehen – liebe Schwester, bis zum nächsten Mal!“, verabschiedete ich mich. Dann gingen Kelly und ich hinaus.
„Habe ich es mir doch gleich gedacht – zuerst der Hund, dann der Mensch“, rief sie entzückt.
Sie hatte aber „Weiß-Gott“ Recht – Kelly marschierte schnurstracks vor mir aus dem Raum.
„Hier haben Sie noch viel an Erziehungsarbeit zu leisten!“ rief sie uns noch nach.

Wunderbar lief die ganze Geschichte auch beim Zahnarzt.
Ich marschierte mit Kelly einfach so hin, brachte Kelly im Warteraum unter und ging an den Tresen, um mich anzumelden.
Als ich bei Dr. Mücke auf seinem Behandlungsstuhl saß, fragte er nach diesem und jenem. Dabei arbeitete er.
Einen Zahnarzt, der so schnell und flink arbeitet, hatte ich noch nie erlebt. Jeder Handgriff saß. Ob die minimale Körpergröße von vielleicht 1,55 m die Ursache dafür war, konnte ich nie herausfinden.
Bei diesem Geschwatze muss ich scheinbar von Kelly gesprochen haben.
Er war sehr interessiert und sagte: „Ihren Hund, oder wie Sie sagen, Ihr Hündchen, schau ich mir dann sofort an – einverstanden? Mein Sohn hat einen braunen Labrador – ein wunderbares Tier. Ich bin ganz vernarrt in ihn“.
So war sie auch hier gut aufgehoben.

Das nächste Mal durfte sie sogar zu Frau Mücke hinter den Tresen, da sie dies unbedingt wollte – hübsch, fand ich.
Bei meiner Hausärztin hatte ich auch Glück.
Die verantwortliche Schwester war sehr tierlieb und hatte selbst einen Berner Senn. Sie erwähnte: „Ach, bringen Sie doch Ihren Hund ganz einfach mit – Frau Dr. Davos wird schon einverstanden sein."
Als ich wieder einmal vorsprechen musste, war der Warteraum rappelvoll.
Als wir hineintraten, schauten vielleicht 30 Augenpaare auf uns. Ich ging mit Kelly zu dem einzigen freien Stuhl, da hörte ich von einem Mann mittleren Alters einen deftigen Satz: „Wir sind hier beim Menschendoktor – nicht beim Viechdoktor!"
Ich gebe zu – ich war leicht schockiert und dachte für mich „Klaus, behalte die Ruhe – das werden wir schon in den Griff kriegen."
Ich wollte besonders ruhig und gefasst erscheinen und sagte: „Kelly, Sitz!"
In mir war aber eine ziemliche Anspannung und ich hatte etwas Angst, dass Kelly nicht pariert.
Sie setzte sich aber brav auf das Parkett – ich stellte meinen Aktenkoffer auf den Boden und setzte mich auf den Stuhl.
Nun wollte ich noch eins drauf setzen und kommandierte sanft: „Kelly, nimm Platz!"
Dazu muss ich aber anmerken, dass die Aufforderung „Platz" für mich ein Risiko bedeutete, da sie dort noch recht unsicher war.
Aber – es funktionierte.
Kelly legte sich hin – den Kopf auf ihre beiden Pfötchen, und schaute lieb in die Runde. Mir fiel ein Stein vom Herzen. Die meisten Leute ringsherum nickten zustimmend, schmunzelten anerkennend (das taten sie teilweise auch schon beim Befehl Sitz) und ich war beruhigt.
Nun kam aber die Rachsucht in mir hoch, und ich erwähnte halblaut: „Es gibt immer wieder Spießer und Kleinbürger, die als Egomanen nur sich selbst sehen. Leider ist das in Deutschland sehr verbreitet!"
Weil dies alles so wunderbar funktionierte, wurde ich vielleicht ein wenig zu selbstsicher und überheblich.
Da ich mit den Kniegelenken Probleme hatte, war ich schon länger bei einer Orthopädin in Behandlung.
Als ich wieder einmal einen Termin hatte, nahm ich die kleine Süße einfach mit, ging zum Tresen, meldete mich an und setzte mich mit

Kellylein in den Warteraum. Die Schwestern kannten mich alle, wir hatten ein recht gutes, freundliches Verhältnis miteinander. Plötzlich fiel der einen Schwester auf (am Anfang hatte sie wahrscheinlich nicht so genau hingeschaut), dass ein Hund neben mir saß. Sie kam zu mir und wies mich darauf hin, dass Hunde hier nicht erlaubt seien.
„Ach, Schwester Anna, die Frau Dr. Kräftig ist immer so entgegenkommend – sie wird das schon bestätigen", redete ich leichtfertig daher.
Die Schwester war aber unruhig, da sie wahrscheinlich strikte Order hatte, und forderte mich noch zweimal auf.
Da wurde mir die ganze Sache doch etwas zu gefährlich und ich zog mit Kelly in eine Sitzreihe gleich neben der Eingangstür um, und setzte mich auf den Stuhl direkt neben der Tür.
„So, Kellylein, ich denke schon, dass wir damit den deutschen Vorschriften Genüge getan haben und nun Ruhe wird. Halt mal bitte die Daumen für uns, Kleine, dass alles gut geh."
„Klaus, ich habe ein dummes Gefühl in der Magengegend – du machst wieder mal etwas Verbotenes und etwas mit viel Risiko. Das muss, nach meiner Meinung, nicht sein. Die Ärzte sind nicht alle so nett wie der Dr. Peters – ich glaub, Du bist wieder mal sehr blauäugig und schaffst uns Probleme. Lass uns lieber nachhause gehen."
„Ich wusste gar nicht, dass ich zwar ein liebes Hündchen, aber auch einen Angsthasen habe – na so etwas."
Urplötzlich kam Frau Dr. Kräftig mit Schwung um die Ecke gestürmt (ich hatte den Eindruck, dass sie vor Empörung schwer atmete).
„Also, Dr. Eulenberger, so geht das einfach nicht. Wir sind hier ein klinischer Bereich – ich muss operieren und Spritzen geben, da sind Hunde absolut nicht gestattet. Ihr Hund muss sofort meine Praxis verlassen!"
„Herrchen, habe ich es nicht gleich gesagt – du solltest ab und zu mal auf mich hören."
„Jetzt wird die Kleine auch noch naseweis und redet wie ein Oberschullehrer."
„Komm, du kleiner Besserwisser – wir gehen."
Ich war verärgert – wir fuhren nach Hause. Ich hätte ja durchaus Kelly im Foyer des Hauses anbinden können, aber irgendwie passte mir das nicht. Es war auch tatsächlich etwas schwierig, da in der Nähe der Orthopädiepraxis kein Parkplatz zu finden war, es sei denn eine Tiefgarage

und eben diese waren mir für Kellylein nicht geeignet – deshalb auch mein kühner Versuch.
Ich hatte mit Kelly häufig viel Glück, aber, wie hier zu sehen, nicht alles gelang mir und mir fiel das Sprichwort ein: „Nicht alle Blütenträume reifen.“

Kelly im Büro

Im Büro fühlte sich Kellylein sehr wohl.
Wenn wir früh so gegen 7:00 Uhr in das Büro traten, sah sie ihrer Aufgabe erst einmal darin, alles zu erkunden.
„Ich muss doch erst einmal sehen, was hier so alles los war! Waren hier andere Menschen oder Tiere drin und haben diese ihre Marken hinterlassen? Mir scheint – es ist alles sauber. Kontrolle muss aber sein! Nachdem nun alles okay ist, gehe ich zu meinem Herrchen und lege mich unter seinen Schreibtisch. So kann ich mich erstmal von unserem Waldspaziergang erholen, na ja, etwas mehr Zeit hätte er sich ja nehmen können. Mir war unser Trip etwas zu kurz, ich sehe es aber ein – er muss die fehlende Zeit ja wieder auf Arbeit herauswirtschaften“, führte Kelly so ihre Selbstgespräche.
Nun lag sie also unter meinem Schreibtisch und meist so, dass ich die Füße nicht bewegen konnte, da ihr kleines Schnäuzchen darauf lag.
Das war mir äußerst angenehm. Auf der anderen Seite behinderte es mich beim Arbeiten – das musste ich eben in Kauf nehmen.
Ab und an hatte sie das Bedürfnis, mit mir zu schmusen.
Das lief wie folgt ab: Kelly kam zu mir, ging auf die Hinterpfötchen, gleichzeitig warf sie ihre Vorderpfötchen in die Höhe und knallte diese mir auf die Brust. Man könnte es auch anders sagen – Kelly sprang mich an. Danach versuchte sie, meine Hände, wenn es gelang, auch das Gesicht, zu lecken – sie wollte eben zärtlich sein und schmusen. Ich fand das Ganze süß und machte mit.
Wenn es Kelly zu langweilig wurde, ging sie zu meiner Frau ins Nachbarzimmer, welches nur durch eine Trockenbauwand von meinem Zimmerteil – ohne Tür – getrennt war. Dort legte sie sich ebenfalls hin. Dauerte es ihr zu lange, bis sich jemand um sie kümmerte, so tat sie das Gleiche wie oft bei mir. Sie ging auf die Hinterpfötchen, umfasste mit den Vorderpfötchen den linken Arm meiner Frau, welche am Schreibtisch tippte und rüttelte und schüttelte wie wild.

Plötzlich wollte jemand zu uns ins Zimmer kommen – man sah es schon durch die Glastür. Nun war der Augenblick für Kelly gekommen. Sie stürzte hoch und nahm, gemäß des mit den Genen ererbten Wachinstinktes, ihre Aufgabe der Bewachung des Büros sowie Vertreibung Fremder und Unerwünschter mit Engagement war. Dazu bellte sie fürchterlich laut und sprang vor der Tür auf und nieder und hin und her.
„Ach, das war ja verkehrt – es ist doch die Frau Eichler – unsere nette Büromitarbeiterin. Da muss ich in Zukunft aufpassen, dass ich Freund und Feind polizeilich exakt unterscheide! Na, das wird schon noch", überlegte Kelly für sich im Stillen.
Bei Frau Eichler praktizierte sie auch diese Rüttel– und Schüttelaktion – ich muss noch ergänzend sagen, dass Kelly dabei starke Ehestandsbewegungen vollführte. Diese wunderte sich immer sehr darüber und sagte jedesmal erstaunt: „Aber Kelly, du bist doch eine Frau und kein Mann. Wieso praktizierst du denn solche erotischen Bewegungen – das ist mir richtig peinlich? Eigentlich müsste es dir ja peinlich sein, du Kleine."
Die Versorgung von Kelly machte uns am Anfang etwas Kopfzerbrechen. Wir kauften ihr Wiener Würstchen oder Bockwürste und Rindgewiegtes. Letzteres war für sie natürlich „blanke Sahne" – frisches Fleisch vom Rind.
„Ach ja – die Sache mit dem Essen für mich hat sich durchaus gut entwickelt. Auf alle Fälle bekomme ich nicht nur etwas aus der Dose, was mir ohnehin nicht besonders schmeckte. Außerdem – und das muss ich mal deutlich sagen – diese nur 6 cm aus der Dose von meinem früheren Herrchen, die er meinem Neuen mit verzerrtem Gesicht zeigte – das konnte er ja gleich in den Skat drücken. Und außerdem – ich hatte ja ständig Hunger. Das tat übel weh in der Magengegend und machte keine gute Stimmung. Nur eines muss ich meinen neuen Herrschaften aufs Butterbrot schmieren – die ständigen Leckerli, die sie mir wieder und immer wieder vor die Nase hielten, waren zu vergessen. Ich zeigte das auch deutlich und ließ einfach alle liegen, drehte mich um und ging weg", deklamierte Kelly.
Kelly akzeptierte Besucher, die im Büro weilten, auch wenn sie diese am Anfang stark verbellt hatte.
Nur bei einem gab es Probleme.

Herr Stahl war unser Material– und Werkzeuglieferant für den Steinmetzbereich. Er brachte uns Natursteinmörtel, Werkzeuge, Schleifscheiben und anderes mehr.
Stahl war ein durchaus netter Mensch – hatte aber die unangenehme Eigenschaft, nicht in einer normalen Lautstärke reden zu können, kurzum – er brüllte immer.
Weshalb das so war, wurde nie aufgeklärt. Mehrfach ermahnte ich ihn, aber sanft: „Sprechen Sie doch leiser, normal – Ihre Lautstärke genügt, wir verstehen Sie gut".
Leider reagierte er darauf nie und schrie weiter. Wer aber reagierte – das war unsere Kelly. Sie bellte wie toll, umkreiste Herrn Voigt ständig und machte sich an seinen Beinen zu schaffen. Wir achteten nicht weiter darauf, wurden aber plötzlich überrascht von einem noch stärkeren Geschrei des Stahl: „Jetzt hat er mich gebissen – so geht das nicht! Passen Sie doch auf!"
„Lieber Stahl, erstens ist das kein er, sondern eine sie und zweitens beißt unsere Kelly grundsätzlich nicht", regte ich mich auf.
„Wenn nicht gebissen, gezwickt hat er mich auf alle Fälle, oder gezwackt, was weiß ich, wie das heißt!"
Wir diskutierten ein Weilchen und einigten uns darauf, dass Kelly ihn in den Hosenstoff gezwickt habe.
So ein kleines Luder – ich hatte fast den Eindruck, dass ein ganz klein wenig Wade mit dabei war.

Das Temperament ist enorm

An Kellys Temperament und ihre Schnelligkeit musste ich mich noch gewöhnen. Das hatte ich bisher noch gar nicht so beachtet beziehungsweise unterschätzt.
Aber die Kleine machte mich – mit Schmerzen – darauf aufmerksam. Das fand ich löblich von ihr, nur hätte sie dies etwas weniger quälend gestalten können.
Im Herbst 2007 hatte ich in Chemnitz beim Steuerberater zu tun.
Das ganze Gezerre mit den Steuergesetzen, den Formularen und der Bürokratie ging mir mächtig auf den Geist.
So war ich froh, nach der Beratung wieder mit meiner Kelly zum Auto gehen zu können (selbstverständlich war meine Kelly mit im Steuerbüro und hatte sich aufmerksam den ganzen bürokratischen Kram mit angehört).

Nachdem wir es uns im Auto gemütlich gemacht hatten, schaute sie mich erwartungsvoll an. Ich reagierte: „Du, wir machen jetzt einen schönen Spaziergang durch den Zeißigwald“, und ich spürte, dass die Kleine sich mächtig freute.
Dies war auch recht erbaulich – Kelly flitzte durch den Wald und markierte wieder sehr viel, damit ja alle an sie denken. Wir mieden, wie üblich, die Wanderwege, sondern gingen elastisch auf Tannennadeln, Moos und zwischen den Bäumen. Es war schönes, warmes Herbstwetter und ich war etwas in Schweiß geraten.
„Jetzt haben wir uns aber etwas zu trinken verdient“, sprach ich und ging mit Kelly zu einem Imbissstand.
Dort holten wir uns einen grünen Tee (sollte meine Lebensgeister wieder aufwecken), ein Radler und für Kelly eine Schale mit Wasser.
Sie hatte ich angehängt an eine Automatikleine, die bis zu 10 m Ausflug gestattet. Nun musste ich – in der einen Hand den Leinenhalter und die Schale mit Wasser – in der anderen Hand das Glas Tee mit Untertasse und das Glas Radler mächtig balancieren, damit nichts schief ging.
„Kelly, ziehe ja nicht über Gebühr an der Leine, sonst passiert ein Unglück.“
In diesem Selbstbedienungsareal waren viele rustikale Tische mit Stühlen aufgestellt. Es gab einen unteren Bereich und dann konnte man über eine kleine Steintreppe zu einem oberen Areal gelangen. Wir wählten die obere Fläche. Der Fußboden war durch aufgeschütteten Splitt gestaltet. Ich wählte einen Tisch und war heilfroh, meinen Balanceakt als Hilfskellner beenden zu können.
Endlich stand Kellys Wasserbehälter auf dem Splitt und mein Tee und Radler auf dem Tisch – also alles bestens.
Etwas müde setzte ich mich an den Tisch und drehte das Gesicht in die Sonne. Kellys Leine, das heißt den Halter, hielt ich in der Hand.
Plötzlich kamen zwei Frauen – die eine führte einen schwarzen, stark gelockten Pudel an der Leine.
Sie grüßten mich, da sie wahrscheinlich Kelly sahen und gingen auf der Steintreppe an uns vorbei. Ich hörte ihre Stimmen ziemlich weit hinter meinem Rücken.
Da – urplötzlich – schlug Kelly wie eine Verrückte an und jagte los – es gab einen mächtigen Ruck und es riss mich nach hinten rechts – der Stuhl fiel krachend um und ich flog, mit den Händen voran, in den Splitt.

Ich lag im Dreck, konkret im Splitt – war vollkommen perplex. Die Hände brannten wie Feuer – das rechte Knie ebenfalls. Ich versuchte aufzustehen – mir drehte sich alles (so schwindlig war mir in meinem ganzen Leben noch nicht). Das Aufstehen fiel mir wahnsinnig schwer – instinktiv dachte ich „hoffentlich sieht das niemand, auch die Leute alle hier – furchtbar!"
Die Pudelfrau fragte besorgt: „Ist Ihnen etwas passiert?"
„Nein, natürlich nicht, es geht schon", entgegnete ich.
Dabei stimmte meine Bemerkung überhaupt nicht – ich war kurz vor dem Umfallen und schleppte mich zu meinem Stuhl zurück. „Sie sehen aber so fahl aus – wie ein Blatt Papier", ergänzte sie noch.
Ich brauchte über eine Viertelstunde, um einigermaßen wieder ohne Schwindelgefühle zu sein und ging dann ganz langsam, sehr bedächtig, mit Kelly zum Auto. Ich fuhr sehr gemächlich nach Hause und dachte über den Unfall nach.
Es war die lange, schwarze Leine.
Wenn die Kleine mit Schwung die 10 m rennt zu dem Pudel, wie ich jetzt wusste und plötzlich die Leine zu Ende ist, gibt es natürlich eine unheimliche Zugkraft. Kelly hat ein Gewicht von 20 kg. Wenn ihre hohe Geschwindigkeit noch dazu kommt, so entsteht eine große kinetische Energie, die mich letztlich radikal umgeworfen hat.
Schließlich, dachte ich physikalisch weiter, geht ja die Geschwindigkeit zum Quadrat ein – also hier kommt schon eine enorme Kraft zusammen.
Ich beendete meine naturwissenschaftlichen Betrachtungen und wandte mich nun an Kelly: „Du, Kleine, Du musst aber auch diszipliniert sein und kannst nicht einfach so losrennen, wenn es dir in die Rübe schießt, du solltest auch mal an mich denken. Das kommt mir nicht noch einmal vor!", wetterte ich.
Leider kam es aber doch noch einmal vor.
Unser Nachbar baute einen neuen Holzzaun für seine Garteneinzäunung. Alle Zaunfelder und alle Zaunsäulen waren schon entfernt – nur zwei Betonsäulen für das Tor blieben stehen.
Ich wollte ihn besuchen, sehen, wie alles so läuft, war etwas neugierig.
Ich stand vielleicht einen halben Meter von einer der Säulen entfernt, da kam der Nachbar.
Dadurch war ich abgelenkt und merkte nicht, dass Kelly plötzlich, wie von der Tarantel gestochen, Nachbars Katze hinterher rannte.

Das Band wickelte sich ab und als das geschehen war, passierte das Gleiche wie im Zeißigwald. Es riss mich schlagartig nach vorn und ich schlug mit der linken Brust gegen den Zaunpfahl. Es tat höllisch weh – ich dachte, die Rippen sind gebrochen.
Ein Anruf im Krankenhaus erbrachte die Aufforderung vom Arzt an mich: „Wenn Sie glauben, dass die Rippen gebrochen sind, so müssen sie nur kräftig drücken. Falls es schabt oder kratzt, dann ist dem so und sie müssen sofort zu uns herkommen."
Noch heute wundere ich mich über diese Fernanleitung. Ich hielt mich nicht an diese sadistische Unterweisung und fuhr ins Krankenhaus.
Die Röntgendiagnose ergab – geprellt und nicht gebrochen.

Gemeinsames Spazieren und Joggen
Wir müssen uns noch aneinander gewöhnen!

Schon aus der vorigen Story zog ich die Lehre, dass ich lernen müsste, mit Kellys Temperament besser umzugehen.
So recht wusste ich aber nicht, wie? Auf alle Fälle hatte ich nicht die Absicht, sie ständig gefesselt durch die Gegend zu führen. Das ging schon deshalb schlecht, da ich mir ab und zu die Turnschuhe anzog. Die Leine war für mich beim Rennen ein starkes Hindernis – das mochte ich gar nicht.
Letztlich waren ja die zwei Unfälle von vorhin auch durch diese blöde Leine entstanden. Also versuchte ich, klare Kommandos zu geben und, wenn möglich, die Leine wegzulassen.
Auf jeden Fall machten wir früh, mittags und abends schöne Ausflüge.
Ansonsten nahm ich Kelly aber überall mit, auch dienstlich, wo dies irgend möglich war.
Also begleitete mich Kelly – zu einer Beratung mit Architekten, zum Gemüseeinkauf auf dem Neumarkt, auf Baustellen, zur Auftragsvergabe, ins Reisebüro, Restaurant und so weiter und so fort.
Ein Tennisfreund von mir sagte einmal – und dies in einem relativ großen Kreis meiner Sportkumpel: „Ja, ja der Klaus ist immer für seine Kelly da. Sie ist immer bei ihm und die zwei sind ein Herz und eine Seele. Er tut alles für sie, aber auch wirklich alles. So fürsorglich habe ich ihn noch nie gesehen – ich hätte ihm das gar nicht zugetraut. Wenn er so zu seiner eigenen Frau wäre – die hätte es wie im siebten Himmel!" Diese etwas schmunzelhafte Bemerkung traf schon den Kern.
Kelly und ich – wir lieben uns eben einfach.

Spagat zwischen Freiheit und Anleinen

Also unternahmen wir auch freudig zusammen viele Ausflüge.

„Wir zwei sind ein gutes Gespann"

Früh auf dem Weg zur Arbeit gingen wir meist in den Wald, entweder n den Lichtensteiner oder Croatenberg.

Natürlich ließ ich Kelly im Wald frei laufen. Ich muss aber gestehen, dass sie dies weidlich und über Gebühr – kess und ungezogen, fand ich – ausnutzte. Sie flitzte hierhin. Sie flitzte dahin und war ständig weg. In einem fort hatte ich etwas Sorge und Angst. Die Angst begründete sich vor allem darin, da ich oft gehört hatte, dass Jäger im Wald frei laufende Hund schnell abschießen würden.

In Hohenstein-Ernstthal traf ich einmal mitten im Wald einen jungen, sympathisch aussehenden Förster mit seinem vielleicht 10 Jahre alten Sohn und Hund.

„Siehst du, Kelly, hier hast Du mal deinen Feind im Wald vor Augen – wenn es dumm kommt – erschießt er dich, liebes Tierlein."

„Nein, nein – so einfach geht das nicht und so etwas tun wir auch nicht!“, entgegnete freundlich lächelnd der nette Förster.
„Wenn Ihr Hund, (wie zum Beispiel Ihrer), mit einem gut sichtbaren Gurt versehen ist und seine Markierungen trägt, so passiert das überhaupt nicht. Dessen können Sie sicher sein!“
Ich war etwas beruhigt und unterhielt mich noch ein Weilchen mit diesem netten Menschen, nicht ohne darauf hinzuweisen, er solle bitte alles tun, dass nicht noch mehr Natur und Wald der Industrie zum Opfer fallen.
Ich hatte gerade an diesem Tag im Autoradio gehört, dass in Deutschland täglich (ehrlich gesagt – ich kann mir das gar nicht recht vorstellen) 100 ha Fläche versiegelt werden, das heißt betoniert oder asphaltiert werden für Straßenbau, Autobahnbau, Gewerbeflächen und anderes – ein schrecklicher Gedanke. Was sollte da für Kelly und für mich noch übrig bleiben?

Nun aber zurück zu der übergroßen Freiheit, die sich Kelly im Wald einfach herausnahm. Wenn sie heute mit mir spazieren geht, achtet sie streng darauf, dass ich nachkomme und sie nicht zu weit vorne weg allein ist. Falls sie, zum Beispiel, um eine Gebäudeecke schon herumgelaufen ist, und ich nicht gleich nachkomme – kommt sie zurück und schaut nach mir.
Das finde ich süß und freut mich ganz sehr.
Dies hab ich mir allerdings auch langfristig arbeitet.
Wenn sie weit vorne lief, so versteckte ich mich hinter einer, zum Beispiel dicken, fetten Eiche.
Ich musste nur die Nerven behalten.
Nach langer Zeit (da war sie schon weit weg) fiel ihr auf, dass der „Alte“ nicht mehr da war und sie suchte mich – meist etwas chaotisch (so fahndete sie übrigens auch nach Ästen, Bällen o. ä.), indem sie hierhin, dorthin, dahin, wieder an die gleiche Stelle, irgendwo ins Gelände, rannte.
Sie tat dies ohne jegliches System. Sie suchte so, wie es in ihr kleines Hundeköpfchen schoss. Hatte sie mich gefunden, war ihre Freude riesengroß und ich konnte mich vor Anspringaktionen, Anlecken, Schmusen und Bellen, kaum retten.
Die Trickserei mit dem Verstecken war also ein gutes Erziehungsmittel.

„Gemeinsames“ Pilzesuchen

Ich kann mich noch gut an unsere ersten Pilzsuchaktionen erinnern.

Es war Sonntagvormittag – wir waren bei schönem Herbstwetter im Rümpfwald.

Ich stellte das Auto ab und wir stolzierten gemeinsam los.

Kelly blieb anfangs schön bei mir, aber ich musste mich ja auch auf Pilze konzentrieren und vor allem – in diesem Wald war dermaßen viel Unterholz – man konnte mitunter kaum 5 m weit sehen. Also suchte und suchte ich (den Kopf weit nach unten) und fand, es war nicht übermäßig viel, was ich da „an Land zog“, aber ich war voll bei der Sache. Da wurde mir plötzlich Angst, aber so richtig – wo war die Kleine? Ich lockte und schrie, erinnerte mich an meine Hundepfeife, die ich gekauft hatte und setzte sie ein. Da auch das nicht half – pfiff ich durch vier Finger (nur so kann ich ordentlich pfeifen) – extrem laut und noch lauter. Später ließ ich die Hundepfeife im Schreibtisch liegen – ich erinnerte mich daran, was mir die Natur mitgegeben hatte.

Nach langer, langer Zeit kam die Kleine, aber nicht etwa im Sauseschritt, sondern recht gemütlich, angetrottet.

„Ach, Herrchen, rege dich doch nicht auf. Es war doch so wunderschön. Ich konnte hierhin und dahin rennen – in einem Teich Wasser trinken, ich konnte nach Belieben schnüffeln und Löcher bohren, nach Stöcken suchen, nach einem Hasen jagen – es war Spitze – aber wenn Du der Meinung bist, dass das nicht richtig ist, so werde ich mich befleißigen, näher bei dir zu bleiben.“

Dies sprach der kleine Wildfang und ich war glücklich – es wurde immer besser mit der Süßen.

Ein alter Mann, der auch in den Pilzen war und den ich nach unserer Suchaktion traf, sprach mich an. Er wartete auf seinen Sohn, welcher ihn abholen sollte.

„Ach, da ist ja Ihr Hund. Der war ja 2–3 km weg von dieser Stelle hier und damit sicher auch von Ihnen – das ist ja erstaunlich, dass Sie das zulassen“, sprach er mich an.

Ruhig und selbstbewusst antwortete ich: „Die Kleine ist an mich gewöhnt – die kommt immer wieder zu mir zurück, da bin ich mir sicher!“

Unsere nächste Pilzsuchaktion fand im Stadtwald Lichtenstein statt.

Es dauerte lange, bis ich ein paar Maronen und Pfifferlinge fand.

Heute wollte ich die Kleine etwas mehr mit den Geheimnissen des Pilzsuchens vertraut machen. Zudem schwebte mir vor, Kellys Spürhundvermögen für das Suchen zu nutzen.
„Auf alle Fälle ist der Labrador ein Jagdhund“, sagte ich mir, „da muss er doch auch eine vorgegebene Geruchsnote verfolgen können“.
Also rufe ich Kelly zu mir. „Du, Kleine, hier riech mal diesen Pilz“, ich hielt ihr eine zerbröselte Marone vor die Nase.
Sie roch an dem Pilz, aber plötzlich jagte sie wie von einer Tarantel gestochen, los – ich schaute aufgeregt, was denn wohl die Ursache sei und sah in 50 m Entfernung einen Hasen davon preschen.
„Das war's dann wohl mit dem professionellen Einsetzen von Kellys Spürsinn für das Finden von Pilzen“, dachte ich und war somit belehrt.
Unversehens ergab sich eine neue Fundstätte für Pilze und zwar überraschenderweise bei uns im Garten. Ich sammelte grundsätzlich nur Edelpilze, da ich nur diese exakt kannte.
Es war schon für mich eine großartige Erweiterung meines Pilzsortimentes, als ich Pfifferlinge einordnen konnte.
Eine weitere Verbreiterung ergab sich durch Frau Fön (welche ab und zu bei uns sauber macht), die sich auf dem Pilzsektor gut auskannte.
Sie fragte mich plötzlich, ob sie die Pilze aus unserem Garten mit nachhause nehmen könnte. Ich war erstaunt und musste mir diese natürlich unbedingt und sofort anschauen.
Frau Fön erläuterte dazu: „Das ist der violette Rötelritterling – ein wunderbarer Pilz.“
Dieser Pilz sah tatsächlich sehr stark violett aus – ich sagte lila dazu – dies betraf die Färbung des Hutes, aber auch die Lamellen sahen so aus.
Für mich war dies äußerst erstaunlich – mir kam es so vor, als wenn es ein stark giftiger Pilz sei. Die violette Farbe machte mir regelrecht Angst – ein Pilz für das Ende dieses Lebens.
Um es kurz zu machen – ich fand in unserem Garten vor der Terrasse im Oktober fünf Pilze violetter Rötelritterling, Anfang November eine weitere Gruppe und im November acht (!) Pilze.
Was würdet ihr raten, was ich damit tat?
Ich aß ganz einfach dieses violette Gift und – überlebte - Hurra!
Die größte Überraschung allerdings war für mich, als Kelly und ich am 8.12.2009 (!) vier riesengroße derartige Pilze im Eichenlaub auf dem Croatenberg fanden. Da diese sehr groß waren, ergab sich ein Gewicht von 1100 g.

Stadtpark und Croatenberg

Ein sehr schönes Ziel war und ist auch der Stadtpark Lichtenstein und der Croatenberg. Zu Beginn unserer Touren waren wir immer nur im Stadtpark, wo alles eben und flach war. Der Croatenberg zieht sich über die gesamte Länge des Stadtparkes seitlich hin und darüber hinaus noch mehrere 100 m in beide Richtungen.

Einmal sah ich, als wir im Stadtpark flanierten, dass in halber Höhe des Berges ein Mann mit Hund marschierte. Es reizte mich sofort, dies auch mit Kellylein auszuprobieren. Wir taten das gleich am nächsten Tag.

Der Weg Mitte des Berges war höchstens 50 cm breit, teilweise viel schmaler, außerdem lagen hier viele Äste, Massen an Bucheckern, Geröll – mit einem Satz: „Hier mussten wir die Zunge gerade in den Mund nehmen."

Von Marschieren konnte hier also keine Rede sein – wir mussten immer auf der Hut sein, dass wir nicht abrutschten.

Diese Bedenken schien die kleine Kelly allerdings nicht zu teilen. Sie drängte sich an meinen Beinen bei nur 20 cm Breite einfach durch. Außerdem suchte sie ständig Stöcke – meist waren es kleine Buchenäste, welche natürlich sagenhaft hart und zäh waren.

Dies gefiel mir absolut nicht – ich dachte an die schönen starken Zähne von Kelly und dass sie auch einmal abbrechen könnten.

Hatte Kelly einen solchen Ast gefunden, rannte sie von dem schmalen Weg bis 15 m hoch in den Hang, um dort genüsslich dieses harte Ding zu zerfleischen – zerteilen ist vielleicht der bessere Ausdruck.

Von unserer halben Höhe aus konnten wir runter auf den Stadtpark schauen, wo sich am Fuße des Croatenberges ein Weg längs dieses Parkes entlang schlängelte.

Einmal sahen wir auf diesem Weg eine Frau mit Hund spazieren – sie lief mit einem Jack–Russel–Terrier, welcher unheimlich vital war und aufgeregt hin- und her flitzte. Plötzlich – ich glaubte, ich sehe nicht recht, stürzte Kelly diesen extrem steilen Hang hinunter und jagte zu dem Hund.

Die Frau erschrak auch sehr – es passierte aber nichts Negatives.

Die zwei Hunde spielten miteinander, indem beide die Vorderpfötchen ausstreckten und so hin und her sprangen mit der Animation „Spiel mit mir!" Es sah sehr hübsch aus und war vor allem nicht aufregend.

Ich rief zu der Frau hinunter: „Entschuldigung!" Sie rief zurück: „Kein Problem – mein Jack Russel ist aber erst ein halbes Jahr alt und sehr verspielt."

Bei unseren Ausflügen lernte ich natürlich auch andere Leute, meist mit Hund, kennen. Sehr gut und angenehm sind Kelly und mir dabei Herr Dahlke mit seiner Wolfsspitz–Hündin Mona in Erinnerung. Herr Dahlke war circa 75 Jahre alt, Rechtsanwalt in Rente und sehr verliebt in seine Hündin.
Mona hatte ein viel stärkeres Fell als Kelly – sie hatte Unterfell und die Haare waren vielleicht 5–7 cm lang und teilweise recht strubbelig. Sie war immer sehr verfressen und schnupperte an meinen Hosentaschen herum, da sie dort Leckerli vermutete.
Mit Herrn Dahlke schwatzten wir viel über dies und jenes. Er war extrem sozial eingestellt und regte sich immer darüber auf, dass viele Menschen keine Arbeit hatten, beziehungsweise dass, wenn sie einen Job hatten – dieser sie und ihre Familie nicht ernähren konnte.
Ich konnte seine Meinung weitestgehend teilen, wenn ich auch als Bauunternehmer eine klein wenig andere Denkweise hatte und mehr die Leistung der Leute sah.
Kelly kam mit Mona sehr gut zurecht, wenn sie auch leider nicht mit–einander flitzten und spielten. Aggressivität zwischen den beiden kam aber nie auf – das war beruhigend.
Die Spaziergänge mit Herrn Dahlke waren, wie gesagt, sehr angenehm. Mir gefiel nur nicht, dass er so extrem langsam und bedächtig lief. Ich traute mir aber nicht, einfach das Tempo anzuziehen und erfuhr dann auch von ihm, dass er sich oftmals schwach fühlen würde.
Er lief so richtig langsam – wie eben ein ganz alter, kranker Mann.
Kelly hielt mich da mehr in Schwung – ich musste für sie ständig Stöcke suchen oder neue, frische (das war ihr das liebste) abbrechen.

„Zum Totlachen" oder „Erfolgloses Bemühen"

Im Stadtpark passierte etwas äußerst Lustiges.
Kelly erzählte: „Es war einer der wenigen Fälle, wo mich das Frauchen einmal ausführte. Meist war ich mit Herrchen unterwegs und er versuchte, alle meine Wünsche zu befriedigen. Hauptwunsch bei mir war, mir schöne Stöcke mit frischer Rinde zu besorgen und diese zu werfen. So konnte ich flitzen und danach diese Äste mit äußerster Akribie mit

meinen starken Zähnen in kleinste Teile zerlegen. Leider funktionierte das bei Frauchen nicht – ich weiß nicht warum, aber sie besorgte mir keine schönen Äste. Dabei schaute ich sie immer so fragend an – ich kann doch nichts anderes tun, denn meine Sprache versteht sie ja nicht, mit Herrchen ist das Gott sei Dank anders. Das war immer traurig, wenn sie nicht auf meine Sehnsüchte einging.
Im Stadtpark fließt aber ein schöner, kleiner Bach – der Rödlitzbach - aus ihm kann ich schönes, sauberes Wasser trinken und außerdem entdeckte ich an diesem Tage etwas Wunderbares.
Am Bachrand hatten fleißige Menschen alle halben Meter Holzpfosten senkrecht in die Erde getrieben und waagerecht zwischen ihnen lange Weidenäste in Schlangenlinien verflochten. Das war so eine Art natür–liche Begrenzung des Baches.
Gleich wie man das auch nennt – ich freute mich sehr darüber, denn es waren wunderschöne Äste. Also ging ich hin, biss in so einen Weidenast hinein und zerrte rückwärts. Es war äußerst mühevoll. Ich setzte meine ganze Kraft hinein – machte alle vier Pfoten lang und versuchte, einen Ast auszuziehen. Das war ja furchtbar anstrengend – ich zerrte und zerrte und keuchte. Ich war genervt, dass sich nichts bewegte – ehrlich gesagt, ich hatte eine unverschämte Wut.
Nun kommt aber das Allerschlimmste: Mein Frauchen, welches sich mit zwei anderen Frauen unterhielt, lachte plötzlich unbändig und die zwei anderen ebenfalls. Ich konnte nicht erkennen, weshalb, ärgerte mich aber darüber. Ich hatte ohnehin keinen Erfolg mit dem Weidenast und nun feixten die drei noch – offensichtlich über mich, einfach ungezogen."

„Das war mir gegenüber nicht fair und ich behielt es in meinem Gedächtnis!“
Sinngemäß das Gleiche passierte noch viele Male – ist ja auch logisch, da ich immer nach Stöcken oder Ästen fahndete.
Was sich aber in Chemnitz eignete, war offensichtlich besonders anregend: Wir waren am Schlossteich unterwegs – es war Winter und der schöne große Gondelteich zugefroren. Gott sei Dank kamen rings um den Schlossteich keine Autos und Kelly konnte frei laufen, wohin sie wollte. Dies tat sie auch.

Ich kümmerte mich im Moment nicht darum, wo sie im Moment war und lief in Gedanken versunken auf einem schmalen Weg, welcher zu einer schönen Rundbrücke führte.
Diese gewölbte Brücke war aus Holz und am Scheitelpunkt standen zwei Damen – eine ältere und eine jüngere, sicherlich Mutter und Tochter. Die beiden waren sehr schick gekleidet – die ältere trug einen Persianermantel, die jüngere einen eleganten schwarzen Stoffmantel.
Sie standen am Geländer, hielten sich daran fest und beugten die Oberkörper nach unten – kicherten und amüsierten sich königlich.
Das Kichern war ansteckend – ich musste schmunzeln und interessierte mich, was es da so für Spaß gäbe.
Also ging ich rasch zu den zwei Damen. Diese gaben im herrlichsten, mährischen Sächssch von sich: „Sähhn se mool, wos dos schworze Viech dorte unden vorsucht. Er dermiiihtsch schon goor long, dän eigfrorenen Ost rauszewerschen, wos notürlisch ni gelinge konn, ho, ho, ho."
Auf Hochdeutsch: „Schauen Sie mal, was der schwarze Hund dort unten versucht. Er bemüht sich schon sehr lange, den eingefrorenen Ast herauszuziehen, was natürlich nicht gelingen kann, ha, ha, ha."
Natürlich schaute ich sofort nach unten und sah, wie meine Kelly sich mit dem Stock plagte. Dieser war an beiden Enden im Eis eingefroren und hatte in der Mitte eine Wölbung nach oben, welches sich bestens anbot, diesen Gedanken zu verfolgen.
Es war wirklich wahnsinnig lustig. Ich sagte zu den beiden Frauen: „Ja, ja, vielleicht schafft das der schwarze Hund noch, wenn er noch mehr zieht."
„Nee, dos iss doch unmeeeschlisch." „Nein, das ist doch unmöglich", riefen die beiden Frauen.
„Aber, hören Sie doch mal", sagte ich väterlich und mit Ironie in der Stimme.
„Es ist mein Hund und ich kann Ihnen nur so viel sagen – der hat bisher alles geschafft, was er erreichen wollte! Sollte er es leider doch nicht packen, so hole ich eine Hacke und vielleicht noch eine Axt und helfe ihm, den Ast freizulegen."
Die beiden Damen erstaunt: „Duun sie dos weeerklisch unn woorumm eeeschentlisch?" „Tun Sie das wirklich und warum eigentlich?"
„Dies tue ich, weil ich meinen Hund liebe. Sie haben wohl keine Tierliebe in ihrem Herzen? Holen Sie doch einmal eine Hacke und Axt aus

ihrem Haus – da könnten sie uns sehr helfen. Vielleicht wohnen sie gleich hier um die Ecke."
„Doos duuud uns leid – mir sinn vun Onnobarsch aus dem Arzgebirsch. Do genn miir leider niisch helfen."
„Das tut uns leid – wir sind von Annaberg aus dem Erzgebirge. Da können wir leider nicht helfen – „Auf Wiedersehen".
Die beiden gingen rasch davon und ich rief ihnen laut hinterher, so dass sie dies unter Garantie noch hörten.
„Da siehst du wieder einmal, Kelly, wie die Menschen so sind. Denken nur an sich. Sie lachen auf deine Kosten, aber wenn sie mal helfen sollen, da wohnen sie plötzlich ganz weit weg von hier. Wie die Erzgebirgler sprechen, das weiß ich bestens – die beiden waren Ursachsen und wohnen unter Garantie um die Ecke."

Tragödie für Mensch und Hund
Ab und an waren Kelly und ich, wie üblich, im Stadtpark.
Leider trafen wir niemals Herrn Dahlke und die kleine Mona – wir vermissten sie schon sehr.
Zufällig hatte ich bei uns im Ort etliche Nachrichtenzettel, welche an Bäumen, Zäunen oder irgendwelchen Tafeln angezweckt waren, gesehen. Darauf stand: „Wolfsspitz (Hündin) – hört auf den Namen Mona – entlaufen!
Starkes, wuschliges Fell – vorwiegend graue Farbe – liebes Wesen,
nicht gefährlich, beißt nicht!
Ich bitte Sie ganz lieb – helfen Sie mir, meine Mona wiederzufinden.
Sie ist mein Leben, meine Liebe.
Hans Dahlke
Sportstrasse 12
Lichtenstein

Ich las diese Nachricht mit Erschütterung und besuchte am nächsten Tag seine Frau. Sie berichtete mir von dem ganzen Unglück. Herr Dahlke war beim Tierarzt und in einem unbedachten Moment – die Tür war einen Spalt auf – büxte Mona aus, dass heißt, sie rannte mit schreckgeweiteten Augen davon.
Frau Dahlke erzählte auch, weshalb Mona eine so große Angst vor dem Tierarzt hatte.

Sie war vor zwei Jahren operiert worden – die Narkose hatte bereits in ihrer Wirksamkeit stark nachgelassen – der Arzt nähte aber die Wunde noch zu.
„Ach du arme Kleine“, dachte ich.
Das war also die Ursache für die übergroße Angst vor den Weißkitteln.
Frau Dahlke erzählte mir, dass das gesamte Leid um ihre Mona ihre Ehe wieder gerettet habe.
Zu einem früheren Zeitpunkt hatte ich Herrn Dahlke besucht und mich schon gewundert, dass er getrennt von seiner Frau wohnte.
Nach vielen Wochen erfuhr ich von Hundefreunden, dass die kleine Mona überfahren worden sei. Ich war erschüttert und tieftraurig. Das tat mir so unendlich leid für Herrn Dahlke.
Danach hatte ich viele Termine und wenig Zeit und es waren vielleicht sechs Wochen vergangen.
Wiederum besuchte ich Frau Dahlke, die in Trauer war und mir bekümmert erzählte, was danach abgelaufen war.
Herr Dahlke war nach dem Tod von Mona mehr als unglücklich – er hatte Depressionen und war seelisch sehr angeschlagen.
Er erlitt eine Herzattacke, wurde im Herzzentrum operiert – die Operation misslang. Es folgte eine Notoperation – Herzversagen.
Ich war traurig und entsetzt – konnte es kaum fassen.
Frau Dahlke hatte einen eigenen Hund – einen Golden Retriever.
Dies wusste ich, war aber sehr erstaunt, da sie bei sich einen zweiten Hund hatte – einen ganz jungen Wolfsspitz, auch eine Hündin.
Ich erfuhr, dass sich Herr Dahlke vor seiner Herzattacke die junge Hündin noch angeschafft hatte.
Es hatte nicht sein sollen, dass er mit ihr noch einmal glücklich wurde.
Ich drückte meine liebe Kelly an mich, ging bedrückt und niedergeschlagen mit ihr von dannen.

Habe ich mein Hündchen genug im Griff?
Oder „Ist meine geliebte Kelly gar eine Bedrohung?“
Darf der die liebe Kelly schlagen?

Wieder einmal fuhren wir zum Stadtpark.
Ich hielt auf dem Parkplatz an, öffnete die Fahrertür. Da drängte sich Kelly an meinem linken Bein noch draußen und jagte los – wie eine Verrückte. Sie rannte circa 50 m auf dem Fußweg und verschwand dann in einer Hecke. An gleicher Stelle lief eine Frau – ich rannte hin

und fragte: „Was war denn jetzt wieder los?“ (ich dachte an eine Katze). Da antwortete sie: „Ich bin Polin und ich habe Angst.“
Unvermutet kam Kelly in mittlerem Tempo zurück. Wir gingen in den Park. An einer Stelle sprang sie plötzlich über den mindestens 3 m breiten Rödlitzbach und jeschte noch 20 m weiter.
Da sah ich ein Eichhörnchen, es war zunächst am Boden und war flugs dabei, auf einen Baum zu klettern. Ich sah noch, wie das Eichhörnchen über verschiedene Äste lief, bis es aus meiner Sicht entschwand.
Es war genau die Stelle, wo Kelly draußen in der Hecke verschwunden war. Nun war alles klar.
Ich rief Kelly, damit sie zurückkommt.
Sie bellte ohnmächtig mit ihrer „Leidensstimme“ (diese ist relativ hoch, im Gegensatz zu sonst, – sie setzt sie immer dann ein, wenn etwas abhanden gekommen ist beziehungsweise wenn sie etwas haben will und es nicht bekommt) und stemmte dabei die Vorderpfötchen an den Baumstamm, sprang auf und nieder.
Ich rief und pfiff – beim dritten Mal kam sie, schaute mich an. Es gelang mir, sie an eine Stelle mit nur 2,5 m Bachbreite hin zu lotsen. Sie sprang elegant zu mir zurück – ich war froh.
„Hör mal, Herrchen, du darfst nicht zu viel von mir verlangen – ich bin doch ein Hund und wenn ich ein Eichhörnchen sehe, da drehe ich eben durch. Das musst du doch ganz einfach verstehen“, flüsterte sie sanft zu mir. Ich war beruhigt. Kelly ging zum Rödlitzbach und trank.
Da kam auf dem Weg ein sehr alter Mann mit einem geschätzt 40 Kilo-Hund.
Diesen hatte er an der Leine und schrie in einem fürchterlich primitiven art: „He, machen Sie sofort den Hund an die Leine – das steht doch da vorn und ist Vorschrift!“
Ich ging auf ihn zu (bin innerlich noch sanft), um ihm zu sagen, dass er dies auch in einem anständigen Ton sagen könnte.
Da kam Kelly vom Bach und stürzte sich auf den Hund.
Aufgeregt sah ich noch, dass es auch eine Hündin war. Da erschallte schon das fürchterliche Hundekampfgeschrei: „Huacha uhrchauachhh, Huacha uhrchauachhhh, Wauauchch“!
Ich war entnervt und polterte: „Sofort aus, Kelly!“
Dazu benütze ich meine maximale Befehlssprache.
Dabei spreche ich ganz hinten, ganz tief, lasse die Stimme fürchterlich kratzen und sich überschlagen. Ich habe mir das ganz einfach überlegt,

um mehr Eindruck bei der Kleinen zu machen – habe es schon oft erprobt – es wirkt.
Ich tue das nur im Notfall, denn danach kann ich kaum noch sprechen und mir tuen der Hals und der Kehlkopf weh.
Kelly wollte zu mir – da schlug er sie schon mit dem freien Ende seiner Leine „Mistvieh, dreckiges – hau ab!"
Sie kam zu mir – ich hielt sie am Gurt fest und befestigte meine Lederleine.
Da ging er noch einmal auf mich los: „Du bist wohl einer von der Stasi, vielleicht ein ehemaliger Parteigenosse!"
Ich kochte: „Ich bin der Stasichef – der Mielke – Du Hornochse – Du Bürokrat! In Deutschland sind überall nur noch Verbote vorhanden."
„Ich hau dir gleich ein paar in die Fresse!", bläkte er.
Ich war ein wenig erschüttert, wie brutal und überzogen dieser Mensch auf uns los ging, bediente mit gespreizten Fingern die Scheibenwischerbewegung und ging mit meinem geliebten Vierbeiner.
Ein paar Tage später.
Ich lief mit Kelly auf halber Höhe am Croatenberg. Es passierte das gleiche, wie schon einmal geschehen.
Sie jagte unerwartet nach unten auf den Weg, welcher rings um den Stadtpark läuft. Ich sah, dass dort eine Frau mit einem kleinen Hund spazierte. Diese reagierte wahnsinnig hysterisch.
Sie schrie: „Geh weg, du Vieh und schlug mit dem Stockschirm nach Kelly."
Erstaunlicherweise kam Kelly sofort zu mir zurück auf unseren gemeinsamen Weg.
Nun langte es mir aber, vor allem, dass Kellylein geschlagen wurde, regte mich maßlos auf.
Offensichtlich sind sehr viele unerfahren (so wie ich) und dadurch sehr nervös – Egoismus kommt noch hinzu. Alles in allem nicht schön, Kellylein, simulierte ich.
Ich musste mit jemand reden, also sprach ich mit der lieben Kleinen.
„Sag mal, du kleiner Kampfhund, wie siehst du denn das Ganze? Liegt es an Dir, dass Du zu viel eigene Wege gehst und/oder zu aggressiv bist oder liegt es an mir, dass ich keine eindeutigen Kommandos gebe und dir viel zu viel Freiheit lasse?"

Kelly hörte mir aufmerksam zu – sie hatte sich sogar hingesetzt und drehte den Kopf nach rechts und links, was immer ein Zeichen ist, dass sie intensiv nachdenkt.
„Mein liebes Herrchen, ich habe dich sehr lieb und will ja auch nicht, dass wir zusammen Ärger haben. Im Gegenteil möchte ich, wie Du sicher auch, dass wir viel Erbauung, Freude und Ausarbeitung miteinander haben. Vielleicht nehme ich mir manchmal zu viel heraus, aber Du musst immer bedenken – ich bin ein Hund und kann auch nicht über meinen Schatten springen. Auf der anderen Seite bist Du wahrscheinlich zu gutmütig und willst mir immer viel Freiheit geben, was wunderschön ist und wofür ich herzlich Dank sagen möchte, aber es birgt eben teilweise Risiken in sich. Vielleicht – aber einen so richtigen Bock darauf habe ich eigentlich auch nicht – wäre doch mal eine Hundeschule für uns ganz lehrreich. Kannst ja mal darüber nachdenken", überlegte mein kleiner Partner.

Wir werden ganz schön angeschrien

Dann fahren wir weiter nach Zwickau und zwar auf den Neumarkt. Dort habe ich schon lange Verbindung zur umsichtigen, lustigen „Obst- und Gemüsefrau" Putzer.
Der Parkplatz am Neumarkt ist fast voll besetzt und ehe ich mich umständlich in eine Reihe zwänge, entscheide ich mich für einen illegalen Parkplatz hinter den Verkaufsbuden. Ich stelle das Auto parallel zur Leipziger Straße ab, öffne die Fahrertür und steige aus (ich hatte mal wieder etwas vergessen und zwar mein Kommando „Bleib!")
Da drängt sich Kelly an meinem linken Bein mit Druck vorbei und rennt über die Straße, wo Straßenbahnschienen verlegt sind, auf die andere Seite zu einem schwarzen Hund, der von jemand in Armeekleidung (mir kam er sehr ungepflegt – wie ein Assi, vor) geführt wurde. Zu allem Unglück stürzte sie sich noch auf diesen Hund (also wieder eine Hündin).
Wiederum war ich zu Tode erschrocken und schrie mit meiner Angst – und Havariestimme, vor Schreck dreimal so hoch, dreimal so laut und dreimal mehr krächzend als sonst: „Komm sofort her!!!"
Überraschung – sie kam sofort, der Hahnenkamm auf dem Rücken war vom Kopfende bis zum Schwanzbeginn ausgeprägt – so stark hatte ich ihn noch nie gesehen.

Der Mann ging mich bösartig an: „Nimm gefälligst den Hund an die Leine!"
Ich knurrte ärgerlich: „Tue ich doch – entschuldige!"
Häufig gehen wir zwei natürlich auch in unserem Dorf spazieren – ich wähle dazu möglichst Gänge über Wiesen, an Feldern vorbei und im Wald. Natürlich darf die Kleine hier frank und frei, ohne Zwang, an einem Strick angebunden zu sein, rennen und flitzen und zwar nach Herzenslust.
Na ja, mit der Herzenslust ist das so eine Frage – häufig trafen wir dabei einen Mann, um die 50 Jahre alt, welcher immer mit einem kleinen hübschen Hund daher kam. Markant an diesem Mann war, dass er über eine mächtige Haarmähne verfügte, die aber schlohweiß war.
Leider weiß ich nicht, welcher Rasse dieser Hund angehörte. Ich fragte nach und offensichtlich ist es die Rasse Yorkshire Terrier.
Diese sind klein (vielleicht 3-5 kg), haben kurze Beinchen, mit denen sie aber schnell rennen können, sehen braun/weiß/golden aus, haben kurze Öhrchen und sehen insgesamt sehr hübsch aus.
Sie sind damit sehr beliebt und häufig anzutreffen.
Wenn wir, und das passierte schon ab und an, diesen 50-Jährigen trafen, gab es jedesmal Ärger. Schon von weitem schrie er: „Bei uns im Ort ist Leinenzwang!"
Ich verdrehte immer die Augen, wenn ich ihn sah und nahm Kelly an die Leine. Damit war der Fall für mich erledigt, nicht aber für ihn. Er speckerte weiter: „Wenn das so weitergeht, werde ich sie melden – das ist eine Straftat!"
Ich versuchte ruhig zu bleiben – „Armes Deutschland – hier gibt es zu viele Spießer und Bürokraten. Das kann doch alles nicht wahr sein", reagierte ich verschnupft.
Ich erkundigte mich über diesen Menschen und erfuhr, dass er zuvor bei der Stasi war und einen ganz schlechten Leumund hat.
„Sicher hatte er sich die vielen schlohweißen Haare dort geholt, weil er ständig Gewissensbisse hatte", waren so meine Gedanken.
Als ich einmal seine Frau mit dem lieblichen, kleinen Hund traf, passierte sinngemäß das Gleiche, nur, dass sie ihren Hund sofort hoch nahm, als sie uns sah. Dabei war auffällig, dass ihr ganzer Körper wie eine einzige Protestnote aussah. Es war ein einziger Widerstand gegen uns – nur, dass ich das Ganze schwer einordnen konnte.

Radfahrer mit unterschiedlichem Niveau

Ab und zu musste ich meinen VW Passat zwecks Service in das Autohaus bringen – dieses war in Crossen an der Mulde.

Mit dem Meister hatte ich jedes Mal vereinbart, dass ich mit Kelly an der Mulde spazieren gehe, bis der „Eingriff" an dem Auto abgeschlossen ist. Also gingen wir zwei schön an der Mulde entlang – Kelly grub in der Flusswiese nach Mäusen, flitzte zum Wasser und trank – ich stellte Stöcke her und warf sie. Es war, wie üblich, wunderschön für uns beide. Auf dem Muldendamm war ein schöner Radweg angelegt und natürlich wollten wir diesen auch einmal erkunden. Also nichts wie hoch auf den Damm und bei schöner Aussicht marschiert, teilweise rannte ich auch.

Es kamen viele Leute gelaufen, auch Jogger kamen des Weges, natürlich auch Radfahrer.

Kelly blieb cool, allerdings musste ich feststellen, dass die wirbelnden Beine einiger Jogger sie schon ziemlich in Erregung versetzten.

Richtig nervös wurde sie aber, wenn schwarz gekleidete Menschen ankamen.

Ich achtete sehr auf die Kleine und warnte ständig: „Kelly – bleib ruhig, nein, nein!"

Es ging alles gut. Plötzlich kam eine Frau mittleren Alters daher geradelt – komplett schwarz eingekleidet, von der Fußsohle bis zu den Haaren und da passierte es – Kelly stürzte los!

Sie rannte neben der Radfahrerin her und bellte wild – ich empfand es als nicht schlimm und rief: „Haben Sie keine Angst. Fahren Sie ruhig weiter – der Hund kommt sofort wieder zu mir! Kelly – komm sofort her, auf der Stelle!"

Es war aber schon zu spät – die Frau bremste, verlor die Nerven, ließ das Lenkrad los und stürzte hin: „Das ist eine Unverschämtheit! Ich werde sie verklagen!"

Auch ich war nervlich ein klein wenig angenockt, kümmerte mich betreten um die Frau, die Gott sei Dank nicht verletzt war und ging etwas gedrückt in das Autohaus zu meinem inzwischen reparierten Passat.

Ich stellte Kelly zur Rede: „Du, höre einmal, Kleine – so geht das nicht. Ich weiß, dass Du den Leuten nichts Böses tust, aber die haben Angst und Schrecken, mitunter zusammen. Die wissen doch nicht, wie lieb du sonst sein kannst. Ich verlange von dir eine Erklärung!"

„Entschuldige, mein Herrchen, es kam aber einfach wieder einmal über mich. Du musst dir mal in Erinnerung rufen, dass ich bei einem Punker war und da ging es mir gar nicht so gut. Er kümmerte sich nicht ausreichend um mich – oftmals hatte ich Hunger – oft war ich nass und mir war kalt. Ich hatte es dort nicht so schön wie bei dir – wir hatten auch kein so schön warm beheiztes Haus wie bei Dir.
Und da habe ich eben Wut auf die schwarz gekleideten Punker.
Uns kamen immer viele besuchen mit Mopeds und Sturzhelm, natürlich auch schwarz gekleidet, – das brachte mich besonders in Harnisch. Mein damaliges Herrchen war auch nicht so lieb wie du – der war oft sehr böse zu mir und schrie mich grundlos an.
Dabei regte mich immer auf, dass er solche silbernen Ringe in der Nase, am Mund und in den Ohren hatte. Außerdem, und das fand ich besonders blöd, war er über und über tätowiert mit einem Habicht, mit Löwenköpfen und zwei Schlangen."
Dies sagte die liebe Kleine zu mir. Nun hatte ich es schwarz auf schwarz – Punker, beziehungsweise schwarz gekleidete Menschen, regten sie maßlos auf.
Ganz anders als die Frau in Crossen reagierten zwei junge Fahrradfahrerinnen am Stadtpark in Lichtenstein. Wie schon erwähnt, führt ein schöner Weg außen am Stadtpark entlang.
Auf diesem kamen zwei junge Damen angeradelt.
Natürlich flitzte die Kleine sofort hin und bellte. Die jungen Mädchen hielten sofort an, stiegen ab und beugten sich nach unten „Na, du Guter – du bist ja ein Hübscher. Aber warum bellst du denn? Wir sind doch lieb zu dir."
Dann streichelten sie die kleine Kelly.
„So geht es also auch – man muss nur nicht immer gleich die Nerven verlieren!" waren so meine heimlichen Gedanken.
Dazu waren die jungen Damen noch recht hübsch und attraktiv – ich war begeistert von ihrem Auftreten und Aussehen und strahlte die Beiden an.

Ein Riese joggt
Im Stadtpark selbst gab es ein paar Wochen später folgende Episode.
Mein kleiner Vierbeiner und ich gingen gemütlich spazieren – da kam aus dem Nichts **ein Riese** von Mensch mit äußerst großen Schritten

angerannt. Ich hatte den Eindruck, dass er circa 2,10 m groß sei – zudem war er noch sehr kräftig gebaut – kurzum ein Hüne.
Natürlich flitzte die Kleine sofort hin – machte aber nichts besonders Schlechtes – sie interessierte sich wieder einmal für den schnellen Beinschritt. Ich glaube, sie bellte nicht einmal.
Aber – der Riese fühlte sich irritiert.
Sicher hatte er Angst um seine schönen, kräftigen Waden.
Er forderte: „Nehmen Sie sofort den Hund weg – das ist doch hier keine Hundewiese!"
Ich fühlte mich nicht sehr angesprochen, denn Kelly hatte ihn kaum bedrängt. Damit glaubte ich, der Fall sei abgeschlossen. Falsch gedacht – der Riese kam wieder. Scheinbar drehte er Runde um Runde.
Ich überlegte: „In der Zeitung stand, dass sich ein Sachse vorbereite auf eine Weltumrundung per pedes. Das müsste er sein – er war auch so groß und mächtig beschrieben. In drei Wochen sollte das Spektakel beginnen."
Das half mir aber hier nicht weiter – ich konnte höchstens nachvollziehen, dass er Sorgen um seine Waden hatte.
Als er erneut anrückte, wiederholte sich das Gleiche von vorhin.
Ich hatte vermutet, er hätte sich inzwischen beruhigt und eingesehen, dass das **kleine** Hündchen überhaupt nicht gefährlich sei. Weit gefehlt – diesmal schimpfte er so, wie sein Körperbau war, nämlich sehr mächtig.
Ich reagierte ziemlich gelassen, es klang aber trotzdem ziemlich scharf: „Hören Sie, es ist zwar hier keine Hundewiese, aber auch kein Sportplatz, wo Rennen stattfinden!"

Katzenjagd macht unverschämte viel Laune

Katzen betrachtet Kelly offensichtlich viel stärker als ihre Feinde, als zum Beispiel Hasen oder Rehe. So blieb es nicht aus, dass ab und an Jagden nach diesen Mäusefängern anstanden. Dabei bemühte ich mich maximal, Kelly auf Wegen oder Straßen mit Leine zu führen. Wir gingen häufig von unserem Gartengrundstück, gleich hinten am Schuppen, wo im Zaun eine Pforte war, über die dahinter befindliche Wiese ins Freie.
So konnten wir dann unsere Ziele frei wählen – entweder ging es in das kleine Wäldchen an den Windrädern, zum Biotop oder durch den Friedhof zum Volkspark.

So liefen wir auf der Wiese lang, aber urplötzlich jechte die Kleine davon – zunächst wusste ich überhaupt nicht, was los war, aber ein schneller Blick zeigte mir die Ursache. Kelly hatte eine schwarz–weiße Katze, welche auf der Wiese saß, (sicherlich vor einem Mauseloch lauernd) aufgespürt und jagte hinterher.
Das Furchtbare daran ist, dass diese Katzen immer zu ihrer Wohnung, ihrem Haus zurückrennen und dieses Haus befindet sich meist auf der anderen Straßenseite. Damit ist natürlich eine Riesengefahr für Kelly gegeben – siehe das schon geschilderte Drama.
So war es auch hier – die schwarz–weiße Katze jagte über eine Straße zu einem Mehrfamilienhaus.
Dort unterhielten sich vor dem Eingang drei ältere Frauen.
Urplötzlich hörte ich schrilles, hektisches Angstgeschrei: „Um Himmels willen – ein schwarzer Hund – der jagt unsere Katze! Um Himmels willen – der frisst sie auf! Was können wir nur tun?“
Ich hörte das Spektakel und regte mich innerlich und äußerlich gleich maßlos auf: „Hören Sie – mein Hund tut ihrer Katze nichts zuleide – aber ihre Katze kann meinem Hund unverschämten Schaden zufügen. Ich muss Angst haben – nicht Sie!“
So ging es noch eine Weile hin und her. Dann beruhigte sich aber die Angelegenheit, da die Katze einen Baumstamm hochgejagt war und dort Sicherheit gefunden hatte. Kelly stand unten am Baum, sprang auf den Hinterbeinen hin und her und bellte wie verrückt.
Inzwischen war ich bei den drei Frauen angelangt und versuchte, sie zu beruhigen. Dies gelang mir aber erst, nachdem sie mir mächtig die Leviten gelesen hatten und sprachlich auf mich mehr als eingeschlagen hatten.
Danach konnte ich in Ruhe einige Sätze sagen: „Hören Sie mir bitte zu! Optisch sieht es zwar so aus, als wenn sie Angst um ihre Katze haben müssten. In Wirklichkeit ist dem aber nicht so, da die Katzen viel stärker und gefährlicher als Hunde sind. Wir haben selbst zu Hause eine Katze und unser Hündchen hat von ihr schon zweimal eins auf die Nase bekommen.“
Das tat mir sehr leid – das kleine Näschen blutete.
Die Hunde verfolgen die Katzen und diesen gelingt es meist, über den Zaun zu springen, einen Baum hoch zu klettern oder sich anderweitig in Sicherheit zu bringen. Haben sie nicht die Möglichkeit, so drehen

sich die Katzen rum, plustern sich auf, um größer und gewaltiger zu erscheinen und gehen zum Angriff über – armes Hündchen.
Meine Nachbarin – diese hat 30 Jahre Erfahrung mit Hunden – erzählte mir, dass manche Katzen dem Hund sogar auf den Rücken springen und von hinten oben in die Augen schlagen und das mit den spitzen Krallen.
Wenn meine Kelly bis auf 1 m an eine Katze heran gejagt ist, lässt sie automatisch ab, da sie Angst bekommt."
Nun hatte ich den älteren Damen einen – sicher sehr befangenen – Vortrag gehalten. Sie hatten mir aber aufmerksam zugehört und wir konnten uns friedlich und nett verabschieden.
Unabhängig davon nahm ich mir erneut Kelly zur Brust, verlangte ihre Aufmerksamkeit, was sie auch tat, indem sie sich hinsetzte und mich geflissentlich anschaute: „Kelly – ich muss erneut mit dir schimpfen. Wie kann es sein, dass du so hektisch wirst, die Katze verfolgst und sogar über die Straße rennst? Das ist für dich und die Katze **lebensgefährlich!** Sprich!"
„Wenn ich eine Katze oder einen Hasen sehe, da kann ich einfach nicht anders. Da höre ich kein Schreien – da höre ich kein Rufen – es ist, als wenn ich einen inneren Befehl sofort und auf der Stelle ausführen müsste. Das mit der Straße, Herrchen, habe ich noch immer nicht verinnerlicht – ich denke immer, da kann mir nichts passieren. Habe nur bitte Geduld – ich werde weiter an mir arbeiten."
Trotz dieser Schwüre der Kleinen kam es am Tag danach am Pfaffenberg neben einem Einfamilienhaus zu einem ähnlichen Vorfall. Wir stiegen aus dem Auto – ich wollte gerade die Leine anknübbern – da jagte Kelly wieder los. Es war aber nur eine kurze Strecke, denn die Katze war sofort auf einem Baum. Ich ging zu Kelly, die am Baum „verlustbellte", hängte sie an und wollte gerade zum Pfaffenberg gehen – da ging der Zirkus mit einem schreienden Ungeheuer los. Das Ungeheuer war ein alter Mann, welcher mit kreischender, sich überschlagender, Stimme schrie: „Sie sind wohl ganz verrückt – das ist tätlicher Angriff auf meine Katze. Ich rufe sofort die Polizei an – das ist verboten. Was die Leute sich heute alles herausnehmen – es ist ein Skandal!"
Eine charmante junge Dame, die auf dem Fußweg daher kam, sprach mich an: „Nehmen Sie das bitte nicht so tragisch und ärgern Sie sich nicht – der ist immer so. Der schreit alle an. Wahrscheinlich kann der sich selbst nicht leiden."

Ich bedankte mich höflich für die netten, tröstenden Worte und war ein wenig beruhigt. Aber selbst dann, wenn ich Kelly ordentlich an der Leine hatte, entstanden kleine Probleme. So versteckte sich einmal eine Frau hinter einem Auto und als ich verwundert hinging und nachfragte, sagte sie nervös: „Ich habe fürchter-liche Angst vor Hunden!"
Ein Postbote, der ein Paket ins Haus brachte, rannte davon, als ich die Tür öffnete und er Kelly sah. Ich konnte mir nur verwundert die Augen reiben.
Als ich einmal bei OBI einkaufen war (die Kleine war ordentlich an der Leine), rannte eine ältere Frau davon und zog ihren Mann mit weg, als wenn Kelly ein Ungetier wäre. Sie zitterte richtig am ganzen Leibe. Für mich war das nicht nachvollziehbar und ich hielt Kelly noch kürzer.
An einem schönen Sommertag wollten wir wieder einmal schwimmen gehen und zwar in den schönen Stausee Oberwald.
Am Eingang stand eine Frau und verkaufte Karten. Sie machte einen durchaus mannhaften Eindruck und war recht aufgeschlossen. Das ließ aber sofort nach, als die kleine Kelly an ihren Schuhen schnupperte.
Ich versuchte, sie zu beruhigen, da sagte sie: „Hören Sie einmal genau zu. Aber zuvor binden Sie ihren Hund da hinten an. Ich war 35 Jahre bei der Post als Briefträgerin tätig. In dieser Zeit lag ich dreimal im Krankenhaus, dreimal! Und immer wegen Hunden. Das letzte Mal trat ich in ein Einfamilienhaus, ging die Treppe hoch – da kam ein großer Schäferhund und sprang mir vor die Brust und krachte mich auf den Hinterkopf – ich kam wieder ins Krankenhaus. Nein, und abermals nein – haben Sie Verständnis dafür!"
Ich hatte Verständnis für die ehemalige Briefträgerin.

Hundebiss – ich bin erstaunt

Mein kleiner Vierbeiner und ich waren an einem sonnigen Sonntag wieder einmal in dem schönen Naturschutzgebiet Hirschgrund.
Kelly und ich sahen auf der Hirschgrundstraße einen Radfahrer auf einer Bank in der Sonne sitzen – das Rad lehnte an der Seite.
Mich sonnenhungriger Menschen reizte dies sofort, ich pfiff zweimal und Kelly kam angestürmt. Wir sprangen über den Hirschgrundbach, liefen über eine Wiese und waren da: „Schönen guten Tag – ein Traum hier in der Sonne, darf ich?" „Natürlich, ja!"
Wir kamen ins Gespräch. Er erzählte mir, dass er von Neukirchen (bei Chemnitz) sei und über Wüstenbrand und Oberlungwitz hierher kam.

Als Kelly, neugierig wie immer, zu ihm wollte, wehrte er ab.
„Na, die Kelly tut nichts Schlechtes“, beruhigte ich.
„Weiß man das?“, sagte er. „Mich hat vor kurzem ein Fleischerhund in den Arsch gebissen – ich musste zum Arzt.“
Mich interessierte dies und er erzählte: „Ich kam auf meinem Fahrrad an – entgegen kam mir ein älterer Herr mit Hund an der Leine. Ich war schon fast vorbei, da riss er sich los, sprang mich an und biss mir in den Hintern. Der Mann war sehr erschrocken und flehte mich an, niemand etwas zu sagen.“
„Den Schaden ersetze ich Ihnen“, sagte er.
Es stellte sich heraus, dass dies schon der zweite Vorfall mit diesem Hund war. Der ältere Herr erzählte mir: „Er (der Hund) ist ganz in Ordnung, aber plötzlich schießt ihm etwas in den Kopf und der tut es – bitte, bitte, melden sie es nicht. Wenn das herauskommt, da wird er getötet. Ich bin nicht der Besitzer, sondern mein Sohn, bitte, bitte, bitte!“ Er ersetzte mir die Hose, die Unterhose hatte ich vergessen, auch am Fahrrad war etwas defekt.
Ein paar Tage später kam der Sohn mit diesem Hund an und sagt zynisch: „Eh, da hast du aber noch mal Glück gehabt, Alter!“

Konkurrenzkampf – die Kleine will die Erste sein
Wie ist das Verhältnis zum anderen Geschlecht?

Ein Weilchen brauchte ich schon, um zu erkennen, wie sich Kelly gegenüber anderen Hunden verhält. Bei Hündinnen verhielt sie sich sehr differenziert. Grundsätzlich war über ihre Gene eine stark ausgeprägte Aggressivität „eingebaut“.
Waren die Hündinnen vital und aufgeweckt, so gab es fast keine Fälle, wo sie nicht einen riesigen Hahnenkamm bekommen und sich nicht auf die Hündinnen gestürzt hätte.
Dies ging auch rasant schnell – lebhafte Hündin entdeckt – Hahnenkamm – darauf stürzen.
Natürlich gelang es mir, im Laufe der Zeit immer stärker, Einfluss zu nehmen, das heißt, ich verbot ihr scharf, zu attackieren.
Dabei lehrte ich ihr sehr zeitig das Kommando „Bleib!“
Wenn es gar nicht anders ging, setzte ich meine größte Einflussnahme an – und zwar meine Kommando-, Kreisch-, Kratz- und Überschlagstimme.

Waren die Hündinnen ängstlich, lieb und sehr zurückhaltend, so bestand eine Chance, dass alles freundlich über die Bühne ging. War das der Fall, so war ich sehr glücklich. Ich war dann nur enttäuscht, wenn die nächste aufgeweckte Hundedame kam und es wieder schief ging. Insgesamt gewöhnte ich mir aber an, recht cool zu bleiben. Hundekenner sagen vielfach: „Das machen die (gemeint sind die Hunde) unter sich aus!" Da mögen sie Recht haben.
Leider gelang es meiner Frau nicht, angemessen ruhig zu bleiben.
Als wir im Behrendspark in Liechtenstein spazierten, kamen zwei Frauen mittleren Alters mit einem kleinen (offensichtlich ein Mischling) Hündchen des Weges. Sofort stürzte sich Kelly auf diesen Mischling – meine Frau versuchte, das zu verhindern, indem sie zum Ort des Geschehens stürzte und da passierte genau das – sie stürzte auf den sehr rauen, mit Splitt belegten Weg.
Meine Frau, die ziemlich starkes Übergewicht hat, war sehr echauffiert, hatte leichte Kreislaufprobleme und blutete stark – zudem hatte sie große blutige Schürfwunden.
Die beiden Frauen zerrten ihren Hund weg und gingen schnell von dannen. Es war eine äußerst schlechte Verhaltensweise der beiden Frauen – denn, wenn ich immer sage, Kelly stürzte sich auf die Hündin, so war in 90 % der Fälle die andere Seite genauso aggressiv.
Mich beleidigte stark, dass sie sich überhaupt nicht um meine Frau kümmerten.
Auf alle Fälle war ich fest davon überzeugt, dass Kelly die Hündinnen nicht beißen würde. Diese Überzeugung habe ich heute noch, allerdings gaben mir zwei Vorfälle zu denken.
Mit Tochter Regine waren wir zwei Jahre später am Bodensee. Es war wunderschön – Kelly und ich waren schwimmen.
Als wir später auf der Uferpromenade entlang gingen, kam ein kleines, weißfarbig-wuschliges Etwas, es war ein Hund, dessen Rasse ich nicht kannte, daher.
Mit diesem wuscheligen Etwas war eine ganze Korona unterwegs.
Blitzschnell entfachte sich ein kleiner Hundekampf und die gesamte Korona „ging auf mich los": „Passen Sie gefälligst auf – nehmen Sie Ihr Raubtier an die Leine! Das kann doch nicht wahr sein – unsere liebe Susi!"
Dabei war ihre Susi genauso wenig angeleint wie Kelly und außerdem ging es nicht nur um die kleine Susi, sondern auch um Kelly, fand ich.

Das Überraschendste kommt aber jetzt – die Korona rief einstimmig: „Ihr Hund hat das Fell von unserer Susi im Maul!"
Regine und ich schauten aufmerksam hin – es entsprach der Wahrheit – unsere Kleine hatte weißes Fell zwischen den Zähnen. Wir waren ein klein wenig entsetzt und verzogen uns rasch.
Danach werteten wir den Vorgang aus. Wir waren uns einig, dass Kelly nicht gebissen hatte, aber ebenso wie bei dem Werkzeugverkäufer – in die Hose – hier ins Fell gekniffen hatte.
Wir gingen zu einer Bank, setzten uns hin und nahmen uns die kleine Kelly her: „Du, Partner …", deklamierte ich und schaute Kelly tief in die Augen (sie saß sehr brav da und hörte zu), „das war das erste Mal, dass du Fell – mein Gott, komm sofort her – hier ist noch etwas Fell zwischen deinen großen Hauern, ich mache dir das jetzt ab – also, es war das erste Mal, dass du Fell im Maul hattest. Das machst du bitteschön nie wieder!"
„Was heißt hier bitteschön – das ist unsere Festlegung, Kelly und so hat es in Zukunft so sein. Der Vati ist oftmals viel zu sanft!"
Kelly war heute irgendwie nicht gut drauf – sie schaute uns zweifelnd an und gab von sich: „Ja, ja, ja, so schlimm war's ja auch wieder nicht – die Susi ist eine Verrückte und hat mich auch gezwackt. Macht euch nur keinen allzu großen Kopf!"
Wir waren nicht ganz zufrieden, wollten aber nicht weiter auf der Kleinen herumhacken – es war ein wunderschöner Tag bisher gewesen und so sollte er auch zu Ende gehen.
Interessant war ja nun, wie sich Kelly gegenüber den Hundemännern, das heißt, Rüden aufführte.
Es lief ganz anders ab als mit den Hündinnen. Die Kleine ging meist nicht auf die Rüden zu – sie wurde vielmehr von diesen beschnuppert und häufig bedrängt.
Das ließ sie sich auch durchaus gefallen, aber wenn es ihr zu viel wurde und das war relativ schnell der Fall, ging sie scharf auf den Rüden los und verbellte ihn mit der ihr eigenen Aggressivität. Dabei ging sie ihm meist mit der Schnauze an den Hals, ohne etwas Gefährliches zu tun.
Und nun passierte das für mich äußerst Erstaunliche. Die Rüden reagierten sofort und sprangen fix zur Seite. Mehr als einmal hatte ich dabei Angst um die Kleine, da mir der Größenunterschied oft einfach zu enorm war.

Bei Golden Retriever mochte es ja noch angehen, aber bei Rottweiler , Pittbull – einmal war es sogar ein Berner Senn – beziehungsweise auch bei den Doggen – da wurde mir richtig Angst.
Wenn einer davon einmal zubeißt, dann wäre es um meine Kelly geschehen – um Himmels willen, das wäre ja ein Drama.
Eigentümlicherweise machte ich mir am meisten Sorgen, wenn Kelly mit Doggen kontaktierte. Allerdings musste ich nach einer gewissen Zeit feststellten, dass gerade diese Tiere erstaunlich lieb sind. Ihre Größe ist aber schon sehr beeindruckend.
Ich las einmal in der Bild–Zeitung, dass die Dogge „Bodyguard" Deutschlands größter Hund sei. Sie ist immerhin 102 cm groß und 68 Kilo schwer. Die Doggen, mit denen die Kleine zu tun hatte, waren bei Leibe nicht so groß, aber immerhin.
Falls diese großen Rüden von ihrem Frauchen geführt wurden, erzählte ich häufig: „Mich beeindruckt, welche Kavaliere die Hundemänner gegenüber den Hundedamen sind – da könnten sich die Menschenmänner ein Beispiel daran nehmen."
Die Frauen stimmten begeistert zu.
Ein Bekannter von mir hat einen männlichen Windhund, den er immer getreulich von der kleinen Kelly fernhält. Auf meine Frage antwortete er: „Der ist manchmal komisch – der beißt."
Man kann eben nicht alles über einen Kamm scheren.

Ich bin eindeutig die Stärkere

Wenn man mit seinem Hund, ich sage immer gern Hündchen, ausgeht, so lernt man natürlich viele Leute, ebenfalls mit Hund, kennen.
So hat man in kurzer Zeit relativ viele Bekannte, verbunden mit vielen interessanten Gesprächen. Natürlich drehen sich 90 % der Gespräche um die Tiere, die wir ausführen – um Hunde.
So lernte ich bei uns im Ort ein junges Ehepaar kennen, welches einen Boxer ihr eigen nannten. Das war auch eine Hündin – sie hatte ein genau so glattes Fell wie meine Kleine, dass heißt auch kein Unterfell, allerdings eine leicht braune Farbe mit etwas weiß darin – sehr hübsch anzusehen.
Ich hatte den Eindruck, dass sie fast noch weniger Fell als Kelly besaß – es war ein Genuss, darüber zu streichen und zu streicheln – so wie bei unserer kleinen Kelly.

Was mir bei dieser Rasse nicht so gefällt, ist das ständige Speicheln und Schleimen. Für mich ist das ein klein wenig eklig – aber was soll es – wo die Liebe hinfällt – dort soll sie auch bleiben.
Finja – auf diesen Namen hörte sie, war schon wesentlich größer als Kelly, vielleicht um die 30 kg schwer. Zur Erinnerung – Kelly hatte gerade mal 20 kg Eigengewicht.
Wir trafen uns häufig und gingen zu viert oder zu fünft (falls die Frau dabei war) spazieren, manchmal rannten wir auch mit den Hunden – dies war aber mehr die Ausnahme als die Regel.
So liefen wir auf einem Weg zwischen Weizen- und Rapsfeldern zu den Windrädern, zu einem kleinen Teich, damit die Hunde trinken konnten, zu einem Biotop, in dem Goldfische schwammen und Pflanzen mit sogenannten Zigarren wuchsen und so weiter und so fort.
Kelly und Finja mochten sich offensichtlich – sie schnupperten sich häufig an, rannten und flitzten miteinander und hatten viel Spaß.
Lustig war immer die Spielaufforderung, bei welcher die Vorderbeine weit auseinander gespreizt sind, der Vorderkörper eine Tiefstellung hat, der Brustkorb fast den Boden berührt, mit dem Schwanz gewedelt, herumgehopst und auch mächtig gebellt wird.
Ich hatte damals mit dem linken Knie Probleme – der Meniskus war leicht eingerissen und jede Querkraft verursachte mir zusätzliche Schmerzen.
Also versuchte ich, dem wilden Hundegetobe aus dem Weg zu gehen, indem ich etwas weiter weg ging oder indem ich mich hinter dem anderen Herrchen versteckte. Dies ging meist eine Weile gut, aber irgendwann rannte Finja, mitunter auch Kelly, gegen mein linkes Bein.
Im Sinne unserer Lieblinge sagte ich mir aber immer:
„Verluste müssen eingeplant werden!" So ein richtiger Trost war es trotzdem nicht, denn der Meniskus tat mir schon nach einer solchen Aktion höllisch weh.
Insgesamt waren es aber immer erlebnisreiche und schöne Ausflüge.
Einmal – wir waren am Biotop und hatten den Spaziergang schon fast abgeschlossen, lag ein schöner saftiger Ast am Wege, den die Kelly sofort holte. Mein neuer Bekannter nahm den Ast und rief: „Finja und Kelly – flitzt und rennt – holt ihn!"
Die beiden waren sehr aufgeregt, sprangen begeistert hin und her, vor allem Kelly, die immer die nervösere war, und jagten los, um der erste zu sein.

Kelly gewann und brachte mir fix den Stock und bellte wie wild: „Wirf du auch einmal – ich werde es der Finja schon zeigen, wer hier der echte Sprinter ist!“
Ich warf und zwar sehr, sehr weit – die beiden jagten wieder los und – Kelly war wiederum die Erste. Sie brachte den Stock erneut zu mir und legte ihn brav hin. Dann schaute sie zu Finja, die vielleicht 4 m von ihr entfernt war, jagte hin und stürzte sich auf sie.
Ehrlich gesagt – ich war zu Tode erschrocken.
Die beiden kämpften miteinander wie verrückt – für mich war es schaurig. Das ganze fand auf einem abgeernteten, bereits umgepflügten Feld statt.
Kelly lag sofort unten und es war fürchterlich anzuhören, wie sich das Kampfgetöse entwickelte: „Wwauuahhcchho Auraoa Schachchch!“
Es war schlimm und ich hatte wahnsinnige Angst. Ich hob das rechte Bein und hätte am liebsten Finja von Kelly runtergeschubst, sanft natürlich. Fragend schaute ich meinen Bekannten an – der sagte: „Es wird schon gut gehen.“
Ich getraute mich logischerweise nicht zu schubsen.
Es dauerte lange – mir war schon ganz schwer ums Herz, ich hatte einen starken Adrenalinausstoß, das Herz wummerte – da endlich ging Finja zur Seite und meine herzallerliebste Kleine kam frei.
Ich flitzte sofort zu Kelly und untersuchte sie am Hals – ich konnte erleichtert ausatmen – es war nur Schleim. Mein Bekannter untersuchte Finja nicht – sie war ja auch über Kelly gewesen.
Nach meiner Untersuchung stand Kelly da – den Kopf gesenkt, Schwanz eingekniffen, ihre Schlappohren hingen traurig herab, der Rücken war von der Erde des Feldes braun gefärbt, ihr Kopf hing bekümmert nach unten.
Sie stand da wie deppert – ihr Stolz war stark verletzt. Man könnte auch sagen: „Kelly stand da wie ein begossener Pudel.“
Mir tat die Kleine leid, obwohl ich mir darüber im Klaren war, dass sie schon selbst schuld war. Für mich war unbegreiflich, wieso sie sich denn auf einen doppelt so großen Hund stürzen musste. Wo blieb denn hier ein klein wenig Vorsicht? Wahrscheinlich hatte sie vollkommen ohne Überlegung, nur ihren Emotionen folgend, gehandelt.
Mein Bekannter verabschiedete sich und ging mit seiner Kampfhündin nach Hause.

Da ich so mit Kelly fühlte, musste ich unbedingt noch mit ihr sprechen und sie trösten: „Kelly – mach dir nur nicht solche Gedanken. Im Leben verliert man eben manchmal. Wichtig ist, dass du daraus die Lehren ziehst und nicht wieder so etwas Sinnloses praktizierst. Sag mir nun einmal ganz ernsthaft, weshalb du die Finja attackiert hast?"
Kelly war noch immer sehr betreten und bedrückt – es dauerte lange, bis sie etwas von sich gab: „Also, jetzt habe ich wirklich schlechte Laune, ganz schlechte Laune. Du denkst wohl, dass mir das Spaß macht, von der Finja in den Ackerschmutz gedrückt zu werden? Die ist immer so überheblich und arrogant – das hängt mir zum Hals heraus. Immer will sie die Größte, die Schnellste, die Wendigste und die Kräftigste sein – das hatte ich eben einfach satt.
Und außerdem kann ich nur wiederholen – manchmal kann ich eben einfach nicht anders! Lass es bitte damit genug sein – ich möchte jetzt meine Ruhe haben!"
Nun gingen wir beide auch nach Hause.
Diesmal ging dies aber relativ schweigsam vonstatten. Kelly trottete vor sich hin, wahrscheinlich dachte sie über das Geschehene nach und erboste sich nochmals im Stillen. Ich ärgerte mich nicht, war aber ein klein wenig deprimiert – denn das hätte sich die Kleine sparen können.
Natürlich hatten wir ab und zu wieder Kontakt mit Finja, sowie ihrem Herrchen und Frauchen.
Für uns, vor allem für mich, war hochinteressant, wie die beiden jetzt miteinander umgehen würden. Wir Menschen trafen uns, gaben uns die Hand und schwatzten. Dabei sprachen wir auch über die Vierbeiner und wie das wohl laufen würde mit den beiden – heimlich „schlunzten" wir.
Die beiden kümmerten sich nicht um einander – jeder schnüffelte an einer anderen Ecke herum und tat, als wenn es den anderen nicht gäbe. Das änderte sich auch nicht, als wir die beiden ansprachen. Sie schauten wohl mal zu dem anderen hin, aber das war's auch schon. Wir verabschiedeten uns.
Beim nächsten Mal gingen sie nach einer kurzen Zeit doch aufeinander zu – erstaunlich. Als allerdings nur noch ein Meter Platz zwischen ihnen war, drehten beide wieder ab.
Mit gewissen Nuancierungen ging dies beim nächsten und übernächsten Mal so weiter. So richtige Spielkameraden und Freunde, wie sie

einmal waren, werden sie wahrscheinlich wohl nie wieder, sonderbar und eigentlich etwas traurig, befanden wir Menschen.
Die Gedanken der beiden waren einfach die Folgenden, wie sie uns dann doch noch anvertrauten.
Finja: „Also, du überhebliche Kelly – nun hab ich es dir aber gewaltig gezeigt, dass ich die stärkere und schnellere bin. Da kannst du nie wieder daran vorbei. Da kannst du auch tun und machen, als wenn du mich gar nicht sehen würdest. Du ignorierst mich – ich pfeife darauf – wenn wir wieder einmal um die Wette rennen würden, zum Beispiel nach dem Ast, so könnte ich dir auch zeigen, dass ich schneller bin als du. Aber ich pfeife auf den Wettbewerb – ich weiß, dass ich schneller bin!"
Kelly: „Ach Finja, du brauchst gar nicht so gewaltig deinen Hintern zu drehen, er ist sowieso zu dick. Nun bildest du dir ein Leben lang ein, dass du kräftiger und schneller bist als ich. Träume weiter! Zweimal war ich der schnellere beim Astholen – ich konnte ihn meinem Herrchen vor die Füße legen – da bin ich heute noch stolz. Das mit dem blöden Kampf war nur so, dass ich am Anfang nicht aufgepasst habe und auf dem schlammigen Acker ausgerutscht bin – dadurch hatte ich Nachteile. Also – sei nicht überheblich, geh deiner Wege und lass mich in Ruhe!"

Erneute Eifersucht

Ein befreundetes Ehepaar von uns aus Weimar, hatte einen lieben, kleinen Dackel – auch eine Hündin. Hier war allerdings das Frauchen, die Elfriede, der Rudelführer.
Sie kümmerte sich mit einer Hingabe und Liebe um die Kleine – es war schon fast eine Vermenschlichung. Dann kam sie in die Jahre, wurde krank, fraß schlecht, hörte nichts mehr – sie starb. Elfriede berichtete mir mit tränenerstickter Stimme am Telefon von dem schmerzlichen Ereignis. Mir war auch ganz wehmütig zumute – ich tröstete, so weit, wie es mir gelang und versuchte, Freude auf die Zukunft zu wecken durch die Anschaffung eines neuen Hundes. Es passierte natürlich das, was zu erwarten war …
„Nein, meine kleine Nelly kann niemand ersetzen – die war so lieb, so etwas gibt es nie, nie wieder!"
Ich nahm es zur Kenntnis und dachte für mich: „Die Zeit wird die Wunden schon so langsam heilen!"

So war es auch und nach einer gewissen Zeit teilten sie mit, dass sie bei einem Züchter in Thüringen waren und schon eine Vorauswahl eines Langhaardackels getroffen hätten. Ich war beruhigt, freute mich und riet, dran zu bleiben.
Nach weiteren sechs Wochen teilten sie überglücklich mit, dass sie den kleinen Welpen (mit Papieren) nun gekauft hätten und dieser bei ihnen lebt. Leider konnte ich Elfriede nicht am Telefon strahlen sehen, aber ihre Stimmung war so – einfach wunderbar. Mich wunderte nur eines. Nachdem wir über das Hündchen gesprochen hatten (es war wiederum eine Hündin – Lea genannt), erwähnte sie noch, dass alles in Ordnung gewesen sei – nur der Preis von 600.00 Euro wäre zu hoch gewesen. Diesen Hinweis fand ich nicht in Ordnung, da ich von einer Hundezüchterin und -ausbilderin weiß, wie viel Arbeit „in so einem kleinen Welpen steckt".
Ich sagte aber nichts, um die Freude nicht zu trüben.
Sie waren glücklich mit Lea und darauf kommt es ja auch an.
Zu einem späteren Zeitpunkt (Lea war inzwischen bereits zwei Jahre alt) fand auf der Leuchtenburg bei Jena eine Fehde statt – es war eine runde Geburtstagsfeier eines ehemaligen Studienfreundes. Hier waren wir mit Kelly, Lea mit Frauchen und Herrchen eingeladen.
Es war eine wunderschöne Feier – die zwei Hunde kamen gut miteinander zurecht und es war alles bestens.

Für den nächsten Tag war eine Wanderung hoch auf die Leuchtenburg geplant. Wir marschierten alle bei bester Stimmung und bei herrlichem Sonnenschein den Serpentinenweg zur Burg hoch. Mitte des Weges war ein kleines Plateau mit Wiese, Bänke standen da – wir machten eine Pause. Wie üblich musste ich für Kelly Äste finden und werfen.
Wenn ich werfen wollte, sprang sie als Spielaufforderung auf und nieder – ihr Brustkorb berührte den Boden – die Vorderbeine waren gespreizt – der Blick war auf mich gerichtet – mit dem Schwanz wurde gewedelt und es wurde herumgehopst.
Das machte auch den anderen viel Spaß und so warfen auch Heiner (Leas Herrchen) und die anderen.
Kelly wurde hin und her gejagt und hetzte sich ab. Da hatte sie plötzlich keine Lust mehr und legte sich hin. Der Stock, den sie holen sollte, blieb dort liegen, wo er aufgekommen war.

Lea hatte aufmerksam zugesehen – nun war ihre Zeit gekommen (dachte die Kleine) und sie stürmte dorthin, wo der Ast lag und wollte ihn sich gerade schnappen. Sie hatte aber nicht mit Kelly gerechnet – diese stürmte ebenfalls los und zwar mit ziemlichem Geheul. Sie muss wahnsinnig eifersüchtig gewesen sein, denn sie ging sofort auf die kleine Lea los – knallte sie auf den Rücken und trampelte auf ihrem Bauch herum.
Mir war das natürlich sehr peinlich – ich rannte sofort zu dem Ort des Geschehens, versuchte Kelly zu beruhigen. Das war aber gar nicht nötig, da schon alles abgeschlossen war.
Elfriede kam äußerst aufgebracht und nervös angerannt, nahm die kleine Lea hoch. „Ach du arme Kleine – das war nicht schön von der Kelly – das ist eine Böse – tut dir etwas weh?"
Elfriede saß auf einer Bank, Lea auf ihrem Schoß – sie wurde maximal beruhigt, gestreichelt und bemuttert.
Nach einer gewissen Zeit, wo ich ausreichend Zeit für die Bemutterung geben wollte, ließ mich mein schlechtes Gewissen zur Bank hingehen: „Arme, Lea – das war aber dumm von der Kelly – tut mir leid – es wird schon wieder werden – tut dir etwas weh?"
Elfriede reagierte gereizt: „Ach, nun auch noch bedauern – das gefällt mir!"
Ich ging, unangenehm berührt, weg von der Streichelbank zu meinen Kumpels und redete über andere Dinge. Eines ging mir aber doch durch den Kopf – Kellys Flächendruck mit ihren Pfötchen war schon relativ groß. Das hatte ich schon ein paarmal bemerkt, wenn sie mir beim Spielen auf die Hand trat oder auf dem Sofa über mich hinweg lief. Sie hatte immerhin 20 kg Gewicht und wenn das gesamte Gewicht auf einem Pfötchen ruht, so ist das schon eine ganz schöne Flächenlast – arme kleine Lea, dachte ich.
Ich wollte die Kelly nicht schon wieder zur Rede stellen und schaute ihr nur vorwurfsvoll in die Augen.
„Da kannst du, Herrchen, noch so missbilligend schauen – die Lea muss doch einen Klaps haben, mir den Ast wegnehmen zu wollen. So etwas geht nun einmal nicht zwischen uns Hunden – ob sie klein oder groß sind. Das ist dabei ganz egal. So etwas kann ich nicht dulden – daran musst auch du dich schon gewöhnen!", reagierte mein kleiner Vierbeiner verknatzt.
Lea war ja auch erst zwei Jahre alt und sicher solche Eskapaden noch nicht gewöhnt. Sie ging meiner kleinen Kelly zukünftig aus dem Weg.

Leider ergab sich durch das Vorkommnis zwischen Lea und Kelly, dass das Verhältnis zwischen Elfriede und Heiner und meiner Frau und mir offensichtlich etwas getrübt war. Das zeigte sich zum Beispiel darin, dass auf einer recht großen Geburtstagsparty Elfriede von vornherein mitgeteilt hatte, dass sie ja woanders sitzen wollte als da, wo Kelly und ich unseren Platz hatten. Das war schon etwas traurig und bedenklich.
Mal sehen, was die Zukunft bringt – es ist nun mal eine Tatsache, dass Streit zwischen Kindern oder Hunden die Parteien etwas in Schwulitäten bringen kann.
Man muss sich aber auch vorstellen – die Lea ist dermaßen klein und zart – da konnte einem manchmal richtig Angst werden. Als wir bei Lea einmal zum Kaffeetrinken zuhause waren, lief sie den Vorsaal entlang und die Kelly mit ihren langen Beinen „kratzte mit den Hufen, würde ich sagen" (es waren natürlich ihre Pfötchenballen) auf ihrem Rücken, als wollte sie sagen: „He Kleine, pass auf, dass dir nichts passiert." Das sah Heiner, ihr Herrchen und regte sich gleich fürchterlich auf: „Aber Kelly – das darfst du nicht machen, sonst kriegst du Haue von mir!"
Es ist aber eine Tatsache, dass Lea eben extrem klein ist. Vom Fußboden bis zum Rücken gemessen, würde ich vermuten, sind es vielleicht 12 cm – höchstens. Das brachte den Sohn von Elfriede und Heiner einmal, als wir zufällig zu Besuch waren, auf die Palme. „Müsst ihr euch denn aber auch immer einen so extremen Winzling anschaffen – beinahe hätte ich jetzt die Kleine erlatscht. Ihr könnt aber auch nicht hören!"

Die Kleine wehrt sich durch Angriff

Häufig waren wir auf dem Pfaffenberg in Hohenstein/Ernstthal spazieren. Das ist ein wunderschöner Naturschutzpark, wo exotische Pflanzen und Bäume durch Schilder kenntlich gemacht werden – für mich, der ich nicht allzu viele Bäume kenne, eine sehr interessante Angelegenheit.
Auf einem Schild steht geschrieben „Dendrologischer Lehrpfad". Da ich damit nichts Rechtes anfangen konnte, schaute ich im Duden nach – Dendrologie ist die Lehre von den Bäumen und Gehölzen.
Nun wusste ich es und konnte bewusst – die Amerikanische Roteiche, die Platane (Platanus acerifolia), die Winter- und Sommerlinde, die Robinie, den Bergahorn und die Rosskastanie u. a. interessante Bäume studieren. Zufrieden konnte ich feststellen – so ein Spaziergang mit Hund ist doch recht lehrreich und zur Nachahmung empfohlen.

Außerdem ist dort ein interessantes Gebäude – das Berggasthaus, ein Traditionsgebäude, in welchem 1933 der Erzgebirgsverein gegründet wurde, vorhanden. Von seinem Plateau aus kann man – bei guter Sicht – den Auersberg erkennen. Wenn man ganz großes Glück hat, kann man sogar den Fichtelberg und den Keilberg in Tschechien ausmachen. Außerdem sind auf dem Pfaffenberg eine Hundeschule und ein Tennisplatz angesiedelt. Für mich ist beides interessant – Hunde und Menschen bei der Ausbildung zu sehen als auch einem Training oder einem Punktspiel im Tennis zuzuschauen. Das Erstere ist deshalb interessant, da Kelly und ich in der Hundeschule waren und das Zweite, da ich selbst begeisterter Tennisspieler bin.
Also – für Abwechslung ist auf dem Pfaffenberg gesorgt.
Auch Kelly hat ihre Ablenkung durch viele interessante Gerüche, viele saftige Stöcke, die ich ihr bereite und dann mit viel „Dam-Dam“ in die Gegend werfe.
Außerdem sind auf dem Pfaffenberg sehr viele Hunde mit Frauchen und Herrchen unterwegs.
Ich kann mich auch nicht erinnern, dass es, wie an so vielen anderen Stellen, einmal Probleme mit Hunden und Menschen gegeben hätte, wo ich verärgert gewesen oder verstimmt gewesen wäre oder ähnliches.
Also – hier war rundum alles in Ordnung – „Toi, Toi“ – so sollte es auch bleiben.

Einmal musste sich hier Kelly allerdings gegen einen burschikosen Angriff wehren. Wir marschierten in einem Buchenwald – da kam uns eine lustige Gesellschaft, die aus zwei Damen, einem Herren und drei Hunden bestand, mit viel Spaß entgegen. Dabei waren zwei größere Hunde, darunter ein Golden Retriever (den anderen habe ich vergessen) und ein schwarzer Hund – in etwa so groß wie meine Kleine.
Wir liefen vergnügt und wollten mit einem freundlichen „Hallo“ die Korona passieren, da wurde der schwarze Hund hektisch, bellte wie verrückt und raste auf Kelly zu. Dieser blieb gar nichts weiter übrig, als sich zu verteidigen und den Kampf anzunehmen. Das taten die zwei und ganz fix war Kelly oben und hatte den schwarzen Hund auf den Rücken gelegt. Den Bruchteil einer Sekunde genoss sie offensichtlich das Siegesgefühl, bevor sie sich löste.
Ich entschuldigte mich bei der Gesellschaft, erhielt aber zur Antwort: „Machen Sie sich keine Gedanken – das kommt öfter vor und Sie

wissen doch – das machen die Hunde unter sich aus. Ist schon alles in Ordnung – unser kleiner Schwarzer ist eben sehr angriffslustig. An der Abstellung arbeiten wir!“

Wir sprachen noch eine Weile über dies und das und verabschiedeten uns – freundliche Menschen und ein schöner Tag.

So froh, wie mir zumute war, schaute ich auch meinen kleinen Liebling an, aber – was war denn das? Sie wiegte den Kopf hin und her und schaute ein ganz klein wenig traurig:

„Du musst nicht so abwartend schauen – was soll ich denn jetzt wieder verkehrt gemacht haben? Die kleine Schwarze ging auf mich los, nicht umgekehrt, Herrchen. Die ständigen, wenn auch kleinen Vorwürfe, habe ich wirklich ein wenig satt! Komm, vergessen wir es und freuen uns auf unseren Rückmarsch zum Auto.“

Also hatte ich scheinbar doch nicht nur froh geschaut – es war auch ein wenig Bedenklichkeit dabei.

Mich freute, dass Kelly so sensibel war.

Entenjagd macht Laune

Im Stadtpark Lichtenstein befindet sich auch ein schöner großer Teich, mit Fischen darin und einer hübschen, runden Insel in der Mitte, zu der man über eine gebogene Brücke gelangen kann. Auf diesem Teich schwimmen Tauchenten, normale Enten und häufig waren auch Graugänse vorhanden.

Häufig standen Mütter mit Kindern, ältere Ehepaare oder auch irgendwelche einsamen Menschen auf der gebogenen Brücke oder auch am Ufer und fütterten die Enten und Gänse.

Mein kleiner Vierbeiner und ich drehten, wie schon erwähnt, unsere Runden in diesem feinen Park.

Nach meiner Lebensart war ich immer bestrebt, Kellylein ein freies und natürliches Laufen zu ermöglichen, ohne dass einer – in dem Falle ich – ständig an der Leine zerrte. So konnte sie überall hinlaufen, um zu schnuppern, Gras zu fressen, Stöcke zu suchen und anderes mehr.

Kam irgendjemand daher, wo ich vermutete, dass er Angst haben könnte, rief ich Kelly und fesselte sie – an die Leine.

Mir kam es immer wie eine Fesselung und Freiheitsberaubung von Tieren vor. Natürlich fesselte ich Kelly auch, wenn Gefahr in Verzug war, dass es Ärger mit irgendwelchen Hunden geben könnte.

Mit diesen Freiheitsgedanken im Kopf, die auch Kelly teilte (sie hatte mir oft dazu ihre Meinung mitgeteilt), zogen wir beide glücklich unsere Runden.

Jeder kann sich vorstellen, dass dies immer ein Spagat zwischen verwirklichter Freiheit und irgendwelchem Ärger war, den man beherrschen musste.

Wenn wir zu den Enten und Graugänsen kamen, schaute ich immer mit meinem Späherblick, ob irgendwelche Leute die Enten fütterten oder ob wir vielleicht doch allein sind. War das der Fall, so freuten sich Kelly und ich sehr.

Dann flitzte die Kleine freudig los (übrigens mit enormer Geschwindigkeit) und verbellte die Enten und Gänse. Vor Aufregung wäre sie immer am liebsten mit ins Wasser gegangen – die Vorderbeine und der Oberkörper waren jedes Mal voll darin.

Ich hatte immer richtige Glücksgefühle, wenn es meinem kleinen Vierbeiner gelang, die Graugänse in die Flucht zu schlagen. Diese flatterten dann kreischend und aufgeregt in die Lüfte – bei ihrer Größe kam mir das immer vor, als wenn es Kraniche wären. Kelly gefiel das auch immer sehr und wenn sie den Abflug erreicht hatte, hüpfte sie aufgeregt hin und her – die Vorderbeine berührten den Boden und waren danach gleich wieder in der Luft – schön anzuschauen.

Natürlich kam es auch vor, dass ich nicht rechtzeitig Kelly an die Leine legen konnte und sie die Leute bei der Fütterung störte.

Da machte ich mir aber nicht den großen Kopf und Kelly auch nicht – sie war folgender Meinung: „Schau mal, die Enten und Gänse schwimmen und lungern den gesamten Tag hier in dem Teich herum – da werden sie natürlich ganz schön fett und träge. Mit meinem Aufscheuchen sorge ich dafür, dass sie Kalorien verbrennen und eine Abwechslung haben. Sollte ich damit wirklich die fütternden Leute stören, so kann man sich damit trösten, dass die ja nach kurzer Zeit zurückkommen. Wir gehen ja nach unserer Aufscheuchaktion auch immer gleich weiter."

So beruhigte mich meine Süße und ich war sehr froh darüber. Von einem anderen Hundebesitzer hörte ich aber, dass man nicht den Entennachwuchs beunruhigen darf, welcher meist am Ufer sein Gehege bzw. Nest hat. Ich ließ mir die Jahreszeit nennen, in die so etwas vorkam und versprach, sorgfältig darauf zu achten.

Ein Biertrinker bedroht uns

Ähnliche Runden, wie im Stadtpark Lichtenstein, drehten wir auch im Bürgerpark, ausgangs Lichtenstein.

In Summe waren in diesem Park fünf Teiche vorhanden. Am höchst gelegenen war der Wasserzufluss vorhanden und so wurden die weiteren Teiche von oben nach unten mit diesem zufließenden Wasser gefüllt. Der untere Teich war der größte – er war vielleicht 100 m lang und 60 m breit, also die Größe eines Fußballfeldes. An der Stirnseite befand sich ein Café, wo man aber nicht nur Kaffee, Tee und Kuchen erhielt, sondern auch ein Menü zu sich nehmen konnte.

In diesem großen Teich hatten viele Enten und Graugänse ihr Domizil, das heißt es war für Kelly und mich ein kleines Paradies. Schade war nur, dass das Café sehr besucht war und damit viele Leute bei den Enten und Gänsen eine Fütterung veranstalteten. Montag war aber Ruhetag und damit hatten wir nicht mit so vielen Besuchern zu tun.

Wenn hier durch die Aktivität meines lieben Vierbeiners die Graugänse in den Himmel starteten, war das schon durch die große Wasserfläche ein besonderes Erlebnis. Wir waren auf alle Fälle davon immer begeistert und auch Kelly schaute den Gänsen, welche für mich in diesem Fall Vögel waren, interessiert und aufgeregt nach – ihre Schlappohren waren hoch gestellt und sie hopste vor Erregung hin und her – das fand ich sehr hübsch.

An einem Spätsommerabend spazierten wir auch wieder um den großen Teich. Es waren leider keine Graugänse da, aber die Enten waren in Massen vertreten – wir freuten uns. Bei unserem Spaziergang kamen wir an vielen Bänken vorbei – auf einer Bank saß ein älterer Mann mit vielen Bierflaschen und prostete sich selbst immer zu. Wir grüßen freundlich, bekamen aber keine Antwort.

Eine schreiende Antwort kam aber in Form einer gebrüllten Protestnote, als Kelly die Enten anbellte und diese mit einem Riesengeschnatter eilig davon schwammen bzw. flatterten: „Das dürfen Sie nicht tun, Sie Blödmann, denn das ist verboten und wenn Sie nicht sofort aufhören, melde ich das! Da müssen Sie die 70 € Verwarnungsgeld zahlen!“

Ich war irritiert und schüttelte den Kopf „Weshalb muss sich denn gerade dieser Biertrinker hier einmischen?“, fragte ich mich.

Kelly schaute mich auch erstaunt an und gab erregt von sich: „Weshalb hängt der sich denn hier rein? Darf ich denn hier nicht mal die Enten kernig begrüßen oder was soll das? Nun fängt der auch noch an – so

sachte langt mir es! Es wird doch wohl möglich sein, dass man hier in dem Park einmal seine Lebensfreude haben kann. Alles nur bürokratische Vorschriften, Verbote und Regeln – bei uns im Tierreich gibt es so etwas nicht. Da hat nur der Rudelführer etwas zu sagen und Schluss – das werden doch die Menschen wohl auch mal zu Wege bringen!"
Ich dachte für mich „Absolut recht hat die kleine Süße!", und ging zu dem Biertrinker hin (hätte ich es nur nicht getan, am Ende ärgerte ich mich wieder über mich): „Sie können es wohl nicht vertragen, dass andere einmal ihre Freude haben. Wir tun doch den Enten nichts Schlechtes – die müssen auch mal etwas Bewegung haben, sonst werden sie viel zu träge und zu fett."
Er regte sich erneut auf: „Das ist nun mal die Vorschrift! Und daran haben Sie sich zu halten! Ich werde Sie anzeigen!"
Dann machte er eine Bewegung, die offensichtlich nur Arbeitslose so in dieser Art ausführen – er beugte den Oberkörper nach vorn, dann nach rechts, drehte den Kopf, zog eine Grimasse und sagte, wobei er Daumen und Zeigefinger aufgeregt aneinander rieb: „Sie werden das schon noch merken, wenn Zahlemann angesagt ist." Da ich ungläubig lächelte, bekam er urplötzlich Zorn und schrie mich noch einmal an: „Sturer Ochse!"
Natürlich wurmte mich das – ich wollte mich aber nicht über Gebühr aufregen und entrüstete mich leicht: „Denken Sie, dass Sie ein Vorbild für Kinder und Jugendliche sind, so wie Sie hier saufen, eine Flasche nach der anderen leeren, so dass Ihnen der Alkohol zu Kopf steigt, wie gerade jetzt an Ihren dümmlichen Bemerkungen zu erkennen war?"
Ich sagte „Kellylein, komm – hier haben wir nichts mehr verloren." Das sah die Kleine offensichtlich genauso wie ich.

Große Aufregung – Kelly bricht im Eis ein

Im Winter darauf waren wir wieder im Bürgerpark.
Es war schon mehrere Wochen lang Schnee gefallen und teilweise recht frostig gewesen. Das Unangenehme war, dass Tauwetter und Frost sich einander abwechselten. Dadurch waren mitunter spiegelglatte Wege entstanden – wenn darauf Pulverschnee fiel, merkte man das nicht sofort und es war höchst gefährlich – man könnte auch sagen – es war ein abwechslungsreiches, spannendes Gehen damit verbunden. Ich war bereits zweimal gestürzt und damit gewarnt.

Kelly machte das Ganze gar nichts aus – sie setzte ihre Krallen ein und war, wie immer, wesentlich schneller als ich. Aus diesem Grund hatte ich mir Spikes in meine modernen Wanderschuhe eingesetzt – diese waren in der Gestaltung der Sohle bereits vorgesehen. Man musste die Teile nur geschickt einsetzen und hatte 3-4 mm lange Spitzen an beiden Fußenden – die Spitzen sind Spitze, fand ich. Ab diesem Zeitpunkt war es mit der Rutscherei für mich vorbei und ich hatte stabile Wanderverhältnisse.

Trotz der relativ langen Frostperiode war nur die Hälfte des Teiches zugefroren und alle Enten waren in dem superkalten Wasser – ich zitterte immer gleich vor Kälte, wenn ich dies sah. Allerdings war der Teich nur an dem Ufer zugefroren – die Enten tummelten sich in der Mitte, im vielleicht 2 °C „warmem Wasser" – brrr!

Ohne nachzudenken (dies betraf die kleine Kelly), stürmte die Süße auf die Eisfläche zu den Enten hin und verbellte sie.

Dabei lief sie natürlich immer an der Grenze vom Eis zum Wasser entlang – nun ging mir endlich ein „Seifensieder auf" und ich rief laut und warnend: „Kelly, pass auf – sonst fliegst du noch ins eiskalte Wasser – komm her zu mir!"

Das rief ich viele, viele Male – die Kleine hörte nicht auf mich.

Sie lief weiter am Rand des Eises entlang, hopste aufgeregt herum, ihr Blick war ständig auf die Enten gerichtet, der Schwanz wedelte wie wild – die Vorderbeine waren gespreizt und der Oberkörper ganz tief abgesenkt. Ich rief und rief – sie reagierte immer noch nicht. Da wurde ich richtiggehend zornig und setzte wutschnaubend meine Kreisch- und Kratzstimme ein.

Ob ich eine Wirksamkeit damit hätte erzielen können, sei dahin gestellt. Es passierte plötzlich etwas Furchtbares – das Eis brach, ich hörte bis zum Ufer, wie es barst (es war ein Knacken und es gab helle, berstende Töne) – die Kleine stürzte ins Wasser. Vor Schreck schrie ich auf:

„Um Himmels willen – Kelly komm her, versuche, dich zu retten! Wenn du es nicht schaffst, komme ich sofort zu dir!"

Entsetzt starrte ich zu der Kleinen – mich schauderte.

Sie tat aber das Richtige – sie versuchte, wieder auf das Eis zurückzukommen. Ihre Vorderpfötchen lagen auf dem Eis und sie wollte sich hochziehen – es gelang aber nicht, da die Pfötchen auf dem Eis wegrutschten – sie stürzte wieder zurück ins Wasser – es war einfach furchtbar.

Ich schrie: „Kelly – noch einmal – du schaffst es – los, Kelly!"
Sie versuchte es erneut, indem sie mächtig mit den hinteren Beinen paddelte, um wieder auf das Eis zu kommen – sie schaffte es, dass die Vorderbeine auf das Eis kamen und nun ging der Kampf noch einmal los. Kellys Augen waren anders als sonst – sie verdrehte sie in alle Himmelsrichtungen – das Weiße war zu sehen – sie waren schreckgeweitet. Aber sie rang tapfer weiter – ich fieberte mit dem gesamten Körper und wusste – wenn es jetzt nichts wird – dann sieht es schlecht aus und natürlich wäre ich in das Wasser gerannt.
Kelly zerrte und zerrte – ich merkte, es war 120-%-iger Einsatz und auch sie hatte Angst. Die Krallen, und nur mit denen hatte sie eine Chance, kratzten auf dem Eis lang, sie rutschten weg, aber nicht nur – sie drangen auch etwas in das Eis ein und Kelly kam hoch, noch höher, mir ging alles viel zu langsam, aber sie kam höher – höher – der Oberkörper kam langsam, aber er kam auf das Eis – ihre hinteren Pfötchen waren noch im Wasser, aber jetzt – das linke Hinterpfötchen kam auf das Eis und damit auch seine Krallen – Geschafft! Geschafft! Geschafft! – Hurra! Hurra! Hurra!
Wenn man jetzt denkt, meine Aufregung hätte sich gelegt – der irrt – sie wurde nur umso stärker.
„Kelly – komm her – wir rennen ganz schnell zum Auto!"
Sie rannte über das Eis zu mir an das Ufer.
Ich nahm meinen dicken, fetten Schal, den ich mir immer bei Kälte mit einem Knoten um den Hals gebunden habe und versuchte, Kelly etwas abzurubbeln, das heißt trocken zu reiben. Es gelang nur leidlich.
Nun war das angekündigte Rennen an der Reihe, denn ich hatte fürchterliche Angst, dass sich die unfreiwillige Schwimmerin erkälten könnte. Das Auto stand vielleicht 500 m weg und auf der anderen Straßenseite. Also los! Wir rannten und zwar in meinem höchsten Tempo.
Schon nach 100 m war ich fix und fertig, da der Weg nicht trocken war – es lag ein Schneematsch von circa 10 cm Höhe, das heißt, immer mal wegrutschen in diese und jene Richtung. Die Kleine war immer weit vor mir – wie üblich. Also durfte ich nicht nachlassen – es ging ja schließlich vor allem um ihre Gesundheit.
„Weiter vorwärts – vielleicht mit einem etwas gemäßigten Tempo", dachte ich, „damit wir alles auch gut packen. Wenn ich hinstürze, haben wir auch nichts gekonnt".
So ging es weiter – auf dem Weg zur Straße hoch rief ich ständig:

„Kelly – Halt! Kelly – Halt“!
Ich machte mir Sorgen, dass sie auf die Straße rannte – die Gefahr der Straße hatte sie immer noch nicht erkannt. Auf der anderen Seite wollte ich sie, um Zeit zu sparen, nicht extra anleinen. Sie blieb auch wirklich stehen und ging an meiner Seite bis zum Beginn der Straße. Es kamen keine Autos und ich konnte meinen Standardbefehl anwenden: „Kelly, am Fuß komm!“
Ob der Befehl sinnvoll ist, oder nicht, sei dahingestellt, aber er funktionierte. Danach dirigierte ich Kelly zur Beifahrerseite, machte die Tür auf und rief: „Hopse Mopse!“
Sie sprang mit einem feinen Satz auf ihre schwarze Decke auf dem Beifahrersitz.
Gott sei es gedankt – geschafft!
Mein VW Passat verfügt Gott sei Dank über eine schöne Sitzheizung – also beim Beifahrersitz auf die höchste Stufe, das ist die fünf, gestellt – nun endlich konnte sich die Kleine aufwärmen.
Ich rief meine Frau zuhause über Handy an und teilte ihr kurz das Geschehene mit.
Natürlich kam ich nicht um ein paar Vorwürfe umhin: „Was hast du denn jetzt wieder angestellt – das kann doch nicht wahr sein – die arme kleine Kelly. Na, ja, ich lege ein Badetuch zum Abrubbeln her und dann packen wir sie schön auf dem Sofa ein.“
So geschah es dann auch – Kelly war nicht stark unterkühlt und auch nicht krank geworden. Ich freute mich, dass alles nach diesem Unglück noch so glimpflich ablief.
Als Kelly schön eingepackt mit einer warmen Wolldecke auf dem Sofa lag – nur ihr kleines Köpfchen guckte heraus - interessierte es mich nun aber, von ihr zu erfahren, wie sie das Ganze sah und erlebt hat.
So schaute ich sie denn mit der ganzen Wärme und Freude eines Retters an, der sehr glücklich ist: „Mich würde mal interessieren, du liebe, kleine Maus, ob du nicht riesig erschrocken bist, als der Boden unter deinen Füßen, sprich Eis, nachgab und du in das eisige Wasser stürztest?“
Die liebe kleine Maus sah mich, wie immer, freundlich und lieb mit ihren rehbraunen Äuglein an, schaute aber, so kam es mir zumindest vor, doch etwas verächtlich in mein Gesicht – und sagte erstaunlicherweise nichts – keine Antwort ist auch eine Antwort oder wie?

Dafür meldete sich aber meine Frau Helga mit relativ scharfen Worten: „Also, weißt du – zunächst passt du nicht richtig auf, lässt die Kleine auf dem dünnsten Eis dieser Welt zu den Enten marschieren und danach, wenn ein Unfall durch deine Leichtfertigkeit geschehen ist, stellst du noch scheinheilige Fragen. Ich erwarte in Zukunft, dass Du überlegter handelst – sonst haben wir lange eine gesunde Kelly gehabt!"
Nun hatte ich meine berechtigte Reformante und schwieg betroffen.
Irgendwie berührte es aber doch die liebe, kleine Maus und sie meldete sich überraschenderweise plötzlich, aber sehr still und leise: „Macht euch doch nicht immer gegenseitig solche Vorwürfe und vor allem, streitet nicht – das bringt doch gar nichts. Der Klaus (ich sperrte vor Erstaunen den Mund auf – so hatte sie mich noch nie genannt) ist schon ein guter, umsichtiger Rudelführer, wenn er mir auch manchmal zu viel Freiheit lässt. Er meint es aber auch gut und will, dass ich nicht immer angebrüllt und dirigiert werde, sondern das tun kann, was mir gerade in mein kleines Hundeköpfchen schießt. Das finde ich fein von ihm und dafür bin ich ihm sehr dankbar. Wenn Ihr wüsstet, wie schlecht es mir bei dem Punker ging – ihr würdet euch nur wundern – wir lebten immer nur draußen, bei Hitze, bei Kälte, bei Regen und Schneefall. Ihr glaubt gar nicht, wie elend mir häufig zumute war und wie oft ich Hunger hatte und keiner brachte mir etwas, so wie ihr Lieben. Aber wir brauchen nicht weiter zurückschauen – jetzt habe ich doch euch und wir sind zusammen froh und zufrieden. So soll es auch bleiben, dies ist mein Herzenswunsch! Noch einmal, liebster Klaus, zu deiner Frage – selbstverständlich war ich unheimlich erschrocken, als ich in das eisig kalte Wasser stürzte. Das war echt schockierend, aber es ist ja nun alles vorbei, lasst uns nicht weiter zurückschauen, sondern nur nach vorn und miteinander fröhlich sein. Eins muss ich euch Menschen noch sagen – wir Hunde schauen nur nach dem heutigen Tag und blicken nicht immer zurück und diskutieren nicht ewig über das und jenes, was schief gelaufen ist und was schlecht war – und vor allem, wir machen dem anderen nicht immer Vorwürfe, das schafft doch nur schlechte Laune und Missstimmung."
Nun wussten wir es wiederum– meine Frau und ich schauten uns erstaunt an – wir waren beide über die philosophischen Gedanken unserer lieben Kleinen überrascht und stark beeindruckt.

Katastrophe – Kelly wird mit einer Mistgabel bedroht

Hinter unserem Haus mit Gartengrundstück befindet sich ein riesiges Feld, viele, viele Hektar groß. Leider ist dieses Feld fast immer bepflanzt – mit Weizen, Gerste, Raps oder anderem. Natürlich sehe ich ein, dass die Agrargenossenschaft, die dieses Feld ihr eigen nennt, dort Getreide oder anderes zu unser aller Nutzen gewinnen will – auf der anderen Seite ist es eine wunderbare Spielfläche für Kelly und mich, gleich hinter unserem Haus, die uns dadurch teilweise verloren geht.

Ich sehe dies nur aus der Sicht meines kleinen Vierbeiners und meiner eigenen – uns wäre es lieber, wenn wir dort zu jeder Jahreszeit diese herrliche Fläche nutzen könnten.

Natürlich konnten wir dann, wenn das Getreide abgeerntet war, dieses Feld betreten. Es war dann ein Stoppelfeld mit 5–10 cm langen Getreidehalmen, die stehen blieben. Das war natürlich nicht ganz ideal für Kelly, da die steifen Halme ihr mächtig in die Pfötchenballen spießen konnten.

Wir hatten aber vor Jahren großes Glück. Da hatte der Europarat in Brüssel festgelegt, dass viele Flächen zur Erholung des Bodens als Grasfläche zu gestalten waren und dies über Jahre – hervorragend für uns beide.

Wenn man in unserem Garten nach hinten in Richtung dieses Feldes lief, war links unser Schuppen angeordnet und gleich daneben in dem hinteren Zaun eine Pforte, durch die wir auf dieses Feld gelangen konnten. Ich musste nur immer daran denken, den Schlüssel mitzunehmen, der in der Garage hing, denn sonst kamen wir nicht nach außen – es musste erst das Schloss aufgeschlossen werden und dann ein langer Eisenriegel, der verrostet war, herausgezogen werden.

Dann konnten wir zwei endlich in die große Freiheit ziehen.

Von hier aus war es möglich, zu interessanten Zielen gelangen – zu den neun, riesengroßen Windrädern, zu dem Bergbaumuseum in Oelsnitz, zu dem Glückaufturm, ebenfalls in Oelsnitz und ganz in der Nähe zum Biotop, was am häufigsten unser Ziel war.

An diesem Tag liefen wir über die riesengroßen Wiesen, vorbei am Fußballfeld, na ja, es war eher ein Bolzplatz, Schrebergarten und dem Friedhof. Auf dem Weg zu Biotop kamen wir am großen Grillplatz vorbei, welcher am 30. April jeden Jahres für das Hexenfeuer genutzt wurde. Ich sagte allerdings immer – wir gehen zum Hexentanzplatz – meines Wissens ist dieser an der Rosstrappe in Thale im Harz.

Wir drehten, wie immer, unsere Runde um diesen Höhenzug – dabei musste ich kleine saftige Stöcke für Kelly herrichten – schließlich musste die Kleine ja auch Zähneputzen, früh tat sie das ja nie.
Schließlich stiegen wir an einer bestimmten Stelle hoch auf das obere Plateau und gingen zu dem kleinen Biotop, der dem Ganzen seinen Namen gab. In diesem Biotop waren sehr hübsche Wassergewächse – mir gefielen vor allem die Schilfzigarren.
Anfangs schwammen noch Goldfische im Biotop, was Kelly immer sehr interessierte. Sie war aber keine Katze – diese hätte sich eventuell mit ein paar blitzschnellen Pfötchenschlägen, mit ihren spitzen Krallen, ein saftiges Frühstück geholt.
Dabei erinnerte ich mich an unseren Purzel, welcher bei unserer Nachbarin öfter die Goldfische aus ihrem kleinen künstlichen Teich herausfischte – schöne saftige Mahlzeit.
Als sie dies mitbekam, wurde ein Drahtgitter über den kleinen Teich gespannt – armer Purzel, nun war diese interessante Jagd vorbei.
Leider war es so, dass das Wasser des Biotops in den heißen Sommermonaten immer weniger wurde, bis es ganz versiegte – ein natürlicher Zufluss war nicht vorhanden. Der Untergrund war mit Lehm ausgelegt, aber an verschiedenen Stellen durchlässig geworden.
Nach unserem wunderschönen Spaziergang gingen wir über die Wiese wieder zurück und wollten durch ein großes Bauerngrundstück, konkret einen Dreiseitenhof, zurück nachhause tigern. Der Bauer betrieb nur Viehwirtschaft. Er züchtete Kühe, teilweise Ochsen, viele Schafe, Ziegen, Gänse, Enten und vor allem Hühner. Außerdem hatte er viele Katzen. Die Hühner konnten auf dem gesamten Grundstück umherlaufen, das heißt, auf dem Hof bei den drei Gebäuden, aber vor allem auch auf der großen Wiese, die nach hinten (wo wir jetzt vom Biotop herkamen) offen ist, also nicht mit einem Zaun, wie unser Grundstück, eingezäunt ist.
Kelly und ich kamen fröhlich über die Wiese – die liebe Kleine freute sich bereits sehr (verfressen, wie sie ist) auf das zu erwartende Mittagessen. Natürlich durfte sie frei laufen – warum auch nicht – hier war kein Autoverkehr zu erwarten und Angst musste auch keiner vor ihr haben.
Sie war, wie üblich, weit vor mir – da hörte ich jählings starkes Schreien und Rufen – es war schon ein hektisches Brüllen und Lärmen. Ich ging schneller, fing an zu laufen und sah, wie sie hinter einem Huhn her rannte.

„Na, das ist doch nichts Besonderes – sie ist doch schon häufig hinter Hühnern her geflitzt, die sich in unser Grundstück verirrt hatten. Diese waren entweder über den Zaun geflogen oder hatten sich zwischen zwei Zaunlatten durchgezwängt."
Es war aber immer so, dass Kelly die Hühner zwar sehr jechte, aber ihnen nie „an die Wäsche ging".
Dies rief ich mir alles in Erinnerung.
Was ich aber sah, ließ mir das Blut in den Adern gerinnen – der Bauer schrie wie verrückt und ging mit einer Mistgabel auf meine süße Kelly los – für mich ein Schreckensszenario!
Ich wusste gar nicht – weshalb, denn das Verfolgen eines Huhnes ist ja nun kein großes Problem, meine ich. Der Bauer sah das aber ganz anders – war feuerrot im Gesicht und fuchtelte mit der Mistgabel vor Kellys Schnäuzchen herum.
Dabei schrie er: „Ich ersteche den Hund, wenn er nicht sofort meine Hühner in Ruhe lässt – das ist eine große Unverschämtheit!"
Ich war fassungslos und – ich gebe es zu – ich verlor die Nerven.
Er wollte in den Körper meiner süßen Kleinen hinein stechen – ich zitterte und mir wurde übel.
Auf alle Fälle brüllte ich, betitelte ihn mit schwerwiegenden Schimpfnamen (vor allem mit Namen großer Tiere, wie Ochsen und Kamele) – und vor allem verlangte ich – **„Schnell und auf der Stelle diese blöde Mistgabel weg zu tun und sofort meine kleine Kelly in Ruhe zu lassen – auf der Stelle, sonst würde noch etwas Schlimmes passieren – dies ist ja ein Fall für den Staatsanwalt – dies ist ja ein Verbrechen – eine kriminelle Handlung!"**
Irgendwie beruhigte sich die Angelegenheit – Kellylein kam auf meine Forderung hin zu mir gerannt, der Bauer brüllte und schimpfte weiter – wurde aber so langsam ruhiger – er hatte ja keinen Gegner mehr vor sich, den er anschreien konnte.
Ich hatte, wie üblich bei solchen Exzessen, Herzklopfen pur und als meine Frau in der Tür erschien, wurde ich mit dem aufgeregten Satz konfrontiert:
„Was ist denn hier, um Himmels willen, schon wieder los – Klaus, du siehst ja fürchterlich blass aus. Kommt rein, gebt Ruhe und beruhigt euch. Das hat doch keinen Sinn, sich so aufzuregen."

Kelly legte sich sofort ins Körbchen und schaute uns aufmerksam an – irgendwie hatte ich den Eindruck, dass sie merkte, dass etwas besonders Schlimmes vorgefallen war.
Meine Frau hörte sich alles an, wiegte bedenklich den Kopf und war alles andere als erfreut. Dann erinnerten wir uns an einen Vorfall der schon viele Jahre zurücklag.
Damals hatte ein Bauer (der bei uns ganz in der Nähe wohnte - ein kleines Stück Zaun von ihm grenzte an unser Grundstück) in seinem Garten zehn Perlhühner – das war neu – bisher hatte er immer nur „normale" Hühner wie Italiener oder andere.
Die Perlhühner hatten angeblich eine Besonderheit und die bestand darin, dass ihre Eier wunderbar schmecken würden. Das mochte schon sein – wir bekamen solch ein Ei nie zum Kosten (meistens sind Bauern etwas arg „klamm").
Die Perlhühner brachten aber auf der anderen Seite enorme Nachteile, zumindest für uns. Diese Tiere waren vielleicht etwas kleiner als Truthähne und Truthennen, aber genauso laut, störend und nervig. Die Laute, die sie von sich gaben – das waren eigentlich mehr Krächzorgien, denn vernünftige Tierlaute.
Ich habe damals im Duden nachgeschlagen – Perlhühner (Numididac) sind eine Familie der Hühnervögel. Es handelt sich um ausschließlich in Afrika verbreitete Vögel.
Ich fragte mich – „Warum muss denn der Bauer in unserer Nähe hier bei uns unbedingt Afrika entstehen lassen?"

Nun hatte ich unheimlich viel Arbeit und Stress mit meiner Baufirma.
Jeden Wochentag wurde bis spät abends gearbeitet und am Sonnabend und Sonntag hatte ich Angebote zu erstellen.
Natürlich wollte ich bei schönem Wetter nun nicht nur im Haus sitzen. Ich sagte mir, wenn ich schon eine 80 Stundenwoche werkeln muss, dann will ich wenigstens ab und zu, wenn Gelegenheit ist, in der Sonne sitzen – also ging ich auf den Balkon, meist auf die Terrasse, um dort meine Arbeit zu tun.
Aber – was passierte?
Die Perlhühner merkten, dass jemand auf der Terrasse war und da es für sie so langweilig auf der großen Wiese war, kamen sie neugierig, um zu schauen, was sich hier tat.

Am Anfang krächzten sie noch einigermaßen leise, aber da ich ruhig blieb, machten sie Stunk und einen richtigen Höllenlärm.
Das konnte man ganz einfach nur ein paar Minuten ertragen – dann vibrierten die Nerven und man musste irgendetwas dagegen tun. Es war keinesfalls so, dass ich von Anfang an eine Aversion gegen dieses Viehzeug hatte. Vielmehr lief es so ab – ich arbeitete und arbeitete und rechnete (ich wollte unbedingt diesen Auftrag haben) und plötzlich störte mich gewaltig irgendetwas, aber so mächtig – es war nervenschädigend. Was war denn los? fragte ich mich.
Bei dem Gekrächze dieser Viecher schlugen die Nerven zusammen - ich wurde nervös, zornig und fürchterlich gereizt.
Also ging ich zum Zaun dieser Ungeheuer und sprach mit ihnen – schon das Annähern meiner Person regte diese über die Maßen auf.
Sie gackerten, krächzten und gurgelten wie toll – sie gingen zum Angriff über, in dem sie, nervenzerfetzend schnarrend, zu mir zum Zaun rannten. Dabei reckten sie ihre langen Hälse mit dem Kopf voran Richtung Zaun und vor allem zu mir und hätten mich am liebsten gern mit ihren Schnäbeln zerhackt.
Wenn ich aber böse wurde und anfing zu schreien, dann war es ganz vorbei – sie steigerten sich zu einer Orgie, die schwer auszuhalten war. Diese Nerven hatte ich einfach nicht, um bei diesem martialischen Geräusch arbeiten zu können.
Nachts, wenn ich von diesen Viechern träumte, kam die Rachsucht in mir hoch. Ich kaufte mir ein langes Schwert und – wenn dieses Viehzeug wieder einmal gackerte und die Hälse reckte – dann praktizierte ich einen Rundschlag mit meinem Schwert und alle Köpfe waren abrasiert. Ach – war das schön.
Es war wie bei den Abrafaxen, über die ich im Mosaik als Jugendlicher gelesen hatte.
Ich sah in meinem Traum den Körper dieser Viecher, an dem noch ein Stück Hals vorhanden war, dann kam die Schnittstelle (durch das Schwert), daneben lagen die Köpfe mit etwas Hals, welcher durchgetrennt war. Der Hals war als Röhre zu sehen, das heißt man konnte bei ihm die Speiseröhre sehen. Für mich war es einfach eine Wucht - ich hatte gesiegt – ein wunderschöner Traum.
Also ging ich zu dem Bauern, um hier für eine Änderung zu plädieren.

Das hatte ich aber falsch eingeschätzt – ebenso hätte ich mit einer Wand reden können, das heißt, es gab kein gegenseitiges Verständnis. So ging das sehr, sehr lange – mindestens zwei Jahre.
Dann platzte mir einfach der Kragen und ich ging zur Gemeinde, um zu fragen, was hier zu tun sei.
Der Bürgermeister riet mir, bei einer Schiedskommission, die im Auftrag der Gemeinde arbeitet, vorzusprechen und mein Problem vorzutragen.
Um es kurz zu machen, nach einem Jahr wurde entschieden, dass die Perlhühner wegen übergroßer Störung abzuschaffen sind.
Na, ja – Frieden war damit noch nicht gegeben, denn ich wollte ja mit dem Bauern in meiner Nähe in Harmonie leben.
Es fiel ihm unheimlich schwer, diese Viecher auszusondern.
Er konnte es schwer verschmerzen und erwähnte immer wieder, ich hätte ihn zu irgendetwas gezwungen und nun hätte er nicht mehr die schönen Eier der Perlhühner.
Dabei hatte ich noch Glück, dass sich Leute aus einem Neubaublock, welcher fast 1 km (!)entfernt am Rande der schon beschriebenen schönen großen Wiese steht, auch über diesen grässlichen Lärm beschwert hatten, was den Vorsitzenden der Schiedskommission letztlich in meinem Sinn beeinflusst hatte.
Ich hatte aber noch ein anderes Problem mit einem anderen Bauern – seinen Hund betreffend.
Dieses arme Tier war in einem Zwinger untergebracht, welcher mit Eisenstäben vergittert war – der Fußboden war aus Beton.
Der Hund tat mir aber fürchterlich leid, da er, bis auf 10 min Freigang pro Tag in einem kleinen eingezäunten Wiesengrundstück, überhaupt nicht herauskam.
Dadurch bellte der arme Kerl mit ungeheurer Organstärke eine viertel- bis eine halbe Stunde lang am Stück. Dies war tagsüber als auch nachts der Fall und da der Zwinger in Richtung unseres Hauses offen war, wurde uns direkt ins Schlafzimmer (auch in das unserer Tochter Regine) gekläfft.
Ich hatte Verständnis für den Hund Bello, aber nicht für sein Herrchen. Wahrscheinlich bellte Bello so häufig, weil er sich langweilte in seinem Gefängnis und aus Protest – häufig auch, wenn Katzen oder Hühner vorbei liefen. Das konnte ich nachvollziehen.

Am meisten schmerzte mich, dass dieser hilfsbedürftige Rüde auch im Winter – und da konnten minus 20 °C sein – in diesem unheimlich kalten Zwinger ausharren musste.
Dabei gibt es doch gerade in Bauernhäusern mit Tieren viele warme Räume, Strohbetten und anderes mehr.
Leider denken aber nicht alle Menschen so an die Tiere und lieben sie so wie ich, beziehungsweise wir.
Dies alles ging uns durch den Kopf und wir sprachen darüber, als Kelly und ich von dieser kriegsähnlichen Bedrohung endlich im Haus unsere Sicherheit gefunden hatten.
Wir vermuteten, dass der Bauer dieses Ereignis mit den Perlhühnern immer noch nicht verwunden hatte und deshalb so überreagierte.
Zwischenzeitlich hatten wir zwar wieder ein ordentliches Verhältnis, allerdings brach aus ihm, ab und an, der Schmerz wegen der nicht mehr vorhanden Perlhühner und der Zorn, dass er damals gezwungen worden war, hervor. Ich konnte nichts weiter tun, als in Ruhe darüber hinwegzugehen.
Nun dauerte es wieder zwei Jahre, bis sich das Verhältnis zwischen uns normalisierte. Bedauerlich war, dass es so lange dauerte, aber besser so, als wenn es nie dazu gekommen wäre.
Interessant war mir natürlich, was unsere liebe Kleine zu diesem Drama sagen würde – sie reagierte auf meine Frage zurückhaltend, brachte aber dann doch ihrer Meinung an: „Für mich ist einfach nicht begreifbar, wie man sich nur wegen eines Huhnes so aufregen kann. Es war ja nicht das erste Mal, dass ich einem Huhn nachgejagt bin – er müsste doch wissen, dass ich denen überhaupt nichts zuleide tue. Außerdem sind für mich Hühner so richtig blöd – die gackern dumm herum und gucken immer so richtig doof in die Welt.
Aber eines muss ich doch mal ganz laut sagen – mit einer Mistgabel auf mich los zu gehen – das ist nun doch das Letzte.
Ich verbitte mir einfach so etwas – ein für alle Mal!“
Sprach es und rollte sich empört in ihrem Körbchen zur Seite.

Kelly büxt aus

Unser kleiner Vierbeiner war höchstens ein paar Monate bei uns, da bekam sie „ihre Tage“. Für uns war das Ganze recht neu – wir hatten keine Erfahrung, um nicht zu sagen – keine Ahnung. Mir war nur noch

in Erinnerung, wie Kellys früheres Herrchen die Babyhose „anmontierte“ – und dies mit einiger Mühe.
Wir hatten aber das interessante Buch „Die Hündin“.
Ich las allerdings nur flüchtig und dachte leichtfertig: „Das geht ja auch rasch vorbei, also nicht so viel „Sums“ darum machen!“
Wir hatten zum Ersten gleich das Problem mit der hygienischen Sauberkeit von Kellylein bei uns in der Wohnung.
Meine Frau bemühte sich und fand Babywindeln aus früheren Tagen, in welche Kelly zu Hause eingewickelt wurde.

Sie sah damit keinesfalls hübsch und smart aus – eher etwas erbärmlich und verunstaltet. Wir versuchten auch, das Problem mit Babyhöschen in den Griff zu bekommen – na ja, wir praktizierten das so wie Kellys früheres Herrchen.

Es war alles etwas laienhaft und ich schämte mich für die Kleine.

„Mein Gott, weshalb verunstaltet ihr mich denn so?
Ich sehe ja assihaft aus.“

„Etwas besser sehe ich ja so mit dem Babyhöschen aus.
Müsste dieses aber nicht schwarz sein?“

Die Bilder zeigen es – es war eher zum Schämen, aber nicht für Kelly, sondern für uns. Aus heutiger Sicht ist mir das regelrecht peinlich gegenüber unserer Kleinen.

„Süße, entschuldige, dass wir noch etwas stümperhaft mit deinem Zustand umgehen. Helga und ich besorgen dir morgen Läufigkeitsschutzhöschen – da kommen dann Slipeinlagen rein und du siehst wieder hübsch aus. Uns fehlt eben die Erfahrung.“

„Macht euch nur keine Sorgen um mich – ich bin doch schon sehr glücklich, dass ihr euch so sehr um mich sorgt. Auch wenn ihr das vielleicht noch nicht so richtig profimäßig beherrscht – mir tut doch eure Fürsorge äußerst gut.“

Wir waren glücklich über Kellys Einsicht und kauften zwei schwarze Schutzhöschen – darin sah sie wieder hübsch aus, eben wie unsere kleine Süße.
Na ja, die Zeit ging auch vorbei, allerdings benahm sich die Kleine nach circa sechs Wochen etwas sonderbar und es kam zum zweiten Problem in Verbindung mit ihren Tagen.
Sie fing an, ihr Bett liebevoller als früher zu bauen, und was für uns sehr erstaunlich war, sie kümmerte sich sogar um die Persilmaus.
Diese hatte irgendwie dem Waschmittel beigelegen und Helga schenkte sie der Kleinen. Kelly verachtete diese Maus – sie konnte sie grundsätzlich einfach nicht leiden. Wir vermuteten, dass dies mit dem Geruch des Waschmittels im Zusammenhang stand – also wusch Helga und wusch, vielleicht zehnmal – die Persilmaus. Trotzdem war es nicht gerade ihr Lieblingsspielzeug, es war aber die einzige Puppe in ihrem Körbchen. Kelly baute auf alle Fälle ein richtiges Nest, schaffte die Persilmaus vor Ort, legte etwas die Decke drüber und hütete sie wie einen Augapfel.
Wir lasen im Buch „die Hündin" (diesmal gewissenhaft). Kelly war scheinträchtig. Aus ihren kleinen Zitzchen kam eine weiße Flüssigkeit, etwas Milch, wenn man diese drückte.
Die deutsche Hausfrau Helga regte sich sowieso immer fürchterlich auf, wenn Kelly die Genickrolle, den Ball, den Schwimmring, die Persilmaus, zwei Decken und zwei Lammfelle in ihrem Sinne ordnete. Danach sah es immer chaotisch aus, aber Kelly sah das Ganze sicherlich ganz, ganz anders – sie hatte alles in ihrem Sinn in Ordnung gebracht.
Ich sah die Bettenbauerei von Kelly ganz anders als Helga – mir gefiel das Ganze enorm und ich beobachtete es mit Wohlgefallen. Es war mir einfach eine Freude, zuzuschauen, wenn Kelly diese „Ordnung" er stellte. Sie scharrte mit ihren langen Beinen, räumte die Felle, die Decken und anderes zur Seite, dann wieder zurück, dann hoch, dann wiederum runter – Probeliegen. Es war noch nicht in Ordnung – also nochmals alles hinüber, alles nach oben, alles nach unten und dann wieder hoch – Probeliegen. „Ja so geht es – in Ordnung."
Allerdings muss ich zugeben, dass die Kleine keinerlei Systematik bei dieser Veranstaltung zeigte. Irgendwie schaffte sie aber erstaunlicherweise immer doch, alles so zu bauen, dass sie sich zur Zufriedenheit zur Ruhe legen konnte. Am meisten musste ich schmunzeln, wenn Kelly

ihr Schnäuzchen zur Unterstützung mit einsetzte. Sie nahm das Lammfell ins Maul, um es woanders hinzulegen, stand aber auf demselben – sie zerrte und zerrte und zog sich damit selbst die Beine weg. Helga hatte schon recht – es ging schon echt anarchistisch bei ihrer Bettenbauerei zu. Nun war das Durcheinander aber durch ihre Nestbauerei noch stärker ausgebrochen – Helga schüttelte nur noch den Kopf und war ärgerlich.

Da das Anschwellen ihres Gesäuges unter Umständen schmerzhaft war, versuchten wir durch Umschläge mit kaltem Essigwasser zu mildern. Es nützte aber offensichtlich wenig.

Ansonsten ging ich mit Kelly spazieren wie sonst auch – natürlich ohne Windel. Wir spazierten zum Biotop und gingen dann ins Zentrum, da ich noch ein paar Kleinigkeiten zu besorgen hatte. So wie beim Biotop ließ ich Kelly ihre Freiheit – sie durfte ohne Leine laufen. Sie lief brav neben mir. Wenn sie zurückhing oder voreilte, so waren dies immer nur wenige Meter. Wir marschieren an der Feuerwache vorbei – ich war abgelenkt, da gerade ein Fahrzeug mit Blaulicht startete – da war Kelly schlagartig verschwunden. Ich rief, pfiff mit vier Fingern, ich war ratlos, wurde nervös und immer aufgeregter. Mir blieb gar nichts weiter übrig, als loszurennen und mit Tempo die Sache in Ordnung zu bringen.

Ich lief so schnell ich konnte, da ich große Angst hatte. Rechts herum um die Feuerwache, links herum, zum Rathaus hin, hinter dem Rathaus schauen, rechts vom Rathaus, links schauen – nichts!

Meine Hektik war schon extrem groß – ich rannte zur Schule, zum Schulhof – Kinder spielten, keine Kelly anwesend, ich suchte vor der Schule, ich suchte neben der Schule – auch nichts! Wo konnte die Kleine nur hin sein?

Gegenüber war die Hessenmühle mit Volkspark, davor ein leicht erhöhter Fußweg – vielleicht war sie dort. Ich hatte gehört, dass Hunde auf Pfeifzeichen gut reagieren – also pfiff ich wie wild. Mein Rufen und mein wildes Pfeifen erregte enorme Aufmerksamkeit – viele Leute schauten auf mich, fragten auch, ich antwortete nur fahrig: „Mein Hündchen ist weg – haben Sie es gesehen?“

Ohne eine Antwort abzuwarten, jagte ich weiter. Trotz meiner Aufregung schoss es mir in den Kopf, dass ich viel zu hektisch agierte. Ich wusste, dass ich immer dann besonders unaufmerksam und unkonzentriert war. Also beschloss ich, mich zu beruhigen und konzentrierter zu Werke zu gehen.

Ich fragte gezielt Leute und blickte mit einem aufmerksamen Fernblick. Verschiedene Leute sagten mir, dass ein ganz schwarzer Hund in Richtung der Hessenmühle gerannt sei. Die Hessenmühle befand sich aber auf der anderen Seite der Hauptstraße – also Alarmstufe für mich – nicht, dass ich am Ende noch ein Unglück passierte.
Ich schrie und rief – und konnte meinen Augen kaum trauen – vor der Hessenmühle auf dem Fußweg stand Kelly. „Gott sei Dank, nicht auf der Straße“, dachte ich.
Ich rief, jetzt schon sanfter, denn ich sah sie ja und hatte auch Angst, dass sie über die Straße zu mir kommt. Also rief ich: „Kelly bleib – bleib dort, wo du jetzt bist – bleibt, bleib, bleib!“
Ich flitzte schnell zum Fußgängerübergang, nicht ohne ständig bleib, bleib, bleib! zu rufen. Als ich auf ihrer Seite der Straße war, forderte ich sie natürlich auf, sofort zu mir zu kommen.
Was geschah? – Kelly kam nicht, sie kam einfach nicht, sie reagierte kaum. Ich war nicht mehr ganz so aufgeregt, da wir ja jetzt auf einer gemeinsamen Seite waren und schaute nun schon ruhiger, zu ihr hin. Mir schien, dass sie anders als sonst da stand – ich befand es so – sie kam nicht zu mir und stand irgendwie aufmüpfig da. Das war neu und irritierend.
Ich trabte zu ihr hin, während ich ständig auf sie einredete. Ich war vielleicht 5 m von ihr entfernt, lief schon wieder normal, dass heißt, ich rannte nicht mehr – da jagte Kelly schon wieder los **und zwar über die Straße – mir wurde heiß und kalt.**
Also hastete ich schon wieder (diesmal mit erhöhtem Adrenalinspiegel) mit äußerster Anstrengung über die Hauptstraße zurück, am Rathaus vorbei zur Feuerwache und dann wusste ich nicht, wie weiter.
Ich fragte erneut Fußgänger. Die sagten mir: „Ein schwarzer Hund ist dort beim Friedhofszaun, wo der Zaun kaputt ist, in den Friedhof gerannt.“
Es war ja wirklich wie verhext – ich war nicht nur aufgeregt, ich war fahrig hoch drei, abgekämpft und stinksauer. Nun rannte ich zum Eingang vom Friedhof – das war ein enormer Umweg – und suchte hastig im Friedhof.
Was war denn das – 80 m weiter hinten bewegte sich etwas?
An einem Grab schnüffelte ein schwarzer Hund – es war Kelly. Ich glaube, ich sagte überhaupt nichts – leinte Kelly an und setzte mich auf eine Bank, die 2 m daneben stand.

Ich keuchte zu Ende und versuchte bewusst, mich zu beruhigen. Es dauerte relativ lange. Ich war regelrecht ausgepumpt. Es war ja nichts Schlimmes passiert, aber es war schon aufregend und durfte vor allem nicht wieder vorkommen. Ab diesem Zeitpunkt ließ ich Kelly nicht mehr von der Leine, bis die gesamte Sache abgeklungen war.
Ich sprach mit unserer Nachbarin, die ihren fünften Hund hatte und damit über viel Erfahrung verfügte. „Da müssen Sie aufpassen – das ist wie bei jungen Menschen in der Pubertät – das ist eine gewaltige hormonelle Umstellung für die Hündin!"
Ich konnte das nur bestätigen – Kelly war anderes in dieser Zeit – sie hörte schlechter auf mich – auf der andern Seite schmuste sie mehr als früher und war sehr anhänglich – na, als sie aufmüpfig vor der Hessenmühle stand, da war es mal eine Ausnahme – da war sie nicht gerade sehr anhänglich und folgsam.
Auf alle Fälle nahm ich mir fest vor, alles gewissenhaft in dem Buch „Die Hündin" über Läufigkeit, Verhalten während dieser Zeit zu lesen, damit ich die Kleine in der Zeit dieses hormonellen Stresses in ihrem Sinne gut betreue.

Wir werden mobiler – per Zweirad

Manchmal hatte ich den Eindruck, dass ich den kleinen Vierbeiner körperlich gar nicht richtig auslasten würde. Wir liefen zwar große Strecken, ziemliche Hänge hoch und runter – mitunter joggte ich auch, aber dies war scheinbar doch nicht so ganz mein Ding.
Mich wunderte das nicht zu sehr, da ich schon früher als Jugendlicher nicht der Dauerläufer war. Ich war zwar gut – im Vergleich zu den anderen sogar sehr gut – im Hochsprung, 100-m-Lauf und 200-m-Lauf und dem Kugelstoßen, aber lange Strecken – nein, nicht mein Ding.
Wenn ich joggte, lief die Kleine freudig mit mir – aber ich lief eben nicht sehr lange. Vielleicht, überlegte ich mir, war in der kleinen Kelly doch viel Windhund versteckt und es gelang mir nicht ganz, diesen auszulasten. Also holte ich mein Fahrrad aus der Garage und wollte mit Kelly „lostigern."
Da hatte ich aber die Rechnung ohne den stellvertretenden Rudelführer gemacht – meine Frau trat warnend mit erhobenem Zeigefinger auf den Plan: „Das kannst du nicht mit Kelly machen – du überforderst sie und außerdem könnt ihr stürzen – nein und nochmals nein."

Nun hatte ich den Salat. „Hätte ich doch gar nichts gesagt und wir wären einfach los gefahren, dann wäre alles o. k. gewesen!“, waren meine heimlichen Gedanken.
Also musste ich predigen: „Wir werden uns vorsehen – ich werde Kelly nicht überlasten – ich passe auf, dass wir nicht die Vorfahrt übersehen und nicht in ein Auto fahren“, usw. und so fort.
„Du darfst nicht alles gleich von Haus aus immer so negativ sehen – du weißt doch, wie sehr ich Kelly liebe – also werde ich auch stark aufpassen.“
Ich predigte und predigte und nach einer halben Stunde wurde sie müde und wir hatten gewonnen. Die Kleine schaute mich hoffnungsvoll und erfreut an – sie legte die Ohren an – danach schwenkte sie sie nach oben. „Sei nur nicht immer so pessimistisch, Herrchen – du musst aber Geduld haben und das Frauchen überzeugen – na, ja, es ist dir ja nun auch gelungen. Lass uns jetzt die Tour starten – ich freue mich riesig darauf – es wird schon schief gehen – komm nun endlich – ich bin schon ganz zappelig.“
Mein Fahrrad war recht hochbeinig – es war ein 28er Rad und zudem eben ein Herrenrad, das heißt, mit Querstange. Weshalb diese sein musste, habe ich nie recht begriffen – es gab dadurch nur Probleme beim auf- und absteigen.
Wie dem auch sei, wir schritten zur Tat – ich holte eine 6 m lange Leine und befestigte sie an Kellys Halsband. Danach gingen wir auf die Straße – ich schob das Fahrrad und hatte Kelly an der langen Leine. Die Kleine war unheimlich unruhig – sie kam mir vor wie ein Husky kurz vor dem Schlittenhunderennen, da sie immer zog und los wollte. Dazu bellte sie noch sehr aufgeregt.
Schließlich schwang ich mich auf das Rad – Kelly stürzte nach vorn und zog sofort die 6 m Leine straff – aber nicht nur das – sie zog auch mit unheimlicher Kraft – Husky Kelly.
Mir blieb nichts weiter übrig, als zu bremsen und immer wieder zu rufen: „Kelly, halte ein – bleib ruhig und ziehe nicht so – nicht so ziiieeeehhhheenn!“
Sie hörte aber nicht, ich bremste und sie zog sinnloserweise mit viel Anstrengung gegen die Bremse. Also musste ich damit leben – wir fuhren zum Volkspark. Dort stellte ich das Rad ab und wir drehten eine Runde.

Danach fuhren wir wieder nach Hause – es sollte ja nur eine Testfahrt sein. Wir fuhren auf dem Fußweg der Frühlingsstraße (wo wir auch wohnen) zurück – das erschien mir sicherer als auf der Straße. Die linke Hand hatte ich am linken Lenker und die Rechte hielt die 6 m Leine. Damit konnte ich Kelly etwas dirigieren.
Wir hatten die halbe Frühlingsstraße schon hinter uns, da wollte ich mir die Nase putzen – griff mit der rechten Hand an den rechten Lenker und mit der linken in die linke Hosentasche, um das Taschentuch zu holen. Blitzartig zerrte Kelly wie verrückt an der Leine und ich wusste gar nichts mehr – es krachte fürchterlich – ich stürzte mit dem Fahrrad auf den Fußweg – ließ die Leine los und verspürte plötzlich starke Schmerzen am rechten Kniegelenk. Verwirrt stand ich auf – der Lenker war verdreht – ich war in ein Rad getreten – die Speichen waren verbogen – Kelly war mit der Leine weg – da brachte ein junger Mann Kelly an der Leine zu mir – ich war beruhigt.
„Das hätte ins Auge gehen können“, sagte dieser, gab mir die Leine und sah mich freundlich an.
„Was war denn überhaupt los – wie kam das denn?“, gab ich von mir.
„Die Ursache war eine weiß-rote Katze. Ihr Hund stürzte mit Gebell dieser nach und den Rest wissen Sie selbst“, sagte er zu mir.
Ja – nun wusste ich es.
Kelly tat so, als sei nichts Besonderes geschehen und wir marschierten als leicht geschädigte Sanitätstruppe die Frühlingsstraße hinter nach Hause.
Das Vorderrad ließ sich schwer drehen, hatte die Form einer Acht, die Speichen waren teilweise eingedrückt, ich hinkte leicht **– nur die Kleine war gut drauf – wie immer – ihr war ja auch nichts passiert.**
Nun ging es darum, dass der stellvertretende Rudelführer zu Hause nichts von dem Vorfall mitbekam. Also stellte ich das Fahrrad heimlich in die Garage (später schaffte ich es in die Werkstatt) und zog mir gleich unten im Haus meine Hose aus, da diese rechts am Knie schmutzig und leicht beschädigt war.
„Wie ist denn alles gelaufen?“, war sofort ihre Erkundigungsfrage.
„Es war schon alles in Ordnung – nur, dass unser Vierbeiner über die Maßen zog, wie ein Schlittenhund.“
„Hinkst du?“, war ihre nächste Anfrage.
„Du weißt doch – ich habe im rechten Knie Arthrose und das plagt mich wieder einmal.“ Damit war es zunächst einmal überstanden.

Mir gab die ganze Sache sehr zu denken und ich überlegte, was zu tun sei. Auf keinen Fall wollte ich die Sache mit dem Fahrrad aufgeben – allerdings nicht mit der vorhandenen Technik.
Das Herrenrad war viel zu hoch und das Absteigen durch die Querstange viel zu umständlich. Also, überlegte ich mir, müsste ein Damenrad die Lösung sein. Außerdem war mein altes Rad nur mit einer Dreigangkettenschaltung ausgestattet – das war zu wenig – die Berge hinauf musste ich mich ganz schön quälen.
Es kam aber vor allem noch das Problem hinzu, dass Kelly mich zum Sturz gebracht hatte – allerdings war ich selbst schuld, da ich mit der Hand, mit der ich die Leine hielt, an das Lenkrad fasste.
Selbst wenn ich, überlegte ich mir, die Leine frei gehalten hätte und Kelly jagte der Katze hinterher – es hätte einen ganz schönen Zug gegeben und mich zumindest in Wackelschwulitäten gebracht.
Also – um hier ausreichende Sicherheit zu erreichen, musste viel getan werden. Als erstes ging ich zu einem bekannten Fahrradhändler und ließ mich beraten.
Im Ergebnis kaufte ich ein Damenrad, allerdings auch wieder 28er Abmessung (so klein war ich nun auch wieder nicht – also musste es schon diese Größe sein) mit einer Sieben-Gang-Nabenschaltung. Ich holte es mit der Kleinen ab, indem wir mit dem Bus hin- und per Fahrrad zurückfuhren.
Kelly war sehr interessiert – natürlich prüfte sie das Fahrrad vor allem durch Beschnuppern. Offensichtlich gefiel es ihr, denn sie schaute mich sehr freudig und begeistert an. Auch als Herr Schulze technische Erklärungen zu dem Fahrrad gab, wich sie nicht von meiner Seite und nahm alles konzentriert wahr.
Als wir dann das Fahrrad bezahlt hatten und es unser Eigentum war, machte ich wieder meine üblichen Schnerzchen: „Süße – das ist jetzt dein und mein Fahrrad – da kannst du dich wirklich sehr mit mir freuen – da können wir große Touren machen – gerade Wege – Berge hoch und runter – das ist fein – eins, zwei, drei, vier, fünf, sechs, sieben, acht, neun, zehn, Klasse, Klasse, Klasse!“
Herr Schulze lachte sehr über mein Tun, erschrak aber sofort, da Kelly, wie sie das halt so tut, aufgeregt auf- und niedersprang, hin und her, und dabei extrem laut bellte. Er fragte mich noch, wie ich auf dieses eins, zwei, drei ... Klasse käme – ob das unser Schlachtruf sei?

Ich erläuterte ihm, dass dies zu meiner Studentenzeit in Dresden von uns Studenten kreiert worden sei und wir dies immer noch gern anwenden würden. Ich informierte ihn aber auch gleich umfassend, dass es auch die gegenläufige Variante gäbe mit eins, zwei, drei... Scheiße! „Entstanden ist das, Herr Schulze, als wir bei Dynamo Dresden auf dem Fußballplatz die Spieler anfeuerten – oder eben unser Missfallen zum Ausdruck brachten.“ Er schmunzelte, wünschte uns allzeit gute Fahrt und verabschiedete sich freundlich.
Nun lag es an uns, eine schöne Heimfahrt zu gestalten – es waren exakt 14 km zu bewältigen. Dies lief ohne Probleme ab, wenn ich auch gestehen muss, dass ich den letzten steilen Berg lief und das Rad schob.
Das Ganze war aber immer noch nicht ausreichend – nach wie vor konnte mich die kleine Kelly umziehen. Ich hörte mich um und erfuhr von Bekannten, dass es eine Metallbaufirma gäbe, die einen elastischen Anbau anbieten würden.
Sofort nahm ich Verbindung auf und ließ mir diese Baugruppe senden. Nach meiner Meinung war das eine recht gescheite Lösung, denn auf einer Metallrohrhalterung, welche vielleicht 30 cm vom Rahmen weg endete, war eine große Schraubenfeder, welche senkrecht stand, angebracht. An dem oberen Ende der Metallfeder war ein Strick befestigt, welchen ich mittels Bajonettverschluss an Kellys Geschirr befestigen konnte – wunderbar, befand ich und freute mich.
So konnte Kelly zur Seite springen, zur Seite ziehen – die große Feder wurde dabei gebogen und keine Kraft auf das Fahrrad ausgeübt. Wenn man dies merkte, konnte man außerdem schnell bremsen, anhalten und – da es ein nutzerfreundliches Damenrad war – leicht vom Rad springen, dass heißt absteigen (man muss ja nicht unbedingt dabei springen). Der Hersteller nannte diese Baugruppe „Springer“ – weshalb Springer, konnte ich allerdings nicht nachvollziehen – vielleicht wäre elastische Abstandhalterung gescheiter gewesen.
Wie dem auch sei, er (der Hersteller) begrüßte die verantwortungsbewussten Hundebesitzer und schrieb: die Verwendung des Springers bedeutet ein Mehr an Sicherheit und zwar aus vier Gründen:

1. Sie haben beide Hände zum Lenken frei.
2. Der niedrige Federungspunkt des Springers dämpft das Ziehen des Hundes und es ist leichter, das Gleichgewicht zu halten.

3. Der Hund wird in angemessenem Abstand neben dem Fahrrad gehalten und kann weder in den übrigen Verkehr noch in die Pedale oder die Hundeleine geraten.
4. Der Springer ist mit einem Sicherheitsauslöser ausgestattet, die den Hund freigibt, wenn er auf die falsche Seite eines Baumes, eines Straßenschildes o. ä. gerät.

„Kleine Süße – schau dir das einmal an – das ist doch eine wunderbare Lösung und du kannst mich so nicht mehr zum Stürzen bringen – 1,2, 3,4.... Klasse, Klasse, Klasse!“ Kelly freute sich auch, wenn auch nicht so stark wie beim Fahrradhändler Schulze.
Am nächsten Tag fuhren wir zum Markt und dies mit unserer neuen Technik – es klappte alles wunderbar – bis auf das schon bekannte „Husky-Ziehen“ von Kelly.
Als wir um eine Kurve fuhren, musste ich mich konzentrieren und war mit der Schaltung beschäftigt, da es danach sofort einen steilen Berg hinaufging. Dadurch sah ich nicht sofort, dass Mitte des steilen Berges ein Bekannter mit seiner sehr angriffslustigen Hündin lief – so war ich sehr überrascht, als die beiden Hunde plötzlich mit einem Riesengeheul auf-einander losgingen. Es lief aber gut ab (ich meine damit, dass ich nicht vom Fahrrad stürzte) – ich bremste – hielt an – stieg ab und versuchte, mit meinem Bekannten gemeinsam, die Hunde zu trennen.
Dies gelang gut und ich schaute nach meiner neuen technischen Ergänzung zwischen Oberkante der Feder und dem Strick war noch ein zusätzlicher Sicherheitsauslöser eingebaut und zwar ein Kunststoffplättchen, welches bei starkem Zug zerriss. Dies war der Fall und damit noch eine zusätzliche Sicherheit gegeben – in solchen Fällen sage ich immer: **„Eine Lösung mit Hosenträger <u>und</u> Gürtel“.**
Damit war nun der Nachweis erbracht, dass mit dem Damenfahrrad und mit der sich abschwenkenden, großen Stahlfeder eine gute Lösung gefunden war – ich war froh und beruhigt. Kelly schien auch einverstanden zu sein, denn sie schaute anerkennend und brummelte vor sich hin: „Ist schon alles so o. k. Herrchen – so funktioniert das gut!“
Also stand einer größeren Tour nichts im Wege – ich überlegte, welchen interessanten und abwechslungsreichen „Fahrradritt“ die Kleine und ich unternehmen könnten.
Da entdeckte ich in der Zeitung unter der Rubrik „9. Radlerfrühling im Muldental“ schöne und kurzweilige Radwege.

Als Titel war ausgepriesen: „Am Sonntag gilt: Der Weg ist das Ziel – auf 100 km in den Frühling im Muldental genießen.“
Natürlich hatte ich nicht im Sinn, mich und die Kleine über 100 km zu quälen. So verstaute ich das Fahrrad in unserem VW Passat, indem die Sitze nach vorn geklappt wurden und los ging es.
Wir fuhren Schlagwitz, wo ich das Auto abstellte und schon fuhren wir mit dem Fahrrad zur Mulde hinunter und auf dem Muldendamm nach Wolkenburg. Teilweise war es etwas schwierig, da der Weg höchstens einen halben Meter breit war und Kelly damit immer weiter vorneweg sein musste – sonst hätte es eine Kollision gegeben. In Wolkenburg waren eine Sonderausstellung im Schloss, Führungen im Sägewerk und eine Bergbauausstellung im Vereinshaus angekündigt.
Wir zwei hatten aber dazu keine Lust und erkundeten lieber eine schwankende Fußgängerbrücke aus Holz über die Mulde – das war wackelig, aber schön – die Kleine hatte überhaupt keine Angst und sah mich freudestrahlend an. Also – ihr gefiel unser Ausflug.

Kelly springt aus dem Auto – durch das Fenster

Meine Firma hatte eine Auftragsanbahnung in der Sächsischen Schweiz. In dieser Stadt sollte ein großer Geschäfts- und Wohnkomplex aus sieben denkmalgeschützten Althäusern entstehen. Dies war für unsere Steinmetzabteilung eine reizvolle Aufgabe – allerdings stand auch diesmal besonders die Frage: „Wird denn der Auftraggeber die Leistungen auch ordentlich bezahlen?“
Zu meiner Unterstützung hatte ich für das Anbahnungsgespräch die kleine Süße mitgenommen – sie sollte mich psychologisch unterstützen, denn bei der Einschätzung von Menschen kam es mehr darauf an, dies sensibel zu beurteilen und dabei nicht nur als Techniker zu denken, so wie das sicherlich bei mir der Fall war.
Wir waren kurz vor dem Zentrum an einer großen Kreuzung angelangt und ich wollte vor der Verhandlung noch zum Sonnenberg fahren, um eine Bekannte zu besuchen.
Ich war unsicher, wie ich fahren sollte und als die Ampel auf Rot sprang, öffnete ich mit dem Heber das Fenster des Beifahrers, um Passanten auf dem Fußweg zu befragen. Wie bekannt, war der Beifahrer die kleine, liebe Kelly.
Da passierte etwas – für mich unfassbar – völlig Überraschendes – ich drehte gerade meinen Oberkörper zum Beifahrerfenster, um einen

Herrn zu fragen – da sprang Kelly mit einem Satz durchs Fenster auf den Fußweg. Zum Erschrecken hatte ich gar keine Zeit – ich öffnete die Fahrertür und flitzte der Kleinen hinterher.

„Du musst doch verrückt sein! – Willst wohl überfahren werden? – Das hat die Welt noch nicht erlebt! – Komm sofort her, du kleiner Unruhestifter! – Steh ruhig und folge mir, auf der Stelle!"

Inzwischen war es längst wieder grün geworden, aber die anderen Fahrer hatten das Dilemma mitbekommen und übten Geduld mit mir.

Nach diesem Desaster war mir der zu fahrende Weg immer noch nicht bekannt, aber wir schafften es zu meiner Bekannten und zu dem potentiellen Auftraggeber.

In der Verhandlung fragte ich Kelly, wie sie über den Fall denken würde – sie gab positive Signale und ich schloss den Vertrag ab.

Leider wurde es doch ein Desaster (wie mit Kellys „aus dem Auto springen") – nur eben anders – der Auftraggeber war mehr als unsolide. Kelly hatte als Berater versagt und ich konnte sie diesmal nicht loben – ich musste sie kritisieren – vielleicht hatte ich ihr aber auch zu viel zugemutet.

Hunde, Menschen und Bürokraten
Spagat zwischen Freiheit und Vorschrift

Mit der Kleinen unterwegs zu sein – in Parks, an Seen, im Wald, auf Wiesen und zwischen Feldern – wo auch immer – machte immer wieder große Freude und brachte viele, glückliche Momente ins Gemüt.

Aber leider passierte immer wieder folgendes. „Nehmen Sie gefälligst den Hund an die Leine – es gibt Gesetze und Verordnungen – halten sie sich daran!" So schreien viele – ob Mann oder Frau, ob alt oder jung, ob dick oder dünn, ob groß oder klein, ob hübsch oder hässlich.

Das nervt – gewaltig!

Es ist wahr – ich schwanke ab und an zwischen der Freiheit für die kleine Kelly (und dem damit verbundenen Risiko, angeschnauzt zu werden, sowie der Angst, dass die Kleine plötzlich davon jagt, weil sich irgendwo eine Katze befindet) und den vorgeschriebenen Restriktionen. Ich hatte schon immer einen Faible für Freiheit und möchte meiner Süßen dies gönnen, das heißt, dass sie in bestimmten Grenzen tun und lassen kann, was ihr im Moment lieb ist.

Mir tun immer die Hunde leid, die an einer 2-m-Leine (das ist die Vorschrift – länger darf sie nicht sein) gefesselt sind, vielleicht mal einen

höchst interessanten Geruch erkunden wollen und prompt zurückgezerrt werden, so dass ihre Hals gurgelnde Töne von sich gibt – arme Tiere.
Dabei muss ich zusätzlich noch daran denken, wie wichtig ein Körpergurt ist. Damit wird wenigstens vermieden, dass das arme Tierlein nicht an der Gurgel geschädigt wird – sogar Schäden an der Wirbelsäule sind nicht ausgeschlossen, so wie manche Tierhalter extrem bösartig und überhart reißen.
Auf der anderen Seite schreien sie dann andere an: „Nehmen Sie gefälligst den Hund an die Leine!" Also – hier habe ich mächtige Probleme – bei dem Spagat zwischen Freiheit und Vorschrift!
Wie kann man denn Gesetze verabschieden, die unflexibel sind und die Bedingung der Realität überhaupt nicht beachten – diese Gesetze machen keinen Unterschied zwischen der kleinen Desiree vom Modezar Mooshammer und einem Kampfhund.
Aber auch hier wieder – an der Mulde in Zwickau lernte ich einen älteren Herrn mit seinem Rottweiler kennen – selten hatte ich ein so liebes und folgsames, sowie ungefährliches Hundetier kennengelernt – da ist ja meine süße Kelly zehnmal aggressiver.
Mein Schwager hatte schon recht, wenn er in seinem Super-Zynismus bemerkte: „In Deutschland muss alles – ab Größe Maus – angeleint sein!" Dafür hatte er wieder ein anderes Problem – wenn ich mit der kleinen Kelly bei ihm war, fürchtete er immer um sein Laminat – ich musste immer tief ein- und ausatmen, um ruhig zu bleiben.

Leinenpflicht ohne Sinn und Verstand

Folgendes trug sich in Zwickau zu.
Eine Hundehalterin hatte im September 2004 ihre Deutsche Dogge auf dem Anton-Günther-Weg frei laufen lassen. Auf dem von Äckern und Obstgärten gesäumten, rund 1500 m langen, für Kfz gesperrten Land- und Forstwirtschaftsweg, welcher den Windberg und den Stadtteil Weißenborn verbindet, beobachtete sie ein Anwohner. Er verfolgte sie und zeigte sie an. Sie wurde daraufhin zu einer Ordnungsstrafe verdonnert. Die Hundehalterin wehrte sich – sie ging den Weg durch die Instanzen. Im Amtsgericht verlor sie – ihr wurde nicht Recht gegeben. Im Landgericht verlor sie ebenfalls. Sie klagte am OLG in Dresden und welches Wunder – sie gewann. Als ich davon erfuhr, hatte ich wieder einmal gute Laune.

Aber nun kommt der ganze Schwachsinn unserer Beamtenschaft – „Der Passus über den Leinenzwang in Zwickau ist unwirksam, da die Begriffsbestimmungen der Verordnung keine Flächen erkennen lassen, auf denen kein Anleinzwang besteht und weder der räumliche, noch der zeitliche Geltungsbereich für den umfassenden Anleinzwang erkennbar beschränkt sind."
Haben Sie,s? – Ich auf alle Fälle nicht – da zweifelt man an seiner Intelligenz und am IQ – dabei ist es nur Beamtensprache.
Der Richter sagte: „Im Umgangsdeutsch übersetzt bedeutet der Paragraph von Zwickau – Hunde frei laufen zu lassen, ist in allen Grünanlagen der Stadt verboten, und sind sie gärtnerisch gestaltet, ist es besonders verboten."
Es ist nervend und erschütternd – man lässt sich hier über Formulierungen der Verordnung aus (man muss schon von Sprachkapriolen sprechen), anstatt den gesunden Menschenverstand sprechen zu lassen, welcher eindeutig den vernünftigen Ratschlag und Hinweis auf der Pfanne hätte: „Dort, wo die junge Dame ihre Deutsche Dogge frei laufen ließ, wurden Menschen, Tiere oder Sachen nicht belästigt oder gefährdet – Punktum – die Hundehalterin hatte sich ordentlich verhalten!"
Dies alles zeigt das Niveau unserer Gesetze und Verordnungen – mich schüttelt es manchmal richtig – „Pfui Teufel", kann ich da nur sagen.

Sinnlose mündliche und schriftliche Verwarnung

Ähnliches passierte mir im Schlobigpark, nahe der Mulde, in Zwickau.
Ich stellte meinen VW Passat auf einer Straße ordnungsgemäß ab, ließ die vor Freude bellende Kleine aus dem Auto, leinte sie an und ging mit ihr zu diesem Park. Dort ließ ich sie frei und wir gingen weiter über den Muldendamm hinunter zu diesem Fluss. Kelly konnte Wasser trinken, hatte viele Kontakte mit Artgenossen, mit denen sie freudvolle Rennen veranstaltete. Danach gingen wir wieder durch den Park und ich leinte sie an, damit wir sicher über die Straße gehen konnten.
Zwei junge Leute kamen angestürmt – ich glaubte, es sei ein Liebespärchen – das war aber weit gefehlt. Sie stoppten mich, dass heißt uns: „Bleiben Sie sofort mit ihrem Hund stehen!"
Da ich mit Kelly langsam weiterging, wurde die junge Frau zickig: „Ich hatte gesagt – stehen bleiben!"

So langsam kam ich mir vor wie beim Kommiss – das waren schon Befehle und in keinem freundlichen Ton.
„Geben Sie uns sofort ihre Personalien – Name, Vorname, Wohnort, Alter, Hundename!"
„Weshalb soll ich das denn tun – so wie Sie sich zu mir benehmen, habe ich überhaupt keine Veranlassung, mich zu öffnen. Wer sind Sie überhaupt und wer berechtigt sie, so mit mir zu reden – Ihre Art und Weise ist eine Frechheit und Zumutung."
Da meldete sich der junge Mann: „Ich hatte Ihnen doch schon meinen Ausweis gezeigt."
„Das habe ich absolut nicht gesehen. Woher kommen Sie denn und wer gibt Ihnen das Recht, so mit mir zu reden?"
„Wir sind vom Ordnungsamt – Entschuldigung, das hatten wir vergessen, am Anfang gleich zu sagen."
„Das ist ja eine Art und Weise – weshalb verlangen Sie überhaupt nach meinen Personalien?"
„Sie haben Ihren Hund frei laufen lassen und das widerspricht der Polizeiverordnung der Stadt."
„Jetzt langt es mir aber wirklich – schauen Sie doch einmal genau hin – ist der Hund angeleint oder – ist er etwa frei in ihren Augen?"
„Ja aber vorhin, als Sie durch den Park liefen – da war der Hund frei und damit eine Gefährdung!"
„Eine Gefährdung – das ist lachhaft."
Ich schaute meine süße Kelly an – sie hatte sich hingelegt (offensichtlich war ihr das alles viel zu uninteressant) und verdrehte die Augen zu mir: „Herrchen – rege dich bloß nicht auf – denk an deine und meine Nerven – wir werden diesen Käse hier auch überstehen. Diese Leute sind mir einfach zu blöd"
Ich sagte nichts, allerdings überlegte ich mir: „Klaus, du ärgerst dich viel zu häufig und bekommst manchmal relativ schnell Wut – auch wenn sie berechtigt ist – Kelly hat recht." Also wollte ich mich beruhigen und mäßigen.
„Also, wenn Sie uns nicht auf der Stelle ihre Personalien geben, rufe ich jetzt sofort die Polizei!" Die junge Dame zückte ihr Handy.
In mir kroch die Wut bereits wieder mächtig nach oben: „Wozu sollte ich das tun? Sie sehen doch, dass meine Hündin verletzt ist und nur auf drei Beinen läuft. Wenn ich die Arme ständig an die Leine nehme, strengt es sie fürchterlich an, da sie immer mit dem Vorderbein so

„hupsen“ muss. Sie will immer im leichten Galopp laufen – da ist es für sie einigermaßen angenehm. Sie können aber nicht von mir erwarten, dass ich im Galopp hinter meinem Hündchen hersprinte – das schaffe ich einfach nicht. Ihre komische Polizeiverordnung – hin und her – Sie müssen doch auch flexibel sein und so einen speziellen Fall berücksichtigen.“

„Letztmalig“, schrie die junge Frau, nun aber bereits hysterisch, „jetzt aber Ihre Personalien, sonst bekommen Sie ein Bußgeldverfahren an den Hals.“

„Eulenberger, Klaus, wohnhaft bla bla bla, geboren bla bla bla, Hundename Kelly“, knurrte ich beleidigt.

Die beiden schauten sich an – der junge Mann wirkte ruhig – die junge Frau war dagegen sehr aufgeregt, die Augen gingen hin und her und blitzten bösartig.

Dann sagten sie plötzlich auf Wiedersehen, diesmal in einem vernünftig freundlichen Ton. Ich brummelte nur missvergnügt und schaute zu Kelly – diese sah mich sehr, sehr vorwurfsvoll an.

Auch das noch, dachte ich und ging mit etwas Adrenalinspiegel mit Kellylein zum Auto.

Da ich in solchen Dingen immer etwas verbissen bin, schrieb ich einen Beschwerdebrief an die Oberbürgermeisterin, mit deren Mann ich in einem Tennisverein bin. Sie erschien mir immer sehr vernünftig, wäre es sicherlich auch diesmal gewesen, gab aber den Brief (sicher ungelesen) an das Ordnungsamt weiter und damit hatte ich den Salat.

Ich hatte geglaubt, dass die Oberbürgermeisterin vielleicht ein Einsehen wegen der Verletzung von Kelly habe.

Dies war also nicht gelungen und wie das Ordnungsamt reagierte, ist ja absolut klar – mündliche und schriftliche Verwarnung = 15.00 €.

Manchmal hatte ich den Eindruck, dass es besser wäre, wenn man im Computer solche Polizeiverordnungen oder andere Gesetze einspeist und der Computer entscheidet – dieser entscheidet natürlich immer stur nach eingegebenem Algorithmus. Da aber Beamte nichts anderes tun – könnte man so beträchtliche Personalkosten sparen. Am besten wäre wahrscheinlich, wenn ich dies der Bundeskanzlerin Merkel einmal mitteilen würde, damit sie für dieses schwer verschuldete Land sparen kann. Dann überlegte ich: „Ach, die Merkel geht nur bequeme Wege – die führt doch keine Reformen durch.“ Damit verwarf ich wieder diesen Gedanken.

Als ich dies wenige Tage später anderen Hundebesitzern an der Mulde erzählte, wiesen sie mich darauf hin, dass 15 cm unterhalb der Dammkrone die Hunde frei laufen dürfen, da dies Hoheitsgebiet der Wasserwirtschaft Plauen sei.
Man lernt eben nie aus – unterhalb der 15 cm ist Freiheit, Hurra.

Aus Angst alles erschießen –
Wölfe, Hunde, Katzen, Elche, Braun- und Schwarzbären.
Was passiert aber mit den Menschen?

Gegenwärtig, aber auch schon einige Zeit, findet eine recht gegensätzliche Diskussion um den Bestand von Wölfen statt.
Mich erschreckt immer wieder, wie burschikos, rücksichtslos und ohne bedächtige Überlegung die Meinungen daherkommen. Im Fernsehen lief eine Sendung, wo Bewohner eines Dorfes informiert wurden, dass im nahen Wald Schafe durch Wölfe gerissen worden seien.
Eine Mutter von kleinen Kindern wurde gefragt, wie sie handeln würde: „Sofort – heute noch – müssen diese Untiere erschossen werden. Ich getraue mich ja gar nicht mehr die Kinder in den Wald zu lassen – solche Angst habe ich, dass die Wölfe meine Kinder zerfleischen."
Die umstehenden Bauern und der Förster waren gleicher Meinung.
Mich schüttelte es – auch aus Angst, aber mehr um das Leben der Wölfe. Seither habe ich viel zu diesem Thema gehört, gelesen und konnte selbst einen Wolfsexperten sprechen.
„Angst vor Wölfen ist aus meiner Sicht unbegründet, Respekt hingegen angebracht. Sie ziehen nicht als blutrünstiges Rudel durch das Land, sondern leben in recht stabilen Kleinfamilien auf einem abgegrenzten Territorium", erläuterte der Wolfsexperte.
Weiter sagte er: „Viele Leute scheinen am Rotkäppchensyndrom zu leiden. Menschen passen eindeutig **nicht** in das Beuteschema von Wölfen." Anders sehe es aus, wenn sie ein angepflocktes Schaf vorfinden. Das zu reißen sei einfacher, als mühsam hinter einem Reh herzujagen.
Ich finde, Wölfe sind ein Bestandteil unserer heimischen Natur.
Da mich das so sehr bewegte, fragte ich natürlich auch die kleine Kelly, nachdem ich ihr dies alles erläutert hatte.
Sie schaute mich sehr, sehr nachdenklich an und gab dann Folgendes zu bedenken: „Sieh mal, Herrchen, die Wölfe das sind doch meine **Altvorderen**, so wie ihr immer von den Steinzeitmenschen, das heißt euren **Altvorderen**, redet und euch das frühere Leben ins Gedächtnis

ruft. Natürlich lege ich Wert darauf, dass meine Ur-, Ur-, Ur-Väter, -Mütter, -Großväter, -Großmütter nicht einfach abgeschlachtet werden. Dies ist auch eine der schlimmsten Eigenschaften von euch Menschen, indem ihr immer Kriege führen müsst – etwas Verachtungsvolleres für das Leben von Menschen und Tieren gibt es überhaupt nicht. Ich verachte zutiefst diejenigen, die immer gleich alles töten wollen – hilf mit, dass dem mit Vernunft begegnet wird.
Übrigens, Herrchen, wieso wird denn ein Unterschied zwischen Menschen und Tieren gemacht? Tiere werden erschossen – Hunde werden erschossen, Katzen werden erschossen und so weiter und so fort.
Was ist denn aber mit den Männern, die Kinder missbrauchen oder mit anderen Straftätern, welche schlagen und töten? Müssen die nicht auch erschossen werden – gerechterweise?
Man muss diese Lebewesen vor ihrer Tat erkennen – das ist schwer, aber bei Verdacht mindestens Leine um den Kopf – für Menschen, Hunde, Katzen, Bären und so weiter. Auch uns Hunde wollen doch die Jäger oder andere, die ein Schießgewehr haben, immer abschießen – du glaubst gar nicht, was ich manchmal für eine Angst habe."
Ich war beeindruckt – so vernünftige Worte von Kelly – ich wurde nachdenklich. Rund 5 Millionen Wildtiere, circa 300.000 Hauskatzen und von 35.000 Hunde werden jedes Jahr von Jägern in Deutschland erschossen, erschlagen oder in Fallen gefangen. Und was die wenigsten wissen: Jedes Jahr sterben in Deutschland 40 Menschen durch Jäger und Jagdwaffen. Der Landesschutzverband Thüringen kritisierte das als „plumpen Mord."
Vor kurzem sah ich im Fernsehen eine Sendung über Vancouver. Dies war hochinteressant. Die Stadt hat vor allem Probleme mit Elchen, braunen und schwarzen Bären. Vor allem im Winter, wenn diese Tiere wenig zu fressen finden, rücken sie den Menschen auf den Pelz – eigentlich müsste man ja sagen – auf die Haut. Sie kommen dann, vor allen Dingen nachts zu den Häusern und suchen und suchen – nach Fressbarem. Finden sie nichts im Garten oder in der Scheune, so sind dann die Mülltonnen dran. Sie werfen sie um und wenn dann der Deckel auf ist, suchen sie in seinem Bauch.
Natürlich haben die Bewohner Angst, aber diese Tiere gehören auch zu ihrem Leben und ihrer Umwelt.
Ein Verantwortlicher wurde eingesetzt, welcher sich darum kümmert, dass diese Tiere nicht zu viel Unheil anrichten können. So wird da und

da etwas Maschendraht installiert, die Mülltonnen werden wieder in Ordnung gebracht und es wird enger Kontakt mit den Bürgern gehalten. Dieses Vertrauensverhältnis wirkt sich sehr positiv aus – es werden Maßnahmen gemeinsam beraten und umgesetzt. Da die Arbeit für den Verantwortlichen zu viel wurde, wurde ihm noch eine zweite Kraft, eine tüchtige Frau, zur Seite gestellt.
Ist dieses gesamte Verhalten dieser Menschen in Kanada nicht ein Hoffnungsschimmer? Könnte nicht vielleicht auch Deutschland daraus lernen?
Übrigens – in den letzten 10 Jahren gab es in Vancouver durch diese Tiere nur einen tödlichen Unfall.
Trotz der nicht ganz abwegigen Gefahr möchten die Bewohner von Vancouver ihre Tiere nicht missen.

Hundeschule muss sein!
Die, teilweise, aufregenden Begegnungen mit Radfahrern, Joggern und vor allem Katzen brachten mich aber doch sehr zum Nachdenken.
„Jeder hat ein Recht auf Angst und Distanz", erklären viele Experten der Hundeausbildung.
„Im Hinblick auf das Recht des anderen ist das sicherste Mittel, um Sicherheit zu schaffen – die Leine", wird ebenfalls gesagt.
Tatsache ist aber auch, sage ich mir, dass man einen Hund unbedingt tiergerecht hält. Dies ist aber nicht gegeben, wenn der Hund ständig mit einer Leine gegängelt und am Hals gezogen und gezerrt wird. Natürlich kommt man kaum darum herum, wenn man zum Beispiel in einer Fußgängerzone spazieren geht.
Ein Tennisfreund von mir erzählte, dass er mit seinem Hund durch Kommunikation verbunden sei, welche unbedingt und in jedem Fall die Leine ersetzen würde – seine Leine seien die Schallwellen, die von seinem Mund durch Befehle oder durch Pfeifen ausgingen.
Mir gefiel das Ganze – unabhängig davon reifte in mir der Gedanke, Kellys Gehorsam durch eine Hundeschule auf ein noch besseres Niveau zu bringen.
Wieder einmal ging ich mit der Kleinen in den Steegenwald – wir wollten Pilze suchen. Auf dem Weg zu unseren, hoffentlich ergiebigen, Pilzgründen stießen wir auf zwei junge Damen, welche im Wald Hundeschule praktizierten – ein Labrador und ein Colly mussten nach den Befehlen „Sitz", „Platz", „Bleib" und „Komm" „tanzen".

Das interessierte die Kleine und mich – wir traten näher.
„Ja, wir trainieren hier gerade die wesentlichsten Befehle – hier ist ja ein schöner Platz und Ruhe ist außerdem. Waren Sie mit Ihrem Hündchen schon mal in einer Hundeschule?"
„Nein – ich überlege aber gerade dazu."
„Na, Klasse, dann tun Sie das doch bald – wir haben auch einen guten Tipp – gehen Sie doch zur Hundeschule nach Stollberg. Die Chefin ist die Franke, Hannelore – die macht das sehr fein und hat richtig Ahnung." Gesagt, getan – ich stellte mich bei Frau Franke vor, natürlich mit Kelly.
Sie erzählte, dass sie bereits seit 14 Jahren Hunde züchten und Blindenführhunde ausbilden würde. Frau Franke machte mir einen sehr guten Eindruck und ich sagte zu.
Vorsichtshalber fragte ich aber auch das Frauchen – sie war auch dafür.
Die kleine Süße ließ ich aber nicht aus. „Kelly, du bist ja eine recht Liebe und folgst auch weitestgehend, aber ich hätte es doch gern, dass alles noch besser wird und wir nicht mehr von Joggern, Radfahrern oder anderen „angegiftet" werden".
„Ach, Herrchen, ich sehe zwar nicht ein, worauf du hinauswillst und was das Ganze soll – wenn du aber denkst, es ist gut für uns beide, dann machen wir es eben zusammen. Aber ich verstehe nicht, was du mit der Bemerkung „folgst weitestgehend" ausdrücken willst? Ist nicht alles gut zwischen uns?"
„Na klar, du liebe Kleine, ist schon alles in Butter mit uns beiden – also starten wir."

Start in die Ausbildung

Die Leiterin der Hundeschule bestellte uns am ersten Ausbildungstag erstaunlicherweise nicht auf den Hundeplatz, sondern in einen kleinen Seminarraum.
Dort nahm sie eine Einführung und Einstimmung von uns, den Hundeführern, auf das, was uns erwartete, vor.
Sie teilte uns mit, dass wir einen Grundlehrgang für Familienbegleithunde gebunden hätten – sie nannte es Benimmregeln für Hunde. Eigentlich wäre es eine Hundeführerschulung und weniger eine Hundeausbildung – nun wussten wir es.
Zu dieser mündlichen Einführung waren – für mich äußerst erstaunlich – 14 Leute anwesend (mich eingeschlossen).

Dabei wurde im Vorfeld gesagt, dass sechs Teilnehmer dabei wären. Also – hier war eine Doppelt- und Dreifachanwesenheit gegeben.
Wir wurden informiert, dass immer Freitag-Abend 17:30 Uhr 1 Stunde Agility möglich sei – kostet 10 €. Zudem plante Frau Franke pro Jahr 2 Hundewanderungen, einmal im Frühjahr und einmal im Herbst.
Eine Hundepension war auch da – wir könnten also unseren Hund dort auch für 15.00 €, ohne Futter, in Wohnungs- oder Zwingerhaltung, in Pflege geben. Dann ging es aber richtig los – auf unsere Lieblinge bezogen.
Frau Franke dozierte: „Immer daran denken – *alle Hunde stammen vom Wolf ab.* Daraus erwuchsen auch ihre Charaktereigenschaften. Wir müssen uns auf die Ebene der Hunde begeben – wir neigen zum Vermenschlichen der Hunde – falsch! Hunde handeln egoistisch, sonst würden sie nicht überleben. Sie handeln instinktiv und verstehen uns nicht verbal, sondern nur Kommandos."
„Von wegen „verbal nicht verstehen" – wenn ich dies Kelly sage, so rastet diese aus. Dies ist auch für mich verständlich, denn wie sonst könnte die liebe Kleine zu mir sprechen? Tatsache ist doch, dass wir gut miteinander kommunizieren können – oder, ich wurde ein wenig unsicher, bilde ich mir das etwa nur ein? Nein, niemals! Ich werde aber mit der Süßen einmal darüber sprechen." Dies nahm ich mir auf alle Fälle vor.
Frau Franke weiter: „Nur gut gelaunt mit dem Hund umgehen – Körpersprache ist wichtig – Hör- und Sichtzeichen zugleich sind sinnvoll, zum Beispiel:
Kommando „Sitz" – Finger hoch.
Kommando „Platz" – Handflächen nach unten.
Stimmlage: Bei Lob – frohe, hohe Stimmlage.
Bei Tadel – energisch – nein!
Immer das gleiche Kommando verwenden!
Jeden Tag dem Hund auch vermitteln – Rangfolge – du bist ganz unten! Der Hund hat es gut, da er kein Chef ist und somit keine Entscheidungen zu treffen hat.
Der Hund testet täglich, um zum Alphatier zu werden.
Der Rudelchef ist nicht immer der Agressivste – er vermittelt Sicherheit – strahlt Ruhe aus – hat die Übersicht – sorgt für Ruhe und Nahrung – weist jedem seinen Platz zu.

Der Hundeführer bestimmt, wann das angenehme Spielen erfolgt, wann geschmust und wann Gassi gegangen wird. Gassi gehen ist Zeitung lesen für den Hund. Hunde loten täglich Stärken und Schwächen aus.

Was sind Anzeichen, dass die Rangordnung nicht stimmt?
Mitlaufen überall hin. Er kontrolliert.
Wenn der Hund nicht allein bleiben will – Rangordnung gestört.
Kommen und Gehen von Menschen ist Ritual und normal.
Hund darf keine Entscheidungen treffen.
Was wir hier tun, liebe Teilnehmer, ist eigentlich eine Hundeführerschulung. Nervosität, Unsicherheit darf der Hundeführer nicht haben.
Immer Ruhe bewahren! Nicht schreien! Befehle durchsetzen!
Arbeitszeit für den Hund: Hierher!
Freizeit für den Hund: Lauf!
Harmonisches Miteinander anstreben!
Was lernen wir?
1. Leinenführigkeit
2. Rechtswanderung
3. Sitz, bis zum Zurückkommen

Mitzubringen sind:
Leckerli
1 m Leine
eine Bauchtasche
ein Halti

Zu beachten sind:
vor Ausbildung nicht füttern
vor Ausbildung etwas bewegen
tägliches Training zu Hause.

Hinweis: Nach Dreiviertel des Lehrganges wird eine Videoaufnahme von jedem durchgeführt."
„So, nun haben wir die Einführung gehört – die Kelly wird ja hier wie ein Wesen behandelt, was meine Stelle einnehmen will, ständig gedrückt werden muss und von mir straffe und klare Befehle ständig und immer befolgen muss.

Darüber muss ich auf alle Fälle mit Kelly reden", waren meine Gedanken.
Am nächsten Tage nahm ich mir das Gespräch mit Kelly vor.
„Kellylein, kleine Süße, höre mir bitte mal aufmerksam zu.
Du weißt doch, dass wir zusammen einen Lehrgang an der Hundeschule machen werden. Darüber sprachen wir doch schon. Nun hatten wir bei der Leiterin schon eine Einführung und es wurde über das Verhältnis Hund zu Hundeführer gesprochen.
Dabei wurde uns gesagt, dass der Hund, also du, ständig bestrebt ist, Stärken und Schwächen von mir auszunützen, um zum Alpha-Tier zu werden.
Kann denn das wahr sein, liebe Kelly?
Ich will doch mit dir ein nettes Verhältnis haben und nicht ständig energisch schreien müssen – ich gehe davon aus, dass wir ein recht verständnisvolles, harmonisches Miteinander bereits praktizieren und so soll es auch bleiben. Wie siehst du denn das Ganze?"
„Ja, mein liebes Herrchen oder Hundeführer, wenn du so willst, ich sehe das Ganze so, wie du auch. Ich habe nicht die Absicht, dich von deiner Rudelführerfunktion abzulösen, ganz im Gegenteil. Ich will, dass alles so bleibt wie bisher – wir erleben zusammen etwas – ich höre auf dich – du musst aber auch einmal auf mich hören, zum Beispiel, wenn ich unbedingt eine Katze oder einen Hasen verfolgen muss – das muss einfach sein – du gibst mir zu essen und ich kann bei euch schön wohnen und schlafen – ganz hervorragend.
Das, was euch die Leiterin erzählt hat, scheint ganz schöner Käse zu sein und schafft nur Unfrieden.
Weißt du was, wir machen weiter so wie bisher – es war doch alles so Klasse und den Lehrgang – den absolvieren wir eben und ziehen das durch.
Bringen wir es doch einfach hinter uns!"

Erster Tag:
Nun war der erste Tag unserer Ausbildung und Bewährung da.
Leicht angespannt war ich schon und schaute zu Kelly – sie saß, wie immer, interessiert, leicht und locker neben mir auf dem Beifahrersitz, schaute ruhig in die Gegend, hechelte leicht und blickte mich mit ihren braunen Äuglein so lieb an, dass ich glücklich und ruhig wurde.

Die anderen Teilnehmer rückten auch mit ihren Autos auf dem Hof der Hundeschule an. Meist waren es Jeeps und Kombis – alles große Autos. Aus diesen sprangen meist mehrere Menschen – dann war einen Moment Ruhe und dann kam der Hund, meist mit großem Satz, herausgesprungen. Dann rannte einer von der Autobesatzung mit einer Leine in der Hand, Daumen und Zeigefinger am Schnappverschluss, hinter dem Hund her mit der Bemerkung „Komm sofort her, Rocky – auf der Stelle tust du das!"

Ich musste leicht schmunzeln und dachte für mich: „Das sind ja schon halbe Romane und keine Kommandos – na ja, Klaus, mache es nur erst mal besser."

Die Leiterin der Hundeschule hatte auch ein leichtes Zucken der Mundwinkel anzubieten.

Außer Kelly kamen da folgende Vierbeiner anmarschiert – ein junger Boxer, ein junger Labrador, ein weißbrauner Mischling, ein schwarzbrauner Münsterländer und ein Golden Retriever.

Mir kam es vor, als wenn die Sache Kelly letztlich doch etwas interessierte – sie schaute freudig und lebhaft in die Runde.

Nun ging es um das Gebäude herum zum Hundeplatz – konkret zur Zaunpforte.

Dort angekommen, erläuterte die Chefin, wie zu verfahren sei.

Kelly musste sich vor dem Hundeführer gerade hinsetzen.

Dann kam die Aufforderung: „Komm, wir gehen zum Tor" – dort kam nochmals der gleiche Ablauf – in etwa 1 m Abstand zum Tor musste sich Kelly erneut hinsetzen.

Dass Kelly den Befehl „SITZ" zügig ausführte – war nicht ohne Schwierigkeit zu erreichen, da sie darauf nicht getrimmt war.

Ich konnte es aber mit Leckerli erreichen.

Mit dem „SITZ" war es bei Kelly so eine Sache – ich hatte es nie besonders stark geübt und es ging immer mehr schlecht als recht vonstatten.

Die Kleine hatte die Eigenart an sich, nicht sofort zu reagieren – sie hörte wohl den Befehl, setzte ihn aber nicht sofort um, sondern drehte erst einmal ihren kleinen hübschen, schwarzen Hintern hin und her, bis sie der Aufforderung Folge leistete. Dabei musste ich noch zusätzlich das Leckerli zeigen, auf das sie immer gespannt schaute und vielleicht war das der letzte Anreiz, den Hintern nicht zehnmal hin und her zu drehen, sondern nur viermal.

„Na, - nun mach mal
endlich SITZ!"

Dann wurde der Riegel vorgeschoben
und das Tor geöffnet.
Kelly und ich konnten durchlaufen.

„Na, so ein Schwachsinn."

Dann musste sich die Kleine wieder hinsetzen und das Tor wurde wieder geschlossen.

„Na, nun sitz ich endlich drin –
es wurde ja auch Zeit"

Prozedere beendet!
Ich schaute Kelly an – sie schaute hoch zu mir und sagte unverblümt: „Na, so ein Schwachsinn – wenn wir einfach das Tor öffnen und durchlaufen – da sind wir doch auch drin, oder?“
Alle Teilnehmer mussten so in dieser Art und Weise – Schritt für Schritt – das Tor passieren.
Frau Franke stand nach ihrer Erklärung und Einweisung neben dem Tor und verfolgte konzentriert und kritisch den Ablauf bei jedem einzelnen Paar. Sie hatte Nietenhosen und weiße Schuhe an, trug einen braunen Pullover – eine Sportjacke hatte sie um die Hüfte geknotet, um den Hals trug sie ein goldenes Kettchen. Ihr Blick war wohlwollend, aber energisch und abschätzend – die braunen Augen schauten unruhig und fordernd („He, macht mal alles schnell und gut“) aus einem hübschen Gesicht, welches oberhalb mit einer starken Mähne kastanienbraunen Haares ausgestattet war. Sie stand breitbeinig, die Hände auf dem Rücken verschränkt, da, wie ein Feldwebel, nur eben ein weiblicher, hübscher Netter.
So gestaltete sie auch den gesamten Ablauf – auf das Ziel zugehend, Leistung fordernd – sie ließ keine Halbheiten oder gar Schmu zu.
Als nächster Torgänger kam nun der junge, wilde Boxer dran.
Er wurde von einem jungen Mann geführt, welcher (auch später zu allen Kursterminen) eine blaue Latzhose trug, ständig rauchen wollte, was aber bei diesem Lehrgang nun doch nicht möglich war. Er sah lustig aus – hatte ein freundliches Gesicht mit vielen Sommersprossen – auf dem Kopf 1 cm lange Igelfrisur mit einer Farbe ähnlich Boris Becker – er hatte einen kleinen Kopf – vor allem fiel die Diskrepanz zu seinem sehr kräftigen Körper auf.
Seine Hündin benahm sich – für mich – sehr lustig. Sie war sehr jung, hatte ständigen Bewegungsdrang, sprang hin und her und war, wenn man es nicht so ernst nimmt, ein Raubein und ein Rüpel.
Der junge Mann sprach den Befehl „Sitz“ aus – da setzte sich der junge Boxer kurz hin und sprang dann sein Herrchen zweimal an. Unsere Chefin verdrehte die Augen und wurde ungeduldig.
Das Ganze wiederholte sich – da sagte Frau Franke: „Machen Sie weiter – gehen Sie zum Tor.“ Das Gleiche lief noch einmal so ab: Er schob den Riegel zurück, öffnete das Tor – ging mit dem Boxer durch, welcher dann gleich los rannte und auf die Wiese rennen wollte – es zerrte

fürchterlich an der Leine und der Boxer musste mit Gewalt zurückgeholt werden.
„Da haben wir noch viel Arbeit mit dem jungen Vierbeiner zu leisten", erwähnte Frau Franke mit Stirnrunzeln.
Dann mussten wir uns alle in einer Reihe aufstellen – links der Hund, rechts der Hundeführer.
Das Kommando „Sitz" war jetzt an der Reihe.
Wir sollten das Futter über die Nase des Hundes in Richtung Rücken führen – dies erwies sich als keine gute Methode für Kelly, sie drehte sich nur um und wollte das Leckerli schnappen.
Ich stand unmittelbar vor Kelly, hielt die Leine in der linken Hand – in der rechten hatte ich das Futter, was ich hier zeigte.
Auf „Sitz" schwenkte Kelly mehrfach ihr Hinter**viertel** und setzte sich dann.
Unsere Chefin sagte: „Mit dem Kommando bitte leichten Leinenzug nach oben – gleichzeitig mit der rechten Hand die Kruppe des Hundes nach unten drücken." Das tat ich und die Kleine setzte sich rascher als vorhin.

Zweiter Tag.
Dieses Mal stand „SITZ" und „SITZ - BLEIB" auf dem Programm.
Zuvor musste aber erst das Halti angelegt werden – Auweija!
Mir persönlich gefiel dieses Ausbildungsgeschirr überhaupt nicht, da es die Kleine über einen Nasendruck zwingen sollte. Aber – es war verlangt. Also los!
Schon als ich mit diesem Folterinstrument anrückte, schaute Kelly verängstigt und traurig: „Muss das denn sein, Herrchen? Dieses Ding ist dazu da, mich zu quälen – überlege es dir!"
Ich wurde noch unsicherer, schaute die Kleine besonders lieb an und sagte mit der warmherzigsten Stimme, die mir zur Verfügung stand: „Sei lieb, Kleines – wir machen es rasch und für nicht lange – das verspreche ich dir."
Ich hielt mich genau an die Empfehlung: Erstens ließ ich Kelly daran schnuppern (damit sie eine Bindung bekommt).
Zweitens gab ich ihr ein Leckerli mit der Hand <u>durch</u> das Halti, das schon auf die Nase geschoben war.
Drittens ließ ich es über meine Hand auf Kellys Nase gleiten.
Viertens wurde die Schnalle im Nacken geschlossen.

Fünftens wurde die Leine am Führring und am Halsband befestigt.
Kellys schaute traurig – einfach nur traurig.
Nun wurde wieder SITZ geübt.
Es funktionierte leidlich, wobei ich kaum die Leine nach oben zog – ich wollte der Kleinen nicht an der Nase wehtun.
Dann kam das SITZ - BLEIB dran.
Dies bedeutete zum Beispiel – zurückgehen – dabei musste Kelly sitzen bleiben.
Danach wurde die Entfernung nach und nach vergrößert und die Zeitdauer des Wegbleibens systematisch verlängert.
Das war sehr erfreulich, denn Kelly kannte das Kommando BLEIB bereits von mir und führte es offensichtlich gern aus.
Es war so ziemlich das Einzige, was ich ihr beigebracht hatte, aber etwas ganz Wesentliches für die Hundeschule und natürlich das wahre Leben, wie sich noch zeigen sollte.

Dritter Tag:
PLATZ und PLATZ - BLEIB waren nun an der Reihe.
PLATZ hatte ich nie mit Kelly geübt – hier mussten wir also beide richtig lernen.
Zunächst musste sie sitzen und sich anschließend hinlegen.
Sehr hilfreich waren die Hinweise der Lehrgangsleiterin, in Verbindung mit dem Kommando PLATZ, dass LECKERLI zwischen die Vorderpfoten zu führen.
So legte sich Kelly sofort hin, um an das Futter zu kommen – eine wunderbare Lösung.
Wir mussten aber häufig zuhause üben, um das Ganze sicherer zu machen.
Dann kam wieder das PLATZ - BLEIB dran.
Das BLEIB war wiederum kein großes Problem, da die Kleine dies gewöhnt war.
Anders sah es bei Rocky und sogar bei der Hündin aus – nachdem sie kurz Platz gemacht hatten, kam die Ungeduld und sie stürmten los.
Das schwierige hierbei war für die Tiere das Sitzenbleiben und damit Umsetzen des Kommandos BLEIB, obwohl der Hundeführer weggegangen war und sich sogar noch hinter einem Gebäude versteckt hatte.

„Kelly – BLEIB“

Vierter Tag:
Das Ziel dieses Tages war, dass der Hund auf einmaliges Hörzeichen in allen Situationen, also auch unter Ablenkung, zurück zum Hundeführer kommt, sich vor diesen gerade hinsetzt und sich auf ein weiteres Hörzeichen an die linke Seite des Hundeführer setzt.
Dazu hielt eine andere Person die kleine Kelly. Das Ganze stand unter dem Motto: „Der Hund muss lernen, dass es nichts Schöneres gibt, als zu seinem Herrchen zu kommen, wenn dieser ihn ruft.“
Dieses klappte wie eine Eins – warum? – na, darum, weil Kelly und ich sich lieben.
Diese Bemerkung galt auf alle Fälle für das sofortige Kommen der Kleinen zu mir – das an die linke Seite von mir setzen – dies hatte schon noch Reserven.
Wir übten ab und an zu Hause.

Fünfter bis achter Tag:
Natürlich wurde das bisher Gelernte ständig wiederholt.

Auch bei Rocky stellten sich Besserungen ein – er war nicht mehr ganz so wild und merkte sicherlich auch, dass es mit dem Herumgespringe schlecht für ihn läuft – schließlich hatte der arme Kerl ja immer das „Quälhalti“ an der Nase, welches mit Sicherheit Schmerzen verursachte. Hinzu kamen das Heranrufen des Hundes mit Vorsitzen und der exakte Abschluss mit der Position FUSS, wobei der Hund dann in Grundstellung sitzt, das heißt links vom Hundeführer.
Sobald der Hund korrekt und ruhig links neben dem Hundeführer in Sitzposition ist, bekommt er dass Leckerchen als Belohnung und wird ausgiebig gelobt.
Diese Übung klappte mit Kelly recht ordentlich, wenn ich auch straff mit den Kommandos umgehen musste – so richtig Lust zu dieser Übung hatte sie nicht.
Als ich sie anschaute, sah ich eine kleine Kelly, welche nicht gerade viel Lust und Begeisterung versprühte. Das bedrückte mich und ich fragte sie, wie es ihr gehe.
„Einigermaßen – aber so richtig weiß ich nicht, wozu das alles gut sein soll. Wenn wir im Wald und auf Feld und Flur spazieren gehen, brauchen wir das mit Sicherheit nicht – ich meine, dass ich vorsitzen und dann links von dir in Grundstellung sein muss.“
„Ja, meine Süße – bezogen auf diese Übung hast du schon recht. Aber überlege mal, wenn wir in der Fußgängerzone spazieren gehen oder in einer Spielstraße oder auf dem Fußweg an einer stark befahrenen Straße – da müssen wir beide uns schon diszipliniert benehmen, damit nichts Schlimmes passiert. Das musste du doch unbedingt einsehen, meine Kleine“, antwortete ich. Sie schaute etwas erstaunt auf mich, sagte aber nichts.
Frau Franke übte mit uns aber auch das disziplinierte aufeinander Zugehen. Alle Hundeführer mit Hund mussten sich in eine Reihe stellen und ein Paar hatte dann die Aufgabe, die anderen zu begrüßen. So sollte die Gewöhnung der Hunde an andere Hunde und auch Menschen trainiert werden.
So kam auch das Herrchen mit Rocky zu uns. Rocky lief relativ diszipliniert neben seinem Herrchen – beide kamen auf uns zu und machten circa einen halben Meter vor uns halt. So weit – so gut. Rocky setzte sich hin und sein Herrchen gab mir die Hand – da passierte es – Rocky sprang Kelly an, welche unheimlich laut aufheulte und auf Rocky losging.

Frau Franke legte die Stirn in Falten und schrie: „Zurück – das war sehr schlecht. Sofort noch einmal!“
Beide liefen erneut an – bis zum Hand geben lief, wie vorher, alles gut – erst dann sprang Rocky, nicht Kelly, sondern mich an. Dies war auf alle Fälle eine Abwechslung.
Wir hatten ja aber noch mehr Übungsstunden.
Ganz anders lief die Begrüßung bei der Hundeführerin mit der Mischlingshündin Susi ab. Beide kamen, äußerst langsam und bedächtig, an. Susi war äußerst ängstlich und blieb meist zurück, sodass das Frauchen zu mehr Geschwindigkeit mahnen musste. Schließlich standen sie vor uns – die Hündin zitterte, nicht nur leicht, der Schwanz war eingezogen und mündete unterhalb des Bauches. Was mich am meisten beeindruckte, waren die ängstlichen Augen.
Damit lief das Händegeben problemlos ab, was die weißbraune Hündin betraf – das Problem war woanders angesiedelt (ich hätte es nicht für möglich gehalten) und zwar bei Kelly – diese stürzte sich auf die Hündin, welche sich überhaupt nicht verteidigte – sie wurde viel zu spät von der Hundeführerin zurückgezogen.
Ja, ja – dieses Mal war das Problem bei der lieben Kelly vorhanden – gut, dass wir die Hundeschule absolvierten.
Ich wetterte stark mit Kelly, da sie aber ängstlich schaute, beendete ich meine Schimpfkanonade rasch.
Wir hatten ja noch mehr Übungsstunden.
Später fragte ich die Hundeführerin, weshalb ihre Hündin so verschüchtert sei. Sie erklärte mir, dass sie auf einem Bauernhof gehalten wurde – ohne ordentliche Erziehung und Liebe – dort vielen Schlägen und Drangsalierungen ausgesetzt war. Zudem war sie noch krank – die Nieren arbeiteten schlecht.
Mir tat die Hündin sehr leid – sie war so lieb und zurückhaltend – ein ganz großes Vorbild für Rocky und – auch ein klein wenig für die kleine, süße Kelly.

Neunter Tag – das Fußgehen

„Kelly – pass jetzt gut auf – das Fußgehen ist mit Sicherheit das Wichtigste bei unserem gemeinsamen Tun. Das ist für deine und meine Sicherheit wichtig. Keiner erwartet, dass du immer bei Fuß gehen musst – bei Freizeit gibt es das Kommando LAUF, wo du dann losjagen kannst. Ist das nicht schön?

Frau Franke hatte dazu folgendes vermittelt: „Fuß gehen heißt: Hund – das bist du – läuft freudig an lockerer Leine neben dem Hundeführer – das bin ich – Brust – da ist deine gemeint –in Kniehöhe – da sind meine gemeint. Dabei gibt es kein urinieren und kein schnüffeln – damit bist wieder du gemeint. Hält der Hundeführer – da bin ich gemeint – an, setzt sich der Hund – das bist du – sofort.
Noch eine Anmerkung von mir – die Leine muss während des Fußgehens unbedingt locker sein, das heißt, du darfst nicht vor oder nacheilen – das gilt natürlich genauso für mich."
Kelly konnte sich nicht verkneifen, eine kurze Bemerkung zu machen: „Wenn du denkst, dass das **sooooo wichtig ist,** na, dann will ich dir gern den Gefallen tun und mich bemühen – legen wir also los!"
Nach meiner Meinung war das disziplinierte Laufen miteinander wirklich das Bedeutsamste.
Die Kleine lief sehr ordentlich.
Allgemein hatte ich den Eindruck, dass sie sich clever sagte: „Hier sind viele andere Hunde, Herrchen und Frauchen und eine Chefin – das ist etwas wichtiges, vor allem für mein Herrchen, wie ich merke – also strenge ich mich hier an – das wird schon alles bald vorbei sein."
Wir liefen meist über die gesamte Länge des Hundeplatzes und dann im Rechteckkurs zurück an den Ausgangspunkt.
Dabei ergab sich ein ziemlich großes Problem. Immer wenn wir zurückkamen und in der Höhe der Eingangspforte waren, wollte Kelly nicht weiterlaufen. Sie schaute auffordernd zu dem Ausgang und legte sich hin. Ich musste gut zureden, aber es half nicht in jedem Fall. Frau Franke sagte schon: „Das liegt daran, dass Sie nie das Halti anlegen."
Da hatte ich nun meine Kritik weg. Da wir fast jedesmal, das heißt, bei jeder Übung, das Fußgehen übten, war dies eine kritische Angelegenheit. Ich muss es aber vorwegnehmen – Kelly war so schlau, dass sie zur Vorprüfung mit Videoaufnahme und auch der eigentlichen Prüfung die Bedeutung erkannt hatte und diese „Ich will hier weg – Marotte" einfach wegließ.

Zehnter Tag –Agility

Auf dem Hunde-Trainingsplatz, welcher als ein großes, rechteckiges Wiesengrundstück angelegt war, waren viele stationäre Spiel- und Leistungseinrichtungen vorhanden.

Überraschenderweise benahm sich Kelly ziemlich zurückhaltend, mitunter sogar ängstlich. Das überraschte mich, wobei ich mir sagte: „Etwas Vorsicht im Leben ist schon angebracht – da kannst du, Klaus – das bin ich – etwas von der Kleinen lernen."
Oftmals handelte ich recht spontan – handelte mir dadurch manche Nachteile ein – diese Selbstkritik musste ich mir einmal angedeihen lassen. Ich hatte von der kleinen Süßen gelernt.
Beim Beginn – dem Gehen über eine Wippe – gab es das erste Problem. Kelly scheute. Beim vielleicht fünften Anlauf lief sie so weit, dass sich die Wippe neigte – da sprang sie sofort herunter.
Das Balancieren auf einem Balken war auch nicht ihr Ding – mit viel Zureden lief sie nur die halbe Strecke.
Sie sollte durch einen Schlauch mit vielleicht 1 m Durchmesser laufen – hier scheute sie nicht nur, sondern sie verweigerte grundsätzlich.
Beim Begehen einer „Hühnerleiter" war sie sehr ängstlich. Zunächst ging es auf dieser Hühnerleiter eine Schräge aufwärts, dann kam ein waagerechtes Stück und dann ging es wieder auf einer Schräge nach unten auf die Wiese. Auf den Brettern waren kleine Holzplättchen befestigt, damit die Tiere nicht wegrutschten. Das gefiel der Kleinen überhaupt nicht.
Als sie auf dem waagerechten Teil war und vor Angst nicht weiter wollte, sagte Frau Franke: „Na – komm, mein Herzel."
Ich muss gestehen – dies tat meiner Seele sehr gut.
Am Ende des Agility-Rundganges war ein Wettrennen angesagt.
Gott sei Dank lief es hier blendend – Kelly sprühte vor Ehrgeiz und Energie – sie gewann.
Das war Balsam auf meine vorherigen Wunden.

Gemeinsame Wanderung
Dann war eine Wanderung angesagt.
Alle Hundeführer mit ihren Vierbeinern schwärmten aus – vornweg die Leiterin der Schule, der Hundeschule.
Zunächst liefen wir auf Feldwegen, dann bogen wir in einen Wald ein. Ich fand, es wurde ein höllisches Tempo vorgelegt – das war typisch Frau Franke, welche immer drängte und sehr forsch auftrat.
Von Lehrgangsteilnehmern, die ein Jahr später als wir die Hundeschule absolvierten, wurde mir mitgeteilt, dass sie im Januar bei – 20 °C Ausbildung hatten.

Als ein Hundeführer fragte: „Frau Franke, muss das denn sein bei dieser Kälte?“, antwortete sie straff: „Denken Sie etwa, dass die Wölfe, von denen die Hunde nun einmal abstammen, bei – 20° in der Wärmestube hocken – die sind genauso in der Natur, wie wir jetzt – also los!“
Kelly lief gut – die Leine hing immer in einem Bogen nach unten, das heißt, sie war locker.
Dann war Pause und alle konnten ihre Hunde freigegeben mit dem Kommando LAUF.
Die Hündin Susi verkroch sich ängstlich hinter einem Busch, Rocky jagte herum und kam dabei auch zu Kelly, die ihm sofort knurrend an den Hals ging. Ansonsten waren alle recht friedlich und schnüffelten in der Gegend herum.
Kelly schaute mich häufig fragend an – ich wusste genau was sie wollte – sie wollte Zweige zum Werfen und Zerkauen. So hatte sie immer zwei Dinge auf einmal – erstens das Apportieren des geworfenen Stockes und zweitens sein Zerkauen. Also machte ich heimlich einen frischen Ast von einem Strauch ab und die kleine Süße war glücklich.
Bei den anderen Hunden war offensichtlich kein Bedürfnis zum Apportieren und Zerkauen vorhanden.
Darüber hinaus wanderten wir aber auch gemeinsam in einem Stadtpark und übten dort auch Kommandos und deren Ausführung.
Auch ein Fußgehen mitten im Zentrum einer Stadt war im Programm.

Vorprüfung mit Videoaufnahmen
So langsam, aber sicher wurde es ernst – die Prüfung kam näher.
Die Hundeschulchefin führte eine Generalsprobe durch.
Darin waren alle Elemente, die wir bisher gelernt hatten, enthalten, das heißt SITZ, PLATZ, SITZ-BLEIB, PLATZ-BLEIB, Vorsitzen mit Endposition FUSS, Fußgehen und LAUF.
Es war wieder eine rechteckige Strecke abzulaufen, wo wir immer nahe am Eingangs – beziehungsweise Ausgangstor vorbei kamen – also gefährlich für Kellys Fluchtgedanken.
Immer, wenn wir in die Nähe des Tores kamen, war ich besonders aufmerksam und ermahnte die Kleine, ordentlich – ohne Fluchtgedanken – weiterzugehen und auch nicht zu schnüffeln.
Es lief alles gut, vor allem das Kommando BLEIB befolgte die Süße vorbildlich. Darüber war ich glücklich, vor allem, als ich sah, dass es bei den anderen immer noch nicht gut lief – bis auf die brave Susi.

Die Tochter von Frau Franke machte Videoaufnahmen, die wir uns das nächste Mal ansehen konnten – dies wurde avisiert.
Leider hatte ich den eingeschobenen Termin für die Auswertung verpasst und machte mit Frau Franke einen Sondertermin aus, wo ich in 20 Minuten mir die Aufnahmen von Kelly und mir anschaute.
Es war soweit alles in Ordnung, nur einmal hatte ich die rechteckige Strecke nicht exakt eingehalten – ich war einfach schräg zur Stirnseite gelaufen – dies stand unter Kritik.

Prüfung FAMILY – DOG – Grundkurs

Jetzt war der Zeitpunkt, wo es richtig ernst wurde.
Ich muss gestehen, dass ich sehr unter Spannung stand. Wie üblich, versuchte ich, von Kelly beruhigt zu werden.
„Kleine, sag mal, das schaffen wir zwei doch mit links?“, fragte ich ängstlich.
Sie schaute mich fröhlich und mit einer Bombenlaune an.
„Was denkst du denn? Wir ziehen das jetzt in Ruhe und korrekt durch – da ist dann alles Paletti.“
„Ja, selbstverständlich, – alles Paletti“, stammelte ich nervös.
Dann ging es los.
Zuerst kam der junge Labradorrüde an die Reihe – es ging alles gut, bis auf mehrfaches Schnüffeln – auf das SITZ – BLEIB – hin, stürmte der Labrador zu seinem Frauchen, die hinter dem Schuppen versteckt war.
Beim Münsterländer klappte alles einigermaßen – bis auf das Fuß gehen – er zerrte an der Leine, eilte vor und hing dann wieder zurück.
Dann kam der wilde Rocky an die Reihe – es lief besser als beim Münsterländer, allerdings lief er auch beim BLEIB davon.
Nun kam die ängstliche Susi dran – sie machte alles wunderbar, nur zweimal wurde geschnüffelt – alles andere lief so brav ab, wie es ihrem Charakter entsprach. Bei der Übung hatte sie ihren Schwanz wieder ängstlich eingekniffen.
Wir zwei mussten warten, bis alle anderen die Prüfung absolviert hatten – das machte mich nicht ruhiger.
Wenn ein Paar die Prüfung abgeschlossen hatte, klatschten alle Zuschauer. Danach gingen Hundeführer und Hund zu Frau Franke, um die Bewertung und das Ergebnis zu hören – die Zuschauer klatschten noch einmal.

Für mich war erstaunlich, dass auch Rocky mit Herrchen die Prüfung bestanden hatte – von 100 möglichen Punkten hatten sie 70 erreicht und dies genügte. Der junge Mann mit Latzhose, das Herrchen, strahlte – seine Frau, hochschwanger, klatschte begeistert.
Mit jedem neuen Durchgang wurde ich unruhiger – die Spannung stieg: „Werden wir das schaffen? Die ist manchmal so unruhig, aber nein, sie macht schon ihr Ding. Hauptsache ist, dass sie ordentlich Platz macht – da gab es häufig mächtige Probleme – na ja, ich muss eben das Leckerli schön nach vorn zwischen die Vorderfüßchen führen – da knallt sie sich automatisch hin".
Die Kleine schaute zu mir hoch, sah, was mit mir los war und schüttelte nur leicht den Kopf.
Plötzlich wurde ich in meinen Gedanken unterbrochen.
„Letzter Durchgang – die Kelly ist an der Reihe, bitte sehr", hörte ich Frau Franke optimistisch rufen.
„Kelly, es geht los – mach deine Sache gut, bitte, bitte, bitte."
Wir gingen zur Mitte der kürzeren Rechteckseite.
Dort musste Kelly vorsitzen und auf mein Kommando FUSS wurde sie an der Leine zügig von rechts nach links hinter mir herumgezogen, bis sie sich an der linken Seite von mir befand. Das klappte.
Dann mussten wir eine Runde Fußgehen und hier passierte etwas völlig Überraschendes.
Als wir, vielleicht 50 m, gegangen waren, sagte die Lehrgangschefin laut und euphorisch: „Das ist ein Leinengang – so gut und exakt habe ich das seit zwei Jahren nicht mehr gesehen – einfach hervorragend."
Ich dachte, ich höre nicht recht – mir schwoll keineswegs der Kamm, es ging bei mir eher in die andere Richtung – ich wurde unsicher, wollte das Gute noch besser machen, beziehungsweise, dass es mindestens so bleibt.
Leise sprach ich zu Kelly: „Weiterlaufen, so wie bisher, nicht schnüffeln, nicht voreilen, nicht zurückbleiben – die Leine muss schön runter hängen, bleib ruhig, Süße – ganz ruhig – es gibt keinen Grund zur Aufregung – cool bleiben, ruhig weiterlaufen."
Dann hatten wir unsere Runde beendet und jetzt kam das Prekärste.
Die Kleine musste SITZ und PLATZ machen – auch das Letztere funktionierte gut.
Jetzt kam das sicherlich Allerschwierigste – SITZ – BLEIB wurde geprüft, d. h. damit vor allem das BLEIB.

Das Gesamte wurde durch das Verstecken meiner Person noch erschwert – zunächst durfte ich ganz normal von Kelly weggehen – danach musste ich mich noch hinter einem großen Gebäude verstecken. Ich gestehe, dass, als ich Kelly den Befehl BLEIB gab, ziemlich unruhig war.
Ich sprach laut: „Kelly – BLEIB." Leise schob ich noch nach „Bleib, bleib, bleib."
Dann ging ich, mehr oder weniger unruhig, zu der Versteckstelle, wo ich mit Herzklopfen wartete.
Immer wieder sagte ich mir: „Du hast es doch der Kelly selbst beigebracht – es muss gut gehen und es wird gut gehen."
Wie eine Erlösung war für mich der Wink von Frau Franke, dass ich nun aus meinem Versteck kommen darf. Ich zwang mich, nicht zu schnell zu gehen, denn das hätte die Kleine vielleicht unruhig gemacht und sie wäre zu mir gerannt. Also lief ich betont ruhigen Schrittes.
Kelly saß noch brav da und ich ertappte mich, dass ich leise sagte (ich glaube, sie hat es gehört) „Bleib, bleib, bleib."
Danach musste ich circa 5 m vor Kelly stehen bleiben, vielleicht 1 Minute, bis wiederum Frau Franke das Zeichen gab und nun endlich konnte ich rufen: „Kelly, komm."
Sie sprintete erlöst zu mir und ich konnte tief und beruhigt ausatmen.
Zum Abschluss war nun Fußgehen zum Ausgangspunkt angesagt. Nach meiner Meinung klappte das auch gut – war aber nicht ganz richtig von mir gedacht, wie sich gleich zeigen wird.
Als wir wieder beim Start angekommen waren, klatschten alle – wie schön, wir waren erlöst. Dann ging es zu Frau Franke hin.
„Ja – alles prima. Aber für zwei Fehler muss ich Punkte abziehen – einmal für den Hund und einmal für den Hundeführer. Kelly hat einmal geschnüffelt – Punktabzug – und einmal haben Sie den Weg nicht exakt eingehalten – Punktabzug. Sie sind nicht exakt das Rechteck gelaufen, sondern sind von der langen Seite diagonal zum Start zurückgelaufen. Diesen Fehler hatten Sie übrigens schon einmal praktiziert.
Aber das ist ja nicht so schlimm – sie haben bestanden und zwar mit 87 Punkten.
Die Gesamtauswertung lautet so:
Den ersten Platz teilen sich Kelly und Susi
Der zweite Platz geht an den Golden Retriever
Dritter Platz – Münsterländer

Vierter Platz – Labrador
Fünfter Platz – Rocky
Susi und Kelly bekamen als Auszeichnung je einen Ball mit Wurfleine.
Die anderen erhielten alle getrocknete Schweinsohren.
Damit war nun der Hundetrainingsgrundkurs für alle erfolgreich abgeschlossen worden.
Im Anschluss unterhielten wir uns alle noch über den Lehrgang, machten Späße, wollten uns alle wiedersehen, der Hundeführer von Rocky wollte mit mir Biertrinken gehen, nichts wurde Wirklichkeit.
Die größte Hürde im Grundkurs war wahrscheinlich das BLEIB, da die Hunde ja alle zu ihrem Herrchen oder Frauchen flitzen wollten.
Dazu erzählte uns Frau Franke noch eine äußerst lustige Geschichte.
Bei der Blindenhundeausbildung eines Labrador war sie auf dem Hundeübungsplatz und probte vor allen Dingen das BLEIB. Es klappte schon recht gut – trotzdem wiederholte sie immer wieder, um es sicher zu machen.
Da fiel ihr plötzlich ein, dass sie doch ihren Mann anrufen sollte. Da sie kein Handy eingesteckt hatte, ging sie ins Haus. Sie telefonierte und überlegte, was alles noch zu tun sei – ach, ich muss ja noch das Essen kochen. Gesagt, getan.
Nach vielleicht einer dreiviertel Stunde überlegte sie – „Ich habe doch noch irgendetwas zu erledigen, was war denn das gleich? – großer Gott – der Hund sitzt ja immer noch auf der Wiese.“
Wir fragten Frau Franke: „Hat Ihnen denn das nicht leid getan?“
„Aber ja – das hat mir fürchterlich leid getan. Ich bin sofort in die Küche gestürmt – habe von dem frischen Fleischgleich ein großes Stück abgeschnitten und es dem folgsamen Labrador zu fressen gegeben – da fühlte ich mich dann besser.“
Vor kurzem sah ich im Fernsehen einen Bericht über Hunde, welche als Helfer des Menschen eingesetzt wurden. Zunächst wurde über Hunde erzählt, welche bei der Drogenfahndung helfen. Danach wurde über die Hilfe für blinde Menschen durch Hunde informiert.
Plötzlich und überraschend für mich erschien das Gesicht von Frau Franke auf dem Bildschirm. Sie berichtete, dass sie für eine blinde Frau in Stuttgart einen Labrador-Blindenhund, den sie ausgebildet hatte, zum Einsatz gebracht hatte und erzählte im Detail, wie schwierig die Anpassung von Mensch und Hund vonstatten geht und dass man unheimlich viel Geduld aufbringen muss.

Was aber das Erstaunliche war – zuvor war der blinden Frau (einer alten Dame) ein ausgebildeter Blindenhund gestellt worden, welcher (man höre und staune) selbst blind war. Danach folgte noch ein Desaster – der nächste ausgebildete Blindenhund war nicht in der Lage, die alte Frau über eine Ampelkreuzung zu führen, das heißt wieder nur halb ausgebildet oder nur halb in der Lage, diese Arbeit auszuführen.
Wie gesagt, danach kam der Blindenhund von Frau Franke zum Einsatz – nun war alles in Ordnung. Ich hätte mich auch gewundert, wenn Frau Franke dies nicht gut gepackt hätte.

Ist die Kleine etwa ein Stinktier?
Oftmals sagt man: „Den oder die kann ich nicht riechen."
Im Umkehrschluss müsste man also jemand, den man liebt, besonders gern riechen. Diese Schlussfolgerung traf bei der kleinen Süßen unbedingt zu. Ich mochte den Geruch von Kellys Körper sehr – selbst ihre Atemluft war, obwohl sie sich selten – nein, eigentlich nie – die Zähne putzte, sehr sauber und okay.
Ich beobachtete, dass sie morgens, wenn sie aufgewacht war, mit der Zunge auf-und niederschnalzte, manchmal auch nach rechts und links, um ihren Schlafgeruch aus ihrem Schnäuzchen zu entfernen.
Ich hatte ihr Hundezahnpasta und eine Zahnbürste im „Fressnapf" gekauft. Allerdings kam der Einsatz dieser Gerätschaften nicht zum Tragen, da die Kleine partout nicht ihr Mäulchen aufmachen wollte und wenn ich es mit Gewalt doch erzwang, kämpfte sie mit aller Macht darum, es wieder zu schließen.
Zudem drehte sie den Kopf weg und versuchte mit sämtlicher, ihr zur Verfügung stehenden, Energie, aus meiner körperlichen Klemme herauszukommen.
Es funktionierte also nicht – Zahnpasta und Zahnbürste liegen seitdem wohlbehütet im Hundekästchen.
Die Kleine hat aber immer das Bedürfnis, Stöcke zu zerkauen – mir sagte der Zahnarzt, das sei gut gegen Zahnstein.
Unsere Katze musste einmal bei diesem Tierarzt wegen Entfernung von Zahnstein antreten – dies war wie eine kleine Operation. Sie bekam eine Narkose, dann dauerte es von 20 Minuten, bis ich sie bewusstlos wieder entgegennehmen konnte. Nach dem Bezahlen von 45,00 € war die Aktion erfolgreich abgeschlossen.

„Es wäre schön“, dachte ich, „wenn Kelly dies durch ihr Ästezerkleinern erspart bleiben würde.“
Scheinbar hatte die kleine Süße mitbekommen, dass ihr Körpergeruch ganz in Ordnung war. Wie anders ist es zu erklären, dass sie vieles versuchte, um dem entgegenzuwirken.
Wir fuhren spät abends nach der Arbeit von Zwickau nach Hause, zuvor waren wir noch bei Abendsonne auf einem kleinen Trip, nahe der Firma, unterwegs gewesen. Wir waren auf einem abgeernteten Feld, einer Wiese und auf Feldwegen spazieren.
Kelly saß brav neben mir im Auto auf dem Beifahrersitz und kontrollierte die Welt. Sie schaute konzentriert und, wie immer, lieb in die Gegend. Ab und zu gähnte sie mächtig, indem sie ihr Riesenmaul zeigte. Dann leckte sie sich die Mundwinkel, schaute freundlich zu mir – also alles okay – dabdndubai.
Das dachte ich aber nur, dass alles okay – dabdndubai sei.
Es roch fürchterlich im Auto – nein, das charakterisiert es überhaupt nicht – es roch nicht, es stank penetrant nach, nach, nach – na, wie denn nun? Nach Ausdünstung eines in Verwesung übergegangenen „irgendetwas“.
Ich schaute zu Kelly – sie benahm sich wie immer. Ich hatte fast den Eindruck, dass der abscheuliche Gestank noch zunahm. Ich neigte meinen Kopf zu Kelly – die ätzende Stinkerei wurde stärker. Mehr konnte ich während der Fahrt, so auf die Schnelle, nicht erkunden.
Plötzlich schaute Kelly zu mir herüber, indem sie fast 90° den Kopf verdrehte – da sah ich endlich den Skandal.
Sie hatte ein Halsband um, welches auf der rechten Seite vollkommen verdreckt war – es sah braun aus. Das war aber nicht alles – der gesamte Hals auf der rechten Seite war vollkommen mit irgendeiner braunen Schmiere versehen – einfach furchtbar. Nun war alles klar.
Es war ja nicht das erste Mal, dass die Kleine uns so etwas geboten hatte.
Mehrfach hatte ich sie auch schon dabei ertappt und beobachtet – urplötzlich ging sie mit dem Kopf nach unten, drehte sich nach rechts und drehte den rechten Halsteil bis auf die Erde, wo sie dann hin und her scheuerte. Dabei gelang es ihr prächtig, das, was sie an den Hals haben wollte, fest einzureiben und zwar nicht nur außen auf die Haare, sondern auch bis zur Haut durchdringend.

Das, was sie so beharrlich an den Hals rieb, war, im mildesten Falle, Kuhplappe – besser waren (aus der Sicht von Kelly) Exkremente von Ziegen, Schafen, Rehen und natürlich auch ihren Artgenossen, den Hunden. Auch ganz wunderbar fand sie in Fäulnis übergegangene Fische, Jauche, Gülle und andere für sie tolle Sachen.
Ich sprach darüber mehrfach tiefgründig mit der Kleinen: „Kellylein – ich will dich glücklich machen – dies ist mein oberstes Gebot – aber die Verpestung, der Mief – das geht nun wirklich nicht. Was denkst du dir denn dabei, Kleines?"
„Weißt du, liebes Herrchen, ich will dich ja auch glücklich machen und nicht ärgern – du glaubst gar nicht, wie es plötzlich in mir drängt – da muss ich dieses Zeug einfach an meinen Körper bringen – das will ich einfach tun – es ist wie eine fremde Macht, die mir das befiehlt."
„Also – mit dieser Stinkerei machst du mich auf keinen Fall glücklich, Kleine. Arbeite bitte stark daran, dass es nicht wieder passiert, beziehungsweise nicht mehr so häufig vorkommt – dein Frauchen dreht ja jedes Mal fast vollständig durch."
Das Abwaschen war jedes Mal eine unangenehme Tortur – mit viel Wasser und Hundeshampoo musste agiert werden. Dabei wehrte sich die Kleine noch – das fehlte nun noch zu dem gesamten Drama. Am liebsten hätte ich ihr immer Parfüm auf den Hals gekippt, um die Verpestung zu übertünchen.
Nach vielen solchen Diskussionen und Vorwürfen meinerseits glaubte ich, dass Kellys Gestankeinreibewahn nachgelassen hatte.
An einem sonnigen Abend waren wir zu dritt in dem Park nahe „Café Vogel" spazieren, das heißt Kelly, Frauchen und Herrchen, was selten genug vorkam. Alle hatten gute Laune und wir sagten übereinstimmend „Jetzt gehen wir zu „Café Vogel" schön zu Abend essen. Kelly, du bekommst ein paar Wiener Würstchen – wenn du Glück hast vielleicht auch ein rohes Rindsteak. Würde dir das gefallen?"
„Au fein – so machen wir das!"
Helga und ich setzten uns in der Abendsonne an einen Tisch auf der Terrasse. Kelly legte sich zu unseren Füßen hin.
Die Kellnerin brachte die Speisekarte.
Ich wählte „Tomatensüppchen mit Käsetortellini, sowie Geschmortes vom Bio-Weideschaf, im Thymian gebeizt, dazu grüne Bohnen und Getzen."
Helga wählte „Panierte Blumenkohlröschen an Kartoffelmousse".

Während unserer Bestellaktion achteten wir nicht weiter auf Kelly – sie war plötzlich verschwunden.
Helga hatte schon wieder fürchterliche Angst.
„Nicht, dass dem Tier etwas passiert und es überfahren wird."
„Helga, hier sind nur – das Café, der Teich, die Enten und die Graugänse – da kann also wirklich nichts passieren."
Ich war trotzdem unruhig, rief und pfiff nach Kelly. Die Kleine kam einfach nicht. Ich rief energischer – siehe da, sie kam an und legte sich wieder zu unseren Füßen hin.
Aber was war das?
Das war keine Stinkerei, das war eine impertinente Luftverschmutzung im höchsten Ausmaß – es stank säuerlich, verwest, nach Exkrementen von Ziege, Ochse, Hund, nach Raubtier, nach Bulle, nach Fußpilz, nach Schweiß, kurzum es war penetrant, niederschmetternd, peinlich für uns und ärgerlich, denn wir wollten ja genüsslich speisen.
Trotz der Tatsache, dass wir sehr perplex waren, interessierte mich brennend, was denn nun überhaupt die Quelle dieses Gestankes war.
Also rief ich die Kleine.
„Zeige mir mal, was der Auslöser für deine Halsreiberei war – das möchte ich unbedingt wissen."
„Das ist nichts besonderes, Herrchen, aber ein toter Fisch macht mich am meisten an – guck mal – hier liegt er doch."
Tatsächlich – hier lag ein silberglänzender, schon in Verwesung übergegangener Hering oder so etwas Ähnliches – toll.
Mich schüttelte es und mir war klar – dieser Mief war kaum zu übertreffen. Da waren Exkremente von Ziege, Ochse und Hund Waisenknaben dagegen.
Wir waren so konsterniert und so unangenehm berührt, dass wir keine Lust mehr auf feines Speisen verspürten – uns zwar alles vergangen.
Adieu Käsetortellini, Bio-Weideschaf, grüne Bohnen und panierte Blumenkohlröschen.

Nordseestrand und Nordseewasser
Das erste Mal waren wir im August 2008 an der Nordsee in Urlaub. Bisher kannten wir nur die Ostsee mit ihren mehr oder weniger breiten Sandstränden.
Mich interessierte vor allem, ob an der Nordsee raueres Klima, höhere Wellen und saubereres Wasser ohne Quallen anzutreffen sind und war

sehr gespannt, was da so anders und interessanter gegenüber der Ostsee sein sollte.
Vor allem der kleinen Kelly machte ich den Mund wässrig.
„Du, Süße, wir fahren an die Nordsee, fahren an die Nordsee (sang ich mit meiner wunderbaren Rockstimme) – da sind die Wellen größer als an der Ostsee, die du ja kennst und außerdem gibt es dort Ebbe und Flut, auch das Watt – da können wir auf dem Meeresgrund spazieren gehen und Wattwürmer sehen, sowie Austern suchen – die sind sehr gesund."
„Mensch, das ist ja Klasse – da schwimme ich wie toll in den Wellen – die Wattwürmer fresse ich auf und die Austern erschnuppere ich dir – wir fahren an die Nordsee, wir fahren an die Nordsee", sang die Kleine mit ihrer zarten Hundedamenstimme.
Sie freute sich riesig – wedelte wie verrückt mit dem Schwanz, sprang hin und her und mich dreimal an.
Wir waren in Norddeich bei Norden und hatten dort eine wunderschöne Ferienwohnung. Gleich am ersten Tag drängte ich zum Strand.
Aber – was war denn das?
Wir mussten auf einen Parkplatz fahren, wo die Schranke erst hoch ging, wenn man sich einen Chip genommen hatte. Dann liefen wir auf einer Spielstraße, wo rechts und links wunderschöne Geschäfte waren, Richtung Strand.
Auf dieser Straße waren sehr viele Vierbeiner und Kelly hatte mit mehreren Hündinnen ihre ersten Scharmützel. Ihr passte es überhaupt nicht, dass sie immer an der Leine gehen musste.
„Heh – („die Süße wird schon ganz schön frech", dachte ich) du, Herrchen, muss ich denn an der Nordsee immer an diesem Kälberstrick gehen oder kriege ich auch mal etwas Freiheit?"
„Du, Kleine, werde mal bitte nicht zu kess – was wäre denn mit deinem Scharmützel mit den Hündinnen geworden, wenn ich dich nicht zurückgezerrt hätte?"
Was sahen wir dann?
Keinen Strand, kein Wasser, nein, es war eine schön begrünte Böschung, so, wie man sie vom Wasserschutz her kannte, zu sehen – dies war der Deich – na wunderbar – irgendwo dahinter muss ja das Wasser sein.

Wir marschierten auf einer breiten Treppe die Deichschräge hoch. Oben angekommen, mussten wir aufmerksam sein, damit wir nicht von Radfahrern, die da in Massen ankamen, überfahren wurden.
Oben auf der Dammkrone war dieser Radweg – als Wiese angesiedelt und – das muss man schon sagen – dieser war wunderschön.
Für diesen Radweg gab es keine Täler und Berge, denn es ging ja immer im gleichen Höhenniveau voran, da das Wasser der Nordsee eben eben war. Von hier aus sahen wir nun endlich das, was wir sehen wollten.
Den Deich hinunter und noch weiter war herrliche grüne Wiese, die dann aber plötzlich bis zum Ufer nicht mehr so schön, sondern huckelig und von Grasnestern und kleinen Sandflächen übersät, war.
Auf der rechten Fläche dieser Buckelpiste befanden sich ein Hotel, mehrere Restaurants und eine Ausleihstation für Liegestühle.
Vor diesen Gebäuden war - nun endlich - der Strand.

Die Ausführung dieses Strandes war aber für uns neu und mehr als gewöhnungsbedürftig. Auf nicht gerade feiner Sandfläche waren Liegestühle aufgestellt. Wenn man baden gehen wollte, musste man runter zum Strand laufen und da kam, aus unserer Sicht, das Dilemma oder Desaster. Die Böschung war nämlich gemauert und man konnte per Treppe in das Nordseewasser hinabsteigen, welches dazu noch aufgewühlt (irgendwelcher Dreck und Schlick schwammen darin) und schmutzig war.
Um also baden und schwimmen gehen zu können, mussten wir die Parkgebühren (bei unserem Gehen betrugen sie 4,00 Euro), einen Liegestuhl (10,00 €), sowie Eintritt (mir ist entfallen, wie viel das war) berappen. Das brüskierte uns mächtig – nur Kelly hatte mit diesen Schwierigkeiten, überhaupt ans Wasser zu kommen, keine Probleme – sie zerrte an der Leine und wunderte sich, dass es nicht schneller voranging, wie es nach Ansicht ihres kleinen Hundeköpfchens doch sicher möglich gewesen wäre.
Linker Hand von diesem Platz war aber etwas, was unsere Herzen höher schlagen ließ – dort war ein Hundespielplatz und ausnahmsweise konnte man dort auch vom Sandstrand in das Wasser gehen – zwar nur auf einer Länge von 200 m, aber immerhin.
„Das ist ja schnaffte hier – befreie mich bitte mal schnell von diesem Kuhstrick – ich will hin zu meinen Kumpels (den Hunden) und ins Wasser."

Ich befreite Kelly von dem Strick – wir waren alle glücklich, wie sich dieses Hundeparadies hier darstellte.
Alle Hunde liefen frei – ganz kleine, kleine, mittelgroße und große – Bit Bulls, Dalmatiner, Golden Retriever, sogar ein Berner Senn war dabei.
Kelly war überglücklich, schwamm im Wasser, rannte mit den Hunden um die Wette, kam dann zu uns, um sich Streicheleinheiten abzuholen, dann ging's wieder ab zu ihren Kumpels.
Plötzlich kam ein etwas dicklicher Mann, in mittleren Jahren, daher spaziert und hielt einen kleinen Yorkscher Terrier kurz an der 2 m Leine. Der Mann lief, als wenn er einen Pfau spazieren führte.
„Lassen Sie doch Ihr Hündchen frei – er wird Ihnen für diese Freiheit sehr dankbar sein – hier sind alle anderen ohne Leine", sprach ich ihn an. Er schaute mich nur ganz kurz an, schaute ärgerlich weg („was will denn der – Ordnung muss sein und so habe ich meinen Kleinen unter Kontrolle") und lief dann weiter gemächlich mit seinem Pfau.
Unsere Kelly hatte mitbekommen, wie ich mich um etwas Freiheit für den kleinen Yorkshire mühte.
„Manche Herrchen denken nur an sich und nicht an das Wohl von uns Hunden – die wollen nur gemächlich flanieren und gesehen werden – dass der Yorkshire auch mal flitzen und schwimmen will, ist denen egal. Eigentlich müsste es eine Eignungsprüfung für Hundehalter geben, damit so etwas Schlimmes und Ekelhaftes nicht wieder passiert."
Nach den 200 m Sandstrand war auch wieder eine gemauerte Brüstung, an der das Wasser hochspritzte. Um dem Wasserdruck standzuhalten, war diese schräg angelegt, das heißt, nach unten breiter. Hier standen in der Nähe Strandkörbe und wir vier (meine Frau Helga, Tochter Regine, Kelly und ich) waren in einen dieser Strandkörbe eingezogen.
Hier spielte ich mit Kelly, indem ich ihre Prämie von der Hundeschule (Gummiball mit Schlaufe) zum Apportieren warf. Dies machte uns mächtig gute Laune.
Wenn sie den Ball zu mir gebracht hatte, legte sie ihn aufgeregt hin, bellte wie toll und verlangte einen neuen Wurf. Dabei sprang sie mit den Vorderbeinen hoch und nieder und zwar immer auf den Ball, so dass ich ihn mitunter gar nicht aufheben konnte beziehungsweise er durch ihr Rumgehüpfe wegrollte.
Auf alle Fälle machte es viel Spaß – allerdings warf ich einmal so unglücklich, dass der Ball über die Brüstung ins Wasser fiel – Auweija.

Kelly war tot unglücklich, jagte zum Wasser hin und bellte ihr „Verlustbellen".
Ich hatte festgestellt, dass – je nach Sachlage – Kellys Bellen unterschiedlich war – bei einem Verlust (Ball oder Stock über den Zaun oder ins Wasser) war ihre Gemütsäußerung von Bellen, mit relativ, hoher Stimmlage, geprägt. Ob hohe Stimme oder nicht – der Ball war im Wasser und ich ärgerte mich.
Also zog ich mich im Strandkorb um – alles aus und Badehose an – nackt wäre mir lieber und unkomplizierter gewesen, aber FKK (Freikörperkultur) war hier offensichtlich verpönt.
Ich lief zu der gemauerte Brüstung und ging vorsichtig auf der Schräge nach unten – es war aufregend, da ich abzurutschen drohte – also Vorsicht war geboten.
Als ich dorthin kam, wo das Wasser stand, wurde es gefährlicher, da sich durch das Wasser Algen gebildet hatten. Ich lief wie auf Eiern und noch vorsichtiger. Bei circa einem halben Meter unter Wasser, rutschte ich wie auf Schmierseife aus, fiel nach rechts und stützte mich mit der rechten Hand ab, das heißt, ich stürzte ganz schön hin.
Meine Frau rief, wie immer, ängstlich: „Klaus, pass auf!"
Was sollte ich hier noch aufpassen, wo ich schon gestürzt war, dachte ich verdrießlich.
Die rechte Hand tat mir ziemlich stark am Handgelenk weh – es war ein brennender Schmerz. „Keine Schwachheiten zeigen – nach dem Ball tauchen", waren meine Gedanken.
Ich tauchte, suchte mit den Händen im Schlamm – die Luft wurde knapp – wieder hoch und Luft holen – das Gleiche noch dreimal. Dann hatte ich den Kanal voll und kroch mit schmerzender rechter Hand auf allen vieren nach oben, das heißt, ich wollte es. Da ich aber immer wieder abrutschte, kam Regine angesprintet, hielt mir eine Hand hin und zog mich heraus.
„So ein Scheiß Nordseestrand – so ein Miststrand – das hätte ich nicht vermutet! Das ist ja so schlüpfrig auf der Mauer und außerdem sieht man in dem Dreckwasser überhaupt nichts und unten auf dem Grund ist ja nur Schlamm und Schlick – richtig eklig." Dies war mein einziger Kommentar und er entsprach voll meiner Stimmung.
Dies alles interessierte aber unsere kleine Süße herzlich wenig. Sie hörte auf zu bellen und schaute traurig zu mir.

„Na, und nun – was wird denn jetzt? Nun ist es wohl mit dem Spielen schon wieder vorbei? Ich ärgere mich über deinen unglücklichen Wurf, Herrchen.“
„Sei bitte nicht so knatzig, Kelly – ich habe es ja schließlich nicht mit Absicht getan. Regine und ich, wir haben uns gerade beraten – morgen ist ja Ebbe und die Erklärung für dich, Kelly – bei Ebbe ist das gesamte Wasser weg und wir können auf dem Nordseegrund nach deinem Prämienball suchen. Kleine, wie findest du denn das? Toll, nicht?“
„Da bin ich sehr gespannt, Klaus, ob du das schaffst?“
Am nächsten Morgen entspann sich folgendes Streitgespräch.
„Also, Helga, wir machen das folgendermaßen. Kelly, Regine und ich fahren noch vor dem Frühstück an den Strand, um den Ball zu suchen. Dann kommen wir schnell zurück und haben eine Bombenlaune, weil wir den Ball gefunden haben.“
Helga: „Auf gar keinen Fall läuft das so ab – erst frühstücken wir gemütlich, schließlich ist Urlaub, dann gehst du, Klaus, mit deiner schmerzenden Hand zum Arzt – dein Gejammer von der Nacht habe ich noch gut in meinen Ohren und dann geht ihr zum Strand – Ende!“
„Na – so kommen wir nie wieder zu meinem Ball. Wenn das so weiter geht, renne ich allein zum Strand und scharre mit meinen Pfoten mutterseelenallein im Schlamm der Nordsee – bravo.“
Die Süße war traurig – mir tat sie leid.
Ich schaute zu Regine (das war die Einzige, die ihre Mutter noch umstimmen konnte) und machte ihr heimlich Zeichen, damit sie sich positiv ins Geschehen einschaltet.
„Mutti – habe doch bitte ein Einsehen – die Kelly ist so traurig und der Vati will extra wegen ihr den Termin beim Arzt verschieben – wir sind auch mindestens um 9:00 Uhr wieder zurück – sei lieb – wir haben dich doch alle lieb!“
„Na, wegen mir, aber dass ihr auch pünktlich um 9:00 Uhr zurück seid und du Klaus, uns nicht die Ohren wegen deiner schmerzenden rechten Hand voll heulst!“
Kelly und ich atmeten erleichtert aus.
Dann fuhren wir mit dem Auto auf den Parkplatz (kam wieder einen Euro), liefen die Geschäftsstraße hinter (Kelly war sehr bemüht, kein Scharmützel mit Hündinnen anzufangen, damit wir rasch zu ihrem Ball kamen), dann ging es den Deich hoch – den Deich wieder runter, vor zum Wasser und suchen.

Ich zog mir die Schuhe aus und lief barfuß die Schräge hinunter. Regine hielt mir dabei die Hand, damit der Skandal nicht wieder von vorn begann. Dann suchte ich – vielleicht 3 Minuten – da lag der rote Ball mit Schlaufe – Hurra.
Kellys skeptischer, knatziger Blick ging über in einen fröhlichen Blick und das Beste – sie sprang vor Freude auf und nieder.
Das Frühstück schmeckte allen wunderbar – eine glückliche Familie im Urlaub.
Natürlich war in unserem Urlaub auch eine Schiffsreise eingeordnet. Kelly, Regine und ich fuhren mit einem größeren Motorschiff nach Norderney. Hier lernte die kleine Kelly mal einen richtigen Sturm, fast schon einen Orkan, kennen. Scheinbar machte es ihr aber nicht viel aus und als ich sie fragte, wie es ihr bei diesem Sturm ginge, knurrte sie freundlich: „Ist interessant – geht schon."

Ich wollte Kelly einmal in die stürmische See locken – dies gelang überhaupt nicht – sie zog den Schwanz ein (für mich war es das erste und offensichtlich auch das letzte Mal, dass ich das sehen konnte) und zog sich schnell vom Wasser zurück – sie hatte Respekt.
In meiner Jugend trainierte ich in einem Sportverein einhundert und zweihundert Meter-Lauf.

Als wir eine kleine idyllische Kleinstadt mit Schloss besuchten, kratzte mich die Erinnerung daran.
Schuld daran hatte aber auch die Kleine, da sie hier besonders schnell und häufig hin und her sprintete.
Also schlug ich vor: „Kelly, wir machen jetzt einen Sprint über 100 m und wer gewinnt, erhält eine ordentliche Prämie."
„Einverstanden, als Prämie wünsche ich mir aber eine ordentliche Knackwurst."
„Ja, und wenn ich gewinne, dann bekomme ich eine Flasche Sekt – aber da du ja nie Geld hast, liebe kleine Kelly, musst du dich halt an Regine wenden."
Gesagt getan – wir knieten uns beide vor dem Schlosseingang hin und scharrten mit den Hufen (Kelly mit den Ballen ihrer Pfötchen und ich mit den Sohlen meiner Sandalen).

„Regine, du gibst das Kommando.“

„Auf die Plätze, fertig, los!“
Wir sprinteten mit voller Kraft los. Kelly hatte sofort einen Riesenvorsprung – sie war vielleicht 30 m vor mir bei dem kleinen Strauch mit den roten Beeren, den ich als Ziel nach Abschreiten von 100 m erkoren hatte.

„Sieg, Sieg – wo bleibst du denn? Du bist ja 50 m zurück – das ist ja schwach!

„Du hast absolut keine Chance, Herrchen“

Ich zog einen Schmollmund. „Gratulation, Kleine, 50 m war ich allerdings nicht zurück, sondern höchstens 30 m.“
Regine, die freudig der kleinen Süßen Beifall geklatscht hatte, kaufte ihr an der nächsten Imbissbude eine knackige Bockwurst.
Thema beendet – keiner wird jünger – es war ja auch lange her, dass ich die 100 m in 11,3 Sekunden „abwickelte.“
Natürlich wollten wir mit Kelly auch eine Wattwanderung machen – ich hatte ihr davon ja bereits erzählt.

Wir entdeckten ein Schild: „Erlebnis – mit Kurt ins Watt“.
Dieses gefiel uns und wir meldeten uns bei Kurt an. Leider musste er uns sagen, dass diese Wanderung für Hunde nicht geeignet sei – sie könnten sich ihre Pfötchen im Watt verletzen. Wir waren traurig.
„Kleine Kelly, ärgere dich bitte nicht – du bleibst bei der lieben Helga und bekommst ein kleines Stück von der Lende, die wir gestern gekauft haben.“
„Du denkst wohl, dass du mich mit einem kleinen Stücken Fleisch bestechen kannst – ich bin doch kein Politiker und außerdem bin ich

beleidigt“, gab die Kleine von sich und blickte verschnupft in eine andere Richtung.
„Kelly, wir bringen dir schöne Austern mit und von den Wattwürmern machen wir Bilder – die zeigen wir dir dann, sei lieb.“
„Ich bin immer lieb, aber ihr nicht – ihr lasst mich im Stich!“
Die Wattwanderung war richtig interessant und spannend. Kurt hatte festes Schuhwerk an, Regine und ich hatten Gummistiefel, manche Erwachsene und viele Kinder gingen barfuß, etliche liefen auch in Socken. Wir liefen im Schlamm, im Sand und Schlick – bei den barfuß Gehenden quetschte sich der Schlamm zwischen den Zehen durch. Bild Wattwanderung mit Sonne im Gegenlicht „Ach, ist die Welt schön.“

Der kräftige Ostfriese Kurt hatte einen Spaten dabei, mit dem er urplötzlich Wattwürmer, die wir zuvor nicht gesehen hatten, freilegte. Plötzlich sagte er: „Hier liegt eine Auster, hebt die mal auf.“
Ein junger Mann bückte sich und hatte eine schlammverschmierte, skurrile, dreckverschmierte Auster in der Hand.
Kurt holte ein kräftiges Messer aus seiner Umhängetasche und versuchte, die Auster aufzuspalten – dies gelang nach mehreren Versuchen. Er hielt dem jungen Mann die geöffnete Auster hin und sagte: „Guten Appetit.“ Dieser ließ sich nicht zweimal bitten und verschnabulierte die Auster mit der Bemerkung: „sehr lecker.“
Außen war die Auster so dreckig und verschmutzt, aber innen war sie so glatt und sauber – der Widerspruch war enorm. Ich hätte nie zuvor geglaubt, dass man aus einer so schmutzigen Auster im Watt sauberes Austernfleisch essen kann, ohne erst eine Riesenwasserspülung vornehmen zu müssen.
Bei dem weiteren Spaziergang schwatzte ich viel mit Kurt, was für mich hochinteressant war. Er war 69 Jahre alt, behauptete, noch nie krank gewesen zu sein und machte einen wirklich übergesunden Eindruck. Er erzählte, wie einmal ein Wattwanderer in Not geraten war, weil er sich überschätzte, den Weg zu der Insel noch nicht beendet hatte und bereits das Flutwasser anrückte. Die Rettung war schwierig.
Neben unserer Schwatzerei suchten wir noch nach Austern, welche hauptsächlich aber Kurt entdeckte. Ich hatte eine Plastiktüte dabei – in ihr waren am Ende der Wanderung 13 Austern, also eine richtig gute Ernte.

Zuhause in unserem Ferienhaus angekommen, zeigte ich diese gleich der kleinen Kelly – sie freute sich darüber und war gar nicht mehr beleidigt – Gott sei Dank.
Wohin aber mit den Austern? Ich hatte davon leider keine Ahnung. Ich werde sie ins Wasser legen – da sind sie eigentlich zuhause und so kann nichts schief gehen – sie leben weiter.
„Morgen, Süße, werden wir diese Austern essen."
Kelly freute sich und schaute mich begeistert an. Am nächsten Tag wollte ich die Austern öffnen, bekam aber warnende Hinweise von Helga und Regine: „Wer weiß, ob die noch gut sind – frage lieber mal in einer Fischgaststätte nach – die haben doch Ahnung."
Also fuhr ich mit Kelly in ein Fischrestaurant und befragte eine Kellnerin. „Dies weiß nur unser Koch, aber der hat jetzt Hochdruck, den darf ich jetzt nicht stören." Also fuhren wir zur nächsten Fischgaststätte. Dieser Koch teilte uns mit, dass Austern nur im Salzwasser überleben würden und damit wären sie nach 6 Stunden bereits tot.
„Na, bravo", stellte Kelly enttäuscht und ironisch fest. Ich machte noch ein paar Bilder von diesen Austern und dann, leicht entnervt, entsorgte ich sie.

Kelly kränkelt

Meine Aufgabe als Familienvater und Rudelführer bestand unter anderem darin, früh frische Brötchen zu besorgen. Natürlich begleitete mich die liebe Kleine.
So gegen 8:00 Uhr standen wir auf – Kelly und ich hatten ein eigenes Schlafzimmer. Dieses war im ersten Stock, welcher durch eine breite offene Holztreppe wunderbar erreichbar war.
Die Süße hatte ihr Körbchen direkt neben meinem Bett – es fällt mir schwer, ich kann aber nicht leugnen, dass sie häufig früh mit einem großen Satz in mein Bettchen sprang.
Ich gebe auch zu, dass ich mich darüber sehr freute. Ihr Bestreben war, immer ganz dicht an meinem Körper zu sein – dies fand ich natürlich Spitze. Ihr schlanker, warmer Körper an meinem Bauch oder Rücken – einfach entzückend. Das war so ein richtiges, wohliges Zusammengehörigkeitsgefühl. Kelly fühlte sicher genauso, sonst hätte sie sicher nicht den großen Satz in mein Bett gemacht.
Ärgerlich war allerdings, dass nach dieser Aktion viele Haare in meinem Bett zu finden waren – hierzu echauffierte sich Helga wieder maßlos.

Diese Haare waren zwar nicht lang, aber sie waren eben schwarz und fielen damit bei dem weißen Bettlaken enorm auf – dabei waren es gar nicht so sehr viele. Schade, dachte ich, wären die kleinen Haare weiß – no problem.
Der Wecker klingelte – wie unangenehm.
Ich bin eine Eule – mir fällt das Aufstehen wahnsinnig schwer – abends kann es lange bis in die Nacht gehen – da habe ich mich dann von den Tagesstrapazen wieder erholt.
Kelly wusste das. Sie schaute mich früh lieb an, aber wenn es ihr zu lange dauerte – und dies war nach spätestens fünf Minuten der Fall – fing sie an, ekelhaft zu bellen:
„Kann doch nicht wahr sein, Herrchen, seit einer halben Stunde liegst du hier im eigenen Saft und drehst dich nur mal hin und her. Die Brötchen kommen nicht vom Bäcker hierher gesprungen – das sagst du doch immer zu mir. Ich möchte jetzt Pipi machen, ich möchte schnüffeln und schnuffeln und zu der Bäckerfrau Wuff - Wuff sagen."
„Ja, das will ich ja auch, aber ich bin ja noch sooooo müüüüüde – du kannst dir das gar nicht richtig vorstellen – du kleiner Vierbeiner. Wie gesagt, ich habe nur zwei Beine – im Vergleich sind das 50 % weniger als bei dir. Ich bin noch ganz kaputt und malade von der gestrigen Tour zu dem Fischerdorf, aber wenn du denkst, da schwinge ich mich eben raus."
Ich schwang mich tatsächlich immer aus dem Bett, indem ich, auf dem Rücken liegend, beide Beine senkrecht hoch in die Luft reckte und diese dann schlagartig neben das Bett in die Tiefe schwang, so dass der Oberkörper wie von einer Feder getrieben nach oben schoss.
Ich musste immer aufpassen, dass ich nicht an die gegenüber liegende Wand rannte, falls der Schwung zu groß war.
Kellys höhnischer Kommentar: „Na, ganz toll, hervorragend."
Dann gingen wir zwei Brötchenbeschaffer auf Tour.
Wir traten auf das Podest vor unserer Tür und versuchten, leise zu machen, da wir an der Tür, hinter der Helga und Regine schliefen, vorbei mussten. Ich ermahnte die Kleine, indem ich einen Zeigefinger auf meinen Mund hielt.
Ich war bass erstaunt, was dann passierte – Kelly setzte sich hin, hielt ihr rechtes Pfötchen vor ihr Schnäuzchen und äffte mir begeistert nach.
Dann endlich traten wir aus der Haustür und liefen auf den Straßen dieser Neubausiedlung zum Bäcker Friedemann.

Kelly machte häufig Pipi, schnüffelte und vergaß auch keinen Morgen, das große Geschäft zu erledigen. Hier hatte ich dann wieder einmal Arbeit, indem ich ihr Verdauungsergebnis mit einer Plastiktüte, welche ich nach der Aufnahmeaktion von Kellys Rückständen umwandte, aufnahm. Danach kam ein Knoten rein und alles war hygienisch einwandfrei verlaufen.
Nun aber kam für mich jedes Mal das gleiche Problem, welches im Finden einer schwarzen Tonne bestand.
Die pingeligen Leute in Deutschland haben alle das Ziel, diese Tonnen möglichst gut zu verstecken, damit die Ansicht ihres tollen Hauses ja nicht beeinträchtig wird.
Irgendwie fand ich aber immer eine Mülltonne – nur einmal musste ich allerdings über einen Zaun steigen.
Es war immer ein netter Morgenspaziergang für uns zwei, wo vor allem ich Eule so langsam munter wurde. Beim Bäcker roch es immer sehr nach frischen knusprigen Brötchen und wir freuten uns gemeinsam auf das anstehende Frühstück zu viert.
Von Frau Friedemann erfuhren wir, dass nach einer Woche (hier war dann die Hälfte unseres Urlaubs schon vorbei) die Bäckerei für immer geschlossen würde. Natürlich fragte ich nach dem Warum und erfuhr, dass Friedemanns in Rente gehen und niemand da sei, welcher die Bäckerei übernehmen würde.
Am letzten Tag, an dem die Bäckerei noch geöffnet war, benahm sich die kleine Kelly sonderbar. Sie, die sonst immer 50 m vor mir lief, , blieb häufig stehen – wir brauchten sehr lange für diesen Weg und ich war sehr verwundert.
Nun beobachtete ich die Süße genauer und stellte fest, dass sie hinkte – mir schien es, als wenn sie Probleme mit dem rechten Hinterbein hätte.
Hinzu kam, dass sie weder ins Auto noch auf das Sofa springen wollte – sie legte die Vorderpfötchen hoch, zum Beispiel auf das Sofa und kratzte mit den Hinterpfötchen auf dem Sofa, um nach oben zu kommen. Es sah erschreckend aus, wie behindert.
Wir machten uns alle große Sorgen.
Wieder zuhause angekommen, setze sich dieses Problem fort. Helga wurde es himmelangst um den Stoffbezug ihres Supersofas. Natürlich hatte sie eine Decke auf das Sofa gelegt, aber diese sollte ja auch nicht zerscharrt werden.
Unsere Diagnose: „Arthrose! – wie furchtbar."

Nun interessierte mich brennend, ob die Kleine wirklich verletzt war oder ob es gar eine Marotte von ihr war. Es konnte ja durchaus möglich sein, dass sie aufs Springen einfach keine Lust mehr hatte. Also fragte ich sie ganz einfach selbst: „Sag mal, Kelly, aber ganz ehrlich – hast du keine Lust mehr aufs Sofa und ins Auto zu springen oder tut dir irgendetwas weh?“
„So einfach kann ich das nicht beantworteten. Manchmal tut mir was weh, manchmal nicht – auf alle Fälle habe ich nicht immer einen Bock darauf, hoch zu springen. Lass mich doch einfach mal in Ruhe, Herrchen, und lass mich mal hoch springen oder eben mal nicht hoch springen.“
„Kleine, Kleine, das war so richtig wischi-waschi – etwas konkreter könntest du schon werden. Schließlich machen wir uns Gedanken um deine Gesundheit“, reagierte ich zum ersten Mal etwas unzufrieden und ungehalten.
Der Tierarzt sagte: „Vermute Gebärmutterentzündung. Kelly muss per Ultraschall untersucht werden. Ich mache für Sie einen Termin bei Tierarzt Dr. Riedel für den 17. September.“ Er verschrieb vier Tabletten Antibiotika und Tropfen auf homöopathischer Basis.
Erster Abend: Helga nahm ein Stück Leberkäse, wickelte es wie einen Schal um die Tablette. Kelly schlang wie immer hinunter.
Kommentar: Bestens gelungen, Spitze!
Zweiter Abend: Helga drückte die Tablette in ein Rädel Wurst und zwar Jagdwurst. Sie schob diese Kelly ins Maul, die Tablette fiel auf den Fußboden.
Zweiter Versuch: Helga nahm eine Scheibe Käse und wickelte paketförmig ein wie beim ersten Abend. Kelly schluckte, ein Stück Käse fiel aus ihrem Maul und zweimal ein halbes Stück Antibiotika.
Nun kam das Unfassbare: Kelly schleckte das kleine Stück Käse vom Fußboden auf und fraß es. Danach fraß sie genauso die zwei Stück Antibiotika. Wir waren fassungslos, sperrten vor Erstaunen die Münder auf und waren baff. Da die Dinger bitter sind, gaben wir ihr schnell noch ein Stück Käse.
Nach diesen Aktionen des Hineinstopfens von Antibiotika und homöopathischen Tropfen in die kleine Kranke stand der Ultraschalltermin beim Tierarzt Dr. Riedel an.
Natürlich war ich ziemlich zapplig, da ich Angst vor einem negativen Ergebnis der Untersuchung hatte. Allerdings verflogen bei dem netten

Miteinander mit zwei hübschen Schwestern und einem freundlichen Arzt meine Bedenken und ich hatte plötzlich große Hoffnung, dass alles gut geht.
Die Kleine musste auf dem Untersuchungstisch erst einmal auf den Rücken gelegt werden, da die Haare an ihrem Bauch wegrasiert werden mussten. Bei dieser Aktion hielt ich sie fest und redete ihr gut zu – sie war schon etwas aufgeregt, schaute aber freundlich, wie immer.
Der Arzt untersuchte mit dem Ultraschallkopf und erzählte dabei immer: „Sie sehen hier auf dem Bildschirm die Gebärmutter, hier den Eierstock – die Öffnungen sind alle in Ordnung" und so weiter und so fort. Ich hörte im Detail nicht mehr zu und betete nur innerlich: „Lieber Gott, lass nur alles weiter in Ordnung sein und den Arzt dies bestätigen. Die Süße wird schon gesund sein – weshalb sollte es auch anders sein?"
Wie immer, irgendwann war die Untersuchung zu Ende, der Angstdruck wie weggeblasen und der Arzt bestätigte, dass überhaupt kein Grund zur Besorgnis bestehe. Ich atmete erleichtert auf.
Er ergänzte aber noch: „Passen Sie ja auf, dass ihre Hündin nicht zu dick wird. Ihr Bäuchlein ist schon ganz schön rund – am besten ist es, wenn die Rippen nicht nur zu fühlen, sondern auch zu sehen sind. Wenn die Tiere zu dick sind, ist natürlich auch das Herz verfettet – das ist gar nicht gut."
Kelly hörte aufmerksam zu, wiegte bedenklich den Kopf hin und her und plötzlich kam mit großer Empörung aus ihrem Mäulchen: „Ich soll wohl überhaupt nichts mehr essen – das ist ja großer Blödsinn, was der Arzt hier von sich gibt. Irgendetwas muss ich ja schließlich fressen und außerdem tue ich das unheimlich gern, oder wie siehst du das denn? Oder soll ich verhungern?"
„Ach, du Kleine – sei doch erstmal froh, dass du so gesund bist. Verhungern sollst du auf keinen Fall. Du weißt doch, dass ich auch sehr gerne esse – wir kriegen das schon gemeinsam in den Griff."
Danach gab er noch ein paar Hinweise, wie wir uns bei Scheinträchtigkeit verhalten sollten – vor allem viel kühlen – mit einem in Essigwasser getränkten Lappen.
Als wir aus der Tür der Tierklinik ins Freie traten, riss ich begeistert beide Arme nach oben und schrie: „Hurra, Hurra!"
Die Kleine schaute mich erstaunt an und sprang dann vor Begeisterung im Dreieck hin und her – ein schöner Tag.

Wie meistert die kleine Süße ihren tragischen Unfall?

Nach der Untersuchung und Behandlung im Notdienst bei der Tierärztin trug ich meinen verletzten Liebling zum Auto und legte ihn sanft (als wenn ich so etwas wieder gutmachen könnte oder so etwas besser würde für die Kleine) nieder auf ihre Decke auf dem Beifahrersitz. Die sanfte Schwester öffnete uns vorsorglich alle Türen, einschließlich der Beifahrertür – trotz meiner inneren Aufgewühltheit, registrierte ich dies dankbar.

Im Nachhinein muss ich feststellen, dass ein solches Unglück den Menschen sehr sensibilisiert – ich achtete auf jede Nuance unserer Umgebung, zum Beispiel, wie sich andere zu meinem Liebling verhielten und bekam fürchterlichen Zorn auf diesen blöden, unanständigen, vor allem egoistischen Autofahrer – ich könnte ihn auf der Stelle erwürgen. Dann atmete ich erst einmal tief aus – nun hatte ich erst einmal das Notwendigste und Dringlichste für Kellylein erledigt.

Ich schaute zu ihr hin, streichelte sie lieb und andächtig. Sie lag ganz ruhig da und schaute mich an, ohne den Kopf zu heben, wie sie das immer tat – ihr Blick war matt, aber freundlich.

„Kleines Schatzilein, wie geht es dir? Hast du Schmerzen, Kleine? Du hast eine Schmerzspritze bekommen – hoffentlich wirkt die schon. Es wird schon alles gut werden – die Zeit heilt viele Wunden, meine Süße.“

Kelly schaute mich die gesamte Zeit an, antworte aber nicht.

„Ruh dich aus, mein kleiner Liebling – das war ja eine riesige Aufregung für dich. Du wirst sehen, die Zeit läuft jetzt für dich und der Körper heilt die Wunden. Gebrochen ist ja nichts Kellylein – das ist sicher sehr gut.“

Allerdings redete die Tierärztin davon, dass hoffentlich keine Nerven geschädigt seien. „Davon gehen wir doch aus Süße ...“, ich redete und redete und schwatzte und schwatzte – sicher wollte ich meine eigene Unruhe und Aufgeregtheit damit zudecken und außerdem glaubte ich, dass es für die kleine Kelly eine Ablenkung sei, wenn ich mit ihr plauderte. Ich schwatzte, bis wir vor unserer Hausgarage standen.

Danach öffnete ich das Garagentor und die Tür zur Kellerbar – gleichzeitig rief ich laut nach oben: „Helga, komm schnell, wir sind zurück.“

Ich trug Kelly liebevoll von ihrem Beifahrersitz auf das Sofa.

„Du süßer Unfallliebling – jetzt bist du wieder zu Hause.“

Helga kam von oben eilig nach unten, setzte sich neben Kelly und weinte still – dabei fuhr sie Kelly zart mit der Hand über den Kopf und über den Körper.
„Helga, du darfst jetzt nicht weinen", sagte ich ganz vorsichtig, „sonst nimmst du doch unserem Liebling den Mut."
Unvermittelt – Helga und ich erschraken regelrecht – reagierte unsere kleine Verunfallte: „Ihr seid ja sooo nett und lieb zu mir – wenn ich bei euch sein kann, bin ich glücklich. Hier bei euch ist es am schönsten von allen, bei denen ich bisher war. Lasst mich bitte nie im Stich! Die paar Wunden an meinem rechten Pfötchen werden schon bald wieder heile sein. Jetzt werde ich aber so richtig müde – sicher die Aufregung und alles."
Jetzt war ich an der Reihe mit meinen Gefühlen – die Tränen schossen mir nur so in die Augen – ich rieb sanft meinen Kopf an ihrem Kopf, weinte bitterlich und sagte: „Es wird schon alles wieder gut, Liebste, Kleine, Süße – entschuldige, dass ich schuld war an deinem Unfall – entschuldige, entschuldige, verzeih mir – das kommt nie wieder vor, meine Süße, meine Kleine."
Jetzt war ich doch einfach fertig – die Aufregung, die Sorgen um Kellys Gesundheit. Jetzt, wo ich nicht sofort etwas tun musste für Kellylein und zur Ruhe kam, merkte ich, wie erlahmt ich war.
Noch erschöpfter als ich war aber wahrscheinlich unser lieber Vierbeiner: „Schau mal, Helga, jetzt schläft die Süße." Kellys Äuglein wurden immer kleiner und kleiner, bis sie geschlossen waren.
„Ist ja auch kein Wunder – vor allem wirkt jetzt, Gott sei Dank, die Spritze und sie hat keine Schmerzen mehr", sinnierte Helga.
Ich trug Kelly mit viel Vorsicht hoch in den ersten Stock und legte sie in ihr Körbchen – auf die schönen, weißen Schaffelle. Wie üblich gab ich ihr noch einen Kuss auf die Stirn – an diesem Abend war dieser besonders innig: „Schlaf dich gesund, mein Liebling."
Dies sagte immer Meine Mutti zu mir, wenn ich krank war.

Egomanen denken nur an das Materielle – und an sich

Der Schlaf übermannte mich relativ rasch – der Stress und die Aufregung waren ja auch sehr groß. Außerdem hatte ich – nur zur Vorsicht – ein Bierchen getrunken.

Natürlich schaute ich nachts besorgt nach Kelly. Sie schlief aber fest und atmete ruhig – die Spritze gegen Entzündungen und Schmerzen war sicher sehr hilfreich. Ich ging beruhigt wieder ins Bett.
Am nächsten Morgen bereiteten wir in Ruhe das Frühstück – Kelly war munter und schaute interessiert zu.
Plötzlich klopfte es an unserer Eingangstür. Dies wunderte mich deshalb sehr, da üblicherweise unsere Besucher vom Gartentor, was circa 40 m vor der Haustür entfernt ist, klingeln. Dies war wie ein Überfall – derjenige musste es sehr eilig haben.
Ich öffnete die Tür – ein Mann stand draußen auf dem Treppenpodest
„Ich muss mit ihnen mal sprechen."
Die süße Kelly kam auf drei Beinen angehumpelt – **keine Reaktion von dem Kerl.**
„Ja, bitte."
Der Mann trat in unseren Vorsaal ein. Er stellte sich vor, indem er kurz seinen Namen erwähnte und sagte: „Es ist wegen gestern Abend mit Ihrem Hund."
Meine Gedanken waren spontan folgende: „Mein Gott, was es so alles gibt – das ist Niveau und ein Deutsch obendrein – wunderbar."
„Ja, und?"
„Ich komme gerade mit meinem Auto – es ist ein nagelneuer BMW – von der Werkstatt. Es muss viel repariert werden – unterschreiben Sie hier bitte die Kalkulation der Werkstatt, dass ich von Ihnen für die Schadensbehebung 2.000 € erhalte."
Nun bekam ich doch meinen gerechten Wutanfall. „Ich unterschreibe überhaupt nichts – das will ich mir mal an Ihrem Auto ansehen."
Ich zog mir eine Jacke über und trat hinter dem Mann aus der Tür. Es regnete.
Der Mann spannte einen Schirm auf und hielt ihn über seinen, sicherlich wertvollen, Körper. Ihn, den Schirm, auch mit schützend über mich zu halten, fiel ihm überhaupt nicht ein – das war mir fast klar.
„Zeigen Sie mir den Schaden."
„Na, hier."
„Also, bei meiner Großmutter, ich sehe nichts, was Schaden genommen hat."
„Ich werde ein paar Bilder machen."
„Was wird nun aber mit den 2.000 €? Schließlich muss ich ja das Auto reparieren."

Bösartig und knurrig entgegnete ich: „Sie denken wohl nur an sich und an Kohle und an ihr blödes Auto, was meine Kelly geschädigt hat. Haben Sie mal einen Gedanken an unserer Hündin verwandt und sich dazu geäußert, dass Ihnen das leid tut. Das müsste Ihnen doch wenigstens ein Bedürfnis sein. Ich wüsste nicht, wo hier was zu reparieren ist."
„Aber bezahlen müssen Sie", reagiert er, inzwischen schon etwas mit Streitsucht.
„Morgen stecke ich Ihnen die Visitenkarte meiner Hundeversicherung in Ihren Briefkasten – ich informiere diese schriftlich und die regelt dann alles mit Ihnen", sagte ich ihm patzig und ging in unser Haus zurück. Dort liebkoste ich erst einmal die kleine Kelly, die sofort freudig angehopst kam.
„Ei Gott, Kellylein, du läufst doch nur auf drei Beinen. Helga siehst du das? Na, ja, es braucht sicherlich noch viel Zeit, meine Kleine."
Ich erzählte Helga alles, was sich so am Auto abgespielt hatte und wie sich dieser Mensch benahm.
Erst jetzt, nach etwas Überlegung zu diesem sonderbaren Besuch rastete ich, aber diesmal richtig, aus: „Dieser Dreckskerl ist ein Egoist, wie es im Buche steht. Er hat sich nicht einmal um Kelly bemüht, sie nicht einmal angesehen und gestreichelt und hat nicht einmal gesagt, dass ihm das leid tut. Ich habe ihm doch auch keinen Vorwurf gemacht, dass er mit seinem Mistauto in die Baustelle hineinfährt. Nein, solche Menschen sind es nicht wert zu leben – sie haben kein moralisches Recht dazu. Jetzt ärgere ich mich richtig, dass ich ihn nicht gleich aus dem Haus geworfen habe – diesen minderwertigen Menschen."
„Klaus, rege dich doch nicht so auf – davon wird unsere liebe Kelly auch nicht gesund – lass uns jetzt lieber um die Süße kümmern."
„Kellylein, entschuldige, dass ich so übernervös bin – ich will dir doch keinen Ärger machen, sondern eher Freude und Harmonie, damit du schnell gesund wirst."
Die Kleine reagierte wieder einmal prächtig: „Mach dir nur nicht einen solchen Kopf, lieber Klaus – mir geht es schon wieder ganz gut und es wird schon alles noch besser werden. Schön ist doch, dass wir alle zusammen sind." Da war es wieder – das Wunderbare von Kelly, was mich so glücklich macht.
Um das Thema mit diesem blöden Autofahrer abzuschließen – er bekam zwei Monate später 2.655,64 € von der Versicherung ausgezahlt.

Unsere Versuche, die Süße medizinisch gut zu versorgen

Nun untersuchten wir erst einmal die Kleine gründlich mit unserem bescheidenen, medizinischen Wissen, um ihr maximal auf dem Wege zu ihrer Gesundung, helfen zu können.

Natürlich konnten wir nur äußerlich beurteilen – sie hatte am rechten Pfötchen außen, dass heißt rechts, mehrere Verletzungen.

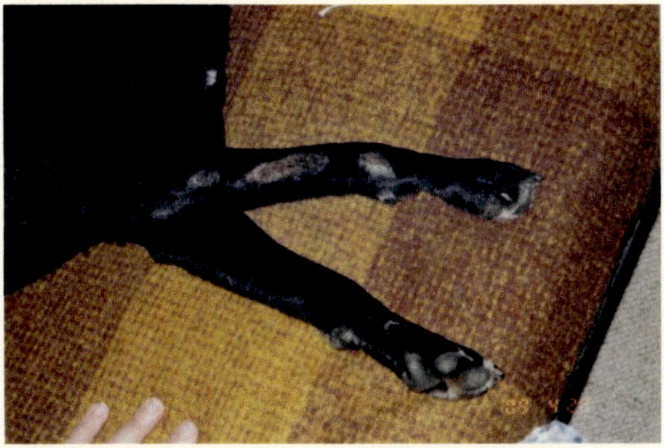

Dies war die Folge des fürchterlichen Anpralls an dieses blöde Auto. Die Haare waren weg – das Fleisch war zu sehen. Teilweise war die Wunde blutig, arme kleine Süße.

Nun wurde ihr auch noch von der Notfallärztin ein Schutzschirm um den Kopf verordnet, damit sie nicht an den Wunden lecken konnte. Auf den zwei Bildern ist deutlich zu sehen, dass ihr das überhaupt nicht recht war.

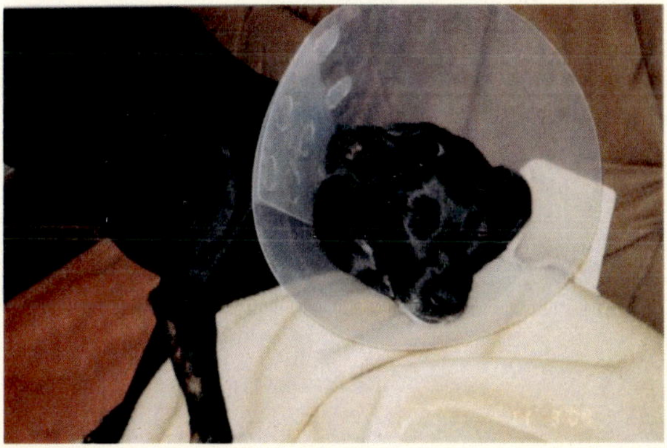

Noch viel trauriger schaute die kleine Süße, als sie mit dem blöden Schirm vom Beifahrersitz unseres Passats deprimiert in die Welt blickte.

Scheinbar sinnierte sie und dachte über den Sinn des Lebens nach – arme Kleine. Dazu noch der Florentiner Hut.

Ich nannte ihn so, um die Kleine zu trösten – ob das wohl damit gelang, ist sicherlich mehr als zweifelhaft.

Tatsache ist aber, dass Kelly die Wunden unheimlich oft und intensiv leckte, so dass immer mehr Haare verschwanden und die Wunden blutiger und tiefer wurden – furchtbar.
Ich fragte Kelly: „Warum leckst du denn so intensiv – du schadest dir doch selbst?"
„Ach weißt Du, Herrchen – das juckt ja dermaßen, einfach schlimm."
„Ich habe hier eine Flüssigkeit Lotagen, Kelly, diese sterilisiert und wird das Krabbeln verringern."
„Au fein, gut, dass ich dich habe – tue das bitte."
Mit einem Wattetupfer brachte ich etwas von der Flüssigkeit auf – danach kam ganz dünn Wundsalbe auf ihre Wunden. Sie ließ das alles, ohne zu murren, mit sich geschehen – es ist eben meine liebe, süße Kelly.
Es gab natürlich auch andere Meinungen, zum Beispiel die von meiner Helga und von der Notfallärztin. Sie waren der Meinung, dass die Wunden verbunden werden müssten. Also wurde Kelly verpflastert, was wiederum mir nicht gefiel, da ich der Meinung war, dass die Wunden bei freiem Luftzutritt schneller heilen.
Dass das Verpflastern Kelly auch nicht so recht in den Kram passte, ist deutlich zu ersehen, wo der von mir verwöhnte Fratz im Bett liegt.

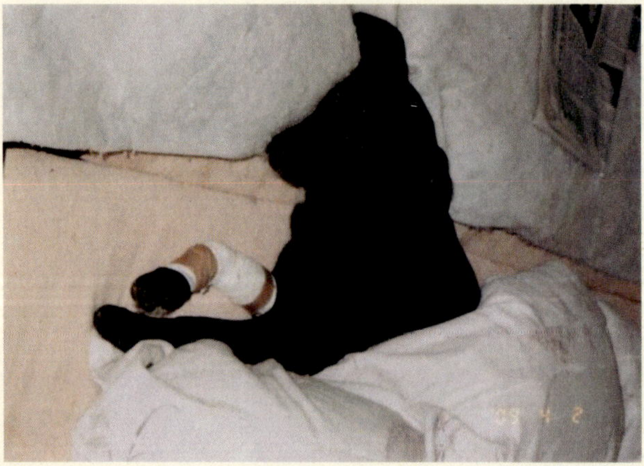

„Das schöne, weiße Bett heilt meine Wunden auch nicht."

So musste nun die Süße gezwungenermaßen mit drei Beinchen klarkommen – darüber hinaus war sie noch optisch als Verletzte gekennzeichnet und zwar durch die Bandagen.

Da sie aber häufig mit dem verletzten, rechten Pfötchen anstieß, zum Beispiel an Stufenkanten von Treppen, ließ ich mir etwas einfallen und zwar band ich das rechte Beinchen etwas hoch. Damit das Ganze aber nicht zu starr wurde – es durfte ja die Kleine beim Laufen nicht behindern, nahm ich ein Gummiband, schnürte dieses am rechten Pfötchen fest und legte dann die gesamte Schlaufe um ihren Kopf. So konnte das rechte Beinchen beim Laufen wippen und die Sache war, nach meiner Meinung, günstig für die Süße gelöst. Im Stillen schwelte aber immer noch – zumindest für mich – der Widerspruch, dass keine Luft an die Wunden, für ein schnelles Heilen derselben sein konnte. Regine, welcher offensichtlich mein Maulen zu diesem Sachverhalt auf die Nerven ging, reagierte: „Was hältst du denn davon, kleiner Meckerfritze, wenn wir das kranke Pfötchen in einen Strumpf stecken?“

„So ein Strumpf ist doch viel zu groß, Regine – denk doch mal nach.“

„Dann nehmen wir eben einen Kinderstrumpf.“
„Einverstanden.“

Da der Strumpf ansonsten immer wieder heruntergerutscht wäre, befestigte Regine an dem offenen Ende des Strumpfes ein Gummiband (wiederum einen Schlüpfergummi, diesen Begriff kannte ich schon als kleiner Junge), da sich dieses am besten eignet und zwar einmal innen und einmal außen. Das Gummiband war vielleicht 25 cm lang und wurde der Kleinen um den Kopf gelegt, so dass es dann nicht herunterrutschen konnte.

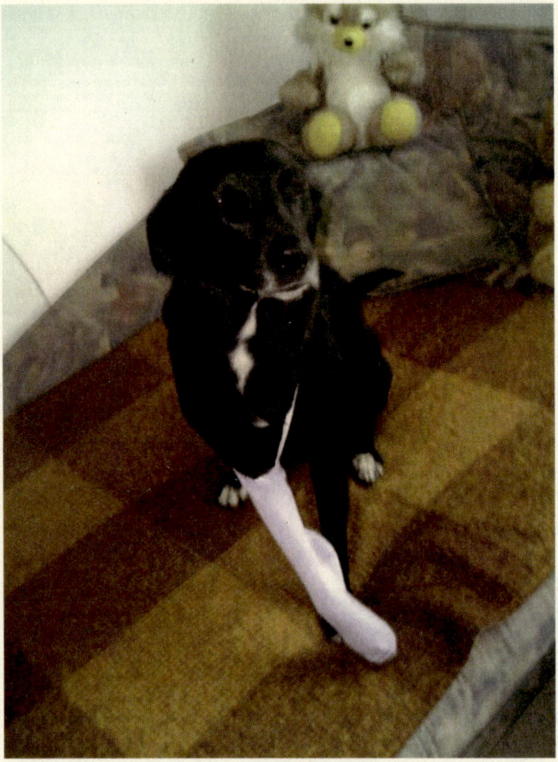

Es war schon so alles gut und schön, allerdings leckte die, in diesem Fall böse Kelly, intensiv an diesem Strumpf – an der jeweiligen Stelle wurde es unheimlich nass und sie hatte ihren persönlichen Erfolg – die Wunde wurde wieder blutig, na wunderbar.

„Wenn Ihr denkt, dass ihr mit dem lila Kinderstrumpf und dem Gummiband um meinen Hals alle Probleme löst – bitte sehr“

„Süße Kleine, ich habe dich bisher immer gelobt und erwähnt wie lieb du bist usw. und so fort. Jetzt muss ich aber auch einmal sagen, Kelly, dass du böse bist, wenn du deine Wunde leckst und den Heilungsprozess verhinderst. Das ist regelrecht **unlieb** von dir.“
„Herrschen, entschuldige bitte. Du erschreckst mich, denn du hast bisher noch nie gesagt, dass ich unlieb sei. Ich werde mich sehr bemühen, dir alles recht zu machen.“

Nach diesem Desaster mit dem lila Strümpfchen tüftelten Regine und ich, hin und her, rüber und nüber, wie wir das Problem lösen könnten. Dieses bestand darin, Kellys rechtes Pfötchen zu schützen (gegen das Lecken) und gleichzeitig zu sichern, dass Luft an die Wunden gelangen kann.

Uns fiel etwas ein: „Wie denkst du denn darüber, dass wir von einem Kinderanorak die Ärmchen abtrennen und diese dann, ähnlich wie das lila Strümpfchen, befestigen?“
„Wunderbar – du bist Spitze, Regine. So machen wir das.“
Also fuhr ich am nächsten Tag in ein Second-Hand-Geschäft für Kinderbekleidung und wurde, mit Hilfe einer netten Verkäuferin, schnell fündig. Der Anorak hatte die Farbe Chamois und sah insgesamt recht niedlich aus – ich wurde direkt an meine Zeit als Vater von zwei kleinen Buben erinnert und dachte, etwas rührselig, an die damalige Zeit zurück. Die Anorakärmchen wurden abgetrennt und eines wie das lila Strümpfchen hergerichtet und an „Kelly befestigt“.

Das Problem war gelöst, wenn auch die kleine Süße um das rechte Vorderbeinchen herum nicht smarter aussah als mit der Socke, Verzeihung, natürlich dem Strümpfchen – siehe dazu die Bilder, wo Kellys rechtes Beinchen in voller „Schutzmontur gegen Leckversuche“ zu sehen ist.

„Also, wesentlich besser als mit dem lila Strümpfchen sehe ich hier auch nicht aus.“

Mir fiel jetzt ein Bild von Kelly und mir in die Hand, wo ich ihr am 01.12.2008 einen Adventskalender schenkte. Sie freute sich offensichtlich sehr und wollte mir einen Kuss geben. Dies tat sie übrigens sehr, sehr häufig.

Wehmütig muss ich daran denken, dass sie hier noch ganz gesund war – mit vier funktionierenden Beinchen. Jeden Tag bis zum 24. Dezember bekam sie damit ein Leckerli aus dem Adventskalender – keines schmeckte ihr.

Zu Weihnachten bekam die Süße einen KONG-Flyer geschenkt – „Hier hatte die Arme schon nur noch drei intakte Pfötchen", dachte ich bekümmert. Damit verbunden war aber auch meine starke Hoffnung, dass die Kleine bald wieder mit vier gesunden Pfötchen nach der Frisbeescheibe sprinten könnte.

Der Erfinder der Frisbee-Flugscheibe, Walter Fredrick Morrison, starb gerade unlängst im Alter von 90 Jahren. Morrison entwickelte die Wurfscheibe aus runden Blechen, auf der eine Bäckerei in Kalifornien Kuchen verkaufte. Er habe sich die mit seiner künftigen Frau am Strand zugeworfen. Nach der Rückkehr aus dem Zweiten Weltkrieg, in dem er als Pilot diente, machte sich Morrison daran, die Flugeigenschaften der Kuchenbleche zu verbessern. 1957 verkaufte Morrison die Rechte an dem von ihm „Pluto Platter" genannten Spielzeug an eine Firma in England. Deren Chef taufte die Scheibe in „Frisbee" um, nachdem er hörte, dass Studenten in Neuengland sich ebenfalls am Strand mit fliegenden Kuchenblechen vergnügten, die aus der Bäckerei Frisbee Pie Co stammten. Seitdem wurden mehr als 200 Millionen Frisbees weltweit verkauft.

Medizinische Behandlungen und sonstige Aktivitäten

Magnetfeld

Bei der Notdiensttierärztin wurde Fräulein Stups mit Magnetfeldtherapie behandelt. Dazu wurde sie auf einer waagerechten Unterlage auf die Seite gelegt und danach musste sie 15 Minuten in diesem Magnetfeldstrom liegen.

Jedesmal hatten wir – das waren immer die Gleichen, eine junge, hübsche Schwester und ich – Mühe, Fräulein Stups auf die Seite zu legen.

Das passte ihr offensichtlich partout nicht und wir mussten manchmal regelrecht Gewalt anwenden, um sie in die richtige Lage zu bringen. Ich hatte immer große Angst, dass wir der Kleinen weh tun. Sie verdrehte immer in panischer Angst ihre Augen, so dass man das Weiße darin sehen konnte – manchmal sah die Süße richtig gefährlich aus.

Wenn sie dann einmal auf der Seite lag, gab sie auf und fügte sich in ihr Schicksal.

Der Name „Fräulein Stups“ stammte von meiner Frau.
Kelly hatte die Angewohnheit, dass sie, wenn man sich ihr nicht sofort zuwendete, mit ihrer großen Nase an die Waden beziehungsweise an eine andere Stelle stupste, um Aufmerksamkeit zu erreichen. Ich fand den Namen niedlich und verwendete ihn häufig. Da wir uns in dieser Zeit nach ihrer Verletzung besonders intensiv um die Kleine kümmerten, wurden viele neue Bezeichnungen und Albereien für den kleinen verletzten Spatz geboren. Mit Sicherheit werden diese bei den folgenden Schilderungen eine Rolle spielen.
Ich fragte die Tierärztin mehrfach, wozu die Magnetfeldtherapie denn gut sei. Sie meinte, dass, wenn eventuell Nerven geschädigt seien, das Magnetfeld hilft, damit sich das Nervengeflecht neu bildet, beziehungsweise schneller bildet.
Nun interessierte mich natürlich brennend, wie man ermitteln könne, ob die Nerven überhaupt geschädigt sind.
„Am besten wäre doch, Frau Dr. Pauli, wenn man sich den Zustand der Nerven einmal ansehen könnte – das würde ich mir wünschen.“
„Wünschen kann man sich viel, nur, ob es in Erfüllung geht, ist eine andere Frage. Wie stellen Sie sich denn das vor?“
„Na so was, – wie stelle ich mir das vor – wie beim Röntgen, zum Beispiel, wo man die Knochen deutlich sehen kann und deren Verletzung zum Beispiel.“
„Sie sind ja ein Herzchen“, antwortete sie lachend, „da muss das Tier schon in die Röhre und es muss eine MRT-Untersuchung durchgeführt werden.“
„Mir ist gar nicht zum Lachen, Frau Doktor, ich will auf alle Fälle, dass die süße Kelly schnell wieder gesund wird – also was muss ich tun?“
„Da müssen Sie mal sehen, ob die Tierklinik Hundsdorf einen Neurologen hat – die können dann die Untersuchung MRT durchführen.“
Ich hatte den Eindruck, dass sich die Tierärztin ärgerte, dass ich woanders hin zu einer Behandlung gehen wollte. Sie gab mir aber die Adresse und Telefonnummer und ich meldete uns an.

Beginn einer neurologischen Untersuchung

Einer der zwei Chefs, Dr. med. Hermann Hoppe, nahm die Untersuchung vor. Alles was er tat, sah sehr fachmännisch und professionell aus. Vor allem untersuchte Dr. Hoppe, ob die Nervenleitfähigkeit von Kellys rechter Pfote gegeben ist.

Dazu murmelte er immer: „Hoffentlich sind die Nerven nicht schlimm geschädigt – das ist die Hauptsache."
Dazu kniff er Fräulein Stups mit einer Art Zange in die Schwimmhäute zwischen Kellys Zehen. Ich musste teilweise wegschauen, weil ich solche Angst um die kleine Süße hatte. Leider kam keine Reaktion in Form von Zucken oder Bewegen.
Wie schon erwähnt, ist Fräulein Stups ein Mischling aus Labrador und Windhund. Da die Labradore (benannt nach der nordamerikanischen Halbinsel am Atlantik) für den Fischfang eingesetzt worden, haben sich im Rahmen der Evolution ziemlich ausgeprägte Schwimmhäute ausgebildet.
„Ich schlage Ihnen vor, dass ihr Hund eine MRT-Untersuchung in der Röhre erhält – da wissen wir dann mehr, vor allem in neurologischer Hinsicht bezüglich eventueller Nervenschädigung."
Auf die Rechnung hatte Doktor Hoppe geschrieben:
08.01.2009 Patient: Hund (Labradormischling) Kelly
(geboren: 26.07. 2001)
Diagnose: VD: Plexuas-brachialis-Trauma rechts
Neurologische Untersuchung
Summe des Patienten Hund Kelly: 15,04 €
Dieser Untersuchungspreis war recht angenehm, fand ich.
Allerdings schwindelte es mir leicht, als er den Preis für die MRT-Untersuchung nannte – knapp 700,00 €. Er wies darauf hin, dass der Preis je nach Ablauf der Untersuchung ein wenig nach oben oder unten schwanken könnte. Aber schließlich ging es ja um die liebe, kleine Kelly – da darf das Geld keine Rolle spielen, noch dazu, wo ich mich schlecht und schuldig fühle.
Was mich viel mehr bewegte, war ein Passus in dem Vertragsentwurf, wo darauf hingewiesen wurde, dass der Hund auf alle Fälle eine Narkose in Form einer Dauertropfinfusion erhalten müsste und dass dies ein Risiko für das Leben des Tieres beinhalte.
„Dr. Hoppe, ich muss dies mit meiner Frau besprechen – dazu werden Sie sicher Verständnis haben."
„Aber selbstverständlich, besprechen Sie dies zu Hause und senden Sie dann den unterschriebenen Vertrag an uns zurück."

Fräulein Stups braucht viel Zuwendung

Unsere Süße brauchte jetzt mit Sicherheit viel Liebe – uns allen war es ein großes Bedürfnis, der Verletzten in ihrer schweren Zeit zu helfen.

„Gib verletztes Pfötchen, du kleine, geschädigte Süße“

Meine Frau erwähnte immer wieder, dass Kelly in einem Trauma stand, als ich sie nach dem Unfall zu ihr auf das Sofa legte. Ich spürte dies nicht ganz so, war aber auch sehr mit der ärztlichen Notversorgung beschäftigt und nur darauf konzentriert.
Kelly nahm die neuen Umstände – nach meiner Empfindung – relativ unkompliziert an und stellte sich den Gegebenheiten, das heißt, sie musste sich auf das Laufen mit drei Beinen konzentrieren, welches sie ziemlich problemlos tat.
Wenn sie den gesunden, linken Vorderfuß nach vorn setzte, schleuderte sie aus dem Schultergelenk das rechte Beinchen mit nach vorn – manchmal sah es aus, als wenn sie auf vier Beinen laufen würde. Leider war dies nur ein schöner Traum und Trugschluss.
Wir waren ständig beschäftigt, Kellys Wunden mit Heilcreme zu behandeln und zu verbinden.

So langsam heilten die Wunden und wir konnten das verletzte rechte Pfötchen unverbunden belassen.
Prompt passierte etwas Schlimmes. Kelly lief wie immer die Treppen recht rasch hoch und musste dabei das rechte Beinchen schnell und stark hochwerfen. Einmal passte sie nicht auf und holte sich an der Vorderseite des rechten Pfötchens an der Vorderkante einer Stufe eine Wunde. Offensichtlich schlug sie mit dieser Wunde später noch mehrfach an. Als ich es entdeckte, war es schon eine ziemlich starke Verletzung.
Also musste diese Wunde nun „verpflastert" werden, aber wie? Wir konnten doch dort schwerlich Binden darum wickeln.
In der Zeitung las ich, dass in den USA Schuhe für Drogenspürhunde entwickelt wurden und im Einsatz sind, wo die Pfötchen gegen Splitter und Ähnlichem geschützt werden.
Also ging ich in den „Fressnapf" und fragte nach – ich war bass erstaunt, als mir „Walker für Hunde, Neopren-Stiefel mit Kunstlederrücken und -sohle" angeboten wurden.
Neopren ist das Material, woraus auch Taucheranzüge hergestellt sind. Neopren saugt hervorragend Wasser auf – damit ist das rechte Pfötchen von Kellylein immer einigermaßen trocken.
Zunächst kaufte ich solche Schuhchen mit nur einem Band – dieses wird über Klettverschlüsse gehalten. Allerdings verlor Fräulein Stups ab und zu einen solchen Schuh. Also kaufte ich solche Schuhchen mit zwei Bändern. Das war aber nur das eine Problem. Solch ein Schuh wurde halt schmutzig, kam ins Bad, damit er gewaschen wird und was machte die süße Kleine in der kurzen Zeit, bevor das neue Schuhchen montiert wurde?
Es war nicht zu begreifen, aber sie leckte die Wunde mit einer Intensität, die bewundernswert war – die Wunde wurde immer größer und immer roter, die schwarzen Haare, die vorhanden waren, verschwanden vollends – es war eine mittlere Katastrophe. Ich gebe zu, ich ärgerte mich sehr über die kleine Stupsi.
„Schnäuzi-beuzi (bei unserer Verniedlichung fiel mir dieser alte Begriff wieder ein) – was soll denn das Ganze? Willst du dein rechtes Beinchen gänzlich ruinieren? Das war schon bei deinen alten Wunden von deinem Anprall ans Auto das gleiche Problem. Wenn wir dein Beinchen nicht ständig geschützt hätten, hättest du es heute nicht mehr.

Wenn du noch bei deinen Altvorderen, den Wölfen, wärest, hättest du so lange geleckt, bis sich alles entzündet hätte - es wäre eine Infektion hinein gekommen und am Ende hättest du dein Beinchen abbeißen müssen – ein fürchterliches Szenario. Das kann doch einfach nicht wahr sein – denke doch einmal kühl darüber nach!"
„Du kannst dir scheinbar überhaupt nicht vorstellen, wie stark eine solche Wunde juckt. Da muss ich dann ganz einfach etwas tun, sonst werde ich verrückt. Das machen wir in der Natur übrigens auch so."
„Na, Bravo – da können wir wohl dein verletztes Beinchen ganz wegwerfen. Denk doch mal an deine Gesundheit, Kleine. Ich verlange jetzt ganz einfach in deinem eigenen Interesse Disziplin von dir – es gibt eben leider auch bei dir liebem Kerlchen Situationen, die ich unter Kritik stellen muss, weil Du nicht diszipliniert genug bist „aus.
Auf dem Foto ist der Einsatz dieses Schuhes gut zu sehen – es war zu diesem Zeitpunkt noch der Schlüpfergummi für das sanfte Abwippen des Fußes im Einsatz, worauf ich später, nach Absprache mit Kelly, verzichtete.
Natürlich verwöhnten wir die kleine Schneuzibeuzi in ihrer schweren Zeit besonders. Wenn wir einmal einen Mittagsschlaf machten, durfte sie nie mit aufs Sofa. Das war ab diesem Zeitpunkt vorbei, wo die Kleine genüsslich mit Regine und mir Augenpflege betrieb.

Die neurologische Untersuchung findet statt
Meine Frau und ich berieten wegen des Vertrages von Dr. Hoppe. Wir waren beide nicht begeistert von dem Gedanken, dass die Kleine eine Narkose erhalten sollte. Vor allem hatten wir Angst, dass sie aus dieser nicht wieder aufwachen könnte – diese Möglichkeit war deutlich in diesem Vertrag dargestellt.
„Das wäre ja furchtbar, Helga, ich könnte mir ein Leben ohne Kellylein gar nicht mehr vorstellen."
„Mir geht es genauso – die Entscheidung fällt mir unheimlich schwer. Es ist eine ganz vertrackte Situation."
„Ich las jetzt einmal in der Zeitung, da hat sich ein chinesisches Ehepaar das Leben genommen, weil ihr liebes Hündchen gestorben war", warf ich, etwas wehleidig, ein. Wir hatten beide feuchte Augen, schauten uns traurig an. Danach ging ein (längst überfälliger) Ruck durch mich.

„Helga, wir sollten jetzt nicht zu emotional werden – wir müssen auf alle Fälle der Süßen helfen. Am Besten – wir fragen sie einmal selbst."
„Gute Idee."
Kelly hatte aufmerksam zugehört, wiegte ab und zu ihr Köpfchen hin und her und verdrehte die Augen. Aber und zu gingen bei ihrem starken Überlegungsprozess beide Augenbrauen hoch oder mal die eine, dann die andere. Auch die Ohren gingen vom angelegten Zustand in die Waagerechte, dann in die Senkrechte und wieder zurück über - die Kleine dachte eben auch intensiv nach.
„Also, wenn ihr mich fragt – ich hab da keine Angst, denn ich bin doch kerngesund und möchte unbedingt wissen, was mit meinem rechten Vorderpfötchen nun wirklich ist."
Wir waren beide von ihrer vernünftigen Meinung wieder sehr angetan und ich gab ihr dankbar, wie häufig, ein Küsschen auf die Stirn.
Helga sagte erleichtert: „Nun ist die Entscheidung gefallen – unterschreibe den Vertrag, Klaus."
Die Untersuchung war auf den 16.01.2009 – 10:00 Uhr gelegt worden.
Einen Tag früher fragte ich noch meine Helga, ob sie nicht doch mitgehen könnte. Da sie aber gesundheitliche Probleme, wie häufig, hatte, war dies wiederum nicht möglich.
Unsere Nachbarin, welche schon den sechsten Hund – alles Mittelschnauzer – hatte (eine Rasse, die ich nicht besonders mochte, da man ihre Augen nicht sehen konnte und zu denen man schwer Bindung bekam), machte mich darauf aufmerksam, dass Helga mitgehen sollte. Sie meinte, dass die Tiere nach der Narkose oftmals sehr durcheinander seien, Hilfe benötigten und anders, als sonst reagieren würden.
Es ging nun aber mal nicht – schade.
Im Wartezimmer waren viele Hunde und wir mussten – unter Beachtung des exakten Uhrtermins – ziemlich lange warten. Aber schließlich wurden wir hineingerufen und Fräulein Stups erhielt einen Maulkorb.
Dies erschreckte mich und mir wurde ziemlich bange zu Mute. Die Kleine sah mich hilfesuchend an. Da ich aber nicht helfen konnte, sagte ich mit meiner wärmsten Stimme: „Schnäuzi, ich warte auf dich. Es wird schon alles gut gehen. Ich liebe dich."
Mir kam es vor, als wenn ich die Süße verraten hätte.
Mir lag ein dicker, fetter Eiskloß im Magen.
„Wann soll ich denn wiederkommen, um mein Hündchen abzuholen?"
„In zwei Stunden ist alles vorbei."

Ein letzter Blick auf Kelly, die mit der Schwester wegging. Sie drehte sich laufend um und schaute so jammervoll bekümmert. So traurig hatte ich ihre Augen noch nie gesehen. Ich fühlte mich schlecht, sehr schlecht und lief bedrückt aus dem Zimmer.
Ich wollte noch etwas einkaufen gehen, war aber viel zu unruhig und aufgewühlt. Also schlenderte ich ziellos durch die Stadt – ich sah eigentlich überhaupt nichts, da ich nur an Kellylein dachte, mit einem Gefühl im Magen, als wenn ich mich bald übergeben müsste.
Die Zeit ging aber auch vorbei, ich war wieder zurück im Wartezimmer. Jetzt hatte ich nicht nur ein flaues Gefühl im Magen, zudem wummerte mein Herz so, dass ich es im Hals spürte.
Es dauerte wieder und es dauerte wieder – mindestens 40 Minuten.
Da – letztlich doch – ging die Tür auf und Dr. Hoppe kam. „Kommen Sie bitte."
Ich stürzte hinterher und fragte zittrig, bereits beim Durchschreiten des Türrahmens: „Ist alles gut gegangen?"
„Sie können Ihren Hund in Kürze in Empfang nehmen. Wir gehen nur noch einmal die Untersuchungsergebnisse durch. Einverstanden?"
„Selbstverständlich."
„Wir gehen einmal alle wesentlichen Untersuchungen und die wesentlichsten Aufnahmen durch. Bei den Untersuchungen wurden Schnitte in der Längsachse ihres Hundes gemacht und auch quer dazu – zu jedem habe ich dazu Bilder und Untersuchungsergebnisse. Schauen Sie hier, die Sehnen, Muskeln und Knochen sind alle in Ordnung. Dafür gibt es noch viele Aufnahmen, das wäre aber nur eine unnötige Wiederholung. Das Kritische bei solchen Verletzungen sind immer die Nerven – ich zeige Ihnen mal verschiedene Stellen, aus unterschiedlichen Richtungen aufgenommen."
Dann nannte er mir unheimlich viele Namen von Nerven und deren Funktionen – der Name Radialis Pol... oder so ähnlich kam häufig vor. Mir schwirrte der Kopf und ich war immer noch leicht nervös. Er zeigte mir viele Bilder von Nerven, die, nach seiner Meinung, in Ordnung seien – an einer Stelle sagte er:
„Hier sehen Sie, dass der Nerv zerfasert ist, aber das Wichtigste, er ist nicht gerissen. Ich gehe davon aus, dass Ihr Hund wieder auf vier Beinen laufen kann – es dauert allerdings ein Viertel- bis ein Jahr. Nerven, die direkt durchgerissen sind - dies ist nicht der Fall und damit ist eine Genesung gegeben."

Ich hatte noch verschiedene Fragen, aber er sagte, sehr überraschend für mich: „Die nächste Operation steht an – mir läuft die Zeit davon – haben Sie bitte Verständnis!"
„Aber, was nun? Jetzt möchte ich aber meine liebe Kelly in Empfang nehmen."
„Kein Problem, sie war übrigens recht lieb und, für unsere Begriffe, sehr folgsam."
Eine Schwester verschwand und holte das kleine Fräulein Stups. Sie kam regelrecht angestürmt, sprang mich an, bellte – das war neu. Ich streichelte sie stürmisch und war glücklich. Kellylein war also nicht „nicht wieder aufgewacht", wie es als Gefahr hingestellt wurde. Sie hatte also recht mit ihrer Bemerkung, dass sie kerngesund sei und keine Angst habe.
Wir gingen zu unserem Passat und Kelly sprang, wie üblich, forsch auf den Beifahrersitz. „Also alles Paletti", dachte ich, aber ganz so war es leider nicht. Die Kleine war irgendwie überdreht, bellte ständig, ging auf Tauchstation, kam sofort wieder hoch, stürzte wieder nach unten und kam wieder auf ihren Sitz.
Auf alle Fälle war jetzt die große Untersuchung vorbei und der Rausch, den sie mit Sicherheit hatte, war nach einer Stunde verflogen.
Dr. Hoppe hatte mir eine CD der Untersuchung und eine Rücküberweisung als Befund an die Nottierärztin mitgegeben.
Er schrieb als relevanten beziehungsweise pathologischen Befund der durchgeführten Untersuchungen:

- Klinische Untersuchung der rechten VGM (Vordergliedmaßen) mit Ausfall des distalen Radialisdermatoms...
- Motor partiell erhalten im Oberarm
- Bandscheiben und Facettengelenke intakt
- Die rechtsseitigen Nervenwurzeln erscheinen als aufgelockert, aber strukturell intakt mit Flüssigkeitseinlagerungen nach Dehnung – eine Ruptur ist nicht auffindbar.
- Notwendige Medikamente: Rimadyl, 20 mg
- Notwendige Behandlungen: Physio- und Magnetfeldtherapie
- Sonstiges: Die Wiederherstellung der normalen Funktion der VGM ist zu erwarten. Die Zeit für die Wiederherstellung ist schwer einzuschätzen (drei Monate bis ein Jahr).

So, nun wussten wir es. Es bestand also die Hoffnung, dass die Süße wieder gesund wird.
„Lucie, Lucie, du bist eine Muzi-buzi und unsere kleine Lucie, Lucie“, flackste meine Frau Helga freudvoll und fuhr fort: „Du wirst wieder gesund, wieder gesund und kannst schnell wie ein Windhund auf deinen vier Beinen wieder laufen und rennen und flitzen – Hurra, Hurra, du kleine Lucie, Lucie.“
So glücklich war Helga – und ich nicht minder.
Überraschenderweise bellte die kleine Lucie aufgeregt. „Na, wir wollen erstmal sehen, ob das alles so funktioniert, wie der Hoppe gesagt hat – ich hab da so meine Bedenken.“

Therapeutische Maßnahmen
Magnetfeldtherapie
Wir waren also wieder bei der Notärztin gelandet.
Die Magnetfeldtherapie wurde fortgesetzt und ich achtete sehr darauf, dass die hübsche Schwester Kelly sanft auf die Seite legte.
Ich zeigte Frau Dr. Pauli die CD und bat sie um ihre Meinung.
„Ich bin kein Techniker – ich habe da keine Ahnung, so etwas zu beurteilen.“
Ich empfand dies als schwache Leistung und war enttäuscht.
Als ich nach fünf Behandlungen 300 € bei ihr bezahlt hatte, war ich unzufrieden und ärgerlich. Jedesmal bezahlte ich 48,32 €, 60,91 € usw., aber Besserung war noch nicht zu erkennen.
Sie hatte einmal gesagt, dass die Magnetfeldtherapie 17,50 € kosten würde. Als ich dies anmahnte, bezahlte ich für die Behandlung 28,90 €. Für diesen Betrag gab sie folgende Leistung an: Magnetfeldtherapie plus eine Untersuchung – diese umfasste einen Abtasten, was in 10 s erledigt war.
Jetzt langte es mir – Leistung zu Bezahlung stimmte auf keinen Fall!
Auskenner sind mir sehr zuwider – sie dachte wieder mal nur an sich und nicht an meine süße, kranke Kelly.

Akupunktur
Ich dachte nach, wie es weitergehen soll und mir fiel die Hundetrainerin, Frau Franke, ein, die sehr viel Ahnung und Wissen auf diesem Gebiet hatte.

Als sie uns entgegenkam und das Dilemma sah, schlug sie die Hände über dem Kopf zusammen. „Mama Mia, was ist denn passiert?"
Ich berichtete ihr von dem tragischen Unfall – sie war schockiert. „Folgendes rate ich Ihnen – fahren Sie doch nach Annaberg ins Erzgebirge. Dort ist eine Tierklinik – die haben wirklich Ahnung, vor allem auf dem Gebiet der Akupunktur".
Also rief ich in dieser Klinik an und bekam einen Termin.
Der Chefarzt, Dr. der Veterinärmedizin, schaute sich das rechte Beinchen des Unglücksraben an und sagte: „Wir machen Akupunktur und zwar mit verschiedenen Methoden. Wir führen das aus mit Laser, mit Nadeln und Elektroschock."
Unglücksrabe Kelly stand sehr unsicher da, gewöhnte sich aber dann an das Umfeld. Bevor er begann, versuchte er wiederum, wie Dr. Hoppe, mit einer Zange an Kellys Schwimmhäuten ihre Reflexe zu testen.
Wiederum war mir sehr flau im Magen, da ich erstens Angst hatte, dass der kleinen Lucie wehgetan wird (man denke sich – in die Schwimmhäute kneifen – Wahnsinn) und zweitens hatte ich Angst, dass keine Reflexe da sind. Leider bewahrheitete sich wiederum das Letztere – meine psychische Verfassung wurde nicht besser.
„Wie denkst du denn über die ganze Geschichte, liebe Kleine – hat das wehgetan? Hast du bei dem Kneifen nicht ein Zucken verspürt?"
„Herrchen Klaus, mach nur nicht solch einen Hermann – lass uns lieber raus auf den Berg gehen, da ist ein so wunderbarer Schnee. Da können wir doch mal richtigem Fetz machen."
Na so was, geht überhaupt nicht auf meine Gedanken ein und redet auf einmal so fürchterlich salopp – das war doch noch nie. Ich wunderte mich über die Kleine und veralberte sie, indem ich Schneebälle warf. Sie jagte den Schneebällen immer mit Enthusiasmus nach und war dann enttäuscht, wenn es nichts Handfestes wie ein Stock oder Ähnliches war.
Am Ende des ersten Behandlungstages regte der Tierarzt an, dass ich beim nächsten Besuch die CD mitbringen sollte. Er wollte sich auch einmal die Aufnahmen anschauen und sich ein eigenes Bild machen.
Beim nächsten Mal schaute er sich dies alles genau an, wagte aber keine exakte Aussage. Er meinte, Nerven seien auf alle Fälle nicht gerissen.
So gingen die Behandlungen immer weiter und ich hatte ein gutes Gefühl und war voller Hoffnung.

Als zweiter Behandelnder trat seine Tochter in Erscheinung, welche alles mit Umsicht und viel Verständnis tat. Sie war lieb zu meinem Vierbeiner und ich hatte den Eindruck, dass sie sich echt sorgte.
Umso erstaunter war ich, als sie nach der fünften Behandlung fragte, ob ich denn einen Erfolg verspüren würde. Ich verneinte und sie meinte folgendes: „Da hat es wohl keinen Sinn mehr – lassen Sie sich von der Sekretärin doch mal einen Termin geben für eine Operation, um das rechte Bein abzunehmen."
Ich war geschockt und nicht nur das – ich war empört und kochte innerlich über diese gedankenlose Tramplichkeit, verabschiedete mich kühl – das war's dann. In mir war ein bitterer Beigeschmack.
„Wie kann man nur als angehende Ärztin (sie war mitten im Promotionsverfahren) so herzlos sein?"
Da mich das ganze so unheimlich bewegte, musste ich wieder einmal mit Kelly sprechen.
„Was würdest du denn davon halten, Liebes, wenn dir dein verletztes rechtes Beinchen abgenommen würde?"
„Das würde mich sehr kränken – da wäre ich doch ein richtig behindertes Tier. Das will ich auf gar keinen Fall. Was die junge Ärztin geschwafelt hat – das ist absoluter Unsinn und ärgert mich unheimlich. Schließlich hat der Hoppe uns schriftlich gegeben, dass mein Pfötchen wieder in Ordnung kommt und wenn das ein Jahr dauert."

Physiotherapie

Ich erkundigte mich, ob in der Region ein Therapeut für Hunde tätig sei und – wurde fündig. Eine junge Therapeutin hatte, sehr zum Ärger ihrer Chefin und zu meiner Freude, diese Zusatzausbildung für das Betreuen von Hunden absolviert.
Die junge Dame war sehr umgänglich und hatte, trotz ihrer Jugend, schon viele Hunde therapiert. Sie machte aber nur Hausbesuche, da, wie schon angedeutet, ihre Chefin dies nicht wünschte.
Fräulein Stups musste sich auf den Teppich legen und dann „wickelte" sie ihr Programm im Knien ab. Unser Vierbeiner fügte sich wohlig in das Geschehen ein – massieren ist doch so etwas Ähnliches wie streicheln und das war natürlich ihr Ding. Sie räkelte sich genüsslich.
Ich bekam ein Hausübungsprogramm verpasst – vier- bis fünfmal pro Woche und jedes Mal 5 bis 7 Minuten lang.

Folgendes musste ich hausüben:

- Massage mit Zahnbürste auf Ballen und Pfote (Fell gegen den Strich) – bis Schultergelenk
- Bewegen des Handgelenkes mit leichtem Druck
- Fahrrad fahren, liegende Acht
- Wärme- und Kälteanwendungen (Eiswürfel) – abreiben
- Zwicken und massieren zwischen den Zehen usw. und so fort

Also übte ich nun häufig mit Kelly. Ihr gefiel das Ganze und ich war sehr beharrlich, da ich etwas für Fräulein Stups erreichen wollte.
Am besten gefiel der Kleinen die Massage mit der Zahnbürste – scheinbar war das für sie ein großes Vergnügen.
Weniger begeistert war sie von der Zwickerei und dem Fahrradfahren, noch dazu eine Acht. Manchmal hatte ich Angst, dass es ihr dabei in der Schulter oder dem Handgelenk weh tat.
Ich machte mir Sorgen, dass die Süße bei der Hausübung beziehungsweise bei unseren Ausgängen Schmerzen hat und dies nur nicht zeigte, weil sie eben ein tapferes Mädchen ist.
Auf alle Fälle schmatzte sie nicht, was ich ja bekanntlich als ein Zeichen von Schmerz schon herausgefunden hatte.
Die junge Physiotherapeutin betonte, dass sie das Bestmögliche tun werde, aber ich niemals ein Versprechen oder eine Garantie daraus ableiten könnte.
Sie wiederholte dies mehrfach – mir gab es nicht gerade eine Sicherheit beziehungsweise zumindest ein gutes Gefühl auf Erfolg.
Nachdem die Therapeutin fünfmal unser kleines Unfallwesen behandelt hatte, bedankte ich mich erst einmal mit der Bemerkung:
„Frau Massage (diese Therapeutin hatte etwas erreicht, was sicherlich nur wenigen Menschen gelang – ihrer Haupttätigkeit im Beruf war gleichzeitig ihr Eigenname) – sie haben sicher viel Positives für unser Hündchen geleistet.
Jetzt weiß ich aber Bescheid und kann die Übungen selbst machen. Eventuell werde ich mich noch einmal bei Ihnen melden.“

Ich bin nervös und wechsele die Tierärzte wie andere ihre Hemden

Mich beschlich immer mehr ein ungutes Gefühl.

„Tue ich überhaupt das Notwendige für Fräulein Stups? Tue ich das Richtige für Schnäuzi? Ist es ausreichend oder muss ich noch andere konsultieren? Liegt der Dr. Hoppe richtig mit seiner Diagnose? Was wird, wenn er unrecht hat und das rechte Beinchen nicht wieder in Schwung kommt?

Es heißt doch immer, wenn man eine Extremität überlastet, wird die andere geschädigt und es entstehen negative Auswirkungen auf die Wirbelsäule, da diese ständig und ungewohnt überlastet wird.

Mit einem Wort – ich war unzufrieden mit dem Gesundungsfortschritt, machte mir Sorgen und war ganz einfach ängstlich und unsicher.

Also erkundigte ich mich besorgt bei Kellylein: „Sag mal, kleiner Unglücksrabe, wie kommst du denn eigentlich mit deinem Gehopse auf nur drei Beinchen zurecht? Bist du unglücklich und traurig darüber? Es tut mir immer unheimlich leid, wenn du so dein rechtes Beinchen vorschleudern musst. Denkst du da nicht manchmal an die Zeit, wo das rechte Vorderpfötchen noch voller Energie und Kraft war?"

„Jetzt geht das schon wieder los – du musst mich nicht bemitleiden. Habe ich mich jemals beklagt, Herrchen? Weißt du, ihr Menschen analysiert immer viel zu viel, redet über alles, bis ins kleinste Detail, manchmal bleibt gar keine Luft mehr zum Atmen oder für eine Lücke im Gespräch.

Ich kann mich noch besinnen als du einmal erzählt hast, dass deine Mutti, die du sehr liebtest, sich immer darüber aufregte, dass alles immer so „ausgeknatscht" wird. Das war aber im Jahr 1980, als sie dies sagte. Da sind inzwischen 30 Jahre vergangen und heute wird alles noch viel mehr und tiefer und länger, von oben und unten, betrachtet, also „superausgeknatscht".

Macht euch nur nicht solche Sorgen – ich komme schon klar und denke, dass schon bald alles wieder in Ordnung kommt. Du musst positiver denken, Herrchen, und nicht immer solche Zweifel haben."

Nun hatte ich meine Reformante bekommen – letztlich war ich aber froh, dass meine tapfere Hündin so optimistisch und gut gelaunt war.

Nachmittags hatte ich bei uns im Garten zu tun – wir haben ein relativ großes Himbeerfeld und immer im Frühjahr sind viele neue Keimlinge, Himbeerpflänzchen, gewachsen. Darüber freue ich mich immer sehr, allerdings sind diese Keimlinge immer an den unmöglichsten Stellen vorhanden – auf der Wiese, im Pflanzbeet oder bei den Brombeeren, wo sie nun wirklich nichts zu suchen haben.

Also stach ich die jungen Pflänzchen mit dem Spaten so aus, dass sie in einem kleinen Würfel aus Erde verbleiben. Dieser Würfel kommt dann auf das Himbeerfeld, wo ich zuvor einen Würfel Erde ausgestochen habe, den ich dann in die Entnahmestelle hineinstecke.
Ich hetzte, da ich die jungen Keimlinge alle an ihre neue Stelle bringen wollte. Dies musste rasch geschehen, da ich mit Kelly anschließend noch kurz spazieren wollte und auch das musste schnell gehen, da ich im Fernsehen den letzten Spieltag der Bundesliga verfolgen wollte.
Kelly war es recht langweilig und aus schlechtem Gewissen heraus warf ich ab und zu ihren Ball mit Schlaufe.
Schließlich liefen wir in Richtung Schweinemästerei, wo daneben auf einem großen Feld Winterweizen angebaut ist. Ich ging mit Kelly gerne auf dieses Feld, weil sie dort das saftige Grün von dem Winterweizen fressen konnte – das liebte sie sehr. Damit wir die Saat nicht beschädigten, liefen wir immer im Weizenfeld, aber auf den breiten Spuren, wo einmal ein Fahrzeug der Agrargenossenschaft durchgefahren war.
Zuvor mussten wir aber einen leichten Anstieg bewältigen. Neben diesem befand sich eine große, sehr große, Wiese und zu meinem Erstaunen und zu Kellys natürlich auch, war die Wiese urplötzlich mit einem Elektrozaun eingezäunt und es weideten circa dreißig schwarz-weiße Kühe.
Als wir vorbeiliefen, kamen die 30 Kühe, erst langsam, dann immer schneller, neugierig angerannt – welche Ehre für uns.
Kelly regte sich sofort mächtig auf und bellte und bellte, wie toll. Dann ging sie zum Scheinangriff über, indem sie bellte und bis unter den Elektrozaun kroch – die Kühe erregten sie sehr. Dabei merkte ich aber, da sie selbst Angst hatte. Aus diesem Grund stürmte sie gegen den Gegner an, ging bis unter den Elektrozaun und bellte – dann zog sie sich schnell wieder zurück. Sie hatte praktisch immer, aus Angst, den Rückwärtsgang eingeschaltet und bellte mit „Wwwwufff" nach vorn, dann wurde sofort der Rückzug angetreten.
Frappierend für mich war, wie stark die Kleine die riesigen Kühe beeindruckte. Wenn Kelly richtig ran ging an das Geschehen und das tat sie fast immer, ging die Herde ein bis 2 m spontan zurück. Man muss sich das einmal vor Augen führen – die Kleine mit circa 20 Kilo Gewicht verängstigt eine Kuh, die vielleicht eine Tonne, das sind 1000 Kilo, wiegt. Der kleine Giftzwerg Kelly schüchtert damit ein Tier ein, welches fünfzigmal schwerer ist – sehr beeindruckend.

Ich fand die ganze Sache sehr lustig, wenn ich auch Sorge hatte, dass sie an den Strom führenden Zaun kam.
Warum erzähle ich das alles? Deshalb, weil ich spürte, dass Kelly auch so ihre Freude am Leben hatte (mit eben nur drei intakten Beinchen).
Trotz alledem beschlichen mich Vorwürfe, ob ich nicht noch mehr für die Gesundung von Fräulein Stups tun müsste.
Allzu suchte ich neue Kontakte und Möglichkeiten, um noch mehr für den verunglückten Katzenjäger tun zu können.
Ich suchte einen Tierarzt in einem Nachbarort auf, welcher als Arzt mit praktischem Verstand und Erfahrung bekannt war. Dieser schaute meinen süßen Vierbeiner Kurz an, tastete am rechten Beinchen und sagte: „Das wird nie wieder etwas."
Als er mein bedeppertes Gesicht (außerdem kam mir sofort die Tränen) sah, ergänzte er: „Tut mir leid, aber das ist nun mal die Wahrheit. Ihre Hündin wird mit dem Problem schon klarkommen – aber sie werden merken – sie müssen mit den Leuten klar kommen, denn diese fragen Ihnen ein Loch in den Bauch und nerven Sie, seelisch und moralisch."
Er gab mir eine Salbe, um Kellys Wunde zu behandeln – das war nun schon die dritte Cremeart, eine von der Notärztin, eine von der Physiotherapeutin und eine von Annaberg, es sollten noch weitere zwei dazukommen.
Das war's aber dann bei diesem praktischen Arzt mit Erfahrung.
Ich schwankte aus der Praxis – war psychisch enorm angeschlagen. Er hatte noch erzählt, dass er schon einen ähnlichen Fall mit einem Schäferhund hatte, wo sogar das Bein abgenommen werden musste, da sich das Herrchen kaum um sein Tier kümmerte.
„Das passiert bei uns nicht. Das verspreche ich dir", sicherte ich aufgeregt meiner kleinen Verunfallten zu.
Der Tierarzt hatte noch erwähnt, dass dies alles ein Fall für den Neurologen wäre. Ich wusste aber, dass Dr. Hoppe Orthopäde war – mir kamen erneut starke Bedenken.
Also rief ich in der Tierklinik an, weil ich vermutete, dass dort ein Neurologe tätig sei. Die diensthabende Ärztin sagte mir aber, dass es nur einen Neurologen gäbe und der würde an der Uniklinik tätig sein.
Ich hatte schon parallel zur Tierklinik in Hunsdorf telefonischen Kontakt mit der Uniklinik aufgenommen, aber nur einen Termin für den 3. Februar bekommen. Da mir dies zu spät war – ich wollte ja rasch etwas tun – ging ich dann eben zur Tierklinik nach Hunsdorf. Zweifel quälten

mich erneut. „War es richtig, dorthin zu gehen? Ein Neurologe hätte her gemusst – das sagen alle! Aber es war ja nun vorbei und nicht mehr rückgängig zu machen."

Unterwasserlaufbahn

Als wir wieder einmal an der Mulde in Zwickau lang spazierten, traf ich eine Anwältin, die ihren dickleibigen Boxer ausführte.

Sie fragte wie üblich, warum denn die Hündin nur auf drei Beinen liefe und was denn passiert sei. Nachdem ich alles, zum nun vielleicht schon 100. Mal, berichtet hatte, riet sie mir, zu einer Tierklinik am Rande von Zwickau zu gehen. Diese würden über ein Laufband unter Wasser verfügen. Auch dort gingen wir zwei hin und ich ließ mich überreden zu fünf Massagen, das heißt: Physiotherapie mit anschließendem Laufen im Unterwasserbad.

So sachte musste ich nun auch mal ans Geld denken – ich hatte schon 1200 € in die Behandlung der Süßen gesteckt.

Vorhin erwähnte ich „anschließendes Laufen im Unterwasserbad."

Ja, aber dazu gehören zwei – erstens das laufende Band, dies lief aber ordentlich vor sich hin, und zweitens die Kelly, die aber gar keine Lust zum Laufen hatte.

Die Kleine war regelrecht stur – es war das erste Mal, dass ich sie so erlebte. Ihre Augen waren beileibe nicht so freundlich wie sonst – sie blickten starr und trotzig.

Ich wunderte mich unheimlich und fragte sie: „Wenn du hier läufst, kommen die Muskeln und Nerven wieder in Funktion. Weshalb streikst du denn, Süße?"

„Im Wasser schwimmt man und läuft nicht – auf diesen Schwachsinn habe ich überhaupt keine Lust."

Ich wunderte mich noch mehr und gab ganz einfach auf – man soll den Menschen, nein, hier das Tier, nicht zu allem zwingen. Auch hier bekam ich wieder Hausaufgaben in Form eines Therapieplanes. Er war in vielem mit dem vorherigen identisch, allerdings sollte ich hier mehr Druck auf die stehende Kelly ausüben, damit sie gezwungen ist, sich mit dem rechten Pfötchen abzustützen.

Letzte krampfhafte Versuche, doch noch zum Erfolg zu kommen

Da überhaupt keine Besserung erreicht wurde, ging ich zu meinem früheren Haustierarzt und nahm die CD mit. Er schaute sie sich an,

kam aber auch nicht so recht klar damit. Da aber Dr. Hoppe festgestellt hatte, dass keine Nerven gerissen seien, schlug er vor, es noch einmal mit Akupunktur zu versuchen.
In sechs Behandlungen setzte er der kleinen Stupsi die Nadeln, die wiederum brav alles über sich ergehen ließ.
Aber auch danach stellte sich keine Besserung ein. Ich träumte schon nachts davon, dass Fräulein Stups plötzlich ganz sanft mit der rechten Pfote auf den Fußboden tastet, so wie es zum Beispiel unsere Katze tut. Das wäre für mich ein Zeichen, dass sich die Nerven zu regenerieren beginnen – eine Wahnsinnsfreude wäre das – ein genialer Erfolg.
Es war entmutigend – am nächsten Tag lief unser Hündchen wieder nur mit drei Beinen – es wurde nicht sanft aufgesetzt – traurig, sehr traurig.
In dieser Zeit – es war ja schon Ende Mai – ging ich viel mit Kelly im Stausee Oberwald schwimmen. Natürlich erhoffte ich mir vor allem, dass dadurch wieder Schwung in das rechte Pfötchen komme – die geschädigten Nerven sollten wieder aktiviert werden.
Das Baden mit Hund war allerdings ein großes Problem – es war nämlich ganz schlicht und einfach verboten. Man durfte zwar mit Hund das Bad besuchen, musste aber auf den Wegen bleiben. Das Betreten der Liegewiese war den Tieren nicht gestattet.
Wir fanden aber einen recht schönen Ausweg. Wir parkten auf dem Parkplatz am hinteren Ende des Sees, von dem die Leute dann über einen Weg längs des Stausees zum hinteren Eingang marschierten. Dabei kamen sie auch an einer Böschung vorbei, wo es steil zum Wasser nach unten ging. Hier war nun unsere günstige Lösung angesiedelt – im Laufe der Zeit hatten sich hier Gleichgesinnte zusammengefunden, die hier gemeinsam badeten und zwar nackt.
Vor der Böschung war gut leserlich ein Schild angebracht: „Baden verboten", welches alle, mehr oder weniger davon berührt, ignorierten.
Summa summarum – es war eine „wilde Badestelle". Die Einzigen, die dort rechtmäßig waren, waren zwei Angler – ein äußerst nettes Ehepaar, die für den Angelschein an dieser Stelle 100 € bezahlt hatten. Wir anderen bezahlten nichts und hatten noch den Vorteil, dass Kellylein, ohne Ärger, ins Wasser durfte.
Ich hatte wieder unseren gut schwimmenden Ball mit Schlaufe dabei, den Kelly mit Enthusiasmus apportierte.

Dabei entstand aber doch ein Problem, da Fräulein Stups immer wahnsinnig hin und her sprang und enorm bellte, wenn ich den Ball werfen wollte. Dies störte das nette Ehepaar keinesfalls. Ursel und Wolfgang – wir waren zum vertraulichen Du übergegangen – mochten Kelly sehr und warfen selbst ab und zu den Ball.
Wie es aber häufig so im Leben ist – es gab doch einen problematischen Menschen. Dieser junge Mann war vielleicht 40 Jahre alt – für mich war er aber uralt und mit Ansichten gesegnet, mit denen er ins Mittelalter gehörte.
Er regte sich fürchterlich auf, dass Kelly so laut bellte vor dem Apportieren. Leider hatte ich aber keine Chance, dies der Kleinen abzugewöhnen – ich hatte schon viel versucht und längst aufgegeben.
Ich sprach ruhig mit ihm und hoffte auf Einsicht – keine Chance.
Es gab aber noch etwas, über das er sich viel mehr und maßlos empörte.
Wenn ich oben von der Böschung auf das Wasser schaute, war mein Standort mit der kleinen Kelly immer ganz rechts an einem Drahtzaun. Von dort aus warf ich den Ball geradeaus nach vorn ins Wasser oder später stark nach rechts. Was passierte?
Kelly graulte mit äußerster Energie zum Ball, fasste ihn mit ihrem großen Schnäuzchen und schwamm dann zum Ufer zurück, aber wie? Sie drehte eine große Schleife und schwamm nach links, nach links, noch mehr nach links und landete genau dort am Ufer, wo der Nörgelfried, hoch drei, nackt in der Sonne briet. Sie kam auf das Ufer, lief 5 bis 10 Schritte und schüttelte sich gewaltig.
Frage: Wer lag dort, wo sich Kellylein abschüttelte?
Richtig: Der Störenfried, der Mäkler, der Spießer, der Stiesel, der mit sich selbst Unzufriedene – ich einigte mich mit mir selbst und nannte ihn ganz einfach den „Stenkerer".
Sie könne sich vorstellen, was nun losging – ein Gemecker, ein Geschimpfe: „Können Sie denn den Hund nicht erziehen? Der gehört doch sofort in die Hundeschule. Scheren Sie sich doch weg von hier – hier haben sie nichts verloren. Später kommt meine Freundin her – da wollen wir etwas Picknick machen, gemeinsam etwas essen. Das ist doch asozial, das ist doch unhygienisch. Wie ist das bei Ihnen zuhause? Sie fressen wohl dort mit dem Hund aus einem Napf?"

Wiederum sprach ich mit der Süßen: „Du merkst doch, dass sich dieser Stenkerer mächtig aufregt – muss denn das sein, dass du dich immer bei ihm schütteltest, nur bei ihm?“
„Der kann mich mal, Herrchen, ich will meine Runden weiter so drehen wie bisher. Das ist doch ein Spinner und ein Assi.“
„Jetzt werde ich aber böse, du hast zu machen, was ich dir sage – punktum.“
Ursel und Wolfgang kamen auf mich zu. „Klaus, ärgere dich ja nicht zu sehr, mach dir keinen Kopf, alle, außer uns, sind illegal hier und haben die gleichen Rechte. Du weißt, dass auch wir deine kleine Kelly sehr lieb haben. Geht doch noch weiter zum Zaun hin – vielleicht wird es da besser.“
Diese Solidarität tat mir sehr gut. „Wir sitzen doch schon fast auf dem Zaun, Wolfgang, weiter nach rechts können wir nicht.“
Ab diesem Zeitpunkt wartete ich, bis Kelly aus dem Wasser kam – dann scheuchte ich sie mit viel Anstrengung zu uns hinter an den Zaun und musste sehr aufpassen, dass sie sich nicht zuvor schüttelte.
Die Süße ging unheimlich gern ins Wasser.

„Los, Klaus, wirf endlich den Ball in den Stausee – ich will schwimmen.“

Wenn sie den Ball aus dem Wasser apportiert hatte, verlangte sie immer, dass ich sofort neu werfe. Dabei keuchte sie aber noch vor Anstrengung – der Brustkorb flog – und ich musste sie immer beruhigen, damit sie sich erst einmal erholte.
In ihrer Erholungsphase sonnte ich mich meist, schloss die Augen und übte damit keine Aufsicht auf Stupsi mehr aus. Das nutzte die Kleine sofort aus, indem sie durch ein Loch im Zaun kroch und dann dort in diesem Anglergelände herumstreuselte.
Für mich war das Ganze eine gute Gelegenheit, Kelly beim Schwimmen zu beobachten. Dabei ging es mir vor allen Dingen um ihr rechtes Vorderpfötchen. Ich konnte beobachten, dass sie damit nur kurze Paddelbewegungen machte (vielleicht zehn Zentimeter) – dabei hatte sie das eigentliche Pfötchen, die rechte Hand, nach innen gebeugt, das heißt Richtung linkes Pfötchen. Dies sah natürlich nicht gut aus – man konnte erkennen, dass etwas damit nicht in Ordnung war. Mit diesem Schwimmen hoffte ich ganz stark, dass damit das rechte Beinchen wieder gesund werden könnte.
Erstaunlich und neu für mich war, dass sie das linke Vorderbeinchen für ganz weite Aushol- und Durchziehbewegungen beim Schwimmen nutzte.
Natürlich ging ich mit Kellylein auch ins Wasser – wir schwammen häufig um die Wette. Sie war sehr schnell, viel schneller als ich – ich hatte einfach keine Chance.
Der Kleinen wurde es aber schnell langweilig mit mir im Wasser (sie hatte ja keinen Apportierauftrag) und sie schwamm zurück ans Ufer.
Da konnte ich dann nicht unmittelbar Einfluss nehmen, dass sie sich nicht bei dem Stenkerer abschüttelte. Einmal war es tatsächlich der Fall, dass seine Freundin gekommen war und sie aßen irgendetwas. Fräulein Stups ging tatsächlich in die Nähe der beiden und schüttelte sich – Au-Weija. Ich sah es von Ferne und schwamm gleich vor Schreck in eine andere Richtung. Natürlich lernte ich an der „wilden Badestelle" auch freundliche Leute kennen.
Wir waren im Allgemeinen zwischen 11:00 Uhr und 14:00 Uhr an unserer Spezialbadestelle – meist kam in dieser Zeit auch ein Mann im mittleren Jahren, mit dem ich interessant plaudern konnte. Außerdem interessierte er sich sehr für die kleine Kellymaus und natürlich musste ich berichten, wie es zu der Verletzung gekommen war.

Er erzählte, dass er gerade in letzter Zeit etliche Katzen und Hunde von Freunden in der Tierklinik Schmölln habe behandeln lassen und dies mit viel Erfolg. Er hatte die Tiere mit dort hingenommen, da er dort wohnte und für die anderen dies eine sehr lange Anfahrt bedeutet hätte. Er riet mir dringend, in dieser Tierklinik vorstellig zu werden und dies tat ich dann auch.

Vorerst (oder endgültig) letzte Tierklinik

Nachdem ich dem Chefarzt alles zu dem Unfall berichtet hatte, übergab ich ihm die CD der MRT-Untersuchung.

Er versprach, sich intensiv damit zu beschäftigen, untersuchte die Kleine sehr interessiert und verschrieb ihr Vitamin B-Komplex in flüssiger Form. Dieses sollte die Nerventätigkeit aktivieren und möglichst auch für eine Regeneration derselben dienen.

Nach der Untersuchung holte er ein dickes, fettes Buch, suchte die kompetente Stelle und zeigte mir all die Nerven, die auf das rechte Vorderpfötchen wirken. Das Gesamte war sehr übersichtlich, mit farbigen Bildern und dreidimensionalen Ansichten, gestaltet. Ich konnte auch wunderbar anhand der Bilder alles nachvollziehen, was er mir erzählte. Allerdings muss ich zugeben, dass ich fast schon alles wieder vergessen habe – ich kann mich nur besinnen, dass der Radialisnerv geschädigt sein musste.

„Ich schau mir einmal in Ruhe die CD an und dann sehen wir weiter. Heute erhält ihr Hund noch eine physiotherapeutische Behandlung bei Frau Althaus."

Sie war sehr tüchtig, bandagierte das rechte Vorderbeinchen und versuchte damit, mit ganz leichtem Aufsetzen, zu laufen – gemeint ist, dass die Kleine mit leichtem Aufsetzen des rechten Beines laufen sollte.

Beim nächsten Termin sagte mir Frau Althaus schon am Tresen bei der Anmeldung. „Der Chef will mit Ihnen reden – es geht um ihre CD."

„Ja, also, die CD habe ich mir gewissenhaft angeschaut, aber bei allem Wissen, was ich habe, ich bin nicht klar gekommen und traue mir keine Diagnose auf dieser Basis zu. Das kann nur ein Neurologe tun. Ich habe viel Erfahrung bei Knochen, Sehnen und Muskeln – aber wie gesagt, hier muss eine neurologische Begutachtung her. Aus diesem Grund habe ich die CD einem erfahrenen Neurologen in Österreich gesandt. Er wird mir in circa drei Wochen Bescheid geben."

Zunächst war ich etwas erstaunt – der Chef Dr. Zeißig hatte mein volles Vertrauen und ich hatte geglaubt, dass er hier seine Fachmeinung darlegen würde. Nach kurzem Überlegen gefiel mir aber seine Haltung, sogar sehr, denn seine Kompetenzen zu überschreiten, hilft der kleinen Kelly nicht. Nun war ich natürlich gespannt und aufgeregt, wie der Neurologe von Bern die Verletzung der kleinen Süßen kommentieren würde.
Immer wieder rief ich bei Dr. Zeißig an und erhielt zur Antwort: „Mein Kollege von Bern ist noch nicht dazu gekommen, hat zurzeit Urlaub, ist überlastet."
Nach zwei Monaten ängstlichen Wartens meinerseits bestellte mich Dr. Zeißig in die Tierklinik. Schon als er anfing zu reden, merkte ich, dass es auf nichts Gutes hinauslief.
„Es tut mir leid, aber der Neurologe aus Österreich hat mich angerufen und mir mitgeteilt, dass der Nerv (ich glaube, er sagte Radialisnerv) direkt an der Wirbelsäule abgerissen ist – er hätte dort sogar noch Blutspuren gesehen. Es ist schade, sehr schade, tut mir sehr leid."
„Besteht da nicht doch noch irgendeine Chance, dass sich das Nervengeflecht wieder bildet?", fragte ich mit etwas tränenerstickter Stimme.
„Nein, es besteht keine Hoffnung."
Ich wurde trotzig: „Aber vielleicht doch eine ganz kleine – so eben wie im Lotto „eins zu 3 Millionen."
„Vielleicht – Nein, sollte man keinesfalls sagen."
Überraschenderweise wurde Dr. Zeißig, den ich als ganz sanften Menschen einschätzte, etwas aggressiv. „Mich hat aber der Neurologe sehr kritisch hinterfragt, wieso bei der MRT-Untersuchung in Hunsdorf keine ordentliche Diagnose gestellt wurde. Diese Frage hatte ich Ihnen ja auch schon mehrfach gestellt. Durch diese falsche Diagnose haben Sie ja fast ein Jahr lang erfolglose Bemühungen gestartet, Zeit und Geld und Anstrengung investiert – in einer Sache, die von Haus aus auf verlorenem Posten stand. Das ist doch ungeheuerlich."
Da passierte etwas, was ich nie vergessen werde – urplötzlich wurde Kelly äußerst aufgeregt, aggressiv und bellte wie toll.
„Jetzt langt es mir aber, mein Herrchen und - wir reißen uns seit einem Jahr den Arsch auf, um mein Pfötchen wieder Ordnung zu bringen. Wir sind circa 1500 km mit dem Auto unterwegs gewesen – überall wurde ich untersucht, gespritzt, mit Nadeln und Elektroschock drangsaliert. Mir wurde mein krankes Beinchen verdreht, es wurden Achten

damit geschlagen, ich musste laufen, obwohl ich es gar nicht konnte. Denkt ihr, dass das spurlos an mir vorübergegangen ist? Das hat mir mitunter übelst weh getan – ich habe aber nicht gejammert und geheult wie ihr Menschen, da wir Tiere tapfer sind und unsere Schwächen nicht zeigen. Mein Herrchen tut mir außerdem leid – er hat sich maximal um mich gekümmert und immer gehofft und gebetet, dass ich mal mein Pfötchen wieder aufsetzen kann. Viel Geld hat er außerdem in das unsägliche Unterfangen gesteckt – ich bin wirklich empört, sehr empört, aber im Herzen tief traurig."
Ich konnte die Tränen nicht mehr zurückhalten und sagte nur ganz leise: „Da kann aber der Dr. Zeißig nun wirklich nichts dafür."
Wir zwei Partner gingen sehr langsam, nachdenklich und angeschlagen zu unserem Auto.

Fräulein Stups und ich sind über alle Maßen empört und beschweren uns

Das kleine Kellylein tat mir leid – so wie sie es geschildert hatte, so war es auch. Viele massierten an ihrem Beinchen, verdrehten es, steckten Nadeln hinein, schockten es mit Elektro, zwangen sie zum Laufen, wo sie es doch gar nicht konnte, schickten Magnetströme hindurch und anderes mehr.
Ich dachte nach und fing an, immer misstrauischer zu der Diagnose des Dr. Hoppe zu werden. Viele Ärzte hatten erstaunt und sehr missbilligend darauf reagiert, dass dieser Nervabriss nicht schon nach der MRT-Untersuchung festgestellt wurde.
Ich setzte mich hin und stellte alle sinnlosen Aktivitäten, die ich mit Kelly unternommen hatte, um Besserung zu erreichen, zusammen. Zuvor rief ich den Neurologen in Österreich an, um seine Fachmeinung original zu hören.
Er sagte ganz klar: „Der Radialisnerv ist an der Wirbelsäule abgerissen – ich konnte noch Blutspuren sehen – es tut mir sehr leid." Auf meine Frage, ob noch eine Chance bestehe, dass sich der Nerv regeneriert oder ähnliches, sagte er nur: „Da müsste ein Wunder geschehen. Aber erzählen sie mir einmal, warum der Kollege in Hunsdorf das nicht nach seiner Untersuchung erkannt hat? Eine richtige Diagnose ist doch unwahrscheinlich wichtig."
„Ich glaube, ihr Kollege in Hunsdorf ist Orthopäde und kein Neurologe."

„Na, da haben wir es doch – das ist doch fast eine Unverschämtheit, fast Amtsanmaßung. Nein, das ist nicht für ihre Ohren bestimmt – es ist zwar die Wahrheit, aber vergessen Sie es bitte.“ Da hatte ich es nun noch einmal gehört. Ich grübelte und grübelte und dachte nach.
„Es kann doch nicht sein, dass jemand so über seine Kompetenz hinweg geht – er hätte ja auch die CD zum Neurologen schicken können, nein – sogar müssen.“
Ich wurde immer unduldsamer und fasste den Beschluss, ihm einen Beschwerdebrief zu senden.
Darin schrieb ich: „Sie stellten zum Beispiel fest, dass eine Ruptur nicht auffindbar sei und diagnostizierten „Neuropraxie des N. radialis durch Dehnung der Nervenwurzeln bei C6/7/T1.
Die Wiederherstellung der normalen Funktion der VGM ist zu erwarten. Die Zeit für die Wiederherstellung ist schwer einzuschätzen (drei Monate – ein Jahr).“
„Ich kann nur feststellen, dass Sie eine Diagnose gewagt haben, für deren Erstellung Sie nicht kompetent sind, da Sie nun eben kein Neurologe sind. Von mir und meiner Frau, die wir beide unsere Hündin Kelly abgöttisch lieben (unsere Kinder sind aus dem Haus und nun ist die kleine Kelly unser neues Kind), wurde, entsprechend Ihrer Empfehlung und ausgesprochenen Hoffnung, extrem viel unternommen, um die Heilung zu erreichen. Wir lebten ständig in der Hoffnung, dass unsere kleine Hündin wieder gesundet – aus diesem Grund haben wir uns ja auch dieser Tortur unterzogen.“
Dann listete ich die finanziellen Aufwendungen für die Tierärzte auf, ebenso die gefahrenen Kilometer und kam auf 1.035,28 Euro, die ich von Dr. Hoppe einforderte.
Zehn Tage später sandte er einen Antwortbrief, wo er meine Forderung als nicht gerechtfertigt zurückwies. Zudem warf er mir vor, dass ich eigenverantwortlich verschiedene Einrichtungen aufgesucht habe und weitere Behandlungen durchführen ließ, anstatt seiner Empfehlung zur Nachkontrolle in seiner Klinik nachzukommen.
Darüber hinaus wies er die Diagnose des Kollegen aus der Österreich zurück, da dieser aufgrund fehlender klinischer und neurologischer Untersuchung am Tier keine gesicherte Diagnose stellen könnte.
Ehrlich gesagt – ich war ziemlich entsetzt über diese Antwort, welche nur Ablehnung beinhaltete und nicht einmal auf den Hauptbetroffenen, unsere liebe Süße, einging.

Mindestens ein Bedauern, dass sich der Gesundheitszustand unsere Hündin nicht gebessert habe, durfte man doch erwarten – noch dazu als Tierarzt, dem die Gesundheit beziehungsweise, in diesem Fall, Genesung der Tiere oberste Herzensangelegenheit sein müsste.
Das war schon sehr enttäuschend und ich bin noch am überlegen, ob ich noch etwas in dieser Richtung, vielleicht etwas Gravierendes, tun sollte.
Nur eines warf mich in meinen Überlegungen stark zurück – es geht ja um Kellys Gesundheit und die wird auch nicht davon besser, wenn ich mit dem Arzt streite.

Reaktionen von Fremden auf Kellys Handikap

Der praktische Arzt aus dem Nachbarort, den ich vor einem halben Jahr auch konsultiert hatte, hatte schon mit Nachdruck darauf hingewiesen, dass mich die Leute mit ihrer neugierigen Fragerei enorm nerven würden.
„Ich sage Ihnen schon jetzt – das müssen Sie verkraften und dazu gehören starke Nerven und eine Engelsgeduld."
Das war aber nur ein vorsichtiger, sanfter Hinweis – die Leute fragten teilweise einfach wild drauflos, mitunter ohne Sinn und Verstand, nur um ihre Neugier zu befriedigen.
Manchmal, so schien es mir, war auch ein bisschen Sensationslust mit dabei – einfach ekelhaft. Vor allem störte mich mächtig, dass nur ganz wenige Rücksicht auf mein und Kellys Gemüt nahmen – sie dachten nur an sich, typisch für die heutige Gesellschaft.
Grundsätzlich fühlte ich mich doch schlecht und schuldig, dass dieses Unglück mit Kellylein passiert war, wenn ich auch, um von mir abzulenken, dem kleinen Fräulein Stups den Vorwurf machen musste, dass sie den Unfall durch ihre Katzenphobie verursacht hatte.
Wenn ich mit der Kleinen in einem Ballungsgebiet von Menschen, wo also richtig Wooling mit Leuten herrschte, unterwegs war, lief das in etwa wie folgt ab: „Ooooh, Ooooh – der arme Hund, schau dir das an! Ach, das arme Tier, hat wohl das Bein gebrochen? Das tut mir aber leid – hoffentlich hat er keine Schmerzen. Quälen sie doch das Tier nicht so!"
Wenn so auf uns eingesprochen wurde, gab es für mich nur ein Mittel – schnell weiterlaufen, nicht rechts schauen, nicht links schauen, nicht antworten.

Natürlich machte ich große Unterschiede im „darauf eingehen“.
Leute, die wirklich sehr besorgt fragten, einen lieben Blick hatten – denen erläuterte ich mit Geduld und Einfühlsamkeit, was passiert war, wie dann versucht wurde, die Verletzung auszukurieren und wie alles so ausging. Mitunter war das sehr wohltuend für mich, da sich die Leute wirklich vom Herzen her interessierten und möglichst helfen wollten. Darunter waren viele, die selbst Hunde, Katzen und andere Tiere besaßen. Um mich zu trösten, erzählten manche ellenlange Geschichten, welcher Unfall ihrem Tier passiert ist, was sie unternommen hatten und so weiter und so fort. Meist interessierte mich das herzlich wenig – ich hörte es mir aber, aus Höflichkeit, aufmerksam an. Mit einem Wort – Geduld musste ich schon ganz schön viel aufbringen, denn letztlich, und das darf mir keiner übel nehmen, ging es mir vor allem um meine kleine Süße. Viele fragten gedankenlos: „Das Bein ist wohl gebrochen?“
Am Anfang erläuterte ich den Sachverhalt geduldig – später, als mir klar wurde, dass die Leute überhaupt nicht nachdachten, antworte ich: „Das wäre schön. Denken Sie aber doch einmal nach – wenn es gebrochen wäre, dann wäre es doch geschient und eingegipst.“
Ein älterer Herr auf dem Parkplatz bei Aldi gab von sich: „Sieh mal, Trude, dem Hund müsste man auch Krücken verordnen.“
Mich beleidigte dies – Kelly guckte auch konsterniert.
Ein älteres Ehepaar im Park erkundigte sich, hatte offensichtlich viel Mitgefühl, aber am Ende kam der Rat des Einschläferns.
Ich verabschiedete mich kühl und eisig – „Absolute Trampel, weshalb habe ich mit denen überhaupt gesprochen?“, sprach ich leise vor mich hin.
Wenn ich so über das letzte ein und ein Viertel Jahre zurückdenke – circa fünfhundertmal wurde ich mindestens gefragt und versucht, mich in die Pflicht zu nehmen.
Ich überlegte und war der Meinung, dass es nicht mehr weit hin ist, bis die Leute versehrte Menschen, die humpeln, nur ein Bein haben, eine Prothese haben, fragen, was denn geschehen sei.
Ich finde diese Gefühllosigkeit und diese Entwicklung, alles wissen zu wollen, Sensationen zu wittern, einfach schrecklich.
Wenn ich Kelly das alles erzählte, mich darüber aufregte und sie darauf ansprach, sagte sie nur lakonisch: „Lass nur, mein Herrchen, wir machen einfach unser Ding, wie immer, und sind froh miteinander – nur darauf kommt es doch an, Klaus.“

Ich wurde ganz ruhig und glücklich und schaute liebevoll in die rehbraunen Äuglein von Fräulein Stups.

Wie kommt unser Schnäuzi mit Ihrem Handikap zurecht?
Jagen und Flitzen auf nur drei Beinchen

Für mich war es äußerst erstaunlich, wie sich die Kleine in ihr Schicksal fügte. Dies galt von Anfang an, das heißt ab Beginn ihrer Verletzung. Sie hatte da mit Sicherheit Schmerzen und ihr ging es nicht besonders gut. Trotzdem ging sie, ohne zu wehklagen oder zu jammern, problemlos auf die neuen Umstände ein, dass heißt, sie lief eben nur auf drei Beinen.

Ich kann nur wiederholen – hier können wir Menschen uns ein Beispiel an den Tieren nehmen.

Wenn sie lief, schleuderte sie, in Verbindung mit dem Vorsetzen des linken Pfötchens, das rechte Beinchen nach vorn. Dabei zeigte allerdings das rechte Handgelenk nach innen – hin zum linken Pfötchen.

Das sah natürlich sehr „behindert“ aus.

Ein Bekannter von mir, welcher eine kleine Nelly besitzt (sieht so ähnlich wie Kellylein aus – nur 5 kg weniger), sagte zu mir, als er Kelly laufen sah: „Ei, Gott – das sieht ja erbärmlich aus.“

Sicher war das etwas deftig und direkt ausgedrückt – allerdings (mir fiel es sehr schwer, dies einzugestehen) traf es die Realität.

Viele Leute, die dieses Laufen von Schnäuzi sahen, fragten, wieso man denn nicht bandagieren, schienen oder ähnliches tun könnte.

Ich musste es immer und immer wieder erklären – unser Kellylein sei doch kein Kapitän Flint, welcher mit einem Holzbein auf seinem Schiff beziehungsweise an Land herumhumpelte.

Sie käme damit ja überhaupt nicht voran, da sie mit den anderen Beinchen viel zu schnell ist – außerdem müsste sie mit diesem geschienten Bein erst laufen lernen.

Dazu müsste sie aber unsere Sprache verstehen, aber trotz aller guten Verständigung zwischen der Süßen und mir, haperte es da doch, in Bezug auf andere Menschen.

Die Tierärzte wollten immer Kellys verletztes Beinchen abnehmen. Da war ich, und bin es heute noch, sehr dagegen. Meine Frau Helga hatte die gleiche Ansicht und erzählte, dass die Menschenärzte bei Kriegsverletzten (zum Beispiel während des Krieges ein Bein verloren) immer darauf hinwiesen, dass durch fehlende Gliedmaßen der Kreislauf des

Menschen sich auf die neuen Bedingungen einstellen müsste und dies für den Körper natürlich eine Veränderung und Belastung darstelle. Typisches Beispiel für mich war mein erster Schwiegervater, welcher leider tatsächlich im Zweiten Weltkrieg ein Bein verloren hatte.
Er wurde nur 65 Jahre alt.

Wenn ich daran dachte, dass das Beinchen abgenommen werden sollte von unserer Süßen – dann schauderte es mich und ich fror vor Angst.

Heute war ich mit Schnäuzi, nach dem Einkaufen, im Steegenwald – ach war das schön. Ich bemühe mich immer, dass die Kleine auf Tannennadeln, Rasen oder Moos laufen kann, denn das ist sicher günstig für sie.

Sie ist immer wesentlich schneller als ich und ich beobachtete – mit Uhrenvergleich – in welcher Geschwindigkeit sie ihre Füße setzte. Das Ergebnis war für mich frappierend – in 15 Sekunden setzte sie 44 Mal (!) das linke und damit auch das rechte, verletzte Beinchen vor. Dies bedeutete – in einer Sekunde knapp drei Schritte. Das ist doch enorm.
In einer Minute machte sie damit 176 Schritte (trotz der Behinderung) – einfach Wahnsinn.

Natürlich musste sie damit auch 176 Mal das kranke, rechte Beinchen vorschwingen – eine ziemliche Belastung für ihr noch funktionierendes Schultergelenk rechts, von der Belastung des linken Pfötchens ganz zu schweigen.

Besorgt fragte ich wieder einmal die kleine Süße:

„Wie kommst du denn eigentlich damit zurecht, Schnäuzi, dass du dein rechtes Beinchen nicht einsetzen kannst und es immer vorschleudern musst? Behindert dich damit das rechte Beinchen, oder geht es? Strengt es dich sehr an, vor allem dein linkes Pfötchen, was ja nun vorn die gesamte Last aufnehmen muss? Tut dir das linke Beinchen manchmal weh? Wir sind ja heute über eine Stunde gelaufen und du warst sehr schnell – einmal sind wir sogar in die Bredouille geraten, ich meine in diesen Urwald, wo umgestürzte Bäume, mit Moos bedeckt, Schlamm, Matsch und Brombergsträucher waren. Bist du jetzt erschöpft und kaputt oder geht es?“

„Ach du jemineee, Herrchen Klaus, du nervst schon wieder mal. Ich bin heute nicht kaputt, wie du dich auszudrücken pflegst – das kommt aber daher, weil ich heute gut drauf bin. Weißt du, ihr Menschen wollt immer so richtig alles „austratschen“. Überlege doch einmal – wenn ich jetzt in freier Natur bei meinem Wolfsrudel wäre, da darf ich meinem

Rudelführer, dem Alphatier, gar nicht anmerken lassen, dass ich mit drei Beinen langsamer bin als meine Wolfkumpels, geschweige denn, dass ich kein vollwertiges Mitglied in seinem Rudel bin. Der würde mich doch glatt zurücklassen – wenn ich Pech hätte, biss er mich sogar tot, denn er dächte, dass ich die Leistung des Rudels beim Jagen oder Verteidigen negativ beeinflussen würde. Ja, so ist das bei uns – es gibt da keine Gnade. Ich erzähle dir das jetzt auch nur, weil ich weiß, dass du mich lieb hast und dich nicht so benehmen würdest wie der Rudelführer auf freier Wildbahn."

Häufig hatte ich mir Kellys Trittbilder, das heißt Spuren (vor allem im Schnee) angeschaut. Ich finde, sie hatte relativ große Pfötchenabdrücke. Ich hatte auch dazu Verschiedenes gelesen – Wölfe (Zehengänger) laufen meist sehr geradlinig. Sie treten mit der Hinderpfote in den Abdruck der Vorderpfote. Hunde jedoch, obwohl eng mit den Wölfen verwandt, springen gern hin und her und wechseln die Richtung.

Nun wird es aber richtig traurig, da Kelly nur drei funktionierende Beine hatte. Manchmal war auch zu sehen, dass ihr rechtes Beinchen im Schnee einen Eindruck hinterließ, wenn sie es nicht genügend anhob.

Schnäuzchen putzen mit einem Pfötchen

Kelly putzt sich mehrfach am Tag, in jedem Fall aber nach dem Aufwachen ihr lang gezogenes Schnäuzchen.

Dazu zog sie beide Vorderbeine nach hinten bis an den Beginn ihres großen Mäulchens und rieb dann mit beiden Händen, und dies mehr fach, rechts und links von hinten nach vorne.

Nach dem Unfall ging das nun nicht mehr zu praktizieren. Ich beobachtete, wie sie mit dem linken Vorderbeinchen das in gewohnter Art und Weise ausführte – aber rechts ging es nun mal nicht. Als ich das sah, wurde mir nicht nur schwer ums Herz – am liebsten hätte ich auf der Stelle losgeheult.

Also nahm ich meine beiden Fäuste und rieb ihr in der Art und Weise, wie sie es selbst früher tat, die Mundwinkel – dankbar schaute mich das kleine Tierlein dankbar an (das tat meiner Seele gut).

Später beobachtete ich, dass sie „Platz" machte – beide Pfötchen (auch das Verletzte) lagen damit lang vor ihrem Kopf – und dann rieb sie mit dem rechten Mundwinkel auf dem rechten Beinchen und dann mit dem linken Mundwinkel auf dem linken Beinchen.

Ich war äußerst erstaunt und froh – die Kleine wusste sich zu helfen.

Sie bricht ab und zu vorn rechts zusammen

Vorhin hatte ich berichtet, dass mein verletzter Liebling relativ souverän und schnell auf drei Beinen laufen, traben und sogar galoppieren kann. Dies gilt vor allen Dingen auf der Geraden. Wenn sie aber einen plötzlichen Schwenker nach links macht, zum Beispiel, wenn sie im Wald urplötzlich links ein Eichhörnchen sieht, so passiert es, leider sehr, sehr häufig, dass sie rechts vorn nach unten sackt, das heißt, zusammenbricht. Das ist natürlich sehr, sehr schrecklich und bekümmert mich.

Ich dachte intensiv über die Ursache nach und kam natürlich zu dem einfachen Schluss, dass, wenn sie nach links ausweicht, auf das rechte kranke Füßchen eine ziemlich starke Zentrifugalkraft wirkt, der sie mit ihrem verletzten Pfötchen nichts entgegenzusetzen hat.

Da musste ich natürlich an ihre früheren Hasenverfolgungen denken, wo sie dem Zickzack desselben folgen musste, was ihr damals nur am Anfang gelang. Sie kam bei diesen Hetzjagden relativ rasch von ihren erfolglosen Bemühungen zurück. Auch jetzt, mit ihren nur drei Beinchen, stellte sie ab und zu noch Hasen nach, allerdings kam sie **noch wesentlich früher** von ihren fruchtlosen Verfolgungsjagden zu mir zurück.

Berge und steile Hänge hochjagen – einfach fabelhaft
Steile Treppe runter – belastend

Die Kleine hat wunderbar geformte und kräftige Hinterläufe.

Dies bewunderte ich schon immer und freute mich vor allem, wenn sie die, mitunter sehr steilen, Hänge, zum Beispiel auf dem Croatenberg, hochjagte. Dies tat sie meist, wenn ich ihr einen Stock zurecht gemacht hatte und ihr diesen zuwarf. Es war fast so, als wenn sie in der Höhe diesen Stock vor mir sichern wollte.

Auf alle Fälle machte ihr das Hochjagen auf Hänge, Berge – auch nur mit drei Beinen – keine Mühe. Beim Herunterlaufen von diesen Hängen stellte ich ebenfalls keine Probleme fest.

Allerdings machte ich mir große Sorgen, wenn sie lange Treppen hinunter laufen musste. Immerhin musste ihre gesamte Körperlast vom linken Beinchen abgefangen werden und dies Stufe für Stufe, noch dazu mit etwas Schwung von oben.

Ich spürte, dass sie da Probleme hatte, denn sie legte sich nach langen Treppenabwärtsgängen oftmals hin, um auszuruhen.

Also, was tat ich, der fürsorgliche Rudelführer?
Ist ja eigentlich klar – ich schleppte Kelly die Treppen hinunter und ich muss schon sagen – 20 Kilo sind allerhand. Da hat ihr linkes Vorderpfötchen schon ganz schön etwas zu leisten. Während dieses Tiertransportes war die Kleine aber nicht etwa ruhig und zufrieden – nein – sie zerrte hin und her und verdrehte die Augen.
„Weshalb schleppst du mich denn hier, Klaus, ich kann doch allein so gut gehen – das hast du doch schon gesehen. Ich habe mich da auch überhaupt nicht beklagt oder gejammert. Also, was soll das? Lass mich sofort herunter. Ich bin kerngesund und möchte nicht bemuttert werden."
„Ich weiß, dass ihr Tiere hart im Nehmen seid. Aber kerngesund – da muss ich wirklich lachen, meine süße Kleine. Du machst, was ich sage und anweise – Punktum. Schließlich bin ich dein Alphatier – in der freien Natur seid ihr doch auch ganz diszipliniert."
Kellys Pfötchen, welche manchmal ziemlich verdreckt und lehmverschmiert sind, reinige ich immer auf einem Mauervorsprung, direkt vor unserer Garage.
Dazu muss der verdreckte Liebling auf dieses Podest springen – circa 1,20 m hoch – das tut sie natürlich mit ihren straffen Hintervierteln gern und ohne Probleme - schwupps ist sie oben.
In der Garage haben wir fließend kaltes und warmes Wasser, ein Eimerchen mit Tuch – so ist alles gut geregelt.
Wenn die Kleine gesäubert ist, hebe ich sie natürlich wieder herunter. Tochter Regine, welche Kelly häufig reinigt, lässt sie aber immer herunterspringen, obwohl ich strenge Order gegeben habe, sie herunter zu heben. Man sieht also – man kann gar nicht genügend aufpassen.
Ich hatte und habe eben, und ich denke, dass es ist sehr begründet ist, große Angst, dass mit dem gesunden, linken Vorderbeinchen einmal irgendetwas Negatives passiert – dass sie sich mal verstaucht, vertritt, verrenkt. Dies wäre ja furchtbar, denn dann könnte sie überhaupt nicht mehr laufen.
Das linke Vorderbeinchen ist schon einigermaßen kräftig, aber doch dünn und anfällig – ich streichele es manchmal ehrfürchtig und küsse es – halte durch, du kleines Pfötchen – hoffentlich geht alles gut weiter – hoffentlich, hoffentlich. Aus diesem Grund regele ich es zum Beispiel so, dass Kelly aus der Küchentür auf die Terrasse hinausgeht – da ist es

eben. Wenn wir zurückkommen und sie ist gereinigt, geht sie im Haus zwei Treppen hoch – das ist dann kein Problem.

Einschränkungen

Natürlich hat unser Vierbeiner noch mehr Nachteile zu verkraften.

Wenn sie gute Laune hat – und das hat sie fast immer – umfasst sie mit beiden Vorderbeinen einen meiner Arme und schüttelt gewaltig. Das macht ihr Spaß und mir scheint, dass sie sagen möchte

„Ich freue mich schon auf das, was wir heute tun werden – schön, dass ich dich habe."

Nun kann sie natürlich mit dem rechten Beinchen nicht mehr so recht drücken und aus diesem Grunde sind diese Schüttelaktionen nicht mehr so gewaltig und etwas seltener.

Das Gleiche trifft auf die Aktion zu „Vorderbeine auf meine Brust legen", denn dazu muss sie das rechte Vorderpfötchen ganz schön kräftig hochwerfen – aber ab und zu (ich freue mich immer riesig darüber) praktiziert sie es.

Wenn sie Stöcke zerschredderte, legte sie den Stock häufig auf das rechte Pfötchen am Boden und mit dem linken drückte sie es zur Erde – damit war der Stock diagonal und sie konnte am Ende wunderbar zerkleinern. Mit dem verletzten rechten Händchen war das natürlich nur eingeschränkt möglich, aber es ging schon.

„Hier zeige ich Euch meine supergeile Figur und gleichzeitig, wie ich mein rechtes Pfötchen einsetze."

Schlimm sah es aus, wenn sie sich im Körbchen oder auf flachem Boden hinlegte und nicht auf ihr rechtes Pfötchen achtete – da lag das häufig ganz verdreht und verquetscht unter ihrem Körper. Dies sah natürlich wiederum leidvoll und erbärmlich aus – es bedrückte mich sehr. Sie hatte eben in diesem Händchen auch kein Gefühl und keine Schmerzen – das hatte der Arzt mit seiner Kneifzange schon häufig festgestellt.
Ich musste dabei an einen Krimi von Stieg Larsson denken, den ich zurzeit lese. Dort hatte ein krimineller Hüne (eine Mörder) von 2 m Körpergröße eine angeborene Analgesie. Das ist eine Krankheit, bei der die Transmittersubstanzen im Nervensystem nicht mehr funktionieren, so dass er keinen Schmerz mehr empfinden kann. So kämpfte Ronald Niedermann (der kriminelle Hüne) wie ein Wahnsinniger trotz riesiger Verletzungen immer weiter – er verspürte ja keine Schmerzen. Dies ist natürlich ein vollkommen anormaler Zustand.
Wenn es dem kleinen Liebling beim Autofahren auf seinem Beifahrersitz zu langweilig wird, steht sie auf, beugt sich nach vorn und legt ihr Kinn auf das Armaturenbrett. Früher stand sie natürlich mit ihren beiden Vorderbeinen auf der Vorderkante des Sitzes – das war ja nun leider nicht mehr möglich. Sie stand auf dem linken Vorderbeinchen – das rechte baumelte zwischen Vorderkante des Sitzes und dem Armaturenbrett niedlich in der Luft.
Eines muss ich allerdings feststellen – die Aggressivität von unserem verletzten Liebling ist nach wie vor „ungebrochen“; auch körperlich ist sie, trotz des Schadens am rechten Beinchen, im Allgemeinen, „gut drauf“.

Autofahren – ein Traum für meinen Vierbeiner

Autofahren – das war offensichtlich für Kellylein mit das größte in ihrem Hundeleben.
Nachdem sie sich an die Geschwindigkeit gewöhnt hatte, saß sie auch bei der Autobahngeschwindigkeit von 160 km/h locker und unheimlich interessiert, wie immer, auf ihrem Beifahrersitz, ohne auf Tauchstation zu gehen.

„Einträchtig sitzen wir beide interessiert nebeneinander“

Ich will unbedingt im Auto vorn rechts sitzen!

Wir mussten einmal drei Tage verreisen und konnten leider unseren Liebling nicht mitnehmen.
Was tun?
Wir überlegten – im Nachbarort Hohenstein/Ernstthal gab es einen Betreuer von Tieren – sie nannte sich Katzenmutti Rosi, betreute aber auch andere Tiere wie zum Beispiel Hunde.

„So gefällt es mir –
ich fühle mich als Kapitän.“

Unsere Kelly war die drei Tage bei ihr und sie erzählte uns später folgende lustige Episode: Die Katzenmutti hatte vor, alle sechs Hunde, die sie betreute, mit ihrem Kombi von der Stadt in ein eingezäuntes Waldgrundstück zu bringen. Zu diesem Zweck fuhr sie vor, öffnete die Hecktür und forderte alle Hunde auf, hineinzuspringen.
Dies taten auch alle, fast alle – bis auf Kelly. Diese lief ruhig, aber zielsicher, nach vorn rechts zur Beifahrertür und wartete geduldig. Mehrfache Aufforderungen von der Katzenmutti nach hinten zu kommen und es den anderen Hunden gleich zu tun, fruchteten nicht. Schließlich gab Frau Rosi auf und Kelly hatte ihren Willen durchgesetzt – sie durfte neben dem Fahrer Platz nehmen, cool, was?
Die Kleine saß aber – leider – nicht immer nur ruhig und mit dem Scharfblick eines Kriminalisten da.
Im Gegenteil – sie war häufig während der Fahrt sehr unruhig, manchmal chaotisch. So schaute sie nervös noch links und rechts und krächzte dabei „chzz, chzz" und immer so weiter, mal hoch, mal niedrig. Auf alle Fälle war es sehr störend, teilweise nervenzerfetzend. Immerhin musste ich ja trotzdem Autofahren und außerdem unterhielten wir uns ja auch häufig im Auto, zum Beispiel mit Regine oder eben mit Kelly. Dies war dann nur eingeschränkt oder überhaupt nicht möglich – also schrien wir abwechselnd: „Kelly – Ruhe", „Kelly – nun ist es aber genug." Dies brachte nur leider geringen Erfolg und in meiner Aufregung gab es dann meist von mir einen Klaps hinten auf ihren, schön geformten, Popo.
„Nun aber endlich Ruhe – mach Sitz", schrie ich erregt und „weiß der Hohle" – der Klaps, in Verbindung mit Sitz, brachte kurzfristig Erfolg.
Darüber hinaus bellte die Kleine über alle Maßen, wenn sie eine Katze oder einen Hund zu Gesicht bekam. War ich 2 Stunden mit ihr im Wald gelaufen, Hänge hoch und runter, ließ ihre Aggressivität infolge offensichtlich leichter Abgekämpftheit deutlich nach.
Ganz am Anfang unserer Autotouren hatte unser Liebling aber noch viel schlimmere Eigenarten entwickelt.
Sie sprang von ihrem rechten Vordersitz unter Nutzung der Mittelkonsole – zwischen Fahrer- und Beifahrersitz – nach hinten, stellte ihre Hinterpfötchen auf den Rücksitz und die Vorderbeinchen auf die Mittelkonsole und schaute begeistert mit lebhaften Augen und hochgestellten Ohren in die Welt.

„Seht mal, was ich kann – ich bin hier der Käpt`n, habe das Sagen und wunderbare Sicht. Ich bin die Größte“.

Wäre das nur eine einmalige Aktion gewesen – schon in Ordnung, verkraftbar. Dem war aber nicht so. Sie sprang wieder auf den Beifahrersitz, krächzte dabei „chzz, chzz“, danach sprang sie wieder auf den Rücksitz, schaute wild um sich und sprang wieder nach vorne rechts – einfach Wahnsinn. Nach einer gewissen Zeit verließen mich ganz einfach die Nerven und ich brüllte: „Schluss jetzt mit dem Getobe – setz dich sofort hin und absolute Ruhe!“

Nach zweimaliger Wiederholung meinerseits ließ dann das Getobe merklich nach.

Da ich mit Druck das Problem offensichtlich nicht lösen konnte, musste irgendeine Sperre her, aber welche? Wir überlegten und tüftelten – eine Sperrholzplatte hinter die Vordersitze klemmen – da könnte sie ganz einfach nicht mehr nach hinten. Andererseits könnte hinten fast niemand sitzen und außerdem – es würde ja unmöglich aussehen.

Es musste also etwas sein, was durchbrochen ist und trotzdem Beinfreiheit garantierte.

„Da müssen wir eben ein Netz hängen – das ist leicht, es ist durchbrochen und man kann durch es hindurchsehen!“, riefen wir alle begeistert und in Einheit.

Ich kaufte bei ATU für 35,01 € solches Netz und der kleine, herum springende Chaot war, zumindest vorne, eingesperrt. Damit war das Problem aber noch nicht vollständig gelöst, da Kelly ein unheimlich starkes Bedürfnis hatte, beim Fahrer zu sein. Dies äußerte sich darin, dass sie sich mit ihren Vorderpfötchen auf die Schaltkonsole stellte, um dort zu sein, wo offensichtlich die wichtigsten Handlungen dieses Lebens, zumindest im Auto, getätigt wurden.

Vor der Schaltkonsole war ein Aschenbecher eingelassen, welcher einen hübschen Abschlussdeckel besitzt, der automatisch zuging. Da die Kleine auch auf diesem herumtrampelte, ging er natürlich kaputt, zumindest die Automatik – und ich musste jetzt von Hand schließen – bravo.

„Ja, ja, Verluste müssen wohl eingeplant werden, wenn man so ein Tierlein sein eigen nennt. Vielleicht bin ich aber auch immer viel zu großzügig zu der Süßen. Das sagt zumindest die Helga immer – hat sie am Ende Recht?“

Ich kann mich noch an ein Bild erinnern, wo Kelly auf dem Beifahrersitz sitzt – das war noch der Originalbezug und die Welt war noch in Ordnung, zumindest in puncto sauberes, gepflegtes Auto.

Was ist zu tun? fragte ich mich krampfhaft, um beide Vorteile zu haben – erstens die Nähe von Kelly, auch während der Fahrt, sowie einigermaßen Freiheit im Auto für die Kleine und zweitens ein Auto, was nicht durch übergroße Tierliebe verunziert wird. Am besten ich frage mal den Vierbeiner – die Kleine hat doch oft vernünftige Ideen.

Also fragte ich sie, die mir solche schweren Gedanken abnötigte, nachdem ich ihr alles mit erstens und zweitens usw. und so fort erläutert hatte. Ich war sehr

gespannt. Sie war lange Zeit ruhig, offensichtlich überlegte sie. Danach schaute sie plötzlich sehr überlegen, eigentlich übermäßig selbstbewusst, sogar recht kess und fordernd und gab von sich:
„Ich habe dich wahnsinnig lieb, Klaus – das bedeutet aber, dass ich auch bei dir sein will – und zwar immer – zuhause, im Auto, im Wald und auf der Wiese, im Stausee und wo wir sonst auch sein mögen. Du willst mich doch nicht etwa in so eine Kiste im Auto stecken, wie das andere Herrchen tun? Da würde ich dann in diesem Käfig hinter schwedischen Gardinen liegen und – eines muss ich dir sagen – ich wäre zu Tode beleidigt. Oder willst du mir meine Körbchen wegnehmen und mich auf dem Heuboden schlafen lassen?"
Ich war irritiert. „Wir haben gar keinen Heuboden – da müssten wir ja ein Bauer sein."
„Oder willst du mir das feine Essen kürzen, was ich immer so schön von euch bekomme und wo ich so unheimlich glücklich darüber bin – wollt ihr mir das kürzen und das Essen vielleicht auf einmal am Tag reduzieren, wie das bei dem Polpot war, 6 cm – einmal am Tag?"
Meine Irritation nahm noch mehr zu – ich dachte nach.
„Kelly, so hatte ich das nun nicht gemeint, dass wir dir alles wegnehmen wollen – dein Essen, deine Körbchen usw. Mir geht es eigentlich darum, dass wir die Verschmutzung durch dich im Auto verringern – das Gleiche betrifft unser Haus, wo du doch, und das muss schon einmal klar ausgesprochen werden können, oftmals mit schmutzigen Pfötchen hinein gehst. Denk doch mal an den schönen weißen Fußbodenbelag im Kinderzimmer."
„Ist ja schon gut, Herrchen, ich werde mich bemühen und nun Schluss bitte mit irgendwelchen Vorhaltungen – es war doch bisher wunderschön bei euch. Soll das etwa nicht so bleiben?"
„Ja, ja, meine kleine Gute – so machen wir das. Wir müssen uns alle bemühen."
Ich sprach mit Helga über unser Gespräch und war bass erstaunt über ihre Reaktion und ich muss dazu betonen, die Reaktion einer deutschen Hausfrau, welche für meine Begriffe überpingelig, übersauber, überexakt und übergenau ist, was einem manchmal auf den Geist gehen kann.
„Ich habe die Kelly unheimlich lieb und möchte ihr ein Zuhause und Miteinander bieten, wo sie richtig glücklich ist. Sie hat ja in ihrem Leben schon so viel durchgemacht – das sind wir der Süßen einfach

schuldig. Dann nehme sogar ich ein paar kleine Nachteile bezüglich Sauberkeit in Kauf." Ich war erneut erstaunt.

Ich werde stark behindert beim Führen des Autos.
Nach meiner Schilderung ist sicherlich klar, dass Kelly mich beim Autofahren ziemlich einengte, zumindest ab und zu.
So konnte ich häufig nicht so schalten, wie ich wollte.
Mein Passat wird über einen Knüppel geschaltet und hat oben nebeneinander liegend, die Gänge 1, 3, 5 – genau darunter liegen die Gänge 2, 4, 6.
Wenn nun Kelly mit ihren Vorderbeinchen auf der Schaltkonsole stand, konnte ich meist die obere Reihe nicht schalten, das heißt, ich fuhr mit dem zweiten, vierten oder sechsten Gang, genauso kam aber auch vor, dass ich nur mit den Gängen eins, drei und fünf operieren konnte – auf alle Fälle nicht in der exakten Drehzahl, untertourig oder übertourig, je nachdem.
Das gleiche Problem hatte ich, wenn die Gute während der Fahrt ihr Zärtlichkeitsbedürfnis entfaltete und sich mit dem Kinn auf meinen rechten Oberschenkel legte, auf die rechte Hand oder auf die Schaltkonsole (oder sogar beides gleichzeitig) –

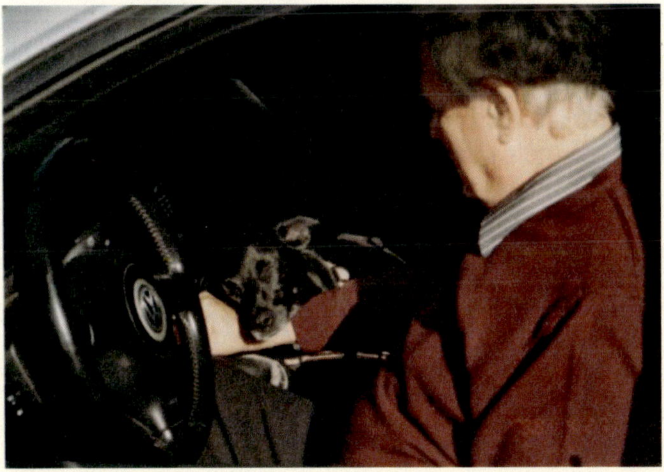

Eine Zeitlang versuchte ich, mit einer exakt zugeschnittenen Plexiglasscheibe (auch Piacryl genannt) das Problem zu lösen. Diese Scheibe

wurde zwischen den linken Teil des Beifahrersitzes und die Mittelkonsole geklemmt – so konnte die Kleine nicht mehr zur Mittelkonsole und Schaltkonsole. Darüber war Kelly sehr traurig - ich entfernte die Plexiglasscheibe.
Mein Vierbeiner hatte aber noch andere Eigenarten, die enorm störend beim Autofahren waren. Außer dem Bellen, wenn sie Hund und Katze sah, tat sie das Gleiche, nur noch etwas nervender, wenn ich blinken musste. Sie schlug dermaßen laut an, dass mir das Trommelfell weh tat. Warum, weshalb sie das tat – mir blieb es bis heute schleierhaft.
Ich ertappte mich dabei, dass ich den Blinkerhebel nicht in den unteren oder oberen Anschlag brachte, sondern nur an den Kontakt drückte, so dass es zwei- bis dreimal blinkte. Der StVO entsprach das sicherlich nicht so ganz.
Das Unangenehme war, dass Kelly immer in schwierigen Situationen wie Blinken, links abbiegen, beim Hupen oder wenn es mal kritisch zuging und ich scharf bremsen musste, mir einer den Vogel zeigte, weil ich angeblich die Vorfahrt genommen hatte und anderes mehr, tobsüchtig spielte.
Ihr Verrücktspielen machte mich aber auch ganz närrig und ging mir mächtig auf die Nerven.
Aus diesem Grund musste ich nachforschen.
„Kelly, in komplizierten Situationen, wo mein Nervenkostüm ohnehin angespannt ist, zum Beispiel wenn mich andere anhupen oder mir einer die Vorfahrt nimmt, da musst du immer auch noch deinen Senf dazu geben so wie am Zaun, wenn Radfahrer oder Fußgänger vorbeikommen. Das ist echt belastend und stört unser Autofahren beträchtlich. Außerdem bellst du beim Blinken, was ja nun wirklich etwas Profanes ist und immer wieder vorkommt. Ich wünsche in Zukunft mehr Ruhe im Auto und Einsicht von dir, damit unser Fahren in Zukunft harmonischer verläuft. Äußere dich dazu, Kleine."
„Also, Herrchen, du brichst ja erneut eine Debatte vom Zaun – mein Gott mein Gott – diese ewige Diskutiererei der Menschen. Ich bin immer dermaßen angespannt, wenn andere hupen, wenn du hupst oder blinkst – da geht eben, Herr Gott noch einmal, das Temperament mit mir durch. Mich regt eben das Ganze, ich meine das Autofahren, sehr an und gefällt mir sehr, regt mich aber auf der andern Seite auch wieder sehr auf. Du musst Geduld mit mir haben, Klaus, ich werde schon ruhiger werden und mich so benehmen, dass du so in Ruhe Autofahren

kannst wie ein Mercedes-Fahrer mit Hut. Kannst du mit meiner Antwort leben?"
„Ja, ich bin zufrieden. Lass nun aber auch Taten folgen und sei in Zukunft nicht mehr so hektisch und chaotisch wie bisher."

Wir werden zweimal durch die Verkehrspolizei kontrolliert

Für die Sicherheit unserer Kleinen auf ihrem Beifahrersitz hatte ich folgendes unternommen. Ich hatte mir ein Sicherheitsband besorgt, welches am Ende der einen Seite einen Bajonettverschluss hatte – am anderen Ende befand sich ein Blech mit Aussparung, welches ich in die Peitsche des Beifahrersitzes klicken konnte. Das Band wurde mit dem Bajonettverschluss an dem Ring von Kellys Gurt auf ihrem Rücken befestigt. Das Band war so kurz, dass, wenn Kelly durch einen Aufprall nach vorn geschleudert würde, sie noch vor dem Armaturenbrett durch das Band zurückgehalten würde.
Die Verkehrspolizei verlangt, dass im Auto alles so geregelt ist, dass bei einem Aufprall weder Gegenstände, noch Menschen oder Tiere, wie ein Geschoss durch das Auto fliegen können.
Kelly zeigte mir aber immer mit großer Beharrlichkeit, dass sie überhaupt kein Interesse daran hat, dass dieses Band an ihrem Gurt befestigt ist. Sie drehte sich immer so, dass es mir oft nicht gelang oder zumindest schwer fiel, es zu befestigen.
„Warum sperrst du dich denn so, Kleine? Das ist doch für deine Sicherheit notwendig."
„Also, Klaus, deine ständige Sucht, mich hier anzuschnüren, anzubinden und damit zu fesseln, ist einfach ekelhaft für mich."
Wiederum hatte mich mein Vierbeiner verunsichert.
Ich antwortete leicht erregt: „Was du willst, du kleiner Nervösling, ist mir absolut klar – wenn ich dich fessele, wie du zu bemerken beliebst, dann kannst du nicht mehr herumspringen auf deinem Sitz, dich nicht mehr auf die Schaltkonsole stellen, nicht mehr deinen Kopf zu mir herüberlegen und anderes mehr. Jetzt ist Schluss – du wirst schon sehen, wenn uns einmal die Polizei kontrolliert. Da hast du dann die Brille auf."
Die Angelegenheit ließ nicht lange auf sich warten.
Innerhalb von sechs Wochen wurden wir zweimal kontrolliert.
Das erste Mal wurden wir auf der LPG-Straße überprüft. Zur Erläuterung: LPG-Straßen wurden in der DDR von landwirtschaftlichen

Einrichtungen angelegt, um günstig Felder erreichen zu können. Sie waren meist sehr stabil mit Betonplatten belegt. Wir mussten auf dieser LPG- Straße fahren, da auf der Frühlingsstraße, wo wir wohnen, Kanalarbeiten durchgeführt werden – wir mussten 4,2 km Umweg fahren und waren in Eile. Plötzlich sahen wir ein Polizeifahrzeug und ein Verkehrspolizist zwang uns mit Kelle rechts ran.

„Mein Gott – was soll denn das nun wieder? Wir müssen so schon über 4 km Umweg fahren und nun das noch – wir sind in Eile“, maulte ich.

„Einen schönen guten Tag – so viel Zeit muss sein – technische Verkehrskontrolle – Verkehrsobermeister Meier und Polizistin, Frau Franke.“

„Hallo“, knurrte ich mürrisch.

„Bitte ihre Papiere – Führerschein und Fahrzeugschein, blinken Sie bitte links und rechts – danke – drücken Sie auf das Bremspedal – danke – zeigen Sie mir den Sanitätskasten.“

„Oh, da weiß ich gar nicht, wo der sich befindet, ich glaube, im Kofferraum, aber wo genau, weiß ich im Moment nicht.“

„Schauen Sie mal da drüben – bei der Klappe“, half mir Frau Franke.

„Ach, ja – da ist er, hier bitte.“

„Haben sie getrunken?“, fragte streng der Polizeiobermeister.

„Ich saufe nur!“, entgegnete ich belustigt.

„Margit, gib mir das Röhrchen, wir müssen messen“, gab er äußerst unwillig von sich.

„In Ordnung – Ergebnis null. Es ist aber Ihre Pflicht, dass Papperöhrchen zu entsorgen“, ärgerte sich der Polizist weiter.

„Ach, wer sitzt denn da? Das ist doch ein Hund. Der sieht aber niedlich aus – er hat ja ein so richtig niedliches Gesichtel, stellte Frau Franke fest.

„Alles in Ordnung – Gute Fahrt weiterhin.“

Wir hatten damit alles gut überstanden. Weshalb ich so kess war und zu dem Polizisten sagte: „Ich saufe nur!“, ist mir heute noch ein Rätsel. Wahrscheinlich war ich verknatzt wegen der Kontrolle.

Die Bemerkung „... richtig niedliches Gesichtel“, bezüglich Kellylein, machte mich natürlich sehr glücklich. Wörtlich das gleiche hatte schon mal ein Tiefbauarbeiter von sich gegeben, als er durch die Scheibe zur kleinen Kelly schaute – wie schön.

Vielleicht vier Wochen später erwischte es uns noch einmal mit einer Verkehrskontrolle.

Wir fuhren nach Hohenstein/Ernstthal.
Kelly war, wie häufig, übernervös (das war sie meist, wenn sie noch keinen Auslauf hatte) und sprang auf ihrem Sitz herum, legte das Kinn auf das Armaturenbrett und machte noch andere Mätzchen.
Ich bemerkte, dass eng hinter uns ein PKW fuhr.
„Ei, das ist ja höchst daselbst die Polizei – blinken die etwa? Na, so etwas. Ich habe ja noch nicht mal meinen Sicherheitsgurt dran. Also los – sofort regeln.“
Es war denkbar ungünstig, da das Fahrzeug knapp hinter uns fuhr – ich konnte zwei Gesichter hinter der Frontscheibe entdecken und diese schauten wie gebannt auf uns.
„So ein Mist – wie soll ich denn jetzt den Gurt ranmachen? Das sehen die doch. Was kann ich nur tun? Also – wir fahren jetzt knapp 40 Kilometer/Sunde. Da fahre ich einfach mal 55 – das merken die nicht und schwups habe ich den Gurt dran“, waren so meine Selbstgespräche.
Es klappte – ich hatte den Gurt dran und die hatten nichts gesehen.
Dummerweise gaben sie aber immer noch Zeichen mit der Lichthupe und wir zwei hatten immer noch ein Problem, welches darin bestand, dass der kleine Vierbeiner noch ungesichert war.
Dieser Gurt war immer in der Peitsche eingeklickt und lag hinten auf Kellys Sitz oder hing zwischen Sitz und Mittelkonsole nach unten. Beim Letzteren verkeilte er sich oft und ich konnte ihn nicht hochziehen. Der Gurt lag aber ordentlich da. Nun war aber das Problem – die hin und her springende Kelly.
Inzwischen war ich nun doch sehr nervös. „Kelly, höre sofort mit dem blöden Rumgehopse auf, sonst kriegen wir mächtigen Ärger und eine Strafe aufgebrummt. Mach Sitz und danach Platz.“
Ich war baff erstaunt, denn sie tat es sofort und ich konnte den Bajonettverschluss an dem Ring auf ihrem Rücken befestigen – geschafft. Es wurde aber auch höchste Zeit, da mir erstens die Blinkerei auf die Nerven ging und zweitens musste ich ja nun endlich einmal reagieren.
Ich fuhr rechts ran und öffnete das linke Fenster.
„Guten Tag – technische Überprüfung – weshalb sind Sie denn nicht gleich rechts rangefahren? Wir haben doch ein leuchtendes Schild mit dem Text „Bitte sofort anhalten“.
„Das habe ich nicht gesehen (dies entsprach auch der Wahrheit) – ich habe nur ihr häufiges Blinken wahrgenommen.“

„Na ja, ist ja nun auch Vergangenheit. Zeigen Sie ihre Papieren..."
Es lief ab wie bei der vorjährigen Kontrolle, nur dass ich diesmal wusste, wo sich der Sanitätskasten befand. Genauso wie bei der vorherigen Kontrolle genügte es, dass ich den Sanitätskasten in der Hand hielt und damit vorzeigen konnte. Wäre der Inhalt kontrolliert worden – Auweija. Ich hatte nämlich viele Dinge, wie Binden, Pflaster, Schere, Creme und anderes mehr, herausgenommen und für Kellys Behandlung eingesetzt.
Es lief alles wie am Schnürchen, doch plötzlich fragte der Polizist: „Sie haben doch vorn einen Hund zu sitzen – ist der denn ausreichend gesichert?"
Sein Kollege ging zum Beifahrersitz und schaute hinein. Ich öffnete die Tür und erklärte, wie ich den Hund gesichert hätte.
„Das haben sie hervorragend gemacht – das ist ganz einfach vorbildlich. Wir werden das an andere übermitteln – sehr gut. Außerdem – der Hund schaut ja so folgsam. Dies gefällt mir äußerst sehr."
Kelly und ich schauten uns liebevoll und freudig in die Augen. Wir hatten wieder einmal eine Prüfung bestanden.

Die kleine Süße wird maßlos verwöhnt
Typischer Tagesablauf
Aufstehen und Frühstück
Wie frühstückt denn die kleine Verfressene?

„Kelly – aufstehen, du Fauli."
„Lass mich doch noch ein bisschen „butzeln, dei–dei" machen. Gerade träumte ich davon, dass über mir eine herrlich duftende Salami baumelte – ich wollte gerade hochspringen und in sie hineinbeißen – da störst du mich im völlig falschen Moment. Lass mich doch die Salami noch herunterziehen und genüsslich verspeisen – diese Freude kannst du mir im Schlaf noch mal gönnen."
Dabei lugte sie unter ihrer Decke hervor – nur so weit, dass gerade die Augen zu sehen waren und schaute mich lieb und flehentlich an.
„Einverstanden, aber in 5 Minuten musst du die Salami nun endlich verschnabuliert haben."
Danach stellte ich mich auf die Waage und ärgerte mich prompt (das erste Mal) – 87,3 Kilo, viel zu viel.
Nun kam der Vierbeiner an die Reihe.
„Aufstehen – aber nun etwas flott."

„Was will denn der nun schon wieder – jeden Morgen dieses blöde Gewiege. Ich weiß, dass ich zu viel auf den Rippen habe.“
Ich musste mich gleich zweimal ärgern – erstens, weil sie nach dem Aufwecken minutenlang Rückenreibaktion betreibt, das heißt, sie wälzt sich auf dem Rücken mit enormer Gelenkigkeit nach links und rechts und das, obwohl sie zum Wiegen aufstehen soll. Erst, wenn ich laut werde, tut sie das Verlangte.
Ich griff unter ihrem Bauch durch und sie schwebte in der Luft – ein ganz schön schwerer Brocken („hoffentlich ist sie nicht noch dicker geworden“, dachte ich besorgt).
Anschließend ärgerte ich mich das zweite Mal, da die Waage 107,5 kg anzeigte. 107,5 – 87,3 ergibt 20,2 kg.
„Also, liebe Kelly – das sind fast 1,5 Kilo zu viel und ich weiß auch genau, was wir tun müssen. Du darfst nicht mehr so viel futtern und wir müssen mehr durch die Gegend stürzen, Basta.“
„Sag doch mal selbst was zu dem Dilemma, – du Verfressene.“
„Jetzt geht das schon wieder los – kannst du dich nicht mal beruhigen, Herrchen. Jedes Lebewesen muss etwas zu sich nehmen, um Energie zu tanken. Außerdem hat der stellvertretende Rudelführer Helga gesagt, dass ich, wenn es wieder etwas wärmer wird und wir wieder schwimmen gehen, wieder mein Idealgewicht in Kürze erreichen werde – Basta.“
„Also, nun werde mal nicht so vorlaut, Kleine, Basta steht dir nicht zu – das hat mal der Schröder als Bundeskanzler gesagt und das stand nicht mal dem zu. Wenn ich als dein Erzieher und Alpha das sage, hast du noch längst nicht das Recht, merke dir das.“
„Entschuldigung, Klaus.“
Nach dem Wiegen stellte ich den ganz schön schweren Brocken wieder auf seine vier Beine – bedauerlicherweise nunmehr nur auf drei. Danach lief die zurzeit Übergewichtige flott zu ihrem Körbchen in den Vorsaal und machte es sich gemütlich.
Nun richtete Helga das Frühstück an – wenn die Witterung es erlaubte, also im Sommer – da speisten wir auf der Terrasse. Dabei schaffte sie herrlich duftende Sachen von der Küche zu diesem Frühstückstisch – dieser Weg führte knapp an Kellys Körbchen vorbei. Ach, ich roch das verführerisch – das Näschen der Süßen ging hin und her und schnupperte und schnupperte – sie war ganz aufgeregt.

„Das Brot duftet herrlich, vor allem das Getoastete – jetzt kommt der Bienenhonig und die Konfitüre, riecht auch wunderbar, bekomme ich aber sowieso nicht – nun schleppt sie Paprika, Radieschen und Schnittlauch rein, ist ja auch wieder nichts für mich – aber jetzt kommt etwas, was mich besonders erregt, besonders meine Nervenwurzeln – ich rieche ungarische Salami, Blutwurst, rohen und gekochten Schinken, Käse – ich kann gar nicht weiterreden. Geht es denn nun endlich los? Die „muddeln“ immer so herum, anstatt mal richtig Gas zu geben.“

Wenn Helga in der Küche etwas anrichtete, stand Kelly immer knapp bei ihr und schaute sehnsüchtig – und tatsächlich, obwohl ich das verboten habe, bekam die kleine Verfressene ein Rädel Wurst. Ich hatte dies ein paar Mal heimlich beobachtet und sagte ärgerlich und zynisch: „Na, toll – das ist sehr gut für Kellys Gesundheit.“

Wenn ich vom Bad hoch kam, brachte ich immer ein kleines Schälchen Trockenfutter und/oder lactosefreie Milch mit.

Nun endlich konnte es losgehen – Kelly knackte erfreut ihr Trockenfutter.

War sie damit fertig, setzte sie sich zu uns und war der Meinung, dass es nun so weiterzugehen hatte.

„Kelly, du darfst nicht so viel essen, dass weißt du doch. Helga und ich bemühen uns ja auch, wegen unserer Linie, nicht so viel zu fressen (sehr gern redete ich bezüglich Kelly vom Essen und bezüglich uns beiden vom Fressen – meine Frau regte sich immer enorm darüber auf, Kelly freute es).“

Unsere Fehler in punkto „Essen vom Tisch geben“ waren stark und fest ausgeprägt. Ich lieferte ein kleines Stück geröstetes Brot mit einem kleinen Stück Blutwurst drauf. Helga wollte nicht zurückstehen und gab ihr ein komplettes Rädel Wurst. Ich schimpfte.

Helga hatte einfach kein Maß. Da sie mit Kelly nie ausging, wollte sie sich so ins Gespräch bringen und interessant machen.

Es war aber auch sehr vertrackt mit der Kleinen.

Sie saß so enorm niedlich mit bittendem, demütigem Blick da – ihr nichts zu geben, hätte uns einfach das Herz abgeschnürt. Es war von ihr ein maximal gekonntes, psychologisch geschicktes Betteln, welches uns enorm an die Seele ging. Die Kleine saß da und schaute meist mich an - erwartungsvoll, lieb und flehentlich. Dabei legte sie die Ohren an, dann gingen diese erwartungsvoll zur Seite, dann stellte sie diese gar hoch. Ihre braunen Äuglein ruhten auf mir - wenn ich aber lange nichts an Essbarem geliefert hatte, ging der Blick auch zu Helga hinüber und das Weiße in den Augen war zu sehen. Ihr intensives Nachdenken „Kommt nun endlich ein Rädel Wurst, oder nicht?“ machte ihre Augen richtig vergeistigt. Hinzu kam, dass sie vor lauter Erregung mal die linke Augenbrauen hochzog, mal die rechte, mal beide zusammen - es war einfach Wahnsinn. Kurzum – es war wie bei einem hoch intelligenten Menschen, der ständig nachdachte.

Dabei saß sie meist – ich sagte immer verleiert dazu – etwas verdreht da. Sie saß ordentlich auf ihrem kleinen Hinterviertel, allerdings war das rechte Hinterpfötchen zur Seite gestellt. Das rechte, kranke Vorderpfötchen hing in der Luft – insgesamt eine Situation, die das steinerne Herz weich wie Butter machte.

Dass es bei dieser umstrittenen Kellyversorgung zu unterschiedliche Meinungen und teilweise ehelichen Streitereien kam, ist sicherlich nachvollziehbar.

Es ist so auf der Welt – eine Sache hat nie nur Vorteile.

Was uns, und hierin waren Helga und ich einmal ausnahmsweise einig, aber regelrecht aufregte, war das Schlingen von Kelly. Selbst große Brocken, zähe Stücke, hartes Brot wurden ratzpatz hinunter geschleust.

„Kelly, nun hör mal genau zu Magen und Darm haben das alles zu verdauen – da muss alles ordentlich zerkleinert sein – bei uns Menschen gilt die Devise „33 Mal jeden Bissen kauen.“

„Ich bin aber kein Mensch, bei uns gilt die Devise: „Schnell fressen, bevor ein ungebetener Gast kommt.“

Nach dem Frühstück bedankte sich Kelly. Sie umfasste einen Arm von mir – ein Vorderbeinchen links, ein Vorderbeinchen rechts und schüttelte wie wild. Es war das gleiche Tun von ihr, wie im Büro, wenn ich telefonierte, was sie partout nicht leiden konnte.

Ich wusste nicht recht, wie ich das Schütteln nach dem Frühstück deuten sollte – ich nahm es einfach als Dankeschön zur Kenntnis. Traurig dabei war, dass sie mit ihrem rechten Beinchen nur ganz sanft drücken konnte. Sie hatte aber auch noch ein anderes Dankeschön auf Lager – dabei ging sie auf die Hinterläufe und knallte, ziemlich deftig, beide Vorderpfötchen auf meine Brust. Dass ich dabei, auf dem Stuhl sitzend, meine Beine breit machen musste, versteht sich von selbst. Hatte sie diese Stellung erreicht, versuchte sie, mich im Gesicht zu lecken. Mir gefiel diese Art der Liebkosung am Besten, da sie hier wie ein Mensch da-stand.

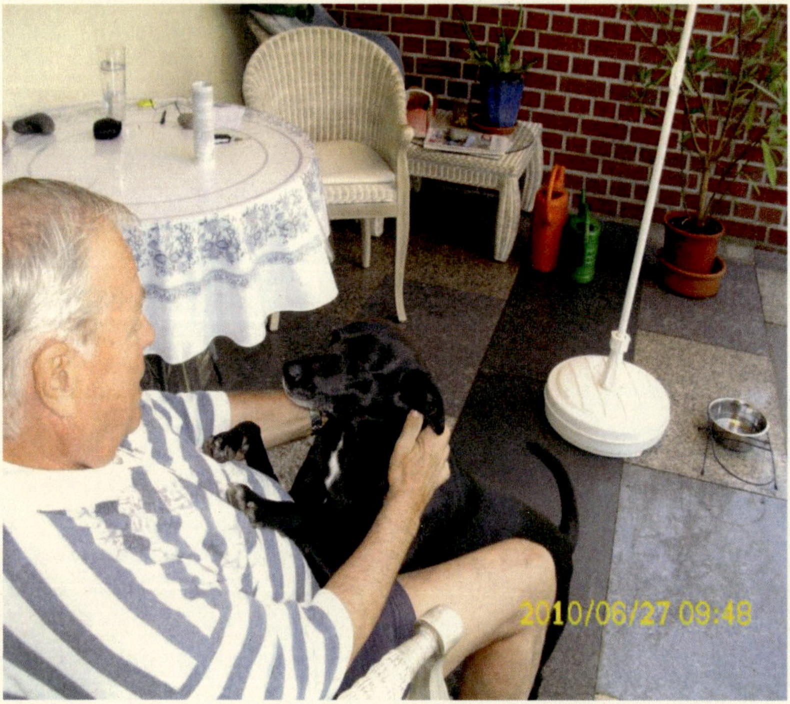

„Danke, mein liebes Herrchen.“

Die Süße hatte aber noch andere Angewohnheiten, um Aufmerksamkeit auf sich zu lenken. Vor allem, wenn Besuch kam und wir uns unterhielten, fühlte sie sich offensichtlich nicht genügend beachtet und sprang auf meinen Schoß. Das war niedlich, aber auch anstrengend, da sie laufend von den Oberschenkeln, die bekanntlich sehr rund sind, immer abrutschte.
Nun wird es aber Zeit, etwas zu unternehmen.

Es ist wiederum Zeit, die Welt zu erkunden

Um Verletzungen vorzubeugen, wurde ein Neoprenschuhchen an ihrem rechten Fuß straff befestigt.
Das war für sie immer das Signal – endlich geht's los!

„Hier habe ich den Überblick, den ich wünsche."

Wir gingen durch die lang gestreckte Küche zur Terrassentür, damit Kelly wieder einmal in die Welt kam. Sie lief aber keineswegs gerade vor oder neben mir zur Tür, nein, sie umkreiste mich aufgeregt. Bei Erregungszustand tat sie das übrigens immer.
Nun endlich konnte sie draußen Pipi machen, am liebsten war mir, wenn sie auch ihr großes Geschäft erledigte, denn so konnte ich erst beruhigt einkaufen gehen, da sie im Auto oder irgendwo draußen angeleint warten musste. Also kontrollierte ich jedes Mal vorm Losfahren das Wiesenstück neben der Garage, welches sie als Toilettenfläche auserkoren hatte.
„Fein gemacht, du machst das übelst cool."
Sie nutzte natürlich die Gelegenheit, im Garten nach dem Rechten zu sehen, überall zu schnüffeln, zum Gartenzaun zu jagen, um ein Huhn oder Schaf zu vertreiben (vom Nachbarn) oder irgendeinen Blödsinn zu machen.

So erwischte ich sie einmal, als sie über schmierigen Lehm (bei uns waren damals gerade Kanalarbeiten) zu einem Schrotdeckel stapfte, um Regenwasser aus einer ganz kleinen Vertiefung zu trinken, wo man mit einer Bauklammer den Deckel öffnen konnte. Das tat sie übrigens auch noch am nächsten Tag – ich verdrehte die Augen. „Hej, kleine Kelly, in der Küche und auf der Terrasse stehen Schüsseln mit sauberem, kühlem Trinkwasser bereit. Es ist also nicht so recht zu begreifen und nachzuvollziehen, was das soll – musst du denn unbedingt diese lehmige, braune Dreckbrühe trinken?"

„Was heißt hier nicht nachzuvollziehen und braune Dreckbrühe? Mir schmeckt eben auch mal etwas aus der Natur, auch wenn es nicht so sauber ist. Weißt du, Klaus, ich hatte es dir schon einmal gesagt – wir sind Tiere und sind es gewöhnt, uns in unserer natürlichen Umgebung zu bedienen und zu versorgen. Du musst endlich einmal begreifen, dass wir nicht wie die Menschen sind, die alles immer größer, schöner, sauberer, schmackhafter, gesünder und vor allem bequemer haben wollen und nie zufrieden sind. Deshalb sind sie auch nicht so glücklich wie wir. Glaubst du, dass das Glück von sauberem Wasser abhängt – ich kann mit der Brühe zufriedener und glücklicher sein."

Ich ging im Haus nach unten und zog mich in der Kellerbar um – Kelly kam durch die inzwischen geöffnete Hausgarage, von draußen, ebenfalls dorthin und ich konnte ihr den Gurt anlegen.

Dann ging es in die Garage, ich öffnete die Beifahrertür und mit Hopse Mopse sprang Kelly mit Freude auf ihren Sitz, nachdem sie auf den Fahrersitz gesprungen war. Eigentümlich war, dass, wenn sie dort gelandet war, immer etwas devot zu mir schaute.

„Na, Herrchen, habe ich alles zu deiner Zufriedenheit erledigt? Ich denke doch."

„Hervorragender Sprung", lobte ich jedes Mal.

Dann fuhren wir los und sie saß da, stolz wie ein Dragoner und mit dem Blick eines Kriminalisten.

Nach dem Einkaufen gab es ein immer wechselndes Programm, damit unsere Süße viel Neues erleben konnte.

Das typischste war, dass wir im Wald oder auf Feld und Flur spazieren gingen.

Äste zerschreddern – ein feiner Spaß

Natürlich musste ich dabei oftmals Äste zurecht machen, damit sie danach flitzen und sie danach zerschreddern konnte.

Nun kamen natürlich nicht alle Äste in Betracht – am besten eignet sich Ahorn, auch Esche und Kastanie. Dies hatte ich in langwierigen Untersuchungen ermittelt.

Hartholz, wie Buche und Eiche, waren viel zu derb und zu hart – ich hatte immer Angst um Kellys Zähne. Noch schlimmer war aber zähes Holz, wie zum Beispiel Weide – da „hing" ich minutenlang an einem Ast und hatte ihn am Ende immer noch nicht abbekommen – furchtbar. Kelly hätte sich sicherlich genauso schwer mit diesem ledernen Ast getan.

Äußerst interessant und erstaunlich für mich war, dass, wenn ich einen Ast zurecht machte, die Süße immer mich, konzentriert und äußerst interessiert, anschaute.

„Schön machst du das, Klaus."

Ich hätte mir vorstellen können, dass sie auf den Ast und meine Finger schaut, da das ja für sie hergestellt wird und sie dieses so schnell als möglich haben möchte – nein, sie schaute mir ins Gesicht.
Leider gab es bei diesem Vorgang des Ästeherstellens, Werfens und Zerschredderns oftmals ziemlich starke Zerwürfnisse zwischen uns.
Es hing ganz simpel mit folgendem Tatbestand zusammen.
Wenn ich einen 1 m langen Stock zurecht machte, teilte ich diesen in der Mitte und warf die Hälfte für Kellys Vergnügen (so meinte ich zumindest). Dieses kleine Dummerle stürzte los, um den einen halben Meter langen Stock zu holen – da wurde sie plötzlich misstrauisch, stoppte, schaute zu mir und verlangte die zweite Hälfte.
In meiner Ratlosigkeit warf ich den zweiten Stock in etwa dorthin, wo der erste Stock lag. Damit war aber bereits das Problem da, welches darin bestand, dass die Kleine nur Stöcke zerkaute, wenn nur ein Stock vorhanden war. Sonderbarerweise hatte sie aber den zweiten Stock zuvor verlangt – es war nicht zu begreifen.

Was tat ich in meiner Not?
Ich steckte heimlich den zweiten Stock in die Gesäßtasche. So weit – So gut. Als ich aber einmal unaufmerksam war und sie den zweiten Stock sah, war es vorbei mit dem Frieden. Offensichtlich fühlte sich Kelly in hohem Maße hinters Licht geführt, betrogen und stark veralbert. Ab diesem Zeitpunkt war sie misstrauisch und die gesamte Ästezerkauerei war keine reine Freude mehr.
Ich musste ihr jetzt ständig zeigen, dass ich nichts mehr an der Hand hatte, nichts in der Gesäßtasche steckte usw. und so fort. Es war ein reiner Zirkus.
Ich fragte Fräulein Stups: „Können wir denn nicht, so wie früher, uns beide ganz normal benehmen – ohne dieses Misstrauen in deinen Augen und diese Angst, an der Nase herum geführt zu werden?“
„Du machst mir Spaß. Wer hat denn angefangen mit diesen Hinterhältigkeiten? Warst du das nicht, Klaus, oder sehe ich das etwa falsch? Du hast mir immer erzählt, wie wichtig es ist, dass ich Äste zerschreddere, damit sich bei mir kein Zahnstein bildet – jetzt benimmst dich aber so, als wenn dir das Veralbern deiner lieben Kelly viel wichtiger wäre – Pfui Teufel – ich bin beleidigt.“
Ehrlich gesagt – ich war betreten, fühlte mich schlecht und ging in mich.

„Meine liebe, süße Kelly, du bist doch mein alles. Entschuldige bitte mein Verhalten. Es ist aber sicherlich ein Missverständnis, denn ich wollte nur dir zuliebe einen zweiten Ast reservieren – sei wieder lieb."
Leider entwickelte sich aber ein neues Problem zwischen uns beiden.
Die kleine Süße frisst, vor allem im Frühjahr, wenn das Grün neu und schön frisch ist, sehr gern Gras. Dabei bevorzugt sie die etwas breiteren Grashalme und davon wiederum nur die Spitzen - sie ist eben ein Gourmet.
Manchmal fragte ich: „Sag mal, Kellylein, habe ich mit dir nun eigentlich einen Hund oder ein Schaf?"
„Klaus, manchmal verstehe ich dich nicht mehr. Du warst doch immer so freundlich und jetzt bist du ganz einfach – frech. Am Ende sagst du noch – ich könnte auch eine Ziege sein. Nun langt es mir aber wirklich. Ich bin doch dein liebes Hündchen Kellylein."
In dieser Zeit der Hochkonjunktur des Grasfressens kam es sehr häufig, eigentlich fast immer, vor, dass Kelly wohl mit Enthusiasmus, wie immer, nach dem von mir hergestellten Stock flitzte, anfing, ihn zu bearbeiten, aber rechts und links saftiges Gras entdeckte und sich nur noch darum kümmerte.
Mir taten richtiggehend diese Äste leid, denn sie trugen immerhin frisches Grün und was ich tat, war schon eine, wenn auch nur ganz kleine, Naturschädigung.
„Ich stelle mit Mühe diese herrlichen Stöcke für dich her, schände die Natur und denke, ich tue etwas für deine Zähne. Was tust du? Du lässt sie liegen und spielst Schaf und Ziege."
„Noch einmal – ich bin kein Schaf und keine Ziege. Es ist sehr freundlich von dir, dass du die Stöcke für mich herstellst. Allerdings – wenn ich daneben das frische Grün sehe, so überkommt es mich eben. Schließlich brauche ich auch Vitamine."

Äste zerschreddern – das macht eine Superlaune“

Abwechslung ist angesagt – Schwimmen, Erdbeeren pflücken, Pilze suchen

„Es ist schön, Klaus, wenn du immer wieder etwas Neues für unsere Ausgänge kreierst. Das freut mich ganz toll, denn so kommt Abwechslung in unsere Erkundungsgänge – ich habe immer neue Eindrücke und neue Gerüche, das ist einfach herrlich.“

Ich freute mich sehr über Kellys Lob „Lass uns doch heute schwimmen gehen – die Sonne scheint so Klasse.“

Also überlegte ich – wohin? Dies war gar nicht so einfach, eine gute Lösung zu finden, denn für Hundewassersport ist bei uns nicht gerade ein Paradies vorhanden. Grundsätzlich dürfen Hunde nicht in öffentliche Bäder, zumindest nicht auf Liegewiesen.

Selbst die wilde Badestelle FKK am Stauweiher Unterwald wird in Kürze (leider Gottes) der Vergangenheit angehören. In Kürze wird ein Zaun gebaut und dann ist es vorbei mit dem wilden Baden – zumindest

in diesem Stausee. Vielleicht ist das auch nicht ganz so schlimm, denn hier stört uns ja immer der Stänkerer gewaltig.
Um Alternativen zu finden, muss man ganz schön tüfteln. Am besten fand ich es im ehemaligen Waldbadeteich des Dreilügendorfes. Dieser Ort heißt Neuschönburg – die Leute sagen – neu ist er nicht, schön ist er nicht und eine Burg hat er auch nicht – also Dreilügendorf. Dort kann ich Kellys Schwimmball unheimlich weit werfen, da an der Stelle, wo wir ins Wasser gehen, das Ufer drei Meter höher als das Wasser ist. Hier gehe ich auch ins Wasser.
Eine weitere Möglichkeit sind die Pferdeteiche, wo sich in der Nähe ein Gestüt befindet. Hier wurde ich jetzt allerdings gewarnt, dass sich der Inhaber fürchterlich aufregen würde, wenn er uns erwischt. Dieser Teich dient der Fischzucht. Unklar ist allerdings, wieso wir die Fische stören und nicht die Pferde mit Reiter, welche hier öfter in das Wasser gehen.
Bei den Schwimmaktionen mit Kelly gab es aber stets zwei Probleme.
Zum einen sprang Kelly immer wie wild hin und her, wenn ich den Ball werfen wollte. Das hatte den Nachteil, dass sie meist auch den Schwimmball mit Schlaufe durch ihr Daraufgespringe mit ihren Pfötchen durch die Gegend rollte. Das Schlimmste war allerdings ihr nervtötendes Gebell, welches auch den Stänkerer sehr störte.
Zum anderen schleppte sie den Ball, wenn sie aus dem Wasser kam, weit fort an unmögliche Stellen, möglichst ins Unterholz oder andere schwer erreichbare Orte. Was das bedeuten sollte, habe ich nie erkennen können. Ich bildete mir immer ein, dass sie mit mir spielen wollte – bewusstes Ärgern des Rudelführers schloss ich immer aus.
Wenn ich sie fragte: „Warum schleppst du denn den Ball immer weit weg? Willst du mich ärgern?“, so antwortete sie nur lapidar: „Lass mich nur machen – das macht mir so viel Laune. Ich muss doch nicht für alles immer eine Erklärung abgeben.“

Kelly trickst mich aus

Gegenwärtig ist eine drückende Hitze – es ist so, als wenn jemand den Backofen aufgelassen hätte. 35 °C im Schatten – der Wetterbericht gestern Abend kündigte für morgen, das ist nun inzwischen schon heute, noch eine Steigerung an. Ich entdecke am Thermometer 38 °C, ein Wahnsinn.
Unsere kleine Verwöhnte schlich auch langsamer als sonst durch die Gegend. Da kam mir der Gedanke, ihr eine Dusche zu verpassen. Wir

füllten eine Gießkanne mit Wasser und los ging es. Am Anfang riss sie aus, als sie aber den ersten Schwab abbekommen hatte, lenkte sie ein und ließ sich willfährlich begießen.
Ich wollte etwas gutmachen mit der Kleinen, da ich früh keine Zeit für sie hatte.
„Kelly, heute Abend 20:00 Uhr fahren wir noch einmal zum Stauweiher – da ist der Stänkerer sicher nicht mehr da und die meisten Leute sind schon weg."
Denkste! Wir kamen hin zum Stausee – da standen schon Autos außerhalb, wo es Knöllchen gibt. Mit Mühe und etwas Glück fanden wir einen Parkplatz.
„Weißt du was – morgen fahren wir zum Ziegeleiteich im Nachbarort. Dort sind kaum Badegäste, weil es erstens nicht so komfortabel zugeht und zweitens, weil man dort mindestens eine Viertelstunde laufen muss auf holprigem Boden, bis man am Wasser angelangt ist.
Die Leute wollen doch heute alles mit ihrem Auto erledigen – möglichst gleich in den Badeteich hineinfahren – möglichst bis an den Tresen von Lidl fahren und sich dort bedienen, ohne auszusteigen."
Wir fuhren also zu diesem Ziegeleiteich und stellten das Auto am Beginn des Weges zu demselben ab. Ich hängte mir die Hundeleine um, packte meine Badehose, Antimückenspray und Kellys Badeball in einen Beutel und schon gingen wir zwei los.
Ja – so Dachte ich – hatte aber Kellys Eigenarten nicht einkalkuliert. Die Kleine ließ nicht von dem Beutel, wahrscheinlich hatte sie ihren Lieblingsball erschnuppert (der roch übrigens, auch für mich, ganz wunderbar), sprang mir immer wieder vor die Füße, sprang an mir hoch und war wahnsinnig aufgeregt. Ich kannte dieses Affentheater schon und gab nach, da das Durchsetzen unheimlich viel Kraft und Aufregung kostete. Also nahm ich ihren Ball aus dem Beutel, sie sprang freudig hin und her und bellte, und warf ihn auf dem Zugangsweg, soweit ich konnte. Mit unwahrscheinlichem Ehrgeiz jagte nun die Süße zu dem Ball, schnappte ihn und legte ihn 2 m abseits des Weges hin. Dann kauerte sie sich in die Nähe des Balles und wartete darauf, dass das Alphatier auch mal was tut. Dieses Alphatier holte sich den Ball aus dem Gestrüpp, hob ihn auf und Kelly bellte erneut aufgeregt, da das Geschäft ja nun so weiterging.
Nach dem Weg, vorbei an Schrebergärten, ging es nun an einem reifen Kornfeld vorbei (einen Ball, den Kelly 3 m in das Kornfeld geschleppt

hatte, heraus zu holen, ist ja nun wirklich keine große Mühe) – dann tauchten wir aber in die Bewaldung rings um den Ziegeleiteich ein, wo die Bedingungen für uns beide schwieriger wurden.
Der eigentliche Weg lief knapp an einer Böschung entlang, welche schräg nach unten bis zu dem Wasser ging. Hier musste ich natürlich mit meinen Werfaktionen ziemlich zirkeln, damit der Ball nicht die Böschung hinunter ins Wasser rollte. Also warf ich ziemlich weit von der Böschung weg, um dieser Gefahr zu entgehen. Das klappte auch gut – Kelly schleppte die Bälle von der Böschung weg ins Unterholz. Plötzlich war mir so, als wenn Kelly die Böschung hinunterlaufen würde.
„Kann doch nicht sein – dreht die Kleine durch?“
Ich hin zum Ort des Geschehens – kein Ball zu sehen.
„Kelly, was ist denn los? Wo ist der Ball? Mach ja keinen Quatsch!“
Sie jagte aufgeregt hin und her – ein Ball war nicht zu sehen. Ich gebe zu, ich bekam richtigen großen Zorn.
„Also los und auf der Stelle – such den Ball.“
Kelly merkte, dass ich ernsthaft eine ziemliche Wut hatte und reagierte – sie lief den Hang hinunter und Weiß Gott – da lag der Ball. Sie nahm den Ball ins Maul und jetzt kam das Unglaubliche – sie legte ihn wieder hin und kam den Hang hoch. Ich brüllte.
„Wir sind hier, um zum Schwimmen zu gehen und nicht, um Mätzchen zu machen – Du spinnst ganz schön, Kleine. Hole jetzt sofort den Ball, sonst kracht es.“
Das ganze Affentheater wiederholte sich noch einmal. Ich versuchte, meinen Ärger zu beherrschen.
„Du läufst jetzt den Hang hinunter und kommst mit dem Ball hoch und bringst ihn zu mir. Ich gehe inzwischen weiter.“
Ich lief konsequent und ohne mich umzudrehen weiter – ich spürte ihre Blicke und abwartende Haltung hinter meinem Rücken. Nach vielleicht 25 m wagte ich mir, zu schlunzen, ich sah wie sie gerade den Hang hinunter lief und lief noch selbstbewusster weiter – der Sieg würde in Kürze mein sein, sie kam mit Ball hinter mir her und der Erziehungsprozess war positiv gelaufen.
Nach langer Zeit hörte ich hinter mir ein Hecheln, ich durfte mich ja nicht umdrehen. Sie lief an mir vorbei und hatte (ich fasse es nicht) **den Ball nicht im Maul**. Ich war geschockt und wusste, dass ich auf der gesamten Linie verloren hatte.

Was würden Sie an meiner Stelle jetzt tun? Ich ging resigniert und bedrückt den gesamten Weg zurück, kraxelte mit viel Mühe den Hang hinunter, nahm den Ball auf, kraxelte wieder hoch und schrie Kelly an, indem ich ihr den Ball vor die Nase hielt.

„Kleine, du spielst mit mir Schindluder, bringst mich in Stress und treibst zu deiner Freude deine Spielchen mit mir. Das lasse ich nicht zu – du läufst jetzt einfach vernünftig weiter und zwar ohne Ball und ohne mir den Weg zu versperren – Basta!"

In gedrückter Stimmung liefen wir weiter – um einen Seitenarm des Ziegeleiteiches, durch eine Waldgruppe hinaus aus dem Wald, an einem Weizenfeld vorbei und dann ging es ganz steil auf roter Lehmerde einen Hang hinunter, danach auf gerader Strecke mit unheimlich viel herausragenden Wurzeln (hier hatte ich immer Angst um Kellys verletztes Pfötchen) und dann kamen wir endlich auf ein Terrain, von wo ab es gut ins Wasser ging. Hier waren mehrere rötliche Lehmhügel, welche von Birken und Eschen umsäumt waren.

Kurz bevor es den Hang hinunter ging, wollte Kelly plötzlich wieder alte Verhältnisse auffrischen, bellte nach dem Ball und versperrte mir den Weg. Mit ruppiger, krächzender Stimme lehnte ich verärgert ab und distinguiert liefen wir beide weiter.

Ich machte Kelly den Gurt ab und zählte eins – zwei – bei drei warf ich den Ball, sie stürmte bellend zum Wasser, stürzte sich hinein, schwamm zum Ball, schnappte ihn und schwamm ans Ufer zu mir. Wenn ich geglaubt hatte, dass sie den Ball, wie es sich beim ordentlichen Apportieren gehört, zu mir bringe und ihn bei mir abgelegte, so hatte ich mich gründlich getäuscht.

Kelly lief mit dem Ball im Maul zügig an mir vorbei, den geraden Wurzelweg nach hinten zu der Böschung, lief diese hoch und ward von mir nicht mehr gesehen. Ich durfte dann später mühsam den Hang hoch kraxeln und den Ball 10 m weg von dieser Stelle, wo sie oben angekommen war, abholen.

Später, als wir im Auto saßen, versuchte ich sie zur Rechenschaft zu ziehen. Sie antwortete nur etwas patzig:

„Ich hatte schon einmal gesagt, Klaus, das ich nicht für alles eine Erklärung geben möchte. Es macht mir eben heute einmal Laune, mich so zu benehmen. Entschuldige bitte, Herrchen, aber ich bin ja auch eine Frau, wenn auch eine Hundefrau, und diese sind manchmal etwas zickig."

Erdbeeren pflücken – meine Welt

Ab Juni ging ich mit der Kleinen ab und zu Erdbeeren pflücken, leider hatte sie nicht die Gabe, mit zu pflücken.

Auf alle Fälle passte ihr es nicht, wenn sie wieder angepflockt wurde. Manchmal schaute sie bewusst zur Seite und wenn ich sie ansprach, drehte sie den Kopf weg – sie war also beleidigt. Also wollte ich sie zum Erdbeerpflücken einsetzen.

„Kelly, komm mal her zu mir – hier ist eine Erdbeerpflanze und es sind mindestens fünf rote Beeren dran, die du abpflücken musst. Dazu musst du dich hinsetzen, damit du beide Vorderpfötchen frei bekommst. Nun kannst du mit diesen zwei Beinchen die Beeren pflücken, indem du die Beeren zwischen die Pfötchen nimmst und dann ziehst. Hast du sie zwischen den Pfötchen, gehst du zum Erdbeerkorb und lässt sie hineinfallen. Hast du verstanden, Süße? Also los – pflücke!"

Kelly schien verstanden zu haben, allerdings sprang sie bei der Erdbeerpflanze vor Aufregung hoch und nieder. Dabei fielen zwei der Beeren zu Boden und in eine trat sie sogar hinein und zermatschte sie. Der erste Versuch ging also schief. Weitere folgten, aber zum Erdbeerpflücken war Kelly einfach nicht zu gebrauchen.

Enttäuscht teilte ich ihr dies auch mit – sie war aufs Äußerste beleidigt.

„Ihr Menschen lernt eben mehr als wir in unserem Wolfsrudel im Wald. Ihr geht in die Schule, studiert und was weiß ich noch alles mehr. Das kannst du mit uns Tieren nicht vergleichen – das ist einfach unfair. Ich gehe jetzt wieder zu dem Zaun – da kannst du mich anpflocken. Ich warte geduldig, bis du fertig bist – Ende der Diskussion."

Ich tat, wie mir befohlen wurde.

Ab Juli gingen wir zwei dann auch häufig in die Pilze. Hier hatte sie dann ihre Freiheit und konnte mit mir Pilze suchen – ohne angepflockt zu werden. Allerdings waren ihre Suchergebnisse mäßig – ich kann mich nicht an einen Fall besinnen, wo sie durch Eigenaktivität einen Steinpilz oder eine Marone gefunden hätte. Meine, von mir gefundenen, Pilze beschnupperte sie aber mit höchstem Interesse.

Mittagessen – enorm wichtig für Kellys Geschmacksnerven

Nachdem die Kleine und ich unser Vormittagsprogramm absolviert hatten, ging es immer rasch nachhause, da Helga bereits ein schnuckeliges Mittagessen bereitet hatte. Meist kamen wir zu spät zurück – unsere Order lautete, spätestens 13:30 Uhr zuhause zu sein – es war aber meist

bereits 14:00 Uhr oder später. So bekamen wir dann immer unser Fett ab. Ich schob die Verspätung immer auf Kelly. „Helga, du musst ja auch bedenken, dass sich die Kleine mindestens 1 Stunde auslaufen und ausrennen muss. Außerdem mussten wir noch einkaufen – wir waren beim Fleischer, beim Bäcker und bei ALDI.“
„Redet nicht so viel – setzt euch lieber hin und haltet die „Pappen“. Sonst brutzelt mir noch alles im Tiegel an.“
„Wieso redest du in der Mehrzahl – die Süße hat doch gar nichts gesagt.“
„Nun aber Ruhe. Ich sagte bereits: „Haltet die Pappen“.
Wir setzten uns brav hin. Die Süße schaute lieb und sehnsüchtig auf den Tisch.
„Irgendwann muss doch auch für mich mal etwas rüberwachsen. Die denken immer nur an sich und schnabbern bereits. Aber Geduld, liebe Kelly, und ja nicht bellen – sonst wird das Alphatier ranzig.“
Kelly wartete immer **äußerst geduldig**. Das war sehr wohltuend. Das Essen musste ja schließlich abkühlen, denn in der Natur erhitzte es ja auch keiner. Ich testete immer mit dem kleinen Finger die Temperatur und unser lieber Vierbeiner schaute aufmerksam zu – sie wusste genau, dass diese Arbeit für sie getan wird.
Mit Vorliebe aß die Kleine Bratensoße, hinein gequetschte Kartoffeln und natürlich – ganz wichtig – Fleisch oder Wurst. Aber natürlich genoss sie genauso ein Schnitzel mit Soße, Kartoffeln und Gemüse. An Gemüse aß sie genauso Blumenkohl wie Broccoli und Möhren mit Erbsen. Wie schon gesagt – Kelly isst alles außer sauren Gurken.
Nach dem Mittagessen befiel mich immer eine bleierne Müdigkeit. Kelly schien es ähnlich zu gehen. Also schlossen wir uns zusammen und legten uns im Kinderzimmer auf das Sofa. „Ach – ist das angenehm“, überlegte ich, holte ein weiches Kopfkissen und schlug die dicke Wolldecke auf. Nun musste ich schnell unter die Wolldecke kriechen, denn wenn Kelly vor mir da war, lag sie obendrauf und das Chaos war perfekt. Manchmal arrangierte ich auch, dass Kelly unter die Decke kam. Dies war dann sinnvoll, wenn sie zuvor schwimmen war, beziehungsweise, wenn Fliegen im Zimmer waren, die sich meist auf sie setzten und sie so störten, dass sie ganz einfach verschwand, das heißt, vom Sofa sprang und ihr Körbchen suchte. Dann war ich natürlich traurig, denn es war ein wunderschönes Gefühl, diesen kleinen, warmen Körper, den ich so liebte, an mich geschmiegt, genießen zu können.

Gleich, ob sie unter der Decke oder auf ihr lag, sie legte sich stets ganz stark an mich. Um dies zu erreichen, knallte sie ihren Rücken regelrecht gegen meinen Bauch. War dies geschehen, schnurrte sie ähnlich wie eine Katze, dieses „mmmnnchch, mmmnnchch, mmmnnchch“ drückte ihr enorm starkes Wohlbefinden aus.

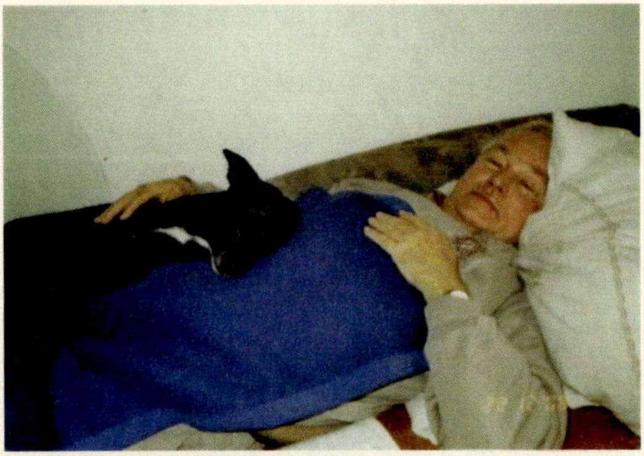

„mmmnnchch,
ist das gemütlich“

„Auch an der frischen Luft ist es gemütlich.“

Ich fragte sie einmal besorgt: „Weshalb springst du denn manchmal so empört vom Sofa runter und legst dich auf den Fußboden?"
„Na, diese blöden Fliegen sind ja so penetrant – da kann ja kein Mensch, geschweige denn ich, in Ruhe schlafen. Außerdem bekomme ich auf diese Fluggeräte Wut, weil das alles so sinnlos ist mit diesen Viechern. Ich schnappe dann wie toll nach ihnen – bisher habe ich noch nicht mal eine mit meinen großen kräftigen Zähnen zermalmen können. Ich dachte immer, dass ich sehr rasch reagieren kann, aber dieses Viehzeug ist ja noch schneller als ich.

Diese sinnlos hin und her summenden Miniflugzeuge gehen mir mächtig auf den Geist. Mach dir nur keine Sorgen, Herrchen, ich liege gerne bei dir und genieße unser schönes Miteinander.

Wenn ich da vergleiche, wie es mir da bei dem Punker ging, als wir auf der Straße lebten, teilweise dem Regen ausgesetzt waren und meist nicht viel zu futtern hatten beziehungsweise im Restaurant, wo nie einer Zeit für mich hatte – das ist doch heute bei dir „wie Sahne".
Ich denke, du wirst es genauso genießen wie ich, denn nach dem, was ich mit dir erlebt hatte, als du noch Unternehmer warst, ständig Stress und Druck sowie Existenzangst – von Mittagsschlaf bei deinem 12 bis 14 Stundentag ganz zu schweigen – da muss es doch dir jetzt auch wie das Paradies auf Erden vorkommen."
„Ja, genau so ist es, meine Süße", sagte ich und schaute sie gerührt und liebevoll an.

Nachmittagsgestaltung
Meist gingen wir nach unserem Schönheitsschlaf in den Garten.
Irgendetwas hatte ich immer zu tun – zu säen, Himbeerpflanzen anzubinden, Gras zu mähen oder sogar in der Erde Kanäle zu schachten für das Verlegen von Rohren (Regenwasserkanäle und Schmutzwasserkanäle wurden getrennt und so waren diese Arbeiten dringend notwendig).
Die kleine Süße war immer auf meiner Höhe, das heißt immer in meiner Nähe. So konnte ich mich mit ihr ständig unterhalten.
„Jetzt binde ich die zwei Himbeerpflanzen an diesen Bambusstock – schau mal, wie traurig die schon ihren Kopf zur Erde neigen.

Es wird also höchste Zeit. Wo ist denn der Strick? Hole ihn doch mal aus dem Schuppen, du weißt doch, wo er liegt."

Leider arbeitete die Kleine nie mit – warum eigentlich? fragte ich mich. Sie antwortete wohl: „Weiß nicht, wo der Strick in der Garage liegt – lass mich doch hier in dem schönen kühlen Gras liegen und zuschauen. Das gefällt mir viel besser."
Damit die Kleine aber nicht so im Gras rum lag, warf ich ab und zu den Ball mit Schlaufe.
Wir hatten aber auch noch einen alten Fußball, denn sie schon sehr zugerichtet hatte.

Natürlich kam auch dieser zum Einsatz

Manchmal kann man nicht nur eine Kelly erleben, die nicht nur mit dem Ball gespielt, sondern auch in der Wiese nach Mäusen gebohrt hatte. Ab und zu erschreckte sie mich zu Tode (vor allem, wenn ich einmal in Gedanken war). Da sprang sie plötzlich wie von der Tarantel gestochen auf, bellte wie verrückt und jagte die 80 m (ohne Rücksicht auf ihr verletztes Beinchen) zum Zaun an der Straße, um irgendwelche Gegner wie Fußgänger, Jogger, Fahrradfahrer und andere Gegner aufs Äußerste zu bedrängen durch maximales Bellen und am Zaun lang jagen.
Wo zwischen Zaun und Fußboden Platz war, steckte sie ihren Kopf hindurch, bellte wie toll und wollte durchkriechen. Dies war bei unserem Eingangstor der Fall, und da es aus drei Feldern bestand, musste ich unten drei mit Gelenken befestigte Bretter anbringen, um zu verhindern, dass sich Kelly auf die vermeintlichen Gegner stürzte.

Ja, ja – etwas mehr Arbeit hat man schon mit so einem lebhaften Tierlein, was sich manchmal als Raubtier präsentieren will.
Zurzeit sind die Tiefbauer auf der bei uns vorbeiführenden Frühlingsstraße zugange (wie ich das ausdrücke, klingt das, als wenn sie nur so, mal heute, ihre Arbeit verrichten würden – es ist aber ganz anders – sie tun dies

schon seit über zwei Jahren).
Mich sprach jetzt ein solcher, sympathischer Tiefbauer an.
„Das ist für mich sehr erstaunlich – Ihr Hund ist dermaßen giftig innerhalb ihres Geländes. Ich habe immer den Eindruck, er möchte uns alle zerfleischen. Wenn Sie mal nicht die unteren Bretter am Tor heruntergelassen haben, versucht er sich durchzuzwängen, um das Erwähnte zu erreichen. Nun kommt aber für mich das Erstaunliche – wenn Sie das Tor aufmachen und er auf die Straße kann, kommt er freundlich zu mir, will gestreichelt werden, schnüffelt bei mir und ist ein ganz Lieber."
„Also – erst einmal ist es eine Hündin. Sie will halt ihr Revier verteidigen und sieht euch, berechtigterweise, mit euren Baggern, Pressluft-hämmern und Riesenwinkelschneidern als ganz üble Angreifer."
Plötzlich und unerwartet meldete sich die Süße zu Wort.

„Was redet ihr denn da für einen Schwachsinn? Stellt euch nur mal vor, ihr hättet das große Grundstück zu verteidigen und da draußen rabotten irgendwelche fremden Menschen mit Furcht einflößenden Gerätschaften. Da kann einem doch Angst und Bange werden und ich muss sie ganz einfach abschrecken, indem ich meinen Willen zeige, kämpferisch alles zu geben. Als kleinen Trick zeige ich meinen großen Fang mit den großen Hauern, damit sie Respekt bekommen. Ist das etwa falsch?"
Heute kam überraschend der sympathische Tiefbauer zum Tor, um mir etwas mitzuteilen.
„Achten Sie heute bitte auf folgendes. Wir bringen heute eine 24 cm dicke Asphaltdecke auf und zwar in zwei Schichten. Das Zeug kommt mit 180° an – sie dürfen Ihre Hündin heute nicht hier vorn auf die Straße heraus lassen. Das ist viel zu gefährlich für ihre Pfötchen. Das dauert insgesamt bis 20:00 Uhr und dann müssen Sie mit 10 Stunden Abkühlzeit rechnen."
„Vielen herzlichen Dank für meine Kelly – wir gehen heute von unserem Grundstück hinten runter.".
Dies taten wir auch. Wir gingen zwischen einem Weizenfeld und unserem Zaun, dann des Nachbarn Zaun, zum Biotop. Dies war immer wieder ein wunderschöner Spaziergang. Allerdings muss ich zugeben, dass Kelly und ich zweimal, jeweils 10 m, durch das Weizenfeld stapfen mussten, bis wir auf eine mindestens vierzig Zentimeter breite Spur im

Weizenfeld stießen, wo ein Auto der Agrargenossenschaft lang gefahren war. Auf dieser Spur, wo überhaupt nichts wuchs, konnten wir dann ordentlich lang schreiten, ohne dass wir Schaden anrichteten.
Als wir von unserem Spaziergang zurück kamen, ging ich noch einmal zu dem Tiefbauer, um mich zu bedanken. Als sich zum Tor kam, rief er aufgeregt: „Sieh mal da hinten – da läuft gerade Nachbars Katze, das heißt, die von dem Bauern, über den heißen Asphalt. Ach du armes Tier, du wirst dir deine Pfötchen verbrennen – das tut mir leid."
Da meldete sich plötzlich Kelly, die mir natürlich zum Tor nachgelaufen war, aufgeregt zu Wort:
„Der Bauer ist aber auch ein Hornochse – abends sperrte er die Katzen in den Schuppen, wo sie doch so schön in der Nacht Mäuse jagen könnten, wie das halt so üblich ist. Wenn aber der Asphalt die Pfötchen verbrennen kann, lässt er sie ohne Warnung draußen rumlaufen – unmöglich, finde ich das. Danke, dass ihr so schön auf mich aufgepasst habt, dass mir nicht das Gleiche passiert. Ihr seid schon sehr in Ordnung."

Auch das Abendessen ist enorm wichtig für Kelly

18:00 Uhr ist der Zeitpunkt, wo die Kleine im Allgemeinen ihre Abendmahlzeit serviert bekommt. Ab diesem Zeitpunkt ist die kleine Verfressene nervös bis sehr nervös, umkreist mich häufig und schaut mich – psychologisch gekonnt – flehentlich an.
Es kann schon manchmal etwas nerven – meist rede ich dann mit ihr, um sie zu beruhigen: „Du kleiner Vielfraß – in der Natur geht auch nicht alles nach Programm. Ich denke, die Mägen im Wolfsrudel werden häufig vor Hunger knurren, wenn wieder einmal eine Jagd erfolglos verlaufen ist. Außerdem haben wir heute sehr spät Mittag gegessen und du solltest unbedingt folgendes bedenken. Du bekommst dreimal am Tag zu essen – dass ist mindestens zweimal zu viel. Außerdem hast du 1,2 kg Übergewicht und der Tierarzt sagt, du seiest wie ein Staubsauger. Überlege dir das alles einmal und gib Ruhe – es gibt erst etwas in einer Stunde."
Abends bekam die Süße ARAS-Tiernahrung.
Anregung dazu bekamen wir infolge einer zufälligen Begegnung auf einem Autobahnparkplatz, als wir von Tochter Regine, welche im tiefsten Bayern wohnt, nachhause fuhren. Der freundliche Herr informierte

uns, dass es vor mehr als 20 Jahren einen ganz besonderen Grund gab, der zur Gründung der ARAS-Tiernahrung in Nürnberg führte.
Der Hund des späteren Firmenmitbegründers starb viel zu jung, qualvoll, an einem Nierenversagen. Die Hauptursache für die Erkrankung des Hundes lag nach Ansicht des behandelnden Arztes in dem verwendeten Hundefutter. Diese Tatsache, sowie die Vermutung, dass es mit Sicherheit genügend andere Hunde und Katzen gibt, die ein gleiches Schicksal erleiden müssen, war so etwas wie die Geburtsstunde der ARAS-Tiernahrung.
Eine Hunde- und Katzennahrung auf Frischfleischbasis, garantiert ohne chemische Zusätze und frei von synthetischen Zusatzstoffen, das war für die damalige Zeit unvorstellbar und so wurde zu jener Zeit dieses Vorhaben von dem einen oder anderen Kenner der Branche müde belächelt.
Dies alles erzählte uns der Tierfreund und – um es kurz zu machen – seit diesem Zeitpunkt kauften wir ARAS und bilden uns ein, Kellylein etwas besonders Gutes damit zu tun. Dieses Tierfutter wird auch angeliefert, damit ist das Ganze für uns auch sehr nutzerfreundlich.
In einer Dose sind 300 g – mal Kalbfleisch, mal Rindfleisch, mal Geflügel, mal Ente, mal Wild usw. und so fort.
Folgendes riet uns unserer Nachbarin. Ihr Vater, welcher ein fleißiger Bauer war, aß viel Hafer und hatte dazu folgende Bemerkung parat:
„Was den Pferden Kraft gibt, gibt auch mir Kraft."
Also – logische Schlussfolgerung: Der Rüde unserer Nachbarin bekommt Hafer zu fressen, unsere kleine Kelly natürlich auch und ich schließe mich an, indem ich öfter zum Frühstück ein Hafersüppchen verspeise. Was heißt hier verspeisen? Eigentlich müsste ich hier „... Hafersüppchen fressen" terminieren, gemäß unserer verdrehten Handhabung mit Kelly. Das kommt mir aber im Moment aber doch etwas zu rustikal vor.
Ganz am Anfang der Kelly-Ernährung, als wir noch nicht ARAS - belehrt waren, kauften wir Flecke, Pansen, Fleischknochen. Das alles machte natürlich relativ viel Mühe.
Abends bekam die kleine Verfressene 100 - 150 g ARAS mit Hafer, in welchen sie mitunter hineinpustete. Das ärgerte natürlich die pingelige Hausfrau Helga und – wenn es das Wetter hergab – musste Kellylein auf der Terrasse speisen.

Vor zwei Jahren, als ich wieder so schöne, frische Erdbeeren gepflückt hatte, legte ich drei Erdbeeren in den Napf neben das ARAS-Futter und schaute gespannt, wie wohl die Sache ausgehen würde. Mir ging es einfach darum, der Kleinen Vitamine zukommen zu lassen. Was geschah? Sie aß das Futter auf – ging mehrfach zurück, um nachzulecken (ich hatte manchmal den Eindruck, dass sie die Oberflächenbeschichtung aus Chrom beseitigen wollte) – die drei wunderschönen Erdbeeren blieben allerdings liegen.
Nun war mein Erfindergeist gefragt – „Kelly, höre mal zu, was bildest du dir eigentlich ein? Ich will dir etwas Gutes tun, indem ich dir Vitamine über wunderschöne Beeren zukommen lassen will. Du ignorierst diese und damit auch meinen Willen. Ich mache jetzt ganz einfach folgendes – ich vermische dein Essen und die Beeren – da kannst du wählen."
Kellylein schaute mich leicht trotzig an. „Mach nur dein Ding, Herrchen, wenn es so gut für mich ist, dann soll es so geschehen wie du es wünschst. Wenn du glaubst, ich würde dann mein Essen liegen lassen, dann hast du dich gewaltig getäuscht, mein Klaus."
„Der kleine Dreieinhalbbeiner ist ja heute ganz schön kess – außerdem sagt er wieder Klaus zu mir", stellte ich nur lakonisch fest.
Die Haferflocken wurden nur auf das Frischfleisch gestreut – die Erdbeeren mussten natürlich mit dem Futter eine richtige homogene Masse bilden, das bedeutete, dass ich die Erdbeeren bis in kleinste Teile zerquetschen und dann vermischen musste.
Während ich dies schreibe, fällt mir ein, dass ich das Gleiche mit Bananen tun sollte. Wenn die Kleine auf dem Teller oder in ihrem Napf Bananenstücke hat und diese geraten in ihr Schnäuzchen, macht sie so eine Art spitzen Mund und spuckt diese einfach aus.
Nach dem Abendessen hatte ich meist noch im Garten zu tun – Kelly schaute mir interessiert zu. Manchmal gingen wir auch noch ein kleines Stück spazieren in den Sonnenuntergang. Wenn die Kleine noch sehr energiegeladen war, warf ich auch ab und zu ihren Ball und sie flitzte wie früh am Morgen. Dabei bemühte ich mich immer, möglichst weit zu werfen, damit sich der gesamte Aufwand lohnt. Manchmal ging der Ball aber nicht in den 45°, die ich wünschte, ab, sondern ging eher senkrecht in die Luft und landete auf dem Flachdach unseres Hauses. Dann hieß es für mich, 20:00 Uhr, noch über die senkrechte Dachleiter

hoch zu steigen. „Na Bravo", dachte ich „warum wirfst du denn auch so spät abends und dann auch noch so dusselig schlecht."
Aber dann merkte ich, dass sie relativ schnell müde wurde. Regine sagte immer: „Wenn es dunkel wird, bildet sich Melatonin – das spürt man besonders bei Tieren.

Schlafen und Ausruhen ist der Kleinen auch sehr wichtig
So schlief die Süße schon mal auf der Wiese ein, legte sich dann ins Körbchen, um die Ruhe zu pflegen.
Bellte aber plötzlich ein Hund – auch wenn es noch so leise war – dann jagte sie, wie am Tage, runter zum Zaun an der Straße, um irgendwelche Gegner zu bekämpfen.
Dies wunderte mich immer, denn sie war offensichtlich ziemlich müde. Dies interessierte mich.
„Sag mal, Kleine, du warst doch vorhin noch ganz schläfrig und jetzt jagst du wie verrückt plötzlich zum Zaun, um irgendwelche Hunde oder Menschen zu vergraulen. Ich habe manchmal den Eindruck, du musst zu allem deinen Senf dazu geben. Du kannst doch nicht einfach die Wirksamkeit von Melatonin zur Seite drücken und den Abend und die Nacht zum Tag machen."
„Ach, Herrchen, du verstehst wieder mal überhaupt nichts von mir, meinen Gefühlen und Empfindungen. Ich hatte dir schon einmal erläutert, die Gene in mir verlangen ganz einfach, dass ich für Ordnung sorge – da kann ich ganz einfach nicht anders und muss handeln. Da kann ich auch nicht an das komische Melatonin denken – wenn ich da draußen so ein Chaos höre, gibt es in mir einen Ruck und ich muss handeln. Da finde ich das von dir schon ganz schön frech und alles andere als lieb, wenn du behauptest, ich müsse zu allem meinen Senf dazu geben. Ich dachte immer, wir wären für einander da – nun bin ich aber sehr verunsichert."
„Süße, du bist mein Partner und ich habe dich sehr lieb und werde dich immer lieb haben – auch wenn du zu vielem deinen Senf dazu gibst. Komm, beruhige dich, ich schlage vor, wir gehen jetzt schlafen."
Kelly schlief in der ersten Nachtetappe (was es mit der zweiten Nachtetappe so auf sich hat, siehe später) in der Stube auf dem Sofa.
Dort liegen drei mit weißem Damast bezogene Kissen – ein eckiges, ein rundes mit Rüschen und eine Genickrolle. Diese sind offensichtlich – aus der Sicht meiner deutschen Hausfrau – Heiligtümer. Am besten,

wenn ich sie überhaupt nicht anfasse. Tue ich es doch, tönt es sofort „Hast du auch keine schmutzigen Finger?"

Auf dieses Sofa wird eine Kelly-Decke gelegt – auf das Teil zum Sitzen oder Liegen und auch über die Rückenlehne. Die zwei weißen Kissen werden unter dieser Decke übereinander gelegt, damit Kellylein für ihr Köpfchen so eine Art Keilkissen hat, die Genickrolle wird zur Seite gelegt.

Ich musste daran denken, dass es mir verboten war, meinen Kopf auf die weißen Kissen zu legen.

„Du mit deinem Haarölkopf (ich benutze nie Haaröl – wahrscheinlich verwechselte sie mich mit meinem Vater, welcher tatsächlich Klettenwurzelhaaröl, in Massen, einsetzte) verschmierst mir den weißen Damast."

Gott sei Dank galt für die Süße dieses Verbot nicht – ich war ja heilfroh darüber. Es konnte aber schon mal vorkommen, dass die Decke verrutschte und die Süße mit ihrem Kopf auf den weißen Damast zu liegen kam. Kellylein durfte das.

Also – unser Hündchen sprang mit Hopse Mopse auf das Sofa und machte sich meist lang, indem sie ihren Kopf auf das für sie gebaute Keilkissen legte und zwar in die Kuhle zwischen Kissenerhöhung und Rückenlehne. Dabei staunte ich immer wieder, wie lang die Kleine sich machte, beziehungsweise von Haus aus war – sie nahm fast zwei Drittel dieses Sofas in Beschlag. Unser gesamtes Sofa bestand aus zwei rechtwinklig zueinander stehenden Teilen. Ich durfte dann in der Ecke zwischen beiden Teilen sitzen und Fernsehen schauen. Meine Frau saß auf dem anderen Sofa – was heißt hier saß – sie wurde sehr schnell schläfrig und legte sich flach. Zu diesem Zweck hatte sie ihr Kopfkissen aus der Schlafstube schon längst bereit gelegt. Wenn Kelly den richtigen Zeitpunkt erwischte, legte sie ihren Kopf auf das weiße Kissen – ein Traum für sie.

Häufig kam es auch vor, dass die Süße erst Streicheleinheiten wollte, bevor sie sich lang machte. Meist holte sie sich diese von Helga ab. Sie lief auf dem Sofa zu ihr hin, setzte sich, schaute lieb, stellte die Ohren hoch und gab ständig mit dem rechten, dem kranken Beinchen Pfötchen – einfach ein liebreizender Anblick.

Helga schlief neuerdings – mit der Begründung ich würde so extrem schnarchen, dass die Wände wackeln würden (eine sicher sehr bösartige Unterstellung, die jeglichen Wahrheitsgehalt vermissen ließ) – generell

in der Stube. Damit war Kelly mehr als zufrieden – sie war so bei einem Teil des Rudels, also war so die Welt in Ordnung. Wenn ich aufstand, um ins Bett zu gehen, setzte sie sich auch hin. Ich wünschte ihr eine gute Nacht, drückte sie und manchmal gab ich ihr einen Kuss auf die Stirn - sie knurrte wohlig und legte dann ihren Kopf auf das Keilkissen, wo sich darunter die zwei Damastkopfkissen befanden. Ich empfand, dass das fast genauso einfühlsam ablief, als wenn ich vor langer, langer Zeit eines unserer kleinen Kindern ins Bett gebracht hatte - nur dass ich damals immer etwas vorlesen musste.
Nachts so gegen 2:00 Uhr, 3:00 Uhr wollte sie allerdings ins Freie, angeblich um Pipi zu machen – ich denke, das sie in Wahrheit nur etwas ausgeschlafen war und Erkundungsdrang verspürte, sprich Abwechslung suchte.
Dann stürmte sie wieder auf das Sofa zurück, musste immer gebremst werden, um Pfötchen zu reinigen (was sie so unheimlich liebte!).
Dies ging relativ lange so, aber plötzlich kam ihr eine, aus ihrer Sicht sinnvolle Veränderung, in den Sinn.
Wenn sie aus dem Garten hereinkam, setzte sie sich vor die Schiebetür zur Schlafstube und wollte zu mir – welche Ehre für mich.
Natürlich, wie auch anders, reagierten wir.
Helga besorgte eine zusätzliche Kelly-Decke, welche sie längs während Kellys nächtlichem Ausgang über mich schlafenden Menschen und über ihr unbelegtes Bett quer legte. Die Kleine kam an, sprang auf das Deckenteil, unter dem der böse Rudelführer angeblich schnarchte, lief dann weiter zu dem Deckenteil auf Helgas Bett und knallte sich dort hin. Helga deckte sie dann liebevoll zu und in wenigen Sekunden schlief die Kleine wieder ein, allerdings nicht, ohne zuvor wohlig zu seufzen „mmmnnchch".
Der Sprung von Kelly auf mich und dann das Weiterlaufen auf das andere Bett – dies waren für mich spannende Momente.
Meist erschrak ich, manchmal tat mir der Bauch weh oder sie trat auf das edelste Teil ihres Rudelführers. Aber schließlich trat ja dann Ruhe ein und sie schlief. Wenn sie sich nachts bewegte und drehte, wurde ich als treusorgender Babysitter und Rudelführer unruhig, stand auf und legte die Decke in unserer kühlen Schlafstube erneut über die Kleine.
Quiz Frage: Wie reagierte die kleine Verwöhnte? Richtig – sie seufzte wohlig „mmmnnchch".

Übrigens liebte sie es, wenn ich die Decke komplett über sie legte, so dass sie überhaupt nichts mehr sehen konnte. Sicher fühlte sie sich so sehr geborgen und ich hatte den Vorteil, dass, wenn sie sich drehte, sie dies unter der Decke tun konnte, ohne sich wieder freizulegen.

Schnarchen ist ja so etwas Feines, Kuscheln ebenfalls

Da sie ja so in der Nähe von mir lag, konnte ich feststellen, dass sie doch relativ häufig leise schnarchte – nicht so, wie mir unterstellt wurde, dass die Wände wackeln würden, aber sie schnarchte stetig und auch über längere Zeit.

„Weißt du überhaupt, du kleine verwöhnte Hündin, dass du unter deiner Decke so wahnsinnig laut schnarchst, dass ich gar nicht an Schlaf denken kann."

„Was soll denn das nun schon wieder? Klaus, ich denke, du willst mich wieder aufziehen – ich ärgere mich über deine Bemerkung. Hör doch mal zu, wie du dich nachts anstellst – manchmal benimmst dich ganz normal und bist ruhig, atmest nur leise vor dich hin und das nächste Mal fängst du an zu „raaatzen". Dabei hast du den Mund weit auf – die Fliegen fliegen ein und aus – ein furchtbarer Anblick. Hast du dir mal überlegt, weshalb Helga in die Stube gezogen ist?"

„Kellylein, wir wollen nicht zanken. Ich gebe zu, dass ich etwas übertrieben habe – du schnarchst nur ganz lieb und leise. Du hast aber auch übertrieben, Kleine, – von wegen, die Fliegen würden ein- und ausfliegen – ich bin doch kein alter Mann."

„Na, da haben wir nun alles geklärt, Herrchen. Du glaubst gar nicht, wie schön gemütlich es für mich ist, wenn du die Decke über mich gelegt hast. Dass ich da ein wenig schnarche, ist sicher sehr verständlich – nach all dem anstrengenden Bekämpfen von Gegnern am Tage."

Früh, wenn sie munter wurde, schaute sie gleich neugierig zu mir und freute sich offensichtlich sehr, dass ich da war.

Ich versuchte dann immer, sie zu mir ins Bett zu locken. Meine Lockrufe konnte ich aber nur gedämpft anbringen, denn wenn Helga das gehört hätte, wäre der Teufel los gewesen.

„Kelly, komm her zu mir, ich schlage schon die Bettdecke hoch. Du kannst auch bei mir schön Dei-Dei machen."

Ich warb und warb und lockte den kleinen Vierbeiner. Sie schaute wohl freundlich zu mir, drehte sich dann aber brüsk weg und brachte sich in

irgendeine Schlafstellung – sie hatte einfach keine Lust, zu mir kuscheln zu kommen.
Ich war enttäuscht und überlegte.
„Ich muss sie irgendwie ködern mit etwas, was sie unbedingt haben will – na klar, so mache ich das.“
„Liebes, süßes Kellylein“, sagte ich scheinheilig, „komm doch zu mir kuscheln und wenn du das tust, Süße, bekommst du von mir zum Frühstück zwei Stück von der herrlichen Schweinslende.“
„Wenn du es so wünscht, Herrchen, da machen wir das so. Allerdings gibst du mir drei Stück von der Lende.“
„Du hast mich erpresst, Kleine, es ist ja fast unserer unwürdig, da wir uns beide wie Politiker in fast allen Ländern verhalten - mit Korruption und Bestechung.“
Korruption hin und her – ich lag auf der rechten Seite, schlug die Bettdecke hoch und Kelly kam zu mir. Sie lief geradewegs auf mich zu, versuchte, mein Gesicht lecken, drehte sich dann herum und legte sich mit dem Kopf Richtung Bettende ganz eng an mich, das heißt, sie knallte sich an meinen Körper. Ich schlug die Bettdecke zu.

Ach – war das wieder ein herrliches Gefühl, dieses kleine Körperchen mit seiner wohligen Wärme zu spüren.
Mit dieser Bestechung praktizierten wir diesen Ablauf ab jetzt mehrfach – kein Wunder, dass Kelly zunahm. Eines musste ich allerdings lernen. Die Kleine konnte es partout nicht leiden, wenn ich mich hin und her wälzte und drehte. Dann verschwand sie ganz einfach wortlos.
Dann ging es ans Wiegen und der neue Tag begann. Sie lief zu ihrem Körbchen im Vorsaal und harrte der Dinge, die mit dem Frühstück, auf sie als Gourmet, zukommen würden. Wenn sie in der Küche das Klappen des Kühlschranks hörte, beziehungsweise das Hantieren von Helga bei der Frühstückszubereitung, sprang sie aufgeregt hoch, lief rasch in die Küche und schaute sehnsüchtig.
Natürlich passte dies Helga nicht und sie schickte sie zurück ins Körbchen (geheime Anmerkung: dies -geschah natürlich nicht, ohne ihr ein Rädel Wurst ins Maul gesteckt zu haben).
Danach lief sie willig zurück und legte sich hin – meist schlief sie in Erwartung der tollen Sachen, die bald auf sie zukommen würden, wieder ein. Häufig lag die Süße, schön zusammengedreht, wie ein Fötus,

ein Embryo in fortgeschrittener Entwicklung da – man konnte um ihre äußeren Konturen ein O machen.
Ihr kleiner Körper, so eng zusammengerollt, so an sich selbst angeschmiegt, so friedlich und so zufrieden, so glücklich, geborgen ausruhen zu können – mir ging das Herz auf und ich fand es wahnsinnig niedlich, ach – meine kleine Süße.

Gedanken zur maßlosen Verwöhnung

In diesem Zusammenhang fällt mir ein, wie wir uns um unseren Liebling gesorgt haben, wenn -20 °C angesagt waren. Dazu hatten wir eine Hundedecke mit innen Lammfell und außen regenwasserdichtem Stoff im Einsatz. Für nicht so strenge Kälte besaß Kellylein einen aparten Hundepullover –
Am besten lässt sich die Verwöhnung meiner Süßen an ihren Schlaf- und Geborgenheitsstätten ablesen.
Ihr großes Körbchen mit flauschigen Decken und zwei Lammfellen nebst Stoffball, Stoffring und Persilmaus steht im Vorsaal.

„Ich bin doch eine sehr adrette, hübsche Hundedame im schicken Kleid, oder gibt es da gar eine andere Meinung?“

„Ich habe Ordnung gemacht – sehr zur Freude von Helga“

Mittags durfte sie mit mir auf die Liege im Kinderzimmer – unter oder auf die samtweiche, blaue Decke. Abends durfte sie in die Stube auf ihre Spezialdecke, unter welcher an der einen Seite die zwei weißen Damastkissen als Keilkissen angeordnet waren. Nachts war für sie eine weitere Decke bereit, welche auf Helgas Bett gelegt, eine weitere, wunderbar nachgiebige Schlafstätte für die kleine Verwöhnte abgab.
Natürlich durfte sie auch zu mir in das weiße Bettchen, wenn ihr danach war.
Als Helga wieder in ihrem Bett schlief – scheinbar schnarchte ich nicht mehr so stark, kam Kelly nachts zu uns in die Schlafstube. Offensichtlich fühlte sie sich einsam in der Stube.
Also – was tat ich? Richtig – ich schleppte ihr Körbchen in die Schlafstube. Schließlich muss das Rudel doch zusammen sein – logisch.
Ich war mir darüber im Klaren, Helga übrigens auch, dass wir unsere Süße doch gewaltig verhätscheln, teilweise sogar stark verzärteln. Das machte mir doch einige Sorgen, zumal ich gehört hatte, dass viele

Hunde dann versuchen, ihren Kopf durchzusetzen, keine Befehle mehr annehmen und versuchen, zum Alphatier zu würden.
Also fragte ich ganz einfach die süße Verwöhnte: „Süßer Schnurzel, ich mache mir Gedanken, dass wir dich zu sehr verziehen. Heute hast du einmal sehr bösartig gebellt, weil ich dir nicht gleich einen Bissen gegeben habe. Das hast du bisher noch nie getan und das verbitte ich mir auch. Rudelführer und Alphatier bin ich und daran wird sich nichts ändern. Merke dir das! Dabei hast du heute von mir 150 g wunderbares Rindgewiegtes bekommen. Außerdem bist du heute im Steegenwald auf mein Rufen nicht zurückgekommen – ich musste fünfmal pfeifen, fünfmal! Dann machst du mitunter im Auto einen Lärm mit deinem Pfietschen, Bellen und deinen ständigen Kehllauten „chchrrr,chchrrr". Zudem drehst du dich ständig auf deinem Sitz, stellst dich mit deinem linken Vorderpfötchen auf den Abfallbehälter, dessen Deckel schon davon ganz defekt ist. Danach springst du auf den Hintersitz, drehst dich rum und stellst dich mit deinem Vorderpfötchen auf die Mittelkonsole und schnaufst mir ins Ohr. Sag mir mal, wie ich so ordentlich und ohne Fehler Autofahren soll?"
„Also – mein liebes, großartiges Herrchen – ich bin sehr verwundert und äußerst peinlich berührt. Was ist denn urplötzlich los und warum machst du dir nur solch einen Kopf? Ist irgendetwas anders geworden zwischen uns? Dass ich die vielen Schlafgelegenheiten bei dir und euch habe – dies ist doch wunderschön und großzügig von euch. Mit euch ist es ein richtig niveauvolles Leben und ich bin sehr glücklich. Natürlich verzärtelt ihr mich – so kann ich die Kälte in der Natur mitunter schon gar nicht mehr richtig vertragen, weil ihr ja immer eine Decke auf mich legt oder irgendetwas anderes. Aber das ist doch wunderschön und freut mich und ich genieße es. Jetzt muss ich aber einmal energisch werden mit dir, Klaus. Du unterstellst mir ganz einfach, ich möchte zum Alphatier werden. Das ist sehr ungerecht von dir und ärgert mich, sehr sogar. Ich habe nicht bösartig gebellt, um einen Bissen zu bekommen – ich dachte nur, du hättest mich vergessen und ich muss dich erinnern. So einfach ist das. Im Steegenwald – mein Gott, was du da schon wieder denkst. Ich hatte ganz einfach die Spur von einem Hasen und war weit weg – das hat mir Riesenlaune gemacht. Ich bin gejagt und gejagt – dafür bin ich ja letztlich auch auf dieser Welt und ausgebildet. Verstehst du das? Du wirst doch nicht plötzlich ein Spießer, Herrchen – das wäre ja ganz neu für mich?

Du bist doch immer so weltoffen, aufgeschlossen für alles, was mich interessiert und was ich gern tun möchte. Sag mir, bitte, dass du auch heute noch ein aufgeschlossener Rudelführer bist, so wie du immer warst und so, wie ich dich immer geliebt habe.
Na ja, zu meinem Verhalten im Auto – du magst Recht haben. Ich bin immer dermaßen aufgeregt, wenn wir zu Hause losfahren. Wo werden wir den heute wieder hingehen? Gehen wir schwimmen, weil es heute so kochend heiß ist? Gehen wir heute zum Glückauf-Turm? Gehen wir sogar in den Wald, wo ich immer so schöne Gerüche von Hasen, Rehen, Dachsen, Füchsen u. a. erschnüffeln kann? Das macht mich alles dermaßen unruhig, hinzu kommt noch, dass ich während der Fahrt sehr viele interessante Eindrücke habe – Katzen, die über die Straße rennen, Hunde, welche ausgeführt werden, Leute, Autofahrer, die nervös hupen.
Ich werde mich auf alle Fälle bemühen, ruhiger im Auto zu sein, aber erwarte nicht zu viel von mir, Klaus.
Nun aber noch einmal generell zu deiner Aussage, ich möchte dich vom Platz des Rudelführers verdrängen. Diese Aussage von dir ist bitter für mich. Du unterstellst mir etwas, was mir wesensfremd ist. Ich hatte gedacht, unser Vertrauensverhältnis und unsere Liebe seien stärker. Ich erwarte von dir sofort eine Erklärung und Entschuldigung – ich bin sehr unruhig, da unser liebes Verhältnis auf dem Spiel steht."
Wieder einmal war es Kellylein gelungen, mich zu beschämen.
„Süße, ich habe dich genauso lieb wie am ersten Tag, als du mich auf dem Gang in der Firma verbellt hattest und ich will, dass dies für ewig so bleibt. Es war von mir sicher eine ungerechte Anschuldigung und dazu noch eine absolut falsche und unangebrachte. Schnäuzi, ich bitte dich vielmals um Entschuldigung, Entschuldigung, Entschuldigung."
„Ich freue mich über deine Entschuldigung, bin froh darüber und nehme sie auch an. Aber mich würde doch interessieren, wieso du zu einer solch absurden Meinung gekommen bist?"
„Das war so. Du hast ein paarmal beim Frühstück scharf gebellt, weil der Bissennachschub für dich ins Stocken gekommen war. Das sagte Helga zu mir: „Siehst du – das hast du davon, dass du Kelly so sehr verwöhnst. Nun wird sie sich als nächstes bemühen, Rudelführer zu werden – du wirst sehen." Dies hat mich auf alle Fälle zum Nachdenken gebracht und ich wurde unsicher."
„Na gut, Herrchen – geschenkt!"

Riesengroße Angst – Ausreißversuch
Gemütliches Frühstück

Früh 8:00 Uhr – herrlicher Sommermorgen – laue Sommerluft – die Sonne lugte um die Ecke und schien zum Teil auf unseren Frühstückstisch, welcher bedeckt war mit Kaffeetassen, aus denen es herrlich duftete, mit Gläsern selbst gemachter Marmelade, aber auch Rübensirup (etwas für Kenner – also für mich), mit Vollkornbrötchen, getoastetem Brot, natürlich mit Butter, mit wunderbarer Salami und saftigem Schinken (ich glaube, der ist mehr für Kelly) und weiteren neckischen Frühstücksleckereien.

Die kleine Süße hatte gerade ihr Trockenfutter verspeist – dabei knackte und „schnurbste" es enorm. Im Anschluss lief sie zu Helga hin, welche ein Stück Saftschinken zwischen Daumen und Zeigefinger hielt.

Ich „titschte" gerade mit der freudigen Erwartung des Genusses mein Butterbrötchen in den Kaffee – da rief Helga aufgeregt: „Schau mal Klaus, der Kelly ihr rechtes Ohr ist normal hoch, aber das linke hängt doch ganz traurig nach unten. Was ist denn hier los?"

Mein erwartungsvolles Titschen (es ist nun mal ein wunderbarer sächsischer Ausdruck – auf Hochdeutsch würde man vielleicht sagen: Hineintunken oder Hineinstupsen) wurde also jäh unterbrochen und ich legte das mit Kaffee halb getränkte Brötchen traurig auf den Teller zurück.

„Kelly, komm doch bitte gleich mal her und mach mal beide Ohren hoch. Aha, ich weiß schon – damit es richtig gut funktioniert, brauchst du natürlich ein Stück Salami. Hier – bitte. Prima, du hast ja einen tollen Appetit. Das gefällt mir. Aber – was ist denn das, Kellylein? Dein rechtes Ohr geht, wie üblich, schön hoch, aber das linke hängt doch weiter traurig herab. Zeig mal her!

Helga, sieh – das linke Ohr ist ja viel dicker. Das ist ja zwischen Daumen und Zeigefinger fast 1 cm dick und außerdem fühlt sich das so schwabbelig an. Da ist doch irgendwas drin, vielleicht Blut oder so was ähnliches."

Kelly passte die ganze Angelegenheit überhaupt nicht. Sie musste ihren Unmut von sich geben und gackerte rein: „Was redet ihr den ständig über mich? Mir geht es gut und das Ohr ist in Ordnung – ich habe keine Schmerzen. Hört doch mal mit dem blöden Anmirherumgefingere und Getaste auf – das macht ihr übrigens viel zu häufig und ist nicht in meinem Sinne."

Nun wurde aber Helga energisch: „Widersprich nicht immer, Kelly, wir meinen es doch nur gut mit dir – wir müssen unbedingt zum Arzt gehen. Daran geht kein Weg vorbei."
„Also, wenn du meinst – **wir gehen zum Arzt** – dann meinst du also – du und Kelly – ihr geht zum Arzt!", gab ich Helga meinen Kommentar, in der Erinnerung an Episoden, die bei meinen Eltern zum Beispiel so abliefen.
Nach dem Essen sagte meine Mutter: „Herbert, wir müssen noch aufwaschen". „Ja, Gretel, ich wasche dann auf - dies hattest du noch mit dem wir gemeint, oder?"
Sorgenvoll wurde das Frühstück beendet – ich aß noch lustlos mein durchweichtes Butterbrötchen, das war's dann.

Arge Schinderei beim Tierarzt

Mit Kelly zum Tierarzt zu gehen – das ist halt so ein Unterfangen. Da sie schon weiß, dass hier im allgemeinen nur Unbill auf sie zukommt, hat sie überhaupt keinen Bock, mit ins Gebäude zu gehen.
Sie bleibt einfach stehen, schaut auf eine Stelle und ist nicht bereit, weiterzugehen.
Im Herzen tut sie mir ein klein wenig leid, aber der Gang ist nun einmal notwendig. Also redete ich, gab Kommandos und zerrte an der Leine.
„Ich will da nicht rein – das sind nur böse Leute mit weißen Kitteln, welche mir nur Schmerzen zufügen. Das hasse ich."
„Stupsi, – dein Ohr muss doch gesund werden, komm nun endlich."
Irgendwann landeten wir doch im Warteraum und Kelly war endlich durch die vielen anderen Hunde und Katzen abgelenkt.
„Kelly Eulenberger" – wurde aufgerufen, wir marschierten brav in das Behandlungszimmer, wobei nicht zu verkennen war, dass Kelly an der Eingangstür, etwas aufmüpfig, stehen blieb (sie wollte ganz einfach sagen – ich will hier nicht hinein). Ich hob sie einfach hoch und stellte die 20 kg auf den Behandlungstisch.
Die junge Ärztin ließ ein Untersuchungsgerät herein rollen und fuhr dann mit einem Stift in Kellys linkes Ohr. Auf einem Bildschirm konnte man alles wunderbar sehen. Sie erläuterte: „Am Ende des Gehörganges ist leider eine Entzündung vorhanden und ebenfalls ein Pfropfen aus Ohrenschmalz – dadurch können wir jetzt das Trommelfell nicht sehen."

Nun wurde versucht, diesen Pfropfen zu entfernen, zumindest Teile davon. Mir schwante schon Schlimmes – ich hatte einmal ähnliches gehabt – es war wahnsinnig schmerzhaft gewesen – arme süße Kelly.
Eine Schwester und ich hielten Kellys Körper und Kopf. Als die Ärztin mit ihrem Entfernungsgerät an die kritische Stelle kam, jaulte Kellylein mit einem hohen Hilfeschrei, den ich noch nie von ihr gehört hatte (mir ging es durch Mark und Pfennig und vor allen Dingen an meine Psyche, weil ihr Hilfeschrei so laut und hoch war und zweitens, weil sie mir so unheimlich, unheimlich leid tat, die Süße) und gleichzeitig versuchte sie mit äußerster Kraft, ihr kleines Köpfchen aus dem Gefahrenbereich zu bringen.
„Dieser Weißkittel muss doch verrückt sein. Das tut so wahnsinnig weh – die hat einen Klaps. Warum gibt die mir denn keine Schmerzspritze?"
„Weshalb geben Sie denn der lieben Kelly keine Schmerz- oder Beruhigungsspritze? Sie hat gerade danach gefragt und mir außerdem gesagt, dass es höllisch weh tut – sie kann und will das nicht mehr aushalten", wandte ich mich mit aufgeregter, schriller Stimme an die Ärztin.
„Was haben Sie jetzt gesagt? Der Hund, die Kelly, hätte zu Ihnen gesprochen – Sie treiben einen Scherz mit mir", fragte diese zurück.

„Nein, nein das ist kein Scherz – ich kann mich mit Kelly gut verständigen und mit ihr kommunizieren. Dies funktioniert aber nur zwischen uns beiden – Sie können das nicht hören. Das ist vielleicht auch gut so. Aber wie denn nun weiter? Der Schmerz ist für Kelly unerträglich."
„Das Ohrenschmalz muss raus – also weiter!"
Ich war schon von der einen Aktion durchgeschwitzt, nicht vor Anstrengung, sondern vor Angst und Mitgefühl – mir war, als wenn ich Kellys Schmerzen tief im Ohr bei mir selbst äußerst stark und schmerzhaft verspürte.
Die einfühlsame Schwester und ich atmeten tief und schwer, vor lauter Bangigkeit, und umklammerten das kleine Kellylein erneut.
Es war viel schlimmer als beim ersten Mal – in mir kam regelrechtes Entsetzen hoch, als ich Kellys Schmerzensschreie, wie laut geschriene Bitten an den lieben Gott, hörte. Zudem versuchte die süße, arme Kleine, die so extrem traktiert wurde, ihren Kopf mit noch mehr Kraft aus der Gefahrenzone zu bringen – mir blutete das Herz. Zudem schrie Kelly mit aufgeregter Fistelstimme:

„Klaus, sorge nun endlich für ein Ende der Quälerei. Die Ärztin ist verrückt und ein Sadist."
„Also, jetzt ist Schluss – ich halte das nicht mehr aus. Außerdem hat Kelly mich gerade angeschrien, dass sie das nicht mehr mitmacht."
„Hören Sie nun aber bitte endlich auf, mir zu erzählen, was Ihnen der Hund sagen würde. Hier – sehen Sie den Ohrenschmalz – das ist das braune Zeug hier und das muss komplett heraus, es muss heraus."
Für mich dachte ich heimlich – sei froh, liebe Ärztin, dass du Kellys Reden nicht verstehst. Auf alle Fälle fand das Procedere noch einmal statt und ich will es gar nicht beschreiben, da es noch schlimmer als zuvor war – schon die Schilderung würde meiner Seele weh tun.
Unserer Stupsi wurde dickes fettes Antibiotika verordnet (am Abend war die erste einzunehmen). Zudem bekam ich zwei Emulsionen, mit welchen das äußere, linke Ohr früh und abends einzuschmieren war, damit sich die blutige Flüssigkeit im Inneren verteilte.
Ach ja, beinahe hätte ich die weiße Lotion vergessen, die aus einer kleinen Plasteflasche früh und abends in das linke Ohr zu spritzen war.
Abends erhielt unser Stupsi die große Tablette Antibiotika, indem Helga diese in ein Stück Saftschinken einwickelte. Es passierte, was passieren musste – da Helga die Portion nicht genügend forsch und tief in Kellys Mäulchen schob, fiel die Tablette zu Boden – Auweia.
„Du musst die Tablette weit nach hinten schieben – das habe ich doch schon hundertmal gesagt", schimpfte ich.
Jetzt passierte das Unfassbare, was uns schon einmal in Erstaunen versetzt hatte, nein, das ist viel zu schwach, es kam uns wie ein Wunder vor. Stupsi fraß das Stück Saftschinken, was sie im Maul hatte, dann fraß sie das Stück, was auf dem Fußboden lag und dann nahm sie die Tablette auf und verspeiste diese.
Nachts musste Kellylein brechen – Gott sei Dank passierte dies in der Küche auf die Marmorplatten. Danach sprintete sie allerdings in den Garten und dort ging es weiter – arme, süße Kleine.
Erst die Aufregung, die Tortur beim Tierarzt und nun Tabletten zum Erbrechen – das Leben kann schon ganz schön ungerecht sein.
Ich erzählte Helga von der Quälerei durch die junge Ärztin beim Entfernen der Ohrverunreinigung.
„Nein, Klaus, das kommt nicht wieder in Frage – kümmere dich mal darum, aber ernsthaft."

Ich rief in der Tierklinik an und teilte mit, dass ich wünschte, dass der Chefarzt den nächsten Termin selbst wahrnehme.
Mit Kelly wurde es immer schwieriger, dass sie den Gang zur Tierklinik als notwendig akzeptierte und notgedrungen absolvierte. Sie blieb stehen, ging zurück, sah mich so was von traurig an und wollte eben einfach nicht. Wiederum kam ich mir wie ein scheinheiliger Verräter vor.
„Stupsi, du musst doch gesund werden – es ist doch notwendig. Sei lieb und komme nun endlich."
„Herrchen, du agitierst mich wieder mit sinnlosen Argumenten. Sage mir mal, was hat denn diese Schmiererei früh und abends, je zweimal, an meinen Ohren gebracht – ich sage dir null und nichts, alles Schwachsinn. Dieses sinnlose Gebohre in meinen Ohren finde ich am allerschlimmsten. Das brennt wie Feuer – ich habe den Eindruck, ich bin in der Hölle und werde gefoltert mit spitzen, eckigen und heißen Folterinstrumenten – einfach furchtbar, hilf mir, hilf mir!"
Ich streichelte Kelly, schaute sie verständnisvoll an und irgendwie gelang es mir, dass ich sie letztlich auf den Behandlungstisch beim Chef stellen konnte.
Seine Diagnose ergab: „Die Einreibungen an dem Ohr haben nichts gebracht – das Hämatom (der Bluterguss) ist nicht zurückgegangen."
„Habe ich es nicht gleich gesagt – das Geschmiere hat nichts gebracht", quakte Kelly dazwischen.
„Ist doch in Ordnung – du hast ja recht Kellylein."
„Das Hämatom muss operiert werden, ich gebe Ihnen gleich einen Termin – Dienstag 11:30 Uhr, einverstanden?"
„Na ja, wenn es sich nicht vermeiden lässt."
Kellylein hielt diesmal ihr Mäulchen und nun kam wieder das unwahrscheinlich Furchtbare an die Reihe, nämlich Entfernen des Ohrschmalzes. Ich hielt Kellys Körper hinten, die Schwester ihr Köpfchen. Kellys Leiden nahm kein Ende – ich litt furchtbar mit und war sofort durchgeschwitzt. Ihre Leidensschreie werde ich nie vergessen.
Diesmal kam aber noch eines dazu – Stupsi zitterte in Hochfrequenz am ganzen Körper, es war einfach erbärmlich.

Operation mit schlimmer Verunstaltung

Pünktlich und mit leicht zittrigen Beinen meldete ich mich am Tresen.
„Ja, Sie können die Kelly jetzt gleich abliefern und rufen dann bitte 16:00 Uhr an, wo ich Ihnen dann den Abholtermin mitteile."

„Das hatte ich mir ganz anders gedacht – ich wollte jetzt auf den Markt gehen, etwas einkaufen, ein Eis essen und in einer Stunde mein kleines Hündchen wieder abholen. Das war mein Plan.“
„Nein – so schnell geht das nicht. Schließlich ist es eine Operation. Kommen Sie, wir schaffen Kelly jetzt in ihre Box.“
„Was, auch eingesperrt wird die Kleine noch – wie furchtbar“, waren meine heimlichen Gedanken.
Kellylein musste eine Treppe nach unten in den Keller laufen und dann kamen wir in einen Raum, wo Metallboxen standen. Das waren nun also, weiß Gott, schwedische Gardinen für mein liebes Stupsi, auch noch mit einem metallenen Untergrund. Gott sei Dank hatte ich zwei dicke Decken mit – da musste die Süße wenigstens nicht frieren, der arme kleine Liebling. Der Abschied war wieder einmal besonders schwer – ihr treuer, warmer Blick ging mir wieder sehr ans Gemüt.
Mich bedrückte vor allem, dass die Narkose nicht ohne Gefahr für unsere Kelly ist. Ich musste einen Vertrag unterschreiben und der Arzt hatte mir zuvor erläutert, dass das Risiko, dass ein Hund nach der Narkose nicht wieder aufweckt, bei immerhin 2 % liegt.
Mir war das Risiko viel zu groß, aber was soll's – Kellys schönes Schlappohr musste doch wieder Ordnung kommen.
So viel wie an diesem Tage hatte ich lange nicht an Leistung in unserem Garten erbracht. Ich musste einen Graben für Rohrverlegung für Gartenbewässerung graben, schaffte sonst immer höchstens 5 m. An diesem Tag erreichte ich fast 15 m. Immer, wenn mir schwer ums Herz wurde wegen Stupsilein, wuchtete ich besonders stark mit Hacke und Spaten.
Exakt 16:00 Uhr rief ich in der Tierklinik an und sagte mit zittriger Stimme: „Erstens – hat Kelly alles gut überstanden? Und zweitens – wann darf ich die Kleine denn abholen?“
„Sie sind aber pünktlich“, sagt die Schwester erstaunt. „Natürlich geht es Kelly gut. Wir haben aber jetzt zurzeit eine Spritzenaktion laufen und deshalb würde ich Sie bitten, Kelly um 18:15 Uhr abzuholen. Können wir uns so vereinbaren?“
Ich war erstaunt – so spät erst. Außerdem dachte ich: „Was heißt hier vereinbaren? Wenn die Spritzenaktion läuft, was soll ich da tun?“
Ich stimmte zu und war kurz vor Mitternacht (nach meinem Empfinden), also 18:15 Uhr, wieder da, um nun endlich meine Süße in Empfang nehmen zu können.

„Ich werde Kelly gleich holen", teilte die Schwester mir mit.
Kurz danach kam sie mit Kelly auf den Armen die Treppe hoch und stellt sie vor mich hin.
Ich schaute mir die Süße an – Ei Gott, Ei Gott, Ei Gott, ist denn das überhaupt meine liebe kleine Kelly? Was haben die denn mit dir gemacht, Stupsi? Ich habe dich doch hier ordentlich abgeliefert, da war doch noch alles in Ordnung – bis auf ein etwas dickes Ohr.

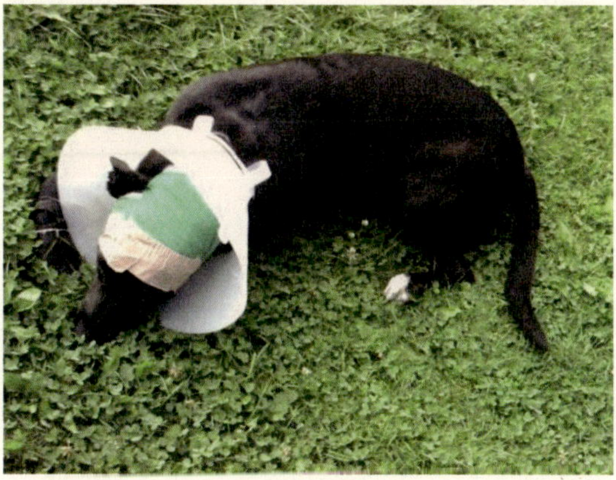

„Kelly ist wahnsinnig Zugepflastert."

Der Schreck in mir saß tief, sehr tief. Kellys Augen blickten anders als sonst, auf alle Fälle waren sie trüb und irrten in der Gegend hin und her – mich schien sie überhaupt nicht zu erkennen.
„Kellylein, Stupsi, Schneuzi, Süße, ich bin doch der Klaus, dein Herrchen, sieh mich doch einmal an", rief ich erregt.
Sie konnte es nicht, hatte ihre Augen gar nicht in der Gewalt. „Na ja", wollte ich mich selbst beruhigen „schließlich steht die Kleine ja unter Drogen – das kann man also nachvollziehen, es ist ja ein Glück, dass bei der Narkose nichts passiert ist, nichts Negatives, meine ich."
Zudem konnte sie sich kaum auf den Beinen halten – sie wackelte und schwankte und hatte ja nun mal nur drei funktionstüchtige Beinchen. Ich half ihr bei Sitz und Platz, nun hatte sie erst einmal ihre Ruhe.
Das Schlimmste kam aber noch. Wie sah denn Kelly aus? Das rechte Ohr war zwar frei, aber das linke war vollkommen um den Kopf verschnürt – die Binde ging um das Kinn herum, sie war ganz straff und sah grün aus(wenigstens grün, dachte ich, dies ist meine Lieblingsfarbe und Grün ist die Hoffnung ich hoffe für dich Kellylein).

Wenn man einen albernen und unangebrachten Witz machen möchte, könnte man sagen, Kellys sah aus wie ein Frontkämpfer.
Ich war erschüttert und schockiert. Die Leute im Warteraum bekamen meine Gedanken und Stimmung voll mit. Die Schwester sagte zu mir „Sie müssen noch zur Ärztin – die wird Ihnen alles erläutern."
Der Ärztin sage ich unverblümt und freundlich meine Meinung „Ich habe Ihnen ein einigermaßen gesundes Hündchen hergebracht und Sie haben daraus ein krankes, vollkommen verschnürtes Hündchen gemacht, so dass es kaum atmen kann und sich nicht auf den Beinen halten kann."
Stupsi bekam, täglich früh, zwei Schmerztabletten, ebenfalls früh eine Antibiotika und eine noch abends verordnet.
Schon auf der Heimfahrt merkte ich, dass die Kleine nur unter Schwierigkeiten atmen konnte – zudem röchelte sie ständig. Mir war richtig schlecht vor Angst – was würde denn da Helga zu dieser Chaossituation sagen?
Sie reagierte so wie erwartet: „Um Himmels willen! Was haben sie denn mit dir gemacht? Das ist ja eine Katastrophe! Meine kleine Arme!"
Nachdem ich alles gebeichtet hatte, antwortete sie emotional: „Was hier mit unserer Kelly gemacht worden ist – das grenzt fast an Verstümmelung und kann doch nicht wahr sein, das hätte uns jemand zuvor sagen müssen. Außerdem röchelt das arme Tier ständig. Das nächste Mal gehe ich auf alle Fälle mit!"
„Sie tut so, als wenn alles besser gelaufen wäre und laufen würde, wäre sie mit dabei gewesen. Nach ihrer Meinung wäre Kelly da jetzt schon ganz gesund und ohne Verband", dachte ich für mich, nur ganz klammheimlich.
Tatsache war aber wirklich, dass es der Kleinen äußerst schlecht ging. Jeder Atemzug war von Schnaufen und Keuchen begleitet – trinken und fressen konnte die Süße nur mit Mühe.
Es war wahrhaft eine Tortur und Quälerei. Kellylein litt, Helga litt, ich litt enorm und fragte mich, weshalb der Arzt nicht den gesamten Umfang dessen, was hier auf die kleine Kelly zugekommen war, erläutert hatte. Das hätte der kleinen Süßen zwar auch nicht unmittelbar geholfen, wir hätten aber mehr Verständnis zu Inhalt und Umfang haben können.
In meiner Sorge und Angst rief ich in der Tierklinik an.

Die Schwester stand im Inhalt und sagte: „Das Röcheln ist normal und nicht zu verhindern – da muss Ihr Hund durch. Der Verband muss leider so straff sein – wenn Ihr Hund trinken und fressen kann, ist alles o.k."

Wir fanden das Ganze nicht o.k.

Nachts schnarchte Kelly unwahrscheinlich stark – ich musste mir Ohropax kneten und in die Ohren hineindrücken.

Am Morgen hatten wir Probleme mit der Freilegung der zwei Minischmerztabletten.

„Klaus, die blöden Tabletten lassen sich hier nicht herausdrücken, unmöglich."

„Ach, Helga, ihr Frauen habt auch überhaupt keine Kraft – gib mal her!"

Es war aber tatsächlich unmöglich, die Tabletten auszudrücken. Ich nahm eine Schere und schnitt die Plaste ringsherum ab – eine unmögliche Technologie.

„Ha, ha – du hast es auch nicht geschafft, Klaus. Ihr Männer habt immer den großen Rand und nichts dahinter."

Nur ein Verbandswechsel

„Das nächste Mal gehe ich auf alle Fälle mit."

Helga setzte ihren Vorsatz tatsächlich in die Tat um.

Der Arzt löste geschickt die erschreckend aussehende Verunstaltungsbinde und erklärte auf meine Frage, dass das Pflaster durchgummiert sei und sich dadurch relativ leicht von Kellys schwarzen Haaren lösen ließe.

„Prima", dachte ich und war beruhigt, denn ich erinnerte mich, welche Schmerzen mir ein sehr fest klebendes Pflaster am Oberschenkel verursacht hatte, mit dem Ergebnis, dass alle Haare herausgerissen wurden.

„So, da kommt nun der neue Verband an die Reihe und der Verbandswechsel ist Geschichte."

„Müssten Sie nicht noch einmal in den Gehörgang schauen, ob da alles ordentlich sauber ist?", warf ich ein.

„Da haben Sie natürlich Recht, das ist wichtig. Schwester, holen Sie doch gleich mal das Untersuchungsgerät." (An alles muss man selbst denken", waren meine, wieder nur heimlichen Gedanken).

Natürlich – „Wie kann es auch anders sein“, dachte ich sarkastisch – waren vor dem Trommelfell noch einige braune Stellen zu sehen. Die Tortour begann also noch einmal – arme, kleine Stupsi.
Ich hielt den Körper fest, die Schwester das Köpfchen. Das arme Kellylein jaulte in den höchsten Tönen und zitterte wie Espenlaub mit einer ganz hohen Frequenz. Meine Nerven vibrierten mit gleicher Frequenz – ich hielt es fast nicht mehr aus.

„Hat denn die Quälerei nicht bald mal ein Ende?
fragte ich mit rostiger, angeschlagener Stimme.
„Diese Verunreinigungen müssen unbedingt weg – es tut mir leid, aber es muss sein.“
„Vielleicht können Sie diesmal den Verband etwas lockerer binden – die kleine Kelly konnte ja nur ganz schwer atmen.“
„Ja, ich versuche es.“
Ein ganz klein wenig entspannt liefen wir drei zum Auto, fuhren zum Markt und setzten uns, beziehungsweise Kelly legte sich, in die Sonne in einem hübschen Eiscafé.
Helga bestellte sich einen Eiscafé, ich meine Lieblingsleckerei Vanilleeis mit heißen Himbeeren, Kelly bekam Wasser auf diese Aufregung hin. Meine Leckerei schmeckte nicht so wie sonst – ich war ganz einfach noch zu sehr angeschlagen.
Dann gingen wir noch zu REWE einkaufen.
Während dieser gesamten Zeit war Kelly äußerst nervös und versuchte ständig, an den Verband heranzukommen, was aber Gott sei Dank der Florentiner Hut verhinderte. Als wir von REWE herauskamen (Kelly hatte inzwischen ausreichend Zeit und Gelegenheit, um zu wirtschaften), sahen wir eine mittlere Katastrophe. Die Kleine hatte durch Geschüttel und ständiges Geschlage mit dem linken Pfötchen erreicht, dass der Verband weitestgehend herunter hing – das blutige Ohr war zu sehen. Uns wurde erneut schlecht.
„Wir können jetzt nicht nachhause fahren und müssen sofort noch einmal in die Tierklinik – hoffentlich ist der Arzt noch da.“

Wahnsinnsangst – Ausreißversuch – Beinahkatastrophe – extreme Verunstaltung
Leicht aufgeregt kamen wir beim Tierarzt an und sahen sofort auf die außen angebrachte Sprechstundentafel:

Montag 8:00 bis 12:00 Uhr und 15:00 Uhr bis 19:00 Uhr.
Zurzeit war es 13:00 Uhr.
„Hoffentlich ist noch jemand da“, dachten wir etwas angstvoll.
Das Problem war, dass wir Kelly ohne eine Leine von dem Parkplatz, am Sprechstundenschild vorbei, einen Zugangsweg hoch (an der Stirnseite des Praxisgebäudes vorbei), dann links rum (am Praxisgebäude, Eingangsseite, vorbei), wo sich eine Bank gegenüber der Eingangstür befindet, eben in jene, ohne Probleme, hineinbringen mussten und dies bei ihrer Antipathie gegen die Tierklinik.
Da wir aber zu zweit waren, gelang es uns, trotz ständiger Umkehrversuche von Kelly, sie bis zur Bank zu treiben. Leider hatten wir an Kelly nichts zum Festklicken. Der Gurt ließ sich nicht anlegen, da er über den Kopf gezogen werden musste und die dicke, fette Binde dies verhinderte. Das gleiche galt für ihr Halsband. Ich musste ein neues, weiteres Halsband kaufen, nahm ich mir vor.
An der Bank schauten wir uns den Skandal noch einmal in Ruhe an. Der Verband hing wild herunter, das Ohr blutete stark. Wir sahen zum ersten Mal, dass außen am Ohr ein kleines Stück Schwamm festgenäht war, um sicherlich Blut aufzunehmen.
Das Schlimmste aber war, dass ihr krankes Ohrlein ständig zuckte – dies musste doch für die Süße äußerst belastend sein.
Schnell in die Praxis – Gott sei Dank, eine Schwester war da – die große Kräftige. Ich erzählte ihr aufgeregt, dass sich der Verband gelöst habe und Kellys Ohr blute.
„Ich rufe den Chef sofort an, er wohnt nur 300 m von hier.“
Beruhigt ging ich raus zur Bank, zu Helga und Kelly: „Wir haben ja immerhin noch großes Glück – er wohnt in der Nähe und ist nicht weggefahren. In 10 Minuten ist er hier.“
Helga atmete auf.
Da kam auf dem Weg zur Eingangstür ein Mann mit mehreren Kartons, die er in die Praxis hinein balancierte. „Sicher eine Anlieferung an Medikamenten, Spritzen, Verbandszeug, wie es die Kelly jetzt um den Kopf hat, u. a. m.“, dachte ich so für mich.
Der Mann kam wieder aus dem Haus, hinter ihm die Schwester.
Kelly löste sich ganz ruhig aus Helgas Händen und lief dem Mann in aller Ruhe nach. Zu diesem Zeitpunkt dachte noch keiner von uns an irgendetwas Schlimmes.
Wir riefen übereinstimmend: „Kelly, komm her, auf der Stelle, sofort!“

Ich setzte noch eins drauf, indem ich meine Kratz-Bürst-Stimme einsetze: „Kelly – komm sofort her! Halt! Halt! Komm sofort hierher!“
Kelly verhielt schon in ihrem ohnehin langsamen Lauf.
Da passierte etwas fürchterlich Aufregendes – der Chefarzt kam eiligen Schrittes um die Gebäudeecke gelaufen und noch dazu im weißen Arztkittel (den Kelly so fürchterlich liebt).
Da drehte Kelly vollkommen durch und rannte los – sie war ganz schnell um die Gebäudeecke verschwunden.
Wir erschraken alle zu Tode, riefen und brüllten.
Ich hinterher.
Die Angst schnürte mir die Kehle zu, aber ich lief, was ich konnte (mein letzter aktiver 100 m Lauf lag 40 Jahre zurück – ich tat mein Bestes). Als ich um die Gebäudeecke kam, sah ich, dass Kelly auf den Mann, welcher die Kartons gebracht hatte, zu rannte.
Ich schrie in panischer Angst: „Halten Sie unbedingt den Hund auf!“
Dieses versuchte er auch, indem er die Arme breit machte.
Was tat Kelly? Sie schlüpfte unter seinem Arm durch und war mindestens schon 2 m auf der Straße.
Jetzt war die Zeit für ein extremes Durchdrehen meiner Person herangereift – ich brüllte wie ein Vieh und fuchtelte mit beiden Armen „Halt! Halt! Komm sofort her – Kellyyyyyyyyyyy!
Was das Schlimmste war – sie reagierte nicht.
Ich war fassungslos und, ich muss schon sagen, sehr bestürzt. Da ich immer ranziger wurde, kam doch eine Reaktion von ihr, indem sie wenigstens aufhörte, wegzulaufen. Ich war inzwischen bei ihr und wollte sie schnellstens von der Straße runterdrängen.
Leider konnte ich sie aber an keiner Stelle anfassen – der Gurt war nicht da und bekanntlich hat ja so ein Tier auch keinen Henkel. Die einzige Möglichkeit wäre gewesen, sie an dem gesunden Ohr anzufassen – dies kam mir allerdings sehr schoflich vor, wenn ich an das blutige, verletzte rechte Ohrlein dachte.
Also schlug ich auf ihren kräftigen Pops und zeigte mit der anderen Hand stramm in die Richtung, wie sie einzuschlagen hatte. Dabei polterte ich nicht wie ein Vieh, sondern wie mehrere.
Irgendwie zeigte dies Wirkung und ich brachte Kelly dazu, bis zur Bank zu laufen. Dort verhielt sie aber wiederum und stand aufmüpfig da. Da kam die kräftige Schwester, welche im Türeingang stand, ging die zwei

Stufen nach außen runter, nahm Kelly hoch und schwubs war sie in der Praxis.
Der Arzt erklärte uns: „Ich muss die Binde um das Kinn herum und vor allem auch am Genick stärker machen, damit sie nicht wieder herunterrutschen kann – ich bringe zwei Lagen auf."
Um es kurz zu machen – Kelly sah nach dieser Aktion erschreckend aus, mir tat sie fürchterlich, leid.
Die Binde und das Pflaster gingen auf der Stirn und auch an den Seiten ganz nahe an die Augen heran – das Gesichtel von Kelly wurde immer kleiner. Zudem hatte ich den Eindruck, dass Binde und Pflaster oben am Kopf nach hinten zogen, so dass die Augenlider hochgezogen wurden.
Kellys Augen blickten in dieser Montur immer etwas staunend.
So einbalsamiert und zugerichtet hatten wir unsere Kleine noch nie gesehen. Wir waren wiederum sehr traurig.

Stupsi leidet

Kommentar anderer Leute

Nun musste die Süße all die Belastung weiter ertragen. Sie konnte schwer Luft holen, röchelte und hatte sicherlich auch Schmerzen.
Einmal lag sie vor unserer Terrasse auf der Wiese und irgendwie war es anders als sonst – sie schaute nicht so lieb zu uns wie sonst, sondern hatte irgendeine unsichtbare Wand zwischen sich und uns aufgebaut.
Helga sagte besorgt: „Die Kelly denkt, wir haben sie nicht mehr richtig lieb."
Sie sah so richtig zum Bemitleiden aus – die zwei Lagen Binden, das Pflaster, das kleine Gesichtchen – einfach traurig.
Ich sprach mit der Kleinen und sie hörte aufmerksam zu: „Höre mal, Kelly, du bist jetzt sechs Jahre bei uns und warst bisher nie krank, bis auf jetzt. Das ist doch sicherlich positiv.
Ich bilde mir ein, Kleines, du hast dein Plansoll an Leid erreicht.
Das erste war dein Unglück bei dem Punker, als deine Kinder, deine Welpen, starben.
Das zweite war dein tragischer Unfall, als du in deiner Katzenphobie gegen das Auto gerannt bist.
Das dritte ist deine jetzige Erkrankung, welche eigentlich aus zwei Teilen besteht – erstens die Entzündung im Ohr und zweitens das Hämatom.

Nun bilde ich mir ein, kleine Süße, dass das jetzt an Leid alles für dich war und ich hoffe, dass du bis ans Ende deiner Tage (wie wir Menschen sagen) nicht mehr solch schlimme Sachen ertragen musst. Dafür bete ich für dich, mein Liebling.
Sei nur bitte weiter so tapfer – das Schlimmste hast du ja überstanden. Ich weiß, dass du dich sehr gequält hast und quälen musstest, Liebes. Jetzt geht doch alles aufwärts – wirst du das schaffen?"
„Hoffentlich hast du recht mit deinen frommen Wünschen. Ich bin glücklich, dass du so optimistisch bist und so für mich denkst. Das macht mich froh. Ich hoffe auch, dass ich jetzt gesund bleibe und nicht wieder solche schlimmen Dinge ertragen muss.

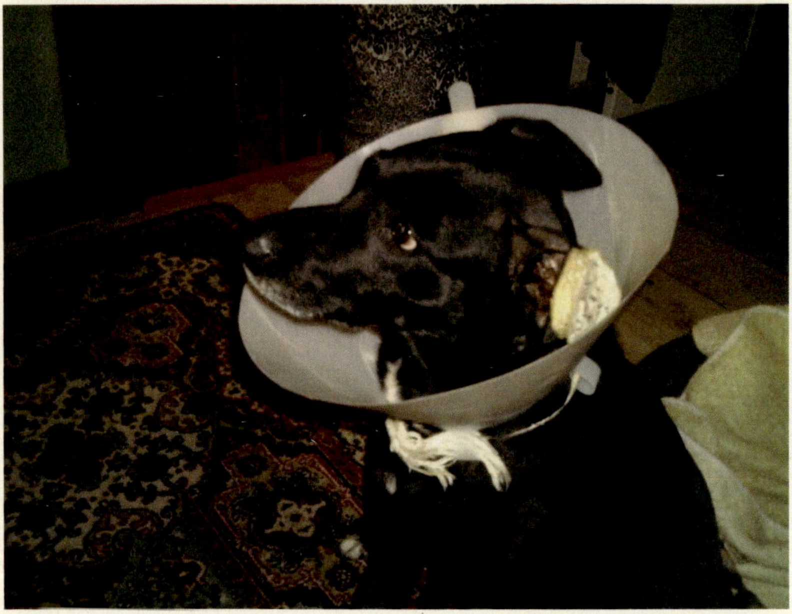

„Schlimmer und quälender geht es sicherlich nicht mehr."

Ich will mich auch bemühen, dass ich mich beim Fressen nicht wie ein Staubsauger benehme, denn du machst dir immer große Sorgen wegen meines Übergewichtes.

Das werden wir, denke ich, aber gemeinsam hingekommen, denn du hast ja die gleichen Gewichtsprobleme wie ich. Ich möchte nicht, dass wir uns jeden morgen beim Wiegen gemeinsam ärgern müssen.
Ich denke, dass ich das Schlimmste jetzt bei meinem linken Ohr überstanden habe. Was mir aber trotzdem noch sehr zu schaffen macht, das ist der Schorf hinter dem Ohr. Das juckt immer dermaßen – es ist kaum zum aushalten. Außerdem zuckt immer mein gesamtes Ohr, warum, weiß ich auch nicht so recht – es ist extrem belastend. Hinzu kommt der blöde Schwamm, den der Arzt mit 40 Stichen durch mein Ohr (denke mal nach, ist das nicht furchtbar) genäht hat.

Ich denke fast, hier hat der Arzt einen Fehler gemacht. Er hätte Zellstoff oder irgendetwas anderes hinter mein Ohr tun müssen, damit es nicht so stark nässen kann. Du bist immer viel zu gutmütig zu dem Arzt und stimmst bei allem zu. Manchmal denke ich, du denkst gar nicht ausreichend an dein liebes Kellylein, der du sonst immer Honig ums Maul schmierst. Du hättest mal beim Arzt auf den Tisch hauen müssen, dass die Schwarte knackt.
Es war doch unmöglich, wie der mich geschunden hat, als er den Schmalz aus dem Ohr geholt hat. Weshalb konnte ich denn da keine Schmerzspritze erhalten? Ist die für ein Tier zu teuer? Menschen hätten da sicherlich eine Spritze erhalten – ist das etwa eure Meinung zu sozialer Gleichheit zwischen Mensch und Tier?
So etwas nennt sich auch noch Sozialstaat!
Wäre ich ein Mensch, so hätte man versucht, meinen abgerissenen Nerv wieder operativ anzuflicken, aber ich bin ja nur ein Tier – Pfui Teufel!
Die gesamte Behandlung durch deinen Superarzt war eine Mühsal ohnegleichen für mich. Zuerst wurde ich eingesperrt wie ein Straftäter, der zum Beispiel einen schlimmen Mord begangen hat. Ich fand das irgendwie entwürdigend, wie ich in das Verlies gesperrt wurde. Überall Metall, ringsherum, wahrscheinlich Edelstahl (ach, sind die furchtbar modern – Gefängnisse aus nicht rostendem Stahl, einfach toll) – von Gemütlichkeit keine Spur, nicht die Bohne.
Gott sei Dank habe ich euch – die dicken, wollenen Decken waren eine Wohltat und ich dachte liebevoll an euch.
Dann kam irgendjemand und machte mir einen Maulkorb um – einfach ekelhaft für mich, liebes Hündchen.

Dann schwanden mir die Sinne. Als ich wieder munter wurde, schleppte mich die Schwester zu dir hoch in den Warteraum. Ich konnte mich kaum auf den Beinen halten und erkennen konnte ich dich, Herrchen, auch kaum – meine Augen gehorchten mir nicht.
Was dann kam, Klaus, das weißt du ja alles und hast es miterlebt.
Ich wurde mit der Ohrentzündung geschunden und gequält und bekam einen Verband, der mich kaum atmen ließ.
Du musst mir versprechen, Herrchen, dass du so etwas nie wieder für dein Kellylein zulässt.
Es war ganz einfach schlimm und hochgradig abscheulich – bitte, Klaus, nie, nie wieder."
Ich war ganz mitgenommen und sagte gerührt: **„Stupsi, Liebes, Schnäuzi, Kellylein – das wird nie wieder vorkommen und wenn, ich bin für dich da, immer, immer!!!"**
Als Kelly das zweite Mal verbunden und verpflastert war und wie nach einer schweren Kopfverletzung aussah, traute ich mich gar nicht, mit ihr irgendwohin zu gehen, wo viele Menschen sind. Dann überlegte ich mir aber, dass es für unseren verletzten Liebling sicher günstig wäre, einmal für Abwechslung zu sorgen, damit sie in ihrer komplizierten Situation auch einmal eine Ablenkung hätte. Zudem musste ich unbedingt zu OBI, da ich für meine Weinfassade (schöne Weinreben – eine Lieblingsangelegenheit von mir) dringend Stahlseil benötigte. Dadurch, dass unser kleiner Stupsi so stark zu leiden hatte, war auch ich sehr angeschlagen und alles andere als gut drauf. Meine Gefühle und Gedanken waren stets bei der Süßen, die neben oder vor mir lief, dabei unheimlich keuchte und sehr verängstigt war.
Zunächst gingen wir zur Drogerie dm, wo ich Bilder abholte. Eine schick gekleidete Frau in mittleren Jahren sprach mich an, interessierte sich für Kellys Verletzung. Sie hatte echt Ahnung von Tieren, gab gescheite Ratschläge, kniete sich mitten im Geschäft hin und schaute sich Kellys verletztes Beinchen an sowie die Bandagen. Sie fühlte echt mit und streichelte die Kleine sehr zart – es war Balsam für meine Seele.
Ich sagte zu ihr: „Leider sind nicht alle so tierlieb wie Sie – ich hab da schon viel Schlimmes erlebt."
„Vorhin habe ich im Autoradio gehört, dass Leute auf der Autobahn bei Zwickau eine Katze aus dem Auto geworfen haben. Die wollten sicherlich in den Urlaub und da war ihnen das Tier im Wege. Ist das nicht ekelhaft und schlimm?", fragte sie empört. Natürlich war ich

ebenfalls fassungslos – mit Flackern in den Augen, vor Entsetzen und Zorn, verabschiedeten wir uns. Dann ging es weiter zu Obi. Schon auf dem Weg dorthin war ein teilweise mitleidvolles Gekreische und Geschwätze zu vernehmen. „Ach, der arme Hund, das ist ja furchtbar – dass man so etwas überhaupt zulässt."
Ich schaute nicht nach rechts oder links, kümmerte mich nur um meinen Liebling und lief schnurstracks geradeaus.
Innerhalb von Obi wurde es noch schlimmer – es kam mir wie ein Spießrutenlauf vor. Ein älteres Ehepaar rief: „So eine Tierquälerei müsste man verbieten."
Ich gebe ja zu und musste das natürlich auch erkennen, dass Kellys schlimme Verunstaltung und dazu das Laufen auf nur drei Beinchen für Aufmerksamkeit sorgt.
Allerdings hätte ich mehr Respekt und Achtung, vor allem auch dem Leidenden gegenüber, darunter natürlich auch Tieren, erwartet. Häufig geht die Neugierde schon in Sensationslust über – für mich erschreckend.
Als ich mit Kellylein zum Auto zurücklief, war der Spießrutenlauf immer noch nicht am Ende. Eine Frau kam uns entgegen und rief schon bei mindestens noch 5 m Entfernung: „Um Himmels willen, was ist denn da passiert? Das sieht doch schlimm aus, erzählen Sie mal."
Etwas beleidigt und wehleidig sagte ich: „Ich möchte jetzt nicht darüber reden" und ging mit meinem geliebten Vierbeiner einfach weiter.
Kurz vor unserem Auto kam ein älterer, gut gekleideter, Herr von ALDI heraus, sah die kleine Kelly und gab von sich: „Jetzt kommen wohl schon Tiere im Fronteinsatz in Afghanistan an die Reihe?"
Das war selbst mir, der ich viel Humor besitze, einfach zu viel:
„Was reden Sie denn für einen Schwachsinn? Man kann nicht alles durch die Humorbrille sehen und sollte ernsthaft sein, wo es die Achtung gebietet. Etwas Respekt gegenüber meinem Tier und auch mir wäre sehr angebracht."

Hund und Katze

Den ersten Kontakt, den Kelly mit unserem Kater „Charmant" hatte, werde ich nie vergessen. Es war auf alle Fälle ein schlaues Taktieren von ihr. Wenn man das Verhältnis der beiden beschreiben müsste – ich würde den Begriff friedliche Koexistenz verwenden.

Friedliche Ko-Existenz zwischen Katze und Hund

Kelly kann Katzen überhaupt nicht leiden.

Das merkte ich vor allem, wenn wir unterwegs waren. Sitzt sie noch im Auto und eine Katze läuft auf der Straße vorbei, so bringt sie sie vor Jagdgelüsten fast um; entdeckt sie unterwegs eine Katze, so jescht sie diese erbarmungslos. Dabei sind Verstand und Hirn ausgeschaltet.

Ich habe häufig beobachtet, dass unser Schnäuzi mit Angriffslust die fast 80 Meter zum Gartentor hinten jagte, um erschreckt wieder abzudrehen. „Ei Gott – es ist ja die eigene Wohnungskatze.“

Auf alle Fälle hat sie großen Respekt, vielleicht sogar Angst, vor Charmant. Ganz am Anfang ihres Hierseins hatte sie sogar zweimal eine blutige Nase – was da im Einzelnen abgegangen war, entzieht sich meiner Kenntnis. Auf alle Fälle tat mir Kellylein leid.

Umgekehrt war es so, dass unsere Katze Kelly nicht abkonnte. Vor allem regte sie sich mächtig auf, wenn Kelly oder andere Hunde bellten. Sie stellte ihre Ohren hoch, fauchte bissig und war voll auf Angriff getrimmt. Dabei war nicht zu verkennen, dass sie über das Bellen jedesmal sehr erschrak.

Rechts und links von unserem Gartengrundstück sind ebenfalls Hunde und zwar Rüden zuhause. Der eine vom Bauern ist ständig im Zwinger eingesperrt, der andere ist fast den gesamten Tag in dem 4000 m^2 großen Grundstück zugange, weiß aber immer nicht, was er anstellen soll. Das einzige, was ihm einfällt, ist, seine Nachbarin, die Hundedame Kelly, die ihm offensichtlich sehr gefällt, anzumachen. Dies tut er aber recht ungeschickt – durch Bellen. Dies wiederum ruft unseren Kater Charmant, der das Bellen überhaupt nicht ab kann, auf den Plan.

Charmant stellt die Ohren hoch, macht die Augen sehr weit und geht mit gesträubtem Fell zum Zaun – immer näher und näher – bis sie so nah dran ist, dass sie mit den Pfoten zwischen den Latten durchschlagen kann.
Uri – so heißt der Rüde, der sich sehr für Kelly interessiert – bellte wieder (übrigens unheimlich laut und nervtötend) einmal enorm. Ob er glaubt, damit Sympathien bei Kelly zu erhalten, entzieht sich meiner Kenntnis. Übrigens – Kelly interessiert sich kaum, ich glaube sogar, überhaupt nicht, für Uri. Sie sitzt nur da, liegt nur da, je nachdem, und tut, als wenn er gar nicht existiere – sie ignoriert ihn ganz einfach.
Ganz anders benimmt sie sich, wenn Helga oder ich mit der Nachbarin, über den Zaun hinweg, sprechen. Da bricht ihr ganzer Unmut über diesen Kerl, welcher übrigens nicht nur bellt, sondern auch mindestens eineinhalb Meter am Zaun hochspringt, aus ihr hervor. Sie flitzt rasch zum Zaun, dort wo Uri sich gerade aufhält und wird so giftig, wie man es sich bei dem ansonsten freundlichen Tier gar nicht vorstellen kann. Sie zieht die Lefzen hoch, giftet extrem und verbellt ihn mit einer Wut, die man ihr bei Leibe nicht zutraut. Zwischendrin jagen die beiden, natürlich jeder auf seiner Zaunseite (man fragt sich unwillkürlich, was passieren würde, wenn kein Zaun die Beiden trennen würde), sich anbellend hin und her.
Einmal rannte dabei Uri, mit vollem Speed, mit seinem sicherlich sehr harten Kopf an das Schienbein unserer Nachbarin, welche vor Schmerz aufschrie. Ich glaubte schon, dass, weil Uris Kopf so ungeschützt auf das Schienbein prallte und ein lauter, trockener Knall (Knochen auf Knochen) zu hören war, dass das Schienbein gebrochen wäre.

Kelly übt Solidarität

Es war wieder einmal so, wie geschildert. Uri tobte am Zaun herum, sprang hoch und bellte wie wahnsinnig.
Unser Kater Charmant fand dies wieder einmal über alle Maßen empörend. Seine Nackenhaare sträubten sich, mit typisch katzenartiger Gewandtheit schlich er zum Zaun, ging zum Angriff über – schlug beständig und kräftig mit dem linken Vorderpfötchen empört durch den Zaun, um Uri mächtig eins überzuziehen.
Vielleicht tat ihr das linke Vorderpfötchen weh, jedenfalls wechselte sie plötzlich auf das rechte Vorderpfötchen.

Die gesamte Aktion wurde von unserer Nachbarin, welche 3 m vom Zaun entfernt war – aber auch von Helga und mir, die wir auf der Terrasse saßen, beobachtet.
Und jetzt passierte das Einzigartige. Kelly, welche in der Wiese lag, bekam plötzlich mit, was hier abging.mSie kam flott an, machte einen „Wwwuffff"-Scheinangriff gegenüber der Katze. Diese war verschreckt, fauchte mehrfach bösartig und ging zur Seite.
Sofort drehte sie sich aber wieder um, ging erneut zum Zaun und schlug noch stärker mit ihren Pfötchen mit den furchtbar spitzen Krallen durch den Zaun, das heißt, die Aktion „Kratze dem Uri seine Nase blutig" ging erschreckend kämpferisch weiter.
Nun wurde Kelly aber energisch – sie stürmte auf Charmant zu und (ich hätte so etwas nie für möglich gehalten) und schubste sie mit dem Kopf zur Seite.
Der Kater gab aber immer noch nicht auf – erneut ging er in die Kampfzone und schlug und krallte weiter. So aggressiv hatte ich Charmant noch nie gesehen.
Wieder reagierte Kelly mit einem Scheinangriff „Wwwufff".
Summa summarum – Kelly hatte Solidarität gegenüber seinem Artgenossen geübt. Wir waren alle über die Maßen erstaunt. Die Nachbarin und wir gingen zum Zaun, um über das Geschehene zu sprechen.
Was passierte? Kelly und Uri gerieten wieder vollständig aneinander und Kelly fletschte die Zähne und zog die Lefzen hoch.
Wir zogen für uns die Schlussfolgerung, dass Kelly beide nicht leiden konnte – diesen Hund und die Katze – aber noch mehr als diesen Hund nicht leiden, konnte sie die Katze. Im Zweifelsfalle half sie aber dann doch ihrer Rasse.
Tatsache ist aber auch, dass unser Hündchen und die Katze manchmal miteinander näseln, vor allem, wenn die Katze von ihrer Erkundungstour zurückkam.
Häufig liegen sie auch zusammen auf dem Sofa im Kinderzimmer, oftmals nur einen halben Meter voneinander entfernt. Diese friedliche Koexistenz der beiden ist gut aus den Bildern zu erkennen.
Das Katzenfutter steht bei uns im Erdgeschoss – Trockenfutter, Nassfutter und ein Schälchen mit Milch. Kelly weiß das und versucht immer wieder, an diesen Futtertrog heranzukommen. Ich finde das einfach furchtbar, weil es unsere gesamte Ernährungsstrategie durcheinander bringt. Vor allem wegen ihres verletzten Pfötchens darf sie nicht zu viel

Übergewicht haben. Also bemühen wir uns, die Tür von der Kellerbar zum Vorsaal, wo das Futter steht, immer geschlossen zu halten. Dies gelingt uns – mit Abstrichen. Die gegenseitigen Vorwürfe dienen, auf alle Fälle, nicht gerade unserem Ehefrieden.
Ich hatte schon einmal dazu informiert, wie unsere Hundetrainerin so einen Vorfall beurteilte und was sie riet. Zur Erinnerung – sie sagte:
„Wenn Sie Ihren Hund dabei ertappen, wie er sich am Katzenfutter bedient, schreien sie und schmeißen das, was sie gerade in der Hand haben, an diese Stelle."
Darauf ich: „Selbst wenn sie gerade eine wertvolle chinesische Vase in der Hand halten, so wird diese zu dem Ort des Geschehens geknallt!"
Wie dem auch sei – wir haben keine wertvolle chinesische Vase, aber ich habe auch schon eine Kombizange in diese Richtung geworfen und laut gebrüllt.
Geholfen hat das aber alles nichts. Heute war zum Beispiel die Situation, dass meine Frau die Treppe von der Terrasse ins Erdgeschoss gewischt hatte und deshalb die Terrassentür offen ließ, damit alles schön abtrocknen kann.
Als ich zur Terrasse kam, sah ich gerade noch, wie Kelly von unten hoch kam.
Die Kleine ist manchmal schon ganz schön durchtrieben, zumindest schlau.
Die Katze benimmt sich da etwas anderes. Sie säuft wohl aus Kellys Wassernapf, dass Nassfutter interessiert sie allerdings nicht. Es kommt aber vor, dass sie sich für das Trockenfutter interessiert und sich mal ein bis zwei Stücke zu Gemüte führt.
Interessant ist, wie unterschiedlich sich beide bei der Entgegennahme von Futter benehmen. Kelly ist, zumindest uns gegenüber, sehr sanft – die Katze ist ein Raubein.
Wenn ich Kelly einen Bissen gebe, so nimmt sie diesen vorsichtig, betont langsam und zart mit ihren Schneidezähnen entgegen. Wenn ich der Katze einen Bissen geben will und den nicht direkt vor ihr Maul halte, knallt sie mit herausragenden Krallen gegen meine Hand, um den Bissen zu ergattern.
Dass es dabei häufig blutig für mich abgeht, interessiert sie nicht die Bohne. Von Helga hat sie bei solch einer Situation schon mal mächtig eins übergezogen bekommen.

Natürlich, wie auch anders, schläft die Katze in Kellys Körbchen. Diese getraut sich dann nicht, sie daraus zu verjagen und wartet auf meine Unterstützung, die sie natürlich bekommt.
In der Schlafstube haben wir, um uns vor Fliegen und vor allem Mücken zu schützen, in ein Fenster Gaze eingebaut. Meist ist das Fenster nur angekippt, wenn aber, wie jetzt, tropische Temperaturen herrschen, wird es ganz geöffnet.
Quiz Frage: Wie benimmt sich unsere Katze – akzeptiert sie diesen Verbau? Nein, natürlich nicht! Die Katze kommt nachts durch dieses Gazefenster in unsere Schlafstube. Da sie nicht mit einem Sprung durchkommt, zerreißt dieses Raubein mit beiden Vorderpfötchen diese Gaze, bis es geschafft ist.
In unserer Stube liegt sie häufig auf unserem Eckstuhl, über den ein langfasriges, weiches Lammfell gelegt ist. So liegt sie äußerst bequem und hoch, so dass sie die Übersicht und die Herrschaft, zumindest über die Stube, hat.
Da unsere Kelly das alles mächtig aufgeregt, hat sie gestern eine Gegenmaßnahme getroffen. Sie praktizierte gegenüber Charmant einen Scheinangriff mit „Wuff“, zog sich aber nicht sofort wieder zurück, sondern zwackte Charmant ins Ohr.
Diesen Mut gegenüber der Katze hatte ich Kellylein gar nicht zugetraut. Man lernt eben nie aus.

Kellys Stellung in der Familie

Mein langjähriger Tennisfreund Günther Heiland gab einmal in großer Runde von sich: „Beim Klaus muss man ganz einfach Hund sein – da lebt man im Paradies.“
Dann ergänzte er noch: „Wenn der Klaus seine Frau so behandeln würde wie Kelly (alle schmunzelten) – da lebte sie auch im Garten Eden.“
Tatsache ist, dass die kleine Süße unser Leben stark beeinflusst und verändert hat. Dieses kleine, liebe Kerlchen hat therapeutische Fähigkeiten, welche auf uns, vor allem aber Helga, die immer mit sagenhaft hohem Blutdruck zu kämpfen hat, beruhigend und heilend wirken.
Häufig erzählte ich folgende wahrheitsgemäße Empfindungen von mir: „Ich (wir) habe (n) drei Kinder, die alle erwachsen sind und sich mehr oder weniger wenig (die Tochter ist da eine positive Ausnahme) um den alten Herren und die alte Dame kümmern. Da ist nun Kellylein

mein (unserer) neues Kind, welches all die Liebe eines Nachzüglers von mir (und meiner Frau) dusselig, liebevoll verbrämtem Alten ertragen muss.
Mit meinem Studienfreund Joachim, mit dem ich während des Studiums zusammen wohnte, und seiner Frau telefonieren wir in losen Abständen. Seine Frau Petra ermahnte mich dabei wieder einmal, mich doch mehr um meine Frau Helga, der es gesundheitlich wieder nicht gut ging, zu kümmern. Dabei fragte sie an: „Oder kümmerst du dich nur um deine große Liebe – die Kelly?"
Etwas flapsig beantwortete ich ihre Frage: „Bei mir steht Kelly ganz hoch im Kurs, wie du weißt und immer an erster Stelle."
Daraus entspannte sich folgender Disput, nachdem ich am Telefon gehört hatte, wie Petra schwer Luft holte und sich offensichtlich mehrfach verschluckte.
Nachdem Petras asthmaähnlicher Anfall etwas abgeklungen war, erläuterte sie mir ihren Standpunkt: „Pass mal auf, Klaus", klang es etwas schroff in den Äther, „bei mir ist der Joachim, dein bester Freund, die Nummer eins – danach kommt Tochter Ilona usw. und so fort. Auf der anderen Seite bin ich mir sicher, dass Joachim mich als die Nummer eins sieht. Du musst darüber noch einmal gründlich nachdenken."
„Ja, liebe Petra, das tue ich."
Nach einer Woche sprachen wir wieder miteinander.
Nachdem Petra mir mit markigen Werbesprüchen klarzumachen versuchte, dass wir in unserem Haushalt dringend und eilig eine Fünffachschere für das Schneiden von Schnittlauch bräuchten, kam sie wieder und ganz bewusst auf das leidige Thema der Wichtigkeit und Reihenfolge von Person und Lebewesen in der Ehe zu sprechen.
Sie fragte nach: „Kümmerst du dich denn nun mehr um deine Helga?"
„Ja, selbstverständlich kümmere ich mich sehr um Helga."
„Und ist sie nun endlich wieder die Nummer eins in deinem Kopf?"
„Grundsätzlich ist das schon so, aber du musst das mal so sehen – die kleine Kelly braucht doch noch so viel Fürsorge und außerdem ist sie als mein neuer Partner immer bei mir. Da muss ich sie doch ganz einfach als Nummer eins einordnen – dann kommen ein paar Berge und Kurven und ein Stück Autobahn und dann kommt schon die Helga."
Jetzt schaltete sich sogar Joachim ein und gab mir auf den Weg: „Also, Klaus – das ist doch gesetzt, dass die Ehefrau auf den ersten Platz kommt!"

Unser Streitgespräch belustigte mich sehr und ich musste mehrfach darüber laut und herzlich lachen. Das Ganze war für mich ein großes Gaudi, aber so sachte fragte ich mich, ob die Beiden das genau so locker und lustig sahen wie ich.
Aber immerhin – Helga hörte zu und schmunzelte.
Petra schob noch nach und ich musste darüber wieder schallend lachen.
„Du kannst doch nicht erst den Hund, dann die Frau sehen, noch dazu, wo sie so krank ist. Letztmalig – bringe Ordnung in deine Gedanken und deine Familie, besprich alles mit Helga – bis zum nächsten Mal."
Das nächste Mal sprachen wir wieder über dies und das, ich taufte die Fünffachschere Adolph-Hennecke-Schere.
Aber Petra ließ nicht nach – sie fragte erneut beunruhigt, besorgt und auch etwas mit kratzender Stimme, fand ich, nach der Wertigkeit bei uns in der Familie.
„Hast du denn nun alles geklärt, Klaus, ist alles wieder in Ordnung?"
Wiederum musste ich grienen – mir war scheinbar noch gar nicht richtig klar, dass ich etwas zu klären hatte und etwas außer Ordnung gekommen war.
„Also, liebe Petra, an der Reihenfolge kann ich nichts ändern. Du weißt doch, was die Leute so sagen und die haben ja auch unbedingt Recht, wenn sie behaupten, Hunde seien treuer als ihre Frauen.
Du solltest vielleicht einmal mit beachten, wie die liebe Helga die Rangfolge sieht – bei Helga kommt als erstes Regine, dann kommt das Erzgebirge und die B 93 und dann kommt die süße Kelly – dann kommen sämtliche Bundesstraßen Sachsens, alle Mittelgebirge Deutschlands, dann geht es auf der Autobahn und teilweise per Schiff fünfmal um die Erde – dann kommt ganz hinten, weit weg, der liebe, kleine Klaus."

Hommage

Liebeserklärung an einen Hund

An Fräulein Stups, also Kelly

Kelly läuft über die Terrasse auf die Wiese, legt sich in die Sonne, macht die Ohren hoch und schaut äußerst interessiert.

Da sagt Helga: „Die Kelly ist ein richtig schönes Tier – sie ist direkt eine Schönheit!“ Über diese urplötzliche, emotionale Bemerkung muss ich schmunzeln, nein, ich muss sogar schallend lachen, obwohl es auch voll meine Meinung ist.

Darauf ich zu Helga: „Wäre ich ein männlicher Hund – bei der riesengroßen Liebe zwischen Kelly und mir – wir hätten 7 - 10 Kinder, sprich Welpen.“

Helga (beleidigt): „Das merke ich – du siehst nur noch Kelly, ich bin bei dir eine Randerscheinung der Familie, die nur kochen, waschen und putzen darf. Liebe erhält aber Fräulein Stups.“

Ich gebe Helga einen Kuss auf die Stirn und Kelly einen Kuss auf den Mund – nein, natürlich umgekehrt.

„Das kleine, schwarze Kerlchen habe ich nun aber unheimlich lieb.“

Ich liebe ihre Figur – den sinusförmigen Unterbauch – den hochgestellten, immer freundlich schwingenden Schwanz (die Rute) – die langen Beinchen – den geilen, niedlichen Popo mit den herzförmigen Haarwüchsen daran - das wunderschön glänzende schwarze Fell.

Ich liebe ihre Art, neugierig und manchmal aufmüpfig in die Gegend zu schauen.

Ich liebe ihre Art, mich bittend und flehentlich mit hochgestellten Ohren anzuschauen.

„Was tun wir denn heute? Gib mir doch endlich mal ein Stück von der ungarischen Salami!“

Ich liebe ihre sanften, rehbraunen Äuglein.

Ich liebe es, wenn sie mit ihrem verletzten Beinchen Pfötchen gibt.

Ich liebe es, wenn sie sich auf dem Sofa ganz eng an mich kuschelt und wohlig seufzt.

Ich liebe es, wenn sie mit mir schmust und mich ableckt.

Ich liebe ihren Geruch.

Ich liebe es, wenn sie rennt und dabei betont in die Gegend schaut – ist da ein Gegner?

Ich liebe es, wie couragiert und kräftig sie mit nur drei funktionstüchtigen Beinchen rennt und dabei das verletzte Pfötchen tapfer noch vorn schleudert.
Ich liebe es sogar, wenn sie ausrastet, die Nüstern hochzieht und die Zähne fletscht.
Ich liebe es, wenn sie beim Start aufgeregt hin und her springt und niest.
Ich liebe es, wenn sie im Auto wie einer von der CIA, BND oder ein Stasioffizier blickt.
Ich liebe es sogar, wenn sie undiszipliniert im Auto auf den Rücksitz springt, Vorderpfötchen auf der Mittelkonsole platziert, ihren hechelnden Kopf neben meinen Kopf hält und aufgeregt über die Maßen pfietscht.
Kelly kommt erwartungsvoll zu mir gelaufen.
„Was redest du denn da ständig, Herrchen? Ich höre ständig meinen Namen und dann redest du irgendwelches unverständliches Zeug – es gibt aber viel Wichtigeres zu tun. Es sind nämlich 32° im Schatten, eine brütende Hitze. Nicht, dass du dich wieder in die Sonne legst, um braun zu werden. Das finde ich so richtig dämlich von dir – diese Eitelkeit an dir gefällt mir nun mal wirklich nicht. Ich finde das einfach schwachsinnig."
„Du kleines Kerlchen bist aber heute ganz schön frech zu mir, von wegen dämlich und schwachsinnig. Lege dich doch mal selbst in die Sonne, damit du etwas braun wirst."
„Du weißt doch genau, dass ich durch mein schwarzes Feld nicht braun werden kann. Außerdem heizt mich die Sonne durch die schwarze Farbe dermaßen auf – das ist ja nicht zum aushalten."
„Ich habe dir doch schon mehrfach gesagt, Kellylein, da ziehe dir doch deinen schwarzen Persianer einfach aus."
„Jetzt bist du aber ganz schön frech, Klaus."
„Weißt du, Kleine, wir machen es jetzt ganz einfach so – ich gieße dir jetzt noch einmal, so wie vorhin, den Inhalt einer ganzen Gießkanne auf deinen kleinen, schwarzen Balg. Das kühlt dich schön ab und wir können in Ruhe beraten."
„So machen wir das – bitte sehr und Wasser – Marsch."
„Oh, das ist fein – das kühlt sehr. Jetzt können wir in Ruhe beraten."

„Kelly – ich schlage dir zur Auswahl folgendes vor: Spaziergang im Steegenwald, Pilze suchen im Erzgebirge, Marsch zum Glückaufturm, Schwimmen im Stauweiher."
„Glaubst du etwa, Herrchen, wir quälen uns jetzt auf den Glückaufturm (da ersticken wir ja vor Hitze)? Oder wir gehen jetzt in den Wald? Da stechen uns die Bremsen zu Tode. Ich wähle das Schwimmen im Stauweiher – das ist Spitze."
„So machen wir das, Süße."
„Apropos, Kelly, wir hatten vorhin etwas miteinander gezankt. Aus meiner Sicht war das nur Spaß.
Ich habe dich kleines Kerlchen, nach wie vor, unheimlich lieb."
„Ach, mein liebes Herrchen, mache dir nur keinen Kopf. Ich habe dich so lieb wie am Anfang und das wird so bleiben bis ans Ende unserer Tage. Lass uns nun gehen."
Kelly niest noch einmal vor Aufregung – wir schauen uns liebevoll in die Augen und marschieren los.

„Schön, dass wir uns haben und es dich gibt."